Um Raro e Estranho Presente

Um
Raro e Estranho
Presente

PAULINE HOLDSTOCK

Tradução
Marina Slade

Copyright © 2003, Pauline Holdstock
Título original: *A Rare and Curious Gift*

Capa: Simone Villas-Boas com foto de Pam Francis/GETTY Images

Editoração: DFL

2008
Impresso no Brasil
Printed in Brazil

CIP-Brasil. Catalogação na fonte
Sindicato Nacional dos Editores de Livros, RJ

H674r	Holdstock, Pauline, 1948- Um raro e estranho presente/Pauline Holdstock; tradução Marina Slade. – Rio de Janeiro: Bertrand Brasil, 2008. 350p. Tradução de: A rare and curious gift ISBN 978-85-286-1306-3 1. Romance inglês. I. Slade, Marina. II. Título.	
07-4609		CDD – 813 CDU – 821.111 (73)-3

Todos os direitos reservados pela:
EDITORA BERTRAND BRASIL LTDA.
Rua Argentina, 171 — 1º andar — São Cristóvão
20921-380 — Rio de Janeiro — RJ
Tel.: (0xx21) 2585-2070 — Fax: (0xx21) 2585-2087

Não é permitida a reprodução total ou parcial desta obra, por quaisquer meios, sem a prévia autorização por escrito da Editora.

Atendemos pelo Reembolso Póstal.

PRÓLOGO

1552

O CADAFALSO FOI TRANSFERIDO do pátio do Palazzo del Podestà para a praça em frente, e não há apenas uma corda, mas duas. Está ventando e a chuva fustiga a multidão que aguarda. Não há proteção na praça contra as intempéries desse dia de abril. Homens e mulheres cobrem as cabeças e permanecem como gado com as costas voltadas para a chuva. As pedras claras de San Fiorenzo estão riscadas de ocre escuro. Uma súbita rajada de vento levanta um pedaço comprido de lona e o atira novamente contra o cadafalso. O homem magro que vende bolos de amêndoas nos dias santos e nos de enforcamentos maldiz a sua sorte. Há menos fregueses quando chove, todos se preocupam em se manter protegidos e secos. Uma porta do *palazzo* se abre e surge um oficial acompanhado de dois ordenanças carregando bandejas de pequenos bolos, alguns marcados com as *palle*, outros com a flor-de-lis.

Os ordenanças começam a distribuir à multidão as oferendas de uma justiça liberal e benevolente. Nesse momento, um homem moreno e desgrenhado que estava encostado a um portal, observando, se aproxima. A presunção do gesto oficial, a postura condescendente e a suposição de que os que comem nada questionam provocam nele uma raiva que o abala profundamente. Ele caminha a passos largos até um dos ordenanças. O homem magro pousa no chão a cesta com os bolos, agora impossíveis de vender, a fim de espiar. O homem moreno entrelaça as mãos e, antes que alguém possa impedi-lo, levanta-as bruscamente por baixo da bandeja. Os bolos voam, girando como moedas antes de aterrissar no chão molhado. Na confusão, o homem consegue derrubar também a segunda bandeja e fica batendo com os pés no chão, como se quisesse apagar um pequeno incêndio, enquanto ao redor homens, mulheres e crianças brigam para apanhar as iguarias antes que estraguem. O homem magro levanta sua cesta de mercadorias, com esperança renovada, satisfeito com a forma como também a sorte pode virar e tornar a virar. Ele venderá todos os seus bolos.

Enquanto isso, o homem moreno, Matteo Tassi, se esquiva de todo mundo, e o oficial está ocupado em prender um espectador assustado que protesta. A confusão é tanta que a multidão quase perde o momento pelo qual tanto espera: o sino no campanário começa a tocar, os portões do pátio do *palazzo* se abrem, os tambores aparecem, seu ritmo lento acompanhando o compasso do sino. Quando chegam à praça, a gritaria começa. Atrás deles vêm o arauto, seis guardas, o carrasco e o padre. Mais seis guardas saem; vestem capas pretas e capuzes pretos que cobrem seus rostos. Caminham em formação, compondo um bloco com os dois condenados ao centro, vestidos com longos camisolões brancos, como se fossem fantasmas de si próprios. A gritaria cessa, permanecendo apenas um zumbido e um murmúrio que vai de encontro ao som dos tambores, como uma mosca contra um vidro. O segundo condenado é uma mulher, como temia Matteo Tassi. É a mulher do homem que será enforcado. Agora, no ar, há muita incerteza: será isso motivo para aplausos?

Faz-se um silêncio soturno. O chão sob os pés de Tassi se transforma em água e ele está sendo carregado para mais perto do cadafalso no impulso de

1

uma correnteza que se move rapidamente. A mulher, com as mãos amarradas às costas, tropeça no longo camisolão que se enrosca em suas pernas. Ela cai, em dois movimentos pesados, primeiro de joelhos e depois para a frente, batendo com o rosto no chão, enquanto a multidão começa a rir. Uma matrona grita para ela: "Assassina! Envenenadora! Assassina!", embora ninguém se lembre de ter ouvido falar que ela foi julgada, condenada ou mesmo acusada, e nunca tenha sido mencionado veneno algum em relação à tentativa de assassinato de um religioso devasso e bem relacionado. O marido olha para a mulher, mas não pode ajudá-la. Desajeitada, ela gira o corpo e se põe novamente de pé. Dá-se um momento íntimo entre marido e mulher, em que um inclina a cabeça em direção ao outro, olha nos olhos do outro, enquanto seu universo estreito dentro da barreira dos guardas se expande. A mulher capta no ar o perfume de alguma coisa esquecida, e as caras e a multidão escarnecedora recuam até serem vibrações tênues no limite da consciência. Para o marido, existe apenas uma súbita compaixão, o surgimento de uma nuvem no deserto de seu coração, e então ele se vira e se apercebe novamente da multidão.

Para a mulher, em sua hora mais terrível, essa queda é uma pequena e misericordiosa dádiva, pois agora só lhe resta a dor, um eixo vertical de fogo que se estende do lábio superior, pelo lado direito do nariz, até o olho direito. Não consegue ver os rostos nem ouvir os risos. Nem percebe a dificuldade do marido no primeiro degrau do cadafalso. Ele não consegue subir o degrau sem se sujar.

Matteo Tassi não vê mais nada. O homem e a mulher são colocados muito próximos um do outro, quase se tocando, e a multidão agora está em silêncio na comunhão profana da expectativa. Tassi está nauseado. Ele sente dificuldade de se virar na direção dos condenados. É como se a luz que ilumina o casal tivesse chamuscado seus olhos. Ele se deitou com essa mulher, caminhou com ela por uma fornalha de desejo. Da lista de amantes quase esquecidas, ela se destacou e se investiu de uma vitalidade sagrada, mais potente que qualquer outra que ele tenha conhecido. Não ficará para assistir ao seu fim.

A mulher, em seu casulo de dor, não escuta as preces do padre, não registra que suas mãos foram desamarradas e novamente amarradas, dessa vez na frente do corpo, para que possa subir a escada. Ela não vê o guarda nem lhe sente o hálito na face, mas, quando ele a vira na direção do padre, por um momento depara-se com o rosto do marido que está com uma expressão muito espantada, como se perplexo em vê-la ali. O sangue do nariz da mulher escorre para o lado e para dentro de sua boca, desenhando a lembrança de um sorriso.

Um guarda a conduz ao pé da escada. É uma operação complicada fazê-la subir a escada, levantando sua camisola, posicionando seu pé, suas mãos, e então ela está no primeiro degrau. O carrasco, em sua escada, colocada em ângulo em relação à escada da mulher, a encoraja, e ela, com determinação, começa a subir, levantando as mãos juntas e agarrando o próximo degrau com um gesto de esforço, antes que seu peso a faça tombar para trás. Ela se eleva e se agarra, esforçando-se para erguer seus pés bem afastados, chutando a camisola à medida que avança, primeiro um lado, depois o outro, numa escalada desajeitada, com todo o corpo concentrado nessa nova tarefa, nessa nova realização. As pequenas nuvens acima atraem a sua atenção. Embaixo, a multidão ruge a cada novo degrau que ela alcança. O carrasco sobe com ela, ficando ombro a ombro.

A mulher e a multidão estabelecem um tipo de ritmo, cada movimento desajeitado e violento na escada é realizado em silêncio, mas, quando se completa, é saudado por um rugido oriundo da praça. Quando ela se aproxima do topo, sente cada leve vibração de seu corpo, amplificada pela escada, retornar a ela pelas solas de seus pés.

O carrasco ordena-lhe que pare e, mais rápido que um pensamento, o laço está em volta de seu pescoço. Os gritos da multidão sobem como uma revoada de pássaros ao som de um tiro. O carrasco aperta bem o nó. Todo movimento é difícil. Ele desamarra suas mãos e as amarra de novo às costas. E diz: "Ajoelhe-se ou você vai cair". Embaixo, seu marido começa a subir e a multidão se manifesta novamente, dessa vez com um canto estridente.

Ela sente uma brisa suave em seu cabelo. Parece ser tudo que existe entre ela e o desejo de que tudo termine logo.

Seu marido sobe, inclinando-se sobre a escada, levantando um pé e colocando o outro no mesmo degrau antes de galgar o próximo. O topo da escada

1

estala contra a madeira do cadafalso. A multidão está zombando, liderada pelos que se encontram na frente, que podem ver e sentir o cheiro da vergonha dele enquanto sobe. O carrasco deslocou a própria escada, já acabou de subir e aguarda no alto.

O marido considera a hipótese de se inclinar para trás, para fora, a fim de cair e quebrar o pescoço. É um sonho possível: dura menos que o tempo de uma respiração. Alguém lhe manda interromper a subida, como se ele pudesse, ou quisesse, continuar. Nada é real agora, nem a aspereza da corda em volta de seu pescoço nem as mãos mexendo em suas próprias mãos. A multidão grita de outro lugar. Seu corpo poderia ser aberto à faca, cortado em pedaços para aquela gente manusear, e não passaria de carne exposta. Ele não está ali. Ele está na poça em que sua mulher caiu. Ele está no lugar em que seus olhos se encontraram, onde por último ele provou da vida — que é somente amor — depois da longa estiagem.

Ele ainda está naquele lugar quando as escadas são retiradas. Quando sua língua aparece e a multidão grita de satisfação.

Matteo Tassi não se encontra mais entre a multidão. Matteo Tassi, o homem moreno, já está a meio caminho de casa. Em sua imaginação, ele está a meio caminho de Siena, onde tentará esquecer aquilo tudo. Em seu coração, ele também está no local que o homem enforcado descobriu, um lugar que nunca conheceu. Pensa ouvir as andorinhas em volta do campanário, piando em resposta ao sino que ainda está tocando.

NO GOLFO de Gênova, um navio faz manobras em direção à costa. Em seu porão, traz 198 peças de chumbo, 51 tapetes, 17 fardos de mantos de peregrinos e cinco barris de bugalhos, juntamente com três homens, nove mulheres e 11 crianças compradas em Alexandria, e uma outra, listada na relação de carga como uma criança malhada. A palavra "criança" foi riscada e escrita por cima a palavra "mulher".

A garota não consegue lembrar como embarcou no navio. Não se lembra de sua família nem de como a perdeu. Não se lembra nem de sua própria pele, que a salvou — da mesma maneira que tantas vezes quase lhe custou a vida. Talvez os deuses que viraram as costas na hora em que seus parentes necessitaram deles sintam alguma culpa que devam reparar, pois é-lhe poupada a lembrança dos soldados saqueadores que atacaram sua família. Talvez seja essa a sua pequena e misericordiosa dádiva. Ali começa sua vida, no navio que zarpou de lugar nenhum para trazê-la à costa da Itália. Essa é a sua primeira recordação: ela acorda numa cama de palha áspera. Tenta mexer a perna por causa dos cardos na palha, mas seus pés estão acorrentados. Há mais de uma dúzia de outras pessoas com ela nesse cômodo estreito onde a luz do dia entra por uma abertura quadrada no teto. Há uma lanterna. Ela balança como se estivesse ao vento, lançando longos arcos de luz para um lado e, na volta, para o outro. Há ruído de movimentos em todo lugar, mas ninguém está andando. E também há uma sensação de movimento apesar de ela estar parada. Seu tornozelo está em carne viva e seu pescoço dói; ela não tem idéia de onde está. Olha através da penumbra e acha o espaço desproporcionalmente comprido e estreito, as paredes inexplicavelmente curvas, abraçando grandes pilhas e fardos de materiais presos com tábuas e cordas. Passa-se um longo tempo antes que ela pense "navio". Primeiramente, ouvindo as correntes rasparem umas nas outras, ela pensa "prisão" e não consegue entender a inclinação e a queda do chão, o silvo e o rugido do que imagina ser o vento. Enrijecida pelo sono, desajeitada, ela tenta se levantar. Quando fica em pé, ainda curvada, com os braços estendidos para se equilibrar, escorre sangue dela, que desce quente pela perna debaixo de sua saia. Ela o limpa com a mão. Começa a escorrer mais. O homem mais próximo a ela cospe em sua direção e passa a mão sobre a boca. Ela se acocora para ver o sangue ainda escorrendo. Não há ninguém para lhe dizer que seus suplícios femininos começaram. Em vez disso, parece o sinal de alguma coisa que ela sabe, mas esqueceu. Algo que faria seu corpo chorar sangue. Chega até ela, de muito longe, essa consciência do sangue e de sua impaciência para sair. Está quase a se romper como uma represa por trás de seus olhos. E então, como um sonho, desaparece. O homem a está xingando. Não há para onde ir. Ela se levanta novamente, equilibrando-se dessa vez com o balanço do navio: a inclinação brusca quando o chão se levanta de um lado, e a queda íngreme e escorregadia quando ele volta à posição anterior. Subida e descida, subida e descida. Ela percebe o cheiro de vômito, permeando tudo como as sombras. Pisa em alguém deitado perto e o sonho quase retorna, mas o corpo debaixo de seu pé geme e as pessoas começam a gritar. Como um céu cheio de pedras vindo em direção à sua cabeça — mas, mesmo assim, ela não se lembra de sua pele. Uma mulher, com os tornozelos acorrentados, arrasta-se até onde ela está e enfia um trapo em sua mão. Já está úmido e pegajoso.

Depois disso, não se lembra de mais nada antes de uma cara de homem contra um céu azul e ofuscante, intensa como um grito, encostada em seu próprio rosto. Os olhos do homem resplandecem de fúria, a respiração dele é quente sobre o seu rosto e ele está cuspindo alguma coisa em sua direção, palavras que ela não entende. O porão escuro se transforma em pleno dia claro. Ela está de pé numa plataforma elevada. Uma multidão olha para ela. Entre dois edifícios, pode avistar a água brilhante que se estende até o limite do mundo. A mão do homem prende seu braço, sacode, dá-lhe trancos. Ela não entende o que ele quer. Ele a empurra em direção às caras e, ao mesmo tempo, a segura. O que ele quer que ela faça? Ela diz em sua própria língua que não entende e o homem parece satisfeito. Agora ele sorri, satisfeito, balançando a cabeça para a multidão, gesticulando com uma das mãos junto à própria boca, e com a outra, por trás de si, acenando na direção dela, de sua boca. Ele volta a olhar para ela e vocifera uma ordem novamente. Ela repete: "Eu não entendo", e ele sorri mais uma vez, balançando a cabeça: "*Può parlare. Eccola che parla*", tocando a boca com ambas as mãos e estendendo os dedos para a multidão. E agora as pessoas gritam, gesticulando na direção dela. O homem ao seu lado finalmente pega-lhe o braço e o estica. Pela primeira vez, ela tem consciência de sua pele e do fato de estar nua. Ele mantém seu braço estendido para o lado e passa a mão livre nele, num sentido e no outro, como se estivesse tentando acalmá-la ou gentilmente limpando as marcas que a cobrem. Ele faz o mesmo no outro lado. Então, abre as duas mãos para a multidão, que fica quieta, esperando por qualquer calamidade que certamente o atingirá por causa desse ato temerário. Ele passa as palmas das mãos no rosto e no pescoço, como se estivesse se lavando. O silêncio paira um momento no ar antes de ser quebrado; uma chave foi girada, uma porta foi aberta. As pessoas começam a falar de novo e a gritar. O homem grita em resposta e finalmente um homem sem nenhum fio de cabelo em seu crânio moreno se aproxima. Ele sobe na plataforma e põe as mãos nos ombros da menina para virá-la. Ela fecha os olhos. Ele corre as mãos pelo corpo dela. A garota começa a tremer. Alguém na multidão está uivando as palavras de uma canção e as pessoas começam a rir. A garota abre os olhos e uma camisola é colocada em suas mãos. Ela mal tem tempo de vesti-la antes de ser puxada pelo braço e levada embora da plataforma até uma mesa diante da qual está sentado outro homem, com papel e tinta. O homem careca espera.

O leve ruído da pena do comerciante na página do livro-caixa faz sua pele arrepiar. Ela começa a tremer novamente.

Os homens estão absortos. Todos falam a mesma língua que o homem vociferante. Finalmente, o dinheiro passa de um para outro e eles apertam-se as mãos. O homem careca a segura pelo pulso e a leva embora.

Ele a conduz até uma carroça carregada de sacas abarrotadas, com uma mula maltratada esperando entre os varais. Um carreteiro aparece e os homens a fazem subir na carroça. O carreteiro sobe em seguida, carregando uma grande fruta que ela não reconhece. É tão grande quanto uma cabeça humana. Ele coloca a fruta entre duas sacas, empurra outras para a frente e as arruma de tal forma que fica meio sentado, meio em pé e pode dirigir confortavelmente. Ele faz um barulho agudo e estalado com a língua e ela tem de agarrar a beira da carroça quando a mula começa a andar. Ele olha para ela e lhe faz uma pergunta. Ela responde logo: "Eu não entendo", e o homem parece satisfeito. Ele bate na mula com um chicote, e eles vão rangendo e balançando morro acima, afastando-se do cais, pela sombra de ruas estreitas e cheias de gente. O homem olha para ela uma ou duas vezes, e inspira como se fosse falar, mas ela é cautelosa e mantém os olhos fixos na estrada. Logo eles passam através de um arco monumental de pedra e pegam uma estrada. Duas cegonhas voam sobre eles, suas asas batem lentamente como a respiração soprada com força contra as mãos no inverno. O homem se vira e diz: *"Cicogne. Primavera"*. Ela diz de imediato: "Eu não entendo". Ele olha na direção dela de vez em quando. Às vezes, fala. A cada vez, ela responde o mesmo: "Eu não entendo".

NUMA CONSTRUÇÃO BAIXA DE PEDRA que já fora um estábulo e agora é uma oficina, na encosta de um morro de onde se avista a cidade de Florença bem abaixo, um velho com cabelos grisalhos até os ombros e uma espessa barba também grisalha está fazendo um esboço num pequeno caderno. É noite e ele precisa olhar de perto. Ceccio, seu empregado, está preparando o cômodo, certificando-se de que têm tudo que vão precisar para o trabalho. O velho, Paolo Pallavicino, se inclina sobre o desenho. No centro da página, uma criança dança, equilibrada por um momento na ponta de um dos pés, com um lírio na mão levantada e, debaixo do pé, um ovo.

Um bloco pesado de madeira se encontra no meio do estábulo. Ceccio pendurou as facas afiadas em ganchos, arrumou as serras, colocou o carrinho de mão perto, e os dois baldes, um deles contendo uma esponja, embaixo. Há seis lampiões sobre a mesa e ele os acende com um pavio, com cuidado para não se queimar ou derramar o óleo. Os lampiões flamejam, espalhando seu brilho na curva de sua bochecha, em seus longos cílios. Ele sobe num banco para pendurá-los nos ganchos das travas baixas de madeira do teto e a luz dos lampiões derrama ouro em seu cabelo. Em sua concentração, prende a ponta da língua nos dentes, o que lhe dá uma aparência estúpida. Paolo Pallavicino não vê. Ele se curva sobre seu caderno. Sob o pé do menino que dança, o ovo está em posição vertical e inteiro. Na folha de papel, o menino sorri com uma inteligência reservada. É a boca de Ceccio, mas ela sorri com uma beleza toda sua.

Paolo desenhou o menino muitas vezes antes, representando sua cabeça em bico de pena, em ponta de prata e com tintas. Ele nunca se cansa dela, talvez porque as cabeças, embora muito bonitas, não sejam Ceccio. Elas possuem, sem dúvida, a mesma fronte larga com sobrancelhas que se erguem em ângulo e, a partir do meio, se dirigem para fora, e, sob elas, os mesmos olhos grandes e separados. Elas têm o mesmo belo nariz de linhas retas com narinas perfeitamente formadas e um pouco separadas. São as mesmas as maçãs do rosto, a mandíbula, a covinha no queixo arredondado, os lábios encantadores com um pequeno arco em cima, e o beicinho embaixo. Lábios para serem beijados. E, ainda assim, nada disso é Ceccio. Na folha de Paolo não há nenhuma ganância ou malícia ou astúcia, apenas boa vontade generosa. Os olhos são límpidos. Um olhar à meia distância, o outro vagueia mais longe, perdido num sonho. Toda vez que Paolo enfrenta o desafio do rosto de Ceccio, sua mão fica enfeitiçada pela beleza das linhas, o encaixe da coluna robusta do pescoço em sua gola de osso, a concha da orelha... Paolo pode reproduzir uma linha com grande exatidão, pode representar a mais sutil gradação de sombra, mas sua mão, encantada em se demorar na abundância dos macios cachos louros, trai seu olhar e o cega para a falsidade que enevoa o olhar de Ceccio e a estupidez que incha seus lábios.

NUM QUARTO DO ANDAR SUPERIOR de uma casa na Via del Cocomero, um homem, envelhecido antes do tempo, está deitado de lado enquanto sua filha esfrega óleo morno em seus quadris doloridos. Ela, Sofonisba, assume um ar de paciência e firmeza. Seu pai, Orazio, se queixa em voz alta. O clima, ele diz, está pior do que nunca. Vai matá-lo. — Meus quadris — ele reclama —, meus quadris. — Sofonisba retruca: — Calma, calma, calma — muitas vezes. — Meu pai — ela diz —, meu pobre pai. — Se ele tivesse trabalhado no mural hoje, seria: "Minhas mãos, minhas mãos", mas a chuva o prendeu dentro de casa e ele ficou sentado o dia todo trabalhando num painel das irmãs de Sant'Anna. O estômago de Sofonisba está embrulhado com o esforço que precisa fazer para manter a calma. Sofonisba Fabroni não é uma pessoa paciente, exceto quando está pintando. Então, não existe Sofonisba paciente ou impaciente; quando ela pinta, seu corpo é simplesmente um instrumento para a aplicação das tintas na madeira ou no gesso, e sua mente e o corpo são uma coisa só. O tempo não existe, então; a questão da paciência é irrelevante.

15

Os braços de Sofonisba doem e ela pára de friccionar os quadris do pai por um momento, fechando os olhos para afastá-lo quando ele protesta: — Você parou? Eu preciso que você massageie até que a dor vá embora. — Ele se vira pesadamente na cama, para que ela possa esfregar o outro lado. Ainda há rajadas de vento lá fora, lançando a chuva com barulho contra as janelas e enchendo as ruas escuras de vozes súbitas e sobrenaturais.

Pois eu entendi, sem qualquer dúvida, que a vida tem duas faces: a existência material, comum aos animais e às plantas, e a existência que é própria a um homem preocupado com a glória e os grandes empreendimentos.
— GIROLAMO CARDANO

PARTE I

UM

1554

PAOLO PALLAVICINO foi convidado para conhecer a última aquisição de Giuliano. Paolo é artista, inventor, um estudioso da natureza, um fabricante de curiosidades. Ele mora numa casa nova construída especialmente para ele por seu patrono, Giuliano, no terreno de sua propriedade de campo, *La Castagna*. A casa, de estuque, localiza-se no morro, abaixo da *villa* de Giuliano e logo depois de um estábulo de pedra. Ao lado, fica um antigo celeiro. Giuliano cedeu esses dois anexos para Paolo usar. A casa de Paolo é nova, feita com pedra de qualidade e com o mesmo acabamento de estuque liso da *villa*. As telhas de terracota sobreviverão em muito aos dois homens. Embora relutante para abrir a mão e soltar dinheiro, Giuliano não poupou despesas para ver Paolo confortavelmente instalado. Paolo é propriedade de seu patrono, da mesma forma que o pavão barulhento empoleirado no telhado.

A casa de Giuliano está confortavelmente assentada onde o morro suaviza sua inclinação e forma um platô amplo antes de prosseguir subindo em direção ao cume. A propriedade se localiza em terras boas e produtivas, cultivadas pelos dominicanos durante 176 anos antes de Giuliano chegar com seu dinheiro. *La Castagna* é uma casa requintada com uma beleza sóbria muito particular. As linhas são severas e o estuque amarelo das paredes não tem enfeites; as janelas altas estão dispostas em duas fileiras regulares ao longo da fachada, com uma porta alta no centro. Acima, projeta-se um terceiro andar, com uma varanda coberta em volta dos quatro lados, abaixo da madeira aparente dos beirais. Protegida na parte de trás, pela inclinação do morro, do fustigante vento norte vindo de Mugello, a casa se abre a sudoeste para uma vista da cidade que vai além do rio lá embaixo. No verão, sob determinada luz, o ouro fosco do Arno serpenteia através do vale como um rio de trigo.

Giuliano gosta de usar o sobrenome Médici depois de seu próprio sobrenome, embora seu vínculo com os Médici, por meio de uma série de casamentos, seja tênue. Essa é sua única pretensão pública, um capricho aceito com tranqüilidade pelo resto da família, já que ele é rico, tem boas maneiras e não possui aspirações políticas nem herdeiros. As portas de *La Castagna* estão abertas no inverno e no verão para acolher os muitos convidados, porque Giuliano mora ali no morro o ano todo com sua esposa Lucia, quando esta não está na casa da irmã, tomando remédios caseiros para uma gravidez bem-sucedida. Giuliano gosta de sua fazenda. Ele tem um grande vinhedo e um bosque de oliveiras produtivo, mas seus interesses são mais esotéricos.

Paolo Pallavicino é duplamente importante para ele. Ele não só tem o olhar necessário para distinguir o maravilhoso, e dedos hábeis para confeccioná-lo, como ele próprio é uma espécie de maravilha. Não existe artista como ele, e Giuliano tem satisfação em sustentá-lo para que ele possa criar.

Um grupo de quartos abriga a coleção de antigüidades, pratarias e objetos de arte de Giuliano. A mesa para exame dos objetos fica no meio do cômodo maior. Oito arcas contêm os trabalhos em vidro, ouro e prata, medalhões, antigos objetos de bronze e espelhos que Giuliano acumulou ao longo do tempo. Ali também se encontram pedras preciosas e corais, bem como um tumor calcificado de um crânio de bezerro e a terceira estação da paixão de Cristo esculpida num caroço de pêssego. É um prazer para Giuliano visitar esse lugar, o seu *guardaroba*, à noite, sozinho ou com Paolo, e assistir ao mestre desses aposentos, seu pajem Gaetano — de barba branca e paciência sem limites —, apresentar a mais recente aquisição ou talvez alguma peça muito apreciada que ele quase já havia esquecido que possuía. Um dia são armas de fogo com punhos de prata; no próximo, o chifre de um ser marinho com engastes em prata sustentado por golfinhos de bronze. Não há limite, ele gosta de repetir, para a engenhosidade da mente humana, nem para o deleite que ela pode proporcionar ao homem culto.

Num comprido celeiro de pedra a alguns passos da casa, ele possui um viveiro de animais incomuns, ao qual chama de sua arca. Para Giuliano, é indiferente tratar-se de um objeto ou de uma aberração da natureza. Só o que importa é que nenhum outro homem o possua.

Giuliano mal pode esperar para apresentar a sua última aquisição. Sabe que ela é extraordinária — uma pequena escrava que já não é criança, mas ainda não é uma mulher; que não é exatamente moura nem cristã de pele clara. Ela será perfeita para Lucia, que compartilha com ele o amor pelo que é raro e estranho.

As marcas da garotinha lembram os desenhos da girafa que um dos seus tios-avós tinha. Quando criança, sentia um grande desejo de ver o animal ao vivo e de passar a mão em seu pescoço.

Hoje, Lucia chega de uma visita à irmã. Ele lhe dará a garota. Ela tem pedido constantemente uma escrava.

O CONVITE DE GIULIANO — ou a intimação, Paolo não tem certeza — é uma fonte de ansiedade. Ele tem, neste momento, um novo objeto de estudo no estábulo, pronto para uma demonstração anatômica esta noite.

A mente de Paolo possui características mercuriais, é fluida e inconstante. Seu interesse há muito abandonou as penas que se espalham por seu estúdio, como que varridas de algum quintal celeste. Ele estudou, em apenas dois anos, as lentes, as sementes, a flutuação, os cimentos e as colas, as armaduras e o fogo. Durante a última pesquisa, incendiou acidentalmente o depósito de grãos de Giuliano e queimou suas próprias anotações sobre lentes.

Ultimamente, seu interesse tem recaído sobre a natureza do animal e a essência da vida. Ele pesquisa com persistência a centelha vital, a sede da vida, na esperança de descobrir a sua exata localização.

Giuliano faz vista grossa para essas pesquisas anatômicas, até mesmo as encoraja. Às vezes, quando há convidados, ele as assiste, mas não hoje à noite. Paolo só pode pensar que Giuliano teve uma súbita crise de consciência em relação a suas pesquisas.

Embora os convidados de Paolo estejam para chegar a qualquer momento, ele não pode se arriscar a não atender um chamado de Giuliano. Sai de casa, passa pelo estábulo e caminha em direção à *villa*.

É um alívio quando Giuliano o cumprimenta na porta, com os braços abertos e um sorriso de boas-vindas. Ele espera que Paolo pare um pouco para tomar fôlego depois da subida e, em seguida, o conduz em direção às escadas.

O valor de Paolo, para Giuliano, está em sua capacidade de julgamento. Ele é o conselheiro em quem mais confia, capaz de avaliar num relance o valor das coisas, permitindo que ele durma em paz, certo de que não foi enganado ou arrastado pela areia movediça do mérito artístico.

Giuliano diz que tem uma maravilha da Natureza para mostrar. Mais divertida que um anão, mais misteriosa que um corcunda, essa menina-mulher não é nem diabo nem anjo. Sua pele é tão manchada quanto a de uma vaca malhada que vive no campo. A garota, ele informa, se chama Caterina. Vestida numa túnica cinzenta, ela está aguardando junto à janela comprida do *guarda-roba* (não pode roubar nada porque sua roupa não tem bolsos nem mangas). Ele deixou as janelas abertas.

SOFONISBA FABRONI FEZ dezessete anos no dia em que seu pai, Orazio, anunciou que estava na hora de levá-la à casa de Paolo Pallavicino para assistir a uma demonstração anatômica. Três semanas depois, tão logo recebeu a informação de que Paolo tinha um sujeito para estudo, Orazio fechou o ateliê e partiu com a filha no começo da tarde. E logo começou a ficar apreensivo. Pelo caminho através das ruas estreitas da cidade, Orazio se atormentava pensando na

13

segurança do ateliê: se havia se lembrado de mandar o empregado colocar as duas barras para fechar as janelas e de trancar a folha de ouro na caixa-forte, conforme pretendia. Pai e filha saíram pela Porta San Gallo e viraram a oeste, na estrada íngreme para San Domenico. Não tinham ido muito longe quando Orazio insistiu em parar e trocar de montaria. A égua era muito instável para seus ossos. Ele a deu para Sofonisba e prosseguiu na mula. O resto do caminho, Sofonisba desfrutou da visão que a altura da égua proporcionava e tentou não escutar as imprecações de seu pai contra a natureza intratável das mulas.

La Castagna é uma boa subida para quem vem da cidade. Quando Sofonisba e Orazio chegam à casa de Paolo, não vêem ninguém. Orazio chama, mas Paolo não aparece. Em vez de Paolo, seu empregado Ceccio vem buscar as montarias. Ele diz que Paolo está lá em cima na *villa* e que se ponham à vontade, como se estivessem em casa. Orazio segue a orientação e, resmungando e sacudindo a poeira da bainha da capa, vai subindo as escadas à procura da cama de Paolo. Sofonisba fica olhando para se certificar de que o garoto vai parar com os animais junto ao tonel de água antes de levá-los embora. Ele é bonito, tem cachos dourados como os de um anjo, mas isso não quer dizer que tenha juízo.

Lá em cima, Orazio fecha as venezianas por causa do sol poente e se estica na cama, o nariz apontado para o teto, os braços abertos, como um cadáver antes de lhe tirarem as botas e juntarem as mãos sobre o peito. É a sua posição favorita. Sofonisba fica à escuta, prendendo a respiração. Ela se pergunta quanto tempo vai passar antes que o pai a chame para ir lhe esfregar as mãos. Ou os pés. Ou os joelhos. Afasta-se das escadas em silêncio.

Orazio suspira. Seus ossos doem. Em vez de estar ali, gostaria que estivessem na fazenda de Giuliano, onde seu primo Iacopo trabalha nas vinhas. Pelo menos Iacopo tem uma mulher que poderia se ocupar deles. A chateação que passa por causa da filha! Tudo isso — essa viagem árdua, essa demonstração tediosa e revoltante a que vão assistir —, tudo para o aperfeiçoamento das habilidades dela. E para calar seus colegas pintores de uma vez por todas. Tem se tornado cansativo saberem por todo lado que sua filha executa parte de seu trabalho. A questão está sempre sendo abordada nas reuniões da guilda, a *Arte de' Medici e Speziali*. Espera ter conseguido um meio de silenciá-los.

No último encontro da *Arte*, o nome de Sofonisba surgiu duas ou três vezes em relação a assuntos da guilda. Uma vez, quando discutiam a questão da elegibilidade, Antonello Morelli tinha perguntado, de um modo significativo, como estava a sua filha. Orazio sentiu um ímpeto de garoto de escola de bater nele. O nome de Sofonisba voltou a ser mencionado quando falavam sobre o cumprimento de contratos e os regulamentos para subcontratar. Mais uma vez, houve apenas insinuações feitas de maneira covarde.

Quando o vinho foi servido, Orazio seuntiu-se pronto para desafiá-los. Deu um soco na mesa. — Agora vocês vão me escutar. — O que pegou todos de surpresa, já que haviam chegado a um acordo amigável sobre o último item da pauta.

— Entendo vocês perfeitamente. Caluniadores. Covardes — disse. — Minha filha Sofonisba não é boa o suficiente para vocês — embora ninguém houvesse dito isso. — Pois vou lhes dizer uma coisa: ela é tão boa quanto qualquer um aqui.

Algumas pessoas em volta da mesa mostraram-se acabrunhadas, mais por se sentirem acusadas que por realmente abrigarem tais pensamentos; simplesmente parecia apropriado comportar-se daquela maneira. Orazio, afinal de contas, era bastante louco. Mas outros ficaram atentos, pois podiam reconhecer a distância — mesmo através da névoa do vinho — o tom de voz que prenuncia uma briga. Era quase um dever da parte delas reagir com um "De maneira alguma!"

— Tão habilidosa, tão segura, tão talentosa, tão preparada quanto qualquer um de vocês — Orazio, olhando à sua volta, bradou em tom acusador. — E eu sei como provar. Vejam! — Jogou sobre a mesa a carta que havia trazido consigo para a reunião. O selo era familiar. Alguns ali haviam recebido a mesma carta. — O *arcivescovo* Andrea está solicitando propostas. Para um afresco em sua casa de campo e um painel a óleo. Bem, não importam os orçamentos. Quero propor um concurso aberto. O que acham? Vou procurar o *arcivescovo* e ele estabelecerá os termos. Sofonisba deverá participar.

Havia agora algo mais interessante que a interminável discussão deles.

— Se ela ganhar, vocês vão calar suas bocas grandes e deixar de lado a intriga de uma vez por todas.

— E como vamos saber se o projeto é realmente de Sofonisba? — perguntou Landucci, que gostava de trabalhar os detalhes e já estava pegando a pena e a tinta.

— Porque, se ela ganhar — Orazio respondeu —, vai ter que pintar igualmente bem. Você verá por si mesmo. E se ela perder — ele tirou a pena da mão de Landucci e colocou-a sobre a mesa —, bem, aí vocês não vão precisar se preocupar. — Ele ergueu sua caneca. Houve um levantar geral de canecas que ele interpretou como concordância.

— Então está bem. Vou falar com o *arcivescovo* na quinta-feira, logo depois da missa.

Antonello arrotou e ergueu seu copo.

Não era de surpreender que Sofonisba tivesse se tornado artista. Desde os primeiros anos, ela havia vivido na companhia de pintores, e tinha sido criada pela modelo, também amante, de Orazio. Os trabalhos de Orazio eram muito admirados e sua reputação o mantinha ocupado com encomendas. Quando moço, seu círculo de amigos pintores era grande. Eles entravam e saíam de sua casa à vontade. No dia seguinte ao da morte de sua mulher, vítima de um terrível aborto, Orazio trouxe a amante para casa para servir de ama para a filha. Enquanto Orazio trabalhava, Sofonisba brincava aos pés dele. Ela fazia riscos grossos e vermelhos na parede de gesso que Orazio usava para esboçar as imagens que lhe vinham à cabeça. A ama dormia. Quando Orazio não estava trabalhando, ele e a ama rolavam na cama ampla. Quando Orazio não estava nem trabalhando nem rolando na cama com a ama, farreava com os amigos. Havia sempre algo para comemorar: uma nova encomenda, um dia festivo, o nascimento de uma criança, a morte de um inimigo, uma boa colheita, a execução de um assassino, o sol, a chuva.

Sofonisba cresceu confiante e tranqüila. Ela sabia que, se os guardas chegassem socando a porta e o empregado finalmente os deixasse entrar, se passassem por ela em grande agitação, e fossem berrar com Orazio e pusessem mesas e cadeiras de pernas para o ar à procura do criminoso que supunham que seu pai estivesse escondendo, ela não seria incomodada. Ficaria placidamente sentada num canto, brincando com um pedaço de cera e rindo se um deles tropeçasse.

Mais tarde, ela aprendeu que os homens maliciosos e suas mãos bobas eram inofensivos quando tinham cheiro de vinho muito forte. Então podiam ser repelidos, seja com uma observação contundente ou com um golpe físico como uma cotovelada no diafragma. Ela usara o expediente um número de vezes suficiente para saber como deixá-los sem ar, tossindo forte, quase pondo para fora o desjejum também. Além disso, ela sabia que seu pai, quaisquer que fossem os seus defeitos, a protegia; que, por mais que os companheiros dele se tornassem infames e intratáveis depois de uma refeição, podia contar com ele para colocá-los para fora com as próprias mãos caso ousassem tocar num fio de cabelo dela.

Mas agora há menos companhia para o pai, pois ele entrou na velhice como um bêbado que cai sobre um arbusto espinhento. O mau humor e a irritação impertinente tornaram-se costumeiros, e o dinheiro consiste praticamente na única coisa que ele deseja — fora o renome. Aqueles que ainda se associam a ele o fazem por respeito à sua obra, o que não quer dizer que Sofonisba não seja notada. Para homens como Matteo Tassi, que se comportam na vida como um garoto no pomar, ela é mais um fruto a ser colhido. Eles se sentem atraídos pelo movimento de seus seios e quadris, pelas curvas doces de sua silhueta, pela maciez de sua pele, não pensando em nenhum momento no quanto ela difere das belezas de cabelos claros que pintam em seus painéis: da pele delicada e opalescente, dos lábios pintados que ofertam um meio sorriso e nunca se abrem para mostrar os dentes.

Não há nada de delicado em Sofonisba. Ela é uma jovem forte, bem alta, um tanto larga, e muito morena, com o colorido reluzente de Nápoles e da Sicília. Ela não se enquadra nos moldes florentinos de beleza e não se importa com isso porque, aos quinze anos, teve uma revelação. Estava de pé em frente a uma das pinturas do pai, comendo um pêssego. O São Francisco do quadro acenava para um jovem da corte que estava em pé e de costas para uma mesa posta para um pequeno banquete. As duas figuras estavam quase completas, mas as carnes sobre a mesa estavam apenas sugeridas. Havia um faisão com o pescoço torcido, uvas e pão, dois pães redondos, e, rascunhado bem no canto da mesa, como se estivesse para cair, o pêssego que o rapaz havia recolocado na mesa, sua mão ainda esticada atrás do corpo, ao se virar para o santo. O choque provocado pela doçura da fruta tornou viva, de repente, a boca de Sofonisba. Ela olhou para o pêssego em sua mão, desconcertada com a agudeza do contraste entre o veludo da casca e a maciez escorregadia da carne saturada da fruta. Contida na palma da mão, a fruta dava a conhecer sua forma e seu volume, de maneira que, em conseqüência, Sofonisba conheceu de repente, intimamente, a cavidade da própria mão e, tendo percebido isso, conscientizou-se também do oco de sua boca com seu revestimento úmido de carne, contido por trás das paredes de seda, seus dentes lisos e fortes apertados contra elas. Tudo por dentro e por fora dela se fez conhecer e tudo estava contido naquele único instante, de tal modo que ela estava consciente da diferença, da estranheza, da alteridade de cada parte da criação e de como essas partes tinham suas próprias centenas de milhares de qualidades de aspereza, ou de escuridão, ou de amplitude, ou de flexibilidade, ou de umidade, ou de fragilidade, ou de luminescência, ou de cor ou de... Colocou seu próprio pêssego num canto da mesa e então, arriscando a ira do pai, alcançou a paleta dele.

Naquele dia, mais tarde, Orazio havia trabalhado mais um pouco, tentando ignorar o pêssego convincente — com uma mordida — que, de alguma forma, havia rolado sobre a mesa de sua pintura. Claro que sabia que era obra de Sofonisba, mas aquilo o havia perturbado da mesma forma que as visões do necromante a que seu amigo joalheiro o levara: as quimeras, que ele sabia serem trapaças, aparecendo e desaparecendo na fumaça, e ele, certo da fraude, sem ter como explicar como era feita. O pêssego parecia estranhamente real, como se, da próxima vez que o olhasse, ele fosse estar seco e desbotado na extremidade mordida. Tudo bem, então. Ele já tinha mais trabalho do que conseguia dar conta. Ela podia ser muito útil.

Naquela mesma tarde, Orazio olhou pela janela que dava para o pátio e viu Sofonisba costurando gorros para os *gettatelli* com a cozinheira. Ele a chamou para dentro. Disse que chegara a hora de ajudá-lo com seu trabalho. Sofonisba esperou, pensando que ele a mandaria misturar cores ou preparar um fundo de tela.

— Você pode terminar estas frutas — disse Orazio. — Comece aqui, pela romã. — Sofonisba pegou o pincel.

Sofonisba caminha pelo estúdio de Paolo Pallavicino em silêncio. Ele ocupa quase todo o primeiro andar da casa. Somente um pequeno quarto, com um forno e uma chaminé, está reservado para cozinhar e comer. Uma escada externa leva a um balcão coberto e aos quartos no andar de cima. Sofonisba avalia o tamanho do estúdio e o espaço à disposição de Paolo e o compara ao aperto do ateliê de seu pai.

Ela vai espiar uma reentrância na parede posterior do estúdio. É um quarto menor com janela. As paredes são forradas de prateleiras como a loja de um boticário, e o espaço está quase que inteiramente tomado por uma pequena escrivaninha onde Paolo prepara suas cores. Ela puxa a gaveta, mas está trancada e imagina que é ali que ele deve guardar seus papéis, pergaminhos e pontas de prata. As prateleiras estão abarrotadas de jarras de óleo, tabletes de cera, facas de entalhar, potes de tinta, tigelas. Há dois pilões, dois pratos de vidro grosso para triturar, um molde de gesso, uma pedra-mármore, potinhos de cobre de diferentes tamanhos, um queimador de óleo, facas e raspadores, trapos, penas, giz, bastões de pigmentos. Há material suficiente para abrir um ateliê para atender a encomendas. Mas Paolo não tem necessidade disso.

O estúdio propriamente dito é amplo e tem o pé-direito alto. Há duas mesas, uma delas quase escondida sob um monte de penas. No ano passado, na festa de San Giovanni, a reputação de Paolo Pallavicino como um mestre do espetáculo foi confirmada por uma pomba mecânica gigantesca de sua invenção que abriu as asas sobre a Piazza Santa Croce e deixou cair uma chuva abundante de penas brancas de pato sobre as cabeças dos espectadores. A penugem alva pairou lá no alto. Descrevendo voltas contra o céu azul. Neve em junho. Ninguém consegue esquecer. Algumas pessoas disseram que era como uma amostra do Paraíso. Na cidade há uma grande expectativa de que em junho haja uma repetição da festa do último ano.

A segunda mesa está perto da janela, vazia, ao lado a prancheta de tampo inclinável de Paolo e um banco. O tampo da prancheta está levantado e uma folha de papel grosso de trapos está afixada a ele, com a superfície preparada na cor de gesso, um branco nublado como um olho cego.

Uma prateleira estreita, presa por suportes de ferro, corre ao longo de todo o comprimento da parede em frente à porta, na altura dos ombros. Há poucos livros sobre ela. Os títulos que Paolo estuda referem-se à Natureza. Os segredos da Natureza, ele gosta de dizer, estão transcritos por toda parte, as anotações dela estão inscritas em cada folha, em cada osso, em cada pena. Um homem não tem necessidade de ir para a escola. Um homem tem apenas de usar os olhos que Deus lhe deu. Além dos livros, na prateleira, há uma fileira de potes com rolhas, uma pilha de placas de gesso com impressão de folhas, alguns instrumentos de desenho, vários modelos em cera, tanto de formas humanas quanto animais, e uma pequena cabeça de gato em bronze fundido. Os cadernos de Paolo estão jogados de qualquer jeito num canto da estante.

Sofonisba gostaria de olhar, mas não tem coragem. Ninguém disse quando Paolo estaria de volta.

Passa a mão sobre a pilha de asas e penas sobre a mesa. Elas fazem um som rouco como o do trigo no verão. Há ali todo tipo de pena, uma confusão de vôos perdidos, instrumentos de esculpir o ar, de escrever no céu. Penugens cacheadas de cisne erguem-se quando a pilha é remexida, punhais de rabo de gralha e penas com entalhes da asa de um condor escorregam para o chão.

Sofonisba pega uma asa de gaivota que Paolo esticou sobre uma vareta de bambu e fixou com cola de coelho num arco incapaz de voar. A asa tem um leve cheiro de peixe podre na base, onde não foi limpa, mas seu desenho é bonito e convida a ponta do dedo a percorrê-lo. As gaivotas voam longe para o interior em dias de tempestade no começo da primavera, fazendo piruetas e gritando no céu sobre os arados fora da cidade. Mas ali também há asas de pássaros que nunca voaram. Pares de cuco com galo, garça azul com ganso, asas criadas pelo próprio Paolo, que, tão logo inventadas, foram deixadas de lado. Ela agora enxerga as penas pelo que são: criações da mente desordenada de Paolo, o lado oculto do gênio.

30

Sofonisba está com fome. Espera que a tão falada hospitalidade de Giuliano se estenda morro abaixo e se manifeste em algo substancioso antes que o trabalho da noite comece. Enquanto isso, ela se sente perdida. Paolo não é o mais atencioso dos anfitriões. Ceccio disse que o sujeito está no estábulo. Isso vai requerer um pouco de coragem. Mas, afinal de contas, ela veio para aprender.

PAOLO SENTE OS OLHOS DE SEU PATRONO estudando seu rosto quando ele pára na porta do *guardaroba*.

Uma pequena criatura vestida numa túnica solta de lã cinza está de pé junto à janela. A breve e enigmática descrição de Giuliano não preparou Paolo para o que ele vê. Sob os cachos escuros, a testa negra da menina apresenta uma curiosa mancha branca ao centro. No lado esquerdo, a cor negra circula o olho e se estende pela maçã do rosto e para baixo numa forma irregular, diminuindo ao atingir o canto externo da boca. Ali começa a se alargar novamente, passando pelo queixo e descrevendo voltas em torno do pescoço. O lado direito do rosto é branco com um leve traçado negro apenas, como a sombra de folhas numa parede caiada. Ela mantém os olhos voltados em direção à janela, os braços malhados caídos ao lado do corpo, os pés escuros e manchados firmemente plantados.

— Ela fala?
— Fala, sim. Vittorio fez a mulher ensinar a menina antes de trazê-la aqui. O homem sabe como extrair o melhor preço.
— Como é o seu nome, garota?
— Caterina, senhor.
— E quem é o seu dono?
— O *signor* Giuliano.
— Você é uma boa menina?
— Sou, sim.
— De onde você veio?
— Vim do barco.
Paolo ri. — Mas, e antes disso?

A menina desvia o olhar para a janela novamente.

— Você não vai conseguir nenhuma resposta. "Eu não sei. Não me lembro. Não estou entendendo." Pode perguntar o que quiser. Você tem pai e mãe? Irmão? Irmã? "Não me lembro. Não estou entendendo." Ela é tão teimosa como todos eles.

— E de onde ela é?

— De Alexandria. Foi levada de lá para Gênova. Mas, antes da Alexandria, quem sabe? Ela não é etíope nem tártara, embora tenha algo de ambos. Às vezes, é melhor não sondar muito.

— Você quer desenhá-la?

Paolo hesita.

— Ah, você tem trabalho. Eu tinha esquecido.

Mas Paolo gostaria de desenhar a garota. Gostaria mais que tudo de ver, no conjunto, aquela pele estranha que se parece tanto com a pele de um animal, se bem que lisa, sem pêlo. Ele tinha visto pele desse tipo em cachorrinhos que havia tirado da barriga de uma cadela.

— Eu não tenho nenhum material aqui comigo.

— Eu tenho material de desenho e uma peça de veludo aqui em cima da mesa, se você precisar. Mandei que colocassem a mesa junto à janela para você. Examinei cada centímetro dela. É uma maravilha. O conhecimento que obtiver disso é seu, mas o desenho que você vai fazer é meu.

— Certamente. Será uma honra.

— Tire o vestido, Caterina.

As pálpebras da menina se abrem, e ela olha para um dos homens e depois para o outro.

— Tire o vestido. Não vamos machucar você.

A menina desamarra o cordão do decote do vestido e o afasta dos ombros. Ela se desvencilha do vestido e imediatamente o agarra e o levanta para se cobrir. Paolo pega o vestido com delicadeza e lhe dá a peça de veludo. Ela está tremendo: um movimento que não começa na pele, mas na barriga.

Paolo coloca uma cadeira em posição e faz um sinal para a garota:

— Suba. Suba na mesa.

— Para cima da mesa. Agora, Caterina.

Paolo percebe que o tremor está aumentando, vê que a atenção da garota volta-se para si mesma, o que deixa seus olhos vazios.

— Com todo respeito, *Vossignoria*, acho que, com paciência, conseguiremos o que queremos.

Giuliano ri. Passa o braço sobre o ombro de Paolo e lhe dá um tapinha amigável.

— Vou sair — diz ele. — Já vi isso tudo. Faça o que for preciso para que meu desenho fique bom.

Vira-se para sair.

— E não se apresse. Sua modelo tem todo o tempo do mundo.

O SUJEITO DE PAOLO PARA ESTA NOITE é um indigente que morreu nos portões de Stinche como se estivesse indo para a prisão numa última esperança de receber caridade. Não está claro por que ele morreu. Não é um velho, talvez não tenha ainda chegado aos quarenta, e seu corpo não está inteiramente desnutrido. Os ajudantes de Paolo o trouxeram para casa esta manhã, dentro de um saco e escondido sob fardos de palha, na carroça. Eles o levaram para o estábulo de pedra e o deitaram sobre uma mesa sólida que fica no centro, e, quando Paolo conferiu que estava tudo em ordem, deixou-o lá com as portas trancadas. Quando Sofonisba bate, não há ninguém para atendê-la.

— O desgraçado do morto está aí dentro.

É Ceccio, a uma certa distância, o sol poente formando um halo sobre seus cabelos desalinhados.

— Eu sei.

— O mestre não vai deixar você entrar. Só quando o tivermos aprontado.

Sofonisba pensa que bom modelo esse garoto não daria. Tem uma compleição leve, com pescoço e punhos que ainda não engrossaram. Ela saberia representar os cachos macios e louros, que parecem dançar.

— Mas você pode olhar. Quer que eu o mostre a você?

— Se você quiser — responde Sofonisba. Antes que ela terminasse de falar, Ceccio já estava forçando uma tábua solta da porta, puxando-a para cima e para o lado até abrir uma fresta na altura da cintura. Ele segura a tábua enquanto Sofonisba se abaixa para olhar. Ela se levanta, chocada, mas depois respira fundo e se ajoelha de novo para espiar pela fenda entre as tábuas. Ceccio dá uma risadinha.

A luz entra no estábulo pelas aberturas das pedras sob o beiral do telhado. O corpo do homem está deitado sobre uma mesa maciça. Ela olha direto, por cima das solas dos pés descalços, o morto em toda a sua extensão: o membro masculino enrolado sobre seu ninho de pêlos, a cavidade formada pelas costelas protuberantes, o tórax arredondado com mamilos diminutos mal se projetando na linha da visão, o pescoço esquelético e os vestígios de barba escura no queixo. As mãos do homem estão estendidas dos lados com as palmas viradas para cima. O coração de Sofonisba entra em pânico. A cabeça dele está levemente erguida, apoiada num bloco de madeira que faz as vezes de travesseiro, e dá para ver as linhas agradáveis da boca em repouso e os olhos fechados. Não existe fronteira entre o sono e a morte.

Ela se levanta e olha para Ceccio. Ele faz um gesto obsceno com a mão sobre a virilha. Sofonisba bate com força com as costas da mão na cabeça dele e ele pára de rir.

Ela está muito confusa. O que isso tem a ver com o cadáver? Ele repousa sobre a mesa de olhos fechados — e ela está a seus pés. Por que pensa em Cristo? Ela conhece a figura de Cristo. Fica na vertical. Os braços abertos. Os cantos da boca voltados para baixo numa expressão de dor. Esse homem podia estar dormindo depois de uma longa e difícil jornada. Ou nos Céus.

— Você quer ver mais alguma outra coisa?
— Não. Quero comer. Meu pai também vai querer, quando se levantar.
— Posso pegar alguma coisa para você.
— Mas antes vou olhar novamente.

A GAROTA NÃO É BONITA. E ela deve saber disso, seja de onde for que tenha vindo. É uma aberração. Contra a natureza. Ela não é bonita e, ainda assim, seu rosto tem uma forma agradável e seus olhos são vivos. Seu cabelo é espesso e muito cacheado. Seus malares são largos e talvez altos demais, mas não chegam a quebrar a harmonia do rosto. Ela é bem proporcionada. Mas a sua pele — a marca de Caim não podia ser pior. Viver dentro daquela pele é ter a desgraça como vestimenta, andar pelo mundo como um arauto — a blasfêmia não se extinguirá — da cruel indiferença de Deus. Paolo se admira de ela ter sido comprada. De ter sobrevivido ao nascimento. Ele a imagina no cais de Gênova, onde os escravos recém-chegados são colocados sobre barris. Ele se admira de ela não ter ido parar no fundo da enseada.

Aproxima da mesa a sua cadeira. A garota olha fixamente para os pés, mas parece que não consegue movê-los. Paolo coloca o braço por trás dela para ajudá-la, mas o tremor continua e os pés permanecem plantados no chão. Paolo suspira baixinho e se curva para ela, como se a fosse levantar, com tecido e tudo, e depositá-la como uma trouxa de roupa sobre a mesa. Mas não é rápido o bastante. Ela se vira e dá um passo para trás, deixando-o curvado, braços estendidos, como um peão de fazenda que tenta forçar um porco a entrar na pocilga. Duas, três vezes ele tenta chegar por trás dela e ela se vira, girando os quadris e escapando dele, numa estranha dança de sedução e fuga. Paolo dá uma gargalhada, enxergando de repente a dança deles com os olhos de Giuliano. Endireita o corpo, vira as costas com um encolher de ombros e cruza os braços.

A garota percebe que se trata de um sinal. Adianta-se e sobe na mesa, ajoelhando-se no centro, de frente para a janela, com as costas para ele e a cabeça baixa.

Paolo volta-se para ela. Inclina a cabeça e se pergunta o que ela está imaginando que vai acontecer agora. O tremor cessou. Sua atitude é de abandono. Entregou o corpo, como fazem os condenados. Ele vai por trás dela e retira o veludo. Ela não opõe resistência. Paolo prende a respiração. Só quer olhar e olhar.

As costas malhadas da garota estão na sombra. As solas dos pés, viradas para cima, atrás dela, são brancas e estão empoeiradas. Ele faz a volta e pára de frente para ela, de costas para a janela. Pela segunda vez prende a respiração, tomando cuidado para ela não perceber. Esperava manchas escuras, alterações de matiz e textura que a desfigurassem, imperfeições, algumas talvez elevadas. O que vê atrai o seu olhar e o deixa fixo. Ela tem os braços junto ao corpo, cruzados na frente, de modo que somente a metade superior dos seios está exposta. A pele ali é lisa. Ela recebe em cheio a luz que entra pela janela e, embora não haja nenhuma árvore lá fora projetando sombras, seu corpo apresenta manchas. As manchas têm formas irregulares, maiores que folhas de carvalho em alguns lugares, e uma cor de terra bem preta. Estão dispersas sobre a pele clara. Pele tão lisa que ele tem vontade de tocar. Suas coxas também são cobertas dessas manchas. Ele chega mais perto. A luz a ilumina de lado, obliquamente, e mostra que a superfície da pele não tem irregularidades. Uma pele tão lisa, pensa, quanto o flanco de um cavalo. Um potro malhado. Nenhuma verruga, ferida ou furúnculo. Ele toca a cintura da garota, gostaria de acariciá-la, mas, em vez disso, estica o braço para soltar-lhe os dedos que apertam os braços.

Ao fazê-lo, encontra o olhar de Caterina e ele sabe que há muita voracidade e curiosidade no seu próprio olhar. Não se cansa de olhar. Examina-a de perto, levantando seus braços para ver debaixo, espiando sob os cabelos a nuca da garota, afastando-lhe as pernas. Depois de olhar cada centímetro, ele senta e fecha os olhos. A garota espera um pouco, um pouco mais e, então, faz um movimento em direção à beira da mesa.

Paolo abre os olhos. — Não, não desça —, ele diz. — Vamos começar. — Pega a prancha de desenho de Giuliano e um pedaço de sanguina, e começa, com traços rápidos, a esboçar a figura dela sobre o papel. Seus olhos passeiam sobre a pele da garota, centímetro por centímetro, e voltam ao papel; retornam à garota, centímetro por centímetro, medindo, anotando cada marca, registrando mais do que ela própria conhece de si.

A garota olha fixamente, através das janelas abertas, para qualquer coisa lá fora, bem longe.

SOFONISBA E SEU PAI estão sentados em bancos na frente da casa de Paolo, olhando o dia dissipar-se a oeste. Aquele lado do céu está coberto de cor-de-rosa e lilás, alaranjado e roxo. Os morros distantes escurecem e se aglomeram. No vale, o rio primeiro fica cor-de-ouro e, em seguida, acobreado; a leste, a paisagem já apresenta o púrpura escuro da Quaresma. Os convidados só viram seu anfitrião muito rapidamente, quando ele desceu da *villa*. Ceccio trouxe-lhes cebolas, caldo e pedaços de peixe salgado. Orazio lhe disse que se não lhes trouxesse vinho, ele faria o seu senhor arrancar-lhe as orelhas. Mal consegue esperar que a noite termine e se pergunta por que foi sugerir que viessem. Resmunga consigo mesmo, queixa-se mal-humorado por gastar tempo e esforço preparando Sofonisba para o seu ofício quando faria melhor simplesmente casá-la. É um pensamento que lhe ocorre com freqüência, apesar do medo de perder sua assistente mais valiosa.

Sofonisba também gostaria que a noite terminasse. Não consegue parar de pensar na beleza singular da ossatura da face do homem morto, na humilde paciência do cadáver esperando para servi-los. Levanta-se e entra na casa para acender um lampião. A luz é fraca, mas em pouco tempo estará mais brilhante. À luz do dia, aquela atividade seria apenas de educação, de aprendizado de anatomia, mas a escuridão que se aproxima confere à função da noite um sabor de pecado que ela não havia provado antes. Trazem consigo tochas prontas para serem acesas quando Ceccio chegar e avisar que está na hora.

Paolo Pallavicino insiste em realizar suas demonstrações à noite. Os ociosos e os tolos, que poderiam de outra maneira pensar em vir espiar o que ele faz no estábulo de pedra, serão detidos pela escuridão e por sua imaginação ímpia; pois, se executar uma dissecação anatômica numa sala de conferências pública em Pádua pode representar uma atitude avançada e prestigiada, é completamente diferente — na realidade, tem um toque de criminalidade — fazer o mesmo à luz de lampiões num estábulo fora de uso, na calada da noite. Desse modo, lançando uma capa de terror sobre suas atividades, Paolo busca preservar a santidade delas.

No princípio, o terror era quase insuportável para Ceccio. Uma vez, na hora de acordar e dar assistência a Paolo, tentou fingir que não estava em condições de se levantar, permanecendo deitado no escuro, com os olhos de longos cílios fechados, gemendo como se estivesse dormindo. Mas isso apenas despertou a ira de *maestro* Paolo. Ele o agarrou e empurrou para junto do cadáver, o fez ajoelhar e então, perto do rosto do morto, pedir desculpas pela demora. "Triste fiapo de alma penada, tem sorte de eu não trancar você aqui para passar a noite inteira com ele", dissera Paolo. Mas o momento que Ceccio mais teme, o momento que lhe provoca pesadelos da pior espécie, daqueles dos quais não se consegue acordar, é quando *maestro* Paolo pede que ele leve embora as partes não aproveitadas. Pelo fato de Ceccio ter pouca inteligência e *maestro* Paolo muita, nenhum deles pensava em usar o carrinho de mão. *Maestro* Paolo ainda estava fazendo anotações, com os cabelos chamuscando na chama da vela, quando Ceccio abraçava aquela massa sem nome, impossível de ser nomeada, já cheirando a podre, enrolada num lençol úmido e manchado. Nessa noite, Ceccio tropeça uma vez, a coisa está tão pesada, porque Paolo Pallavicino separou a parte superior do torso, deixando os braços para facilitar o manuseio, e a colocou sobre o bloco de madeira. O restante é muito peso e Ceccio quase não dá conta de carregar numa só viagem.

Ainda assim, nunca lhe ocorreria deixar seu emprego com Paolo. Sabe que existem pelo mundo, à solta, terrores maiores que esse. Seu tio Federigo é um deles. Federigo se autodenomina necromante. Ele faz o trabalho que Paolo não pode pedir a ninguém mais que faça. Certa vez, Ceccio pensou em voltar para esse homem que o entregou a Paolo em troca de uma quantia em dinheiro. Subiu com ele até as ruínas acima da *villa*. Não consegue lembrar mais o que o fez ir. Promessas? Ameaças? A lembrança da voz de sua mãe? Não era só Federigo, havia mais quatro ou cinco homens com o hálito cheirando a muito vinho. Ceccio lembra de ter seguido até as ruínas, tremendo de frio, por aquele caminho horrível. Estava com tanto frio que, quando acabou de subir, bebeu o que lhe ofereceram. Com as mãos trêmulas, bateu com o gargalo do odre nos lábios. Eles o enrolaram num cobertor, cobrindo também sua cabeça. Um dos homens acendeu uma pequena fogueira e o colocou perto. O fogo começou a crepitar e a pulular. Ao sentir seu calor, pensou que podia ficar ali e dormir com aquelas vozes todas ao redor. Em pouco tempo, realmente começou a sonhar; sim, foi um sonho, teve certeza depois. Sonhou com mãos e pernas sobre ele, gente nua sobre ele, bafo quente, suas partes traseiras expostas. Algo indescritível diante do seu rosto, na sua boca, seus olhos chorando lágrimas quentes, medo e escuridão jorrando do cerne do seu ser e vazando por todas as suas partes. Ele lembra de uma dor inexprimível. Acordou no dia seguinte no carro de feno chamando por Paolo, aos gritos.

Ceccio não pensa em ir embora novamente. Paolo lhe disse que ele vai ficar para sempre. Ele tanto teme quanto precisa do *maestro*. Vai ficar com

Paolo até morrer. Tem capacidade de procurar um caminho entre os muitos artesãos que podem precisar de um empregado disposto, mas por que faria isso? Paolo lhe dá comida, uma cama confortável e nunca bate nele com força. E quando Paolo é tomado por necessidades repentinas à noite, bem, elas logo se aplacam. E essa outra atividade dele, essa ocupação com os mortos, não acontece com freqüência.

Essa noite Ceccio conservará limpa a mesa de trabalho. Manterá os pavios das lâmpadas aparados e segurará a vela perto de Paolo se houver qualquer dificuldade. Trará a bacia toda vez que *maestro* Paolo precisar lavar as mãos.

Paolo colocou o torso em posição vertical sobre a mesa. Afiou a faca que usará para esfolar. Não adianta pedir a Ceccio que faça isso. Não faria do jeito que Paolo gosta. Além de buscar e carregar coisas, Ceccio tem só mais uma verdadeira serventia. Houve um tempo em que Paolo pensou em procurar um rapaz com mais condições de assisti-lo nesse trabalho difícil; conservou Ceccio, entretanto, esperando talvez que a beleza do garoto servisse de talismã contra a profanação da faca, como se a mera presença da beleza, como a do terror, pudesse conferir santidade. E agora Paolo agradece a Deus por tê-lo feito, porque Ceccio tem uma memória prodigiosa, um talento tão grande, uma habilidade tão extraordinária, que só pode ser sobrenatural. Ele repete sem entender, mas na ordem exata, todas as palavras que Paolo pronunciou durante a dissecação. Às vezes, o velho se pergunta se não se trata de uma possessão demoníaca, mas aquela capacidade maravilhosa é útil demais para ser ignorada. Quando, mais tarde, ele faz suas anotações, é como estar recebendo a graça de reviver a noite.

Esta noite o trabalho será fácil. Ele não irá além da camada de músculo que se situa logo abaixo da pele como uma paisagem lisa e ondulante.

LÁ EM CIMA, NA *VILLA*, Giuliano caminha de meias pelo terraço. Sua mulher, Lucia, penteia os cabelos no quarto e pensa nos lençóis de linho macios e frescos de sua cama. Caterina, a garota, está deitada no corredor, como um cachorro, mas seus olhos abertos fitam a noite. Giuliano cruza os braços sobre as costelas magras enquanto decide o que fazer. Os dedos longos apertam e torcem a seda bordada do colete. Os dedos da outra mão não param de alisar a barba rala, abrindo e fechando como as varetas de um leque. Como ele gostaria de ter contado com a atenção de Paolo esta noite. Precisa do seu conselho. Curva os dedos e brinca com eles sobre a boca, como para fazer brotar palavras oportunas. Lucia não ficou feliz. Ele escolheu a hora errada, reconhece agora. Ela estava cansada da viagem. Os dois cavalariços que havia mandado com ela para protegê-la tinham cavalgado depressa demais. A mulher do cozinheiro, que devia fazer-lhe companhia, era tão divertida quanto um velório. Fora um erro apresentar-lhe a garota assim que chegou. Como podia mostrar-se satisfeita se estava cansada e empoeirada?

Ele fizera a mulher esperar na sala de visitas, e obrigara-a a sentar-se de frente para a porta de modo a poder ver seu rosto quando entrasse com a garota. Ela ficou pasma. Ela ficou realmente pasma. Mas ele sabia que era mais que isso. Entre as sobrancelhas, formou-se uma pequena ruga e em seguida o lábio inferior ficou visivelmente repuxado para baixo e o pescoço, tenso. Ela se encolheu na cadeira como se estivesse sendo puxada por um acompanhante invisível. Duas ou três vezes abriu a boca para tomar fôlego e dizer alguma coisa, e a cada uma dessas vezes olhou para ele e depois para a garota.

— Não sei o que dizer — declarou finalmente. — Deixe-a lá fora esperando. — E então: — Será que ela vai fugir?

— Claro que não — respondeu Giuliano. Ele fechou a porta. — Para onde ela iria?

Lucia levantou-se. Respirou fundo várias vezes como alguém que se livra de um grande perigo.

— Não sei o que dizer — repetiu. — O que há de errado com ela? Ela está limpa? Que desgraça é essa que a cobre toda? O que você está pensando?

Giuliano fez o possível para acalmá-la, mas Lucia simplesmente fechou os olhos e pôs-se a fazer pequenos movimentos de cabeça para um lado e para o outro, como se pretendesse impedir que as palavras dele chegassem a seus ouvidos.

Quando ele já tinha dito tudo que lhe ocorreu para tranqüilizá-la, ela abriu os olhos.

— De manhã decidiremos o que fazer com ela. Se não é nenhuma doença o que ela tem, pode deixá-la dormir no corredor. E agora eu estou muito, muito cansada. Que Deus nos guarde, nos proteja de todo o mal e permita que amanheçamos a salvo.

O ESTÁBULO ESTÁ BEM ILUMINADO. Ele podia ser uma capela, e a mesa, um altar. As tochas que os convidados trouxeram queimam em candelabros nas paredes. Quatro lampiões estão pendurados nas vigas do telhado por cima da mesa, que é tosca e foi construída especialmente para esse trabalho. As facas e serras estão penduradas em ganchos em suas laterais. Há dois baldes embaixo da mesa e um machado de cabo curto ao lado deles. O coração de Sofonisba bate forte. Seu olhar se volta para um volume sobre a mesa, discretamente coberto com um lençol. Ela aperta nas mãos a prancha de desenho e a caixa de instrumentos. Há duas folhas preparadas para ponta de prata. Vai fazer esboços em giz no resto. Paolo colocou dois bancos perto da mesa. Ele convida Sofonisba e seu pai para fazerem um desenho do cadáver antes que ele comece. Sofonisba senta no banco. Enquanto abre a caixa e pega sua ponta de prata, ouve Paolo retirando o lençol. Voltar os olhos de novo na direção da mesa exigirá dela um esforço consciente.

— Não há necessidade — ele diz, e Sofonisba sabe que é a ela que se dirige — de temer a carne. A carne em si — Sofonisba ergue os olhos e lá está ele, o triste, cômico toco de homem, os braços agora muito longos para seu corpo decepado, com o que restou do pescoço formando um leve ângulo, sugerindo a cabeça ausente à sua mente em conflito — não deve causar medo. Somente o espírito que anima a carne durante a vida tem o poder de nos fazer mal.

Ceccio está acendendo velas sobre uma pequena mesa ao lado, onde há panos dobrados e uma bacia de água para lavar as mãos. Os olhos de Sofonisba ainda estão rejeitando o que vêem sobre a mesa. Orazio bate de leve no braço dela.

— Comece.

Paolo continua a falar com calma sobre a natureza da carne, sua afinidade com a terra, com o barro, com a pedra, a importância da água. Sua voz é suave, como se estivesse tentando acalmar um cavalo inquieto. Sofonisba lança as primeiras linhas sobre a folha. É bastante grande a semelhança do que desenha com a forma à sua frente, mas ela não consegue se entregar ao que faz. Por mais palavras que Paolo profira, elas não conseguem remover o sentimento de vergonha que a aflige pela atual desgraça do indigente. Há uma impureza contaminando todos ali. É um alívio quando o verdadeiro trabalho começa. Ceccio está pronto com uma lamparina. Eles deixam seus blocos de desenho sobre os bancos e se levantam para ver.

Com uma pequena lâmina triangular, Paolo faz uma longa incisão começando entre as clavículas e descendo até o umbigo. Faz mais outras duas, de ambos os lados do pescoço cortado até o final da clavícula, onde esta encontra a escápula. Ele fala mansamente, descrevendo cada ação. Desce com a lâmina do alto do ombro, ao lado da elevação do úmero, e continua a incisão dando uma volta até embaixo do braço. De lá, ele faz um longo corte até a cintura e repete o procedimento do outro lado. Ele usa a lâmina para deixar um canto de pele livre onde possa segurar para começar a separar epiderme e derme do músculo abaixo. Faz uma pausa apenas para pegar uma faca mais larga com uma leve curva na lâmina. Trabalha com habilidade, mantendo a lâmina em ângulo. A epiderme e a derme soltam-se uniformemente, fazendo um barulho seco de papel, deixando exposto o músculo e seus contornos delicadamente recobertos, uma paisagem virgem à vista.

Quando Paolo terminou, havia removido duas peças perfeitamente simétricas de pele do peito e do abdômen. Ele as jogou no balde e chamou Ceccio para ajudá-lo a virar o torso ao contrário.

— As costas serão mais fáceis, já que não têm a interrupção dos mamilos.

Mas Ceccio não parece nada animado.

— Nós vamos retirá-la numa só peça. Ceccio vai precisar manter o outro lado sob tensão.

Paolo corta por baixo, formando uma aba para o rapaz segurar.

— E agora... — Ele trabalha como antes, com a lâmina em ângulo, mais empurrando que cortando. — ... a pele que vocês estão vendo é a mais extraordinária das membranas. Ela mantém a umidade no interior dos nossos corpos, ao mesmo tempo em que nos protege da degeneração e putrefação da umidade de fora. É o véu que impede que nos dissolvamos no éter, o véu que nos protege das queimaduras do sol. — Paolo faz uma pausa. — Há gente que diz que a pele retirada do corpo de um homem enforcado tem propriedades mágicas, como o poder de proteger do mal. E mais, que se você usa essa pele por uma semana, aquilo que você mais deseja se realiza. Besteira. A pele de um homem enforcado é como a pele de qualquer outra pessoa. Ela é o seu próprio milagre, modelo de elasticidade, força e sensibilidade acurada e, quando lisa e sem pêlos como na juventude e nas mulheres, é de uma beleza incomparável.

Ceccio pensa de outra maneira, e os convidados também, vendo que estão, nesse momento, a pele do homem morto, enrugada e dobrada para trás sobre si mesma, cor de gordura nas partes mais grossas e quase cinzenta nas restantes.

Nem mesmo Paolo perde muito tempo em admirá-la, empurrando-a para o lado assim que o último canto se solta. Ele pega uma esponja e limpa os músculos das costas, satisfeito por suas superfícies lisas estarem intactas, sem lugar algum em que a faca inadvertidamente as tenha ferido. Ele lava as mãos e as enxuga para que não escorreguem e segura novamente a faca para remover a pele de um dos braços. Faz uma longa incisão no limite da parte anterior com a posterior do braço, a partir do ombro até o dedo mínimo, então puxa e descola a pele, para trás e para baixo, trabalhando com a faca à medida que avança. Ceccio segura por baixo dos dois braços para impedir que o torso escorregue. Quando terminam, a mão parece prender uma longa e medonha echarpe que se recusa a soltar. Paolo mergulha as mãos novamente dentro da bacia e as banha até os pulsos.

— Está bom, então — diz ele. — Ceccio vai dar uma limpeza aqui enquanto vamos lá fora tomar um pouco de ar. Depois explicarei tudo a vocês.

Lá fora, parece que todos precisam aspirar grandes quantidades do ar noturno. O aroma dos lírios chega até eles trazido por uma brisa ligeira. Paolo está enganado. A coisa não está inteiramente inerte, nem é ainda totalmente barro. Está em processo, do mesmo jeito que o corpo humano está sempre em processo. Emana ainda o que lhe resta de vida, de forma que sua presença invade o espaço e, por fim, o permeia de uma maneira que nenhuma estátua poderia fazer. Sofonisba se afasta um pouco no escuro, aspirando o aroma dos lírios, aspirando as manjeronas silvestres esmagadas sob os pés, aspirando a grama molhada e limpa, o calor do sol acumulado na pedra cinzenta, o frio das estrelas.

No estábulo, Ceccio joga os pedaços de pele dentro de um dos baldes. Um cachorro aparece choramingando na porta. Ceccio atira-lhe um martelo. Acaba de lhe ocorrer uma idéia.

O desenho de Paolo Pallavicino será executado em ponta de prata no seu caderno, numa página ímpar, preparada para isso. O objeto de estudo ficará aninhado entre folhas de samambaia. A beleza está ali, dentro do terror, Paolo sabe disso. O que está aparente sobre a mesa não é, nunca é, tudo dele. Um observador que se deparasse com os restos pegajosos na faca, os cortes desiguais e os aventais manchados do homem e de seu assistente não adivinharia, teria que ser apresentado à paisagem sem nome. É por isso que, quando chega ao fim de uma dissecação de muitas horas, ele descansa só um pouco e logo pega a ponta de prata e a folha de papel "para tornar belo o repugnante".

Orazio já desceu para a casa. Ele disse, embora não seja verdade, que já havia feito tudo isso muitas vezes e não tinha necessidade de fazer novamente. Sofonisba fez vários desenhos. Não restou nada do que ter medo. O indigente que ela espiou pelas frestas da porta havia se reduzido à carcaça parcial de um cadáver. Sofonisba via apenas um arranjo de músculos e a forma como cada parte era disposta da maneira mais adequada a suas funções. Os desenhos dela eram firmes e cuidadosos. Mostravam as faixas de tendões brancos e o cetim brilhante da bainha azul prateada, a barafunda de pele ainda presa na palma da mão do braço esfolado, a superfície áspera do bloco de madeira embaixo dele. Ela fez seis desenhos de diferentes ângulos, dispondo-os regularmente sobre a folha como peças de carne de boa qualidade sobre a mesa de um cozinheiro. Prestou atenção a tudo que Paolo explicou. Registrou cada camada de músculo, do largo leque transverso na superfície, passando pelas grossas tiras diagonais, até a bela musculatura macia que acompanha a espinha dorsal em todo o seu comprimento. Ela sentia como se devesse agradecer ao monte de carne sobre a mesa as verdades básicas que lhe haviam sido reveladas.

Quando terminou, Ceccio acompanhou-a de volta à casa, iluminando o caminho.

É a hora mais calma da noite. Paolo terminou seu desenho do torso esfolado e está trabalhando na ornamentação dele com folhas de samambaia. O único som é o leve arranhar da ponta de prata. Não há ninguém para ouvi-lo. O torso está em posição vertical. As folhas de samambaia imitam as linhas do músculo sutilmente trançado, e sua graça e leveza destacam a solidez e a massa dele, da mesma forma como a suavidade de um tecido drapeado realça o mármore de um busto. Brotando da base do torso, elas se erguem e descrevem arcos como samambaias em volta do tronco de uma árvore na floresta ou na encosta de um morro, e de fato, no desenho, por cima do torso, no canto superior esquerdo da página, há a sugestão de um vale distante. O vale relembra ao espírito os contornos apaziguadores de um morro por trás de outro sumindo ao longe, cada vez mais azuis em meio à bruma, mas o brotar das samambaias traz os olhos mais e mais de volta ao centro, concentra a mente no torso sem pele que lá está, representado sem braços, atingindo assim a mais perfeita humildade, ela própria beleza. Pois da mesma forma como toda raiz ou tronco ou botão existe para servir à árvore, cada parte do corpo existe para abrigar a alma e servi-la em perfeito cumprimento à vontade de Deus. Paolo Pallavicino está exausto, mas terminará o último detalhe da última folha; não esfumaçará suas bordas minuciosamente recortadas; está oferecendo a beleza das samambaias como reparação pela indignidade, está sepultando a carne em graça.

DOIS

De manhã, Lucia vê as coisas de maneira um pouco diferente. A garota não é tão ruim. Ela não é bonita. Nenhuma delas é. Mesmo as de aparência agradável são prejudicadas pelas cicatrizes dos cortes que recebem para marcá-las e prevenir que fujam. Não há necessidade de marcar esta. Ela é malhada como a cadela de sua irmã. Assustaria até o diabo se ele a encontrasse sem ser avisado. Mesmo assim, seu rosto não tem cicatrizes nem marcas de varíola. Olha de lado para a garota. É um rosto agradável sob a máscara estranha.

— Pense — diz Giuliano. — Ela não tem doença alguma, senão a careca de Vittorio Cibò já estaria malhada.

Ele não lhe conta o que ela já soube por meio de um dos criados, que Gaetano havia gritado "Deus nos proteja!" quando viu a garota pela primeira vez.

— Imagine — ele continua — como você vai poder vesti-la quando tivermos hóspedes da cidade. Imagine o que Cosimo vai pensar, ele que acha que já viu de tudo.

Lucia esboça um pequeno sorriso enquanto decide criar um conjunto de regras sobre os lugares por onde a garota pode andar, e em que ocasiões.

— Leve-a para dar uma volta pela casa e pelos jardins — diz Giuliano. — Deixe que ela veja como tem sorte. E dê doces a ela. Você conquistará sua lealdade imediatamente.

Lucia diz: — Veremos. — Mas lhe agrada a idéia de levar a garota para fora de casa. Parece mais saudável.

No terraço, o sol já está esquentando as pedras. O ar está perfumado pelas flores brancas de uma parreira que juntou seu destino ao de um cipreste sombrio, e se enrosca em seus galhos. Lucia respira fundo. A garota faz o mesmo. Lucia acha graça, mas não demonstra.

— Venha cá — diz ela. — Vou lhe ensinar mais algumas palavras. — Mas não é preciso ir a lugar algum. O mundo todo se estende diante do terraço onde estão, as cercas vivas baixas e aparadas, as trilhas de areia lisa, os limoeiros reluzentes, os passarinhos descendo como chuva sobre um mar de flores de pêra. Basta dizer um nome e está tudo lá, a abelha gorda resmungando na dedaleira que balança, as folhas das oliveiras ao longe se transformando de uma vez só em prata brilhante, as formigas em fila ao pé do muro.

— Abelha — diz Lucia, e acena imprecisamente com a mão na direção do inseto. Um dia, ensinará todas essas palavras à criança que tem dentro de si. Ela lhe apresentará cada palavra como uma dádiva, e seu filho possuirá todas. As palavras não têm utilidade para a estranha criatura a seu lado.

— Flor — acena ela novamente.

Para além de tudo isso, lá embaixo no vale, está o complicado quebra-cabeça da cidade transpondo o rio com sua complexa dança de telhado contra telhado, pináculo, torre, parede, janela e a grande cúpula de tijolos da Santa Maria fazendo tudo parecer pequeno. Por onde começar? Pelos morros azul-esverdeados, verde-azulados, que se erguem um atrás do outro na distância, fundindo-se com a névoa do céu? Como nomear o mundo? Pássaro, flor, árvore, ponte, igreja, céu. Ela deixará Gaetano ou outra pessoa classificá-lo. Não lhe ocorre que a garota talvez já saiba um bom número de palavras.

Vittorio Cibò, quando trouxe a escrava de Gênova, deixou bastante claro para sua mulher, Elisabetta, que, quanto mais cedo a garota aprendesse a língua, tanto mais cedo ele poderia apresentá-la a Giuliano. Elisabetta, tomada de medo da aparência exótica da garota, a princípio tinha resistido da maneira que ela conhecia melhor. "Deus do céu!", ela gritara. "Demônios estão devorando meus olhos! Tirem-nos de cima de mim! Tirem-nos de cima de mim! Os demônios! Os demônios!", e continuou a gritar desse modo, rolando a parte de trás da cabeça de encontro à parede, de um lado para o outro, de um lado para o outro, fazendo com que a faixa de linho que usava em volta do pescoço ficasse cada vez mais apertada, até que seu rosto estivesse roxo e seus olhos saltassem, reforçando suas queixas. Vittorio já havia presenciado esse espetáculo muitas vezes. Um bom tapa era o suficiente para se conter o ataque. Sempre funcionava e, na verdade, assim que ele o aplicou, Elisabetta colocou mãos à obra.

Ela treinou a menina em tarefas simples, ensinando-lhe a língua à medida que ela progredia. A garota repetia os nomes e as ações, sua nova língua se estruturando rapidamente: a princípio, palavras isoladas, como contas num arame, depois, frases inteiras. Era como cantar, repetindo os ritmos, a subida e a descida, copiando as formas da cavidade bucal, o movimento da língua, levantando a voz no ar como se imitasse o chamado de um pássaro: *aqui está o pão; aqui está a água.*

Mas há frases dentro da cabeça da garota que Elisabetta não ensinou e que Lucia nunca ouvirá. A garota juntou sozinha as palavras, frases inteiras que se penduram como vozes desencarnadas no espaço cego atrás de seus olhos. *Onde está meu pai? Onde estão minhas irmãs?* Ela não tem lembranças que alimentem as palavras, mas as mantém cativas em sua cabeça — juntamente com as respostas que ela não sabe que tem — como pássaros passando fome no escuro, que poderiam, se libertados, transformar-se em dragões vorazes. *Onde está meu irmão? Onde está minha mãe?*

— Venha — diz Lucia, abandonando a idéia de nomear o mundo. Isso a deixa cansada. — Vou lhe mostrar coisas que você nunca viu. — Elas seguem por um caminho que vai para a direita, para além das cozinhas e das estrebarias, e depois viram, descendo um pouco o morro em direção ao celeiro.

— Veja — diz a garota, apontando. Lucia por enquanto faz de conta que não percebeu que a garota usou o imperativo com ela e olha. Além do celeiro, em direção à casa de Paolo, uma criatura está rastejando no telhado do estábulo.

— Aquilo? É Ceccio, o empregado do *maestro* Paolo. Quem sabe o que ele faz lá em cima! Ele é demônio e anjo ao mesmo tempo, e, se você o encontrar, nunca confie numa só palavra que ele disser.

Lucia está se sentindo levemente nauseada. Talvez tenha olhado por muito tempo para o rosto perturbador da menina, ou talvez seja o cheiro que vem da porta do celeiro, uma mistura asquerosa. Ela perde totalmente o interesse de nomear os animais. Mesmo seu impulso inicial, seu desejo de ver o estranho confrontado com o estranho, é arrebatado pela náusea.

— Vá — ela diz. — Entre e olhe.

A garota hesita e então, deixando a luz do sol, entra. O celeiro foi guarnecido com cavaletes para apoiar as gaiolas, algumas em cima de outras até haver três ou quatro empilhadas. Para a garota, todas as criaturas são igualmente familiares e estranhas. E todas são igualmente sem nome. As que não conseguem se esconder olham desconfiadas para ela. Os pássaros parecem folhas secas surpreendidas por uma rajada de vento no canto de um pátio. Eles saltam e rodopiam loucamente em suas gaiolas, param por um momento e então saltam e rodopiam novamente.

A garota se aproxima lentamente, olhando para trás, com receio de que a *signora* subitamente desapareça e um guarda a substitua naquele instante, e a porta se feche num rangido. E então ela fica frente a frente com uma criatura que nunca viu. Não tem penas nem pêlos, mas a pele de uma serpente, apenas mais áspera, agita dentro da menina uma lembrança que não consegue localizar. Algo sobre tentar agarrar pequenos corpos frios, algo sobre a parte de baixo de uma pedra, seca e áspera, e o calor da palma de sua mão, e então há só o caos, lembranças perdidas, deixando apenas um resíduo de terror. A criatura tem uma crista de pele que se ergue em volta da cara como uma gola alta e rígida. Vira a cabeça desajeitadamente para espiá-la, seu olho uma conta de ouro debaixo da pálpebra enrugada. Na gaiola ao lado, há um feixe de penas eriçadas, como as hastes de plumas que não voam, e está se movendo. A garota curva a boca para baixo, com desgosto. Enquanto olha, uma onda percorre as penas como vento através dos pés de milho, embora o ar esteja parado. Ela franze a testa e então se distrai com um movimento no fundo do celeiro, onde alguma coisa está pulando para chamar sua atenção, a sua atenção! Os sons que ela estava ouvindo vêm de uma pequena coisa semelhante a um homem, uma criatura quicando para a frente e para trás na gaiola, balançando e dando voltas. Tem mãos e um rabo. Ela sorri. O animal mostra seus dentes amarelos em resposta. Um pequeno velho cabeludo. Ele pára de tagarelar quando ela chega à gaiola. Ela se inclina e é, para todos os efeitos, como se realmente um homem vivesse ali dentro daquela pele. Os olhos olham diretamente para dentro dos olhos dela, falam com ela. Contam-lhe algo que ela consegue entender, algo que ela sabe, embora numa língua que não reconhece, ou esqueceu, da mesma forma que esqueceu o nome dos outros animais. É uma história de perda e tristeza encharcada de vergonha. Isso a faz querer sair do celeiro imediatamente e inspirar grandes golfadas de ar enquanto segue sua senhora no caminho de volta para a *villa*.

NA CASA DE PAOLO, os Fabroni estão se preparando para partir. Sofonisba está desapontada por não ter usufruído nem um pouco da famosa hospitalidade de Giuliano. Orazio está desgostoso. O anfitrião ainda dorme, depois de seus trabalhos noturnos, e a égua continua arisca. Orazio e Ceccio se alvoroçam em torno dela como moscas, enquanto Sofonisba a monta e faz com que ela ande em círculos pequenos, esforçando-se para manter o controle.

Neste momento, um certo Alessandro, tido geralmente como tolo, lerdo de inteligência mas útil, filho do boticário Emilio da Prato, entra a cavalo pelos portões.

— *Salve! Salve! Cari amici miei!* — Ele quase canta ao falar e imediatamente se decepciona com o som da própria voz, que soa ridícula. Faz o possível para parecer um homem de negócios bem-sucedido ao entrar no pátio a cavalo, felizmente inconsciente de que sua calça amarela e sua capa de seda vermelha lembram ligeiramente uma galinha. Veio num cavalo velho e cansado, o único que seu pai lhe permite montar, suando e ofegando morro acima, à casa de Paolo Pallavicino, tendo perdido um estribo e sido mordido por uma vespa no caminho, para receber uma encomenda de *maestro* Paolo. Pelo menos foi isso que disse ao pai. Não falou o que havia sabido: que Orazio Fabroni estaria lá com sua filha. Ele está tão enfeitiçado por Sofonisba que seu corpo não lhe pertence na presença dela. Seus pés crescem e ele tropeça, suas mãos não conseguem segurar, seu pescoço e queixo se esticam para fora de suas roupas e ondulam como os de uma tartaruga faminta. Isso não o detém. Essa manhã, quando saiu, estava satisfeito com seu plano. Todo tipo de coisas acontece na casa de Paolo Pallavicini, um homem ainda menos preso às convenções que Orazio. Um encontro casual na casa de Paolo pode levar a qualquer lugar.

— *Che fortuna*! Que surpresa agradável encontrar vocês dois aqui.

Mas Alessandro, sempre um passo atrás dos outros, faz parte dos atrasados da vida. O rebuliço com a égua continua sem esmorecer e, quando ele desmonta, Orazio está subindo na mula.

— Dê-lhe mais rédea e ela não saltará tanto. Ceccio, ajude-a, pelo amor de Deus.

— Tenho um negócio importante com *maestro* Paolo. — Alessandro é como um arqueiro atirando bem longe do alvo.

Orazio resolve por fim notar sua presença.

— Alessandro, meu rapaz. Estamos indo embora — diz. — *Maestro* Paolo ainda está dormindo e esse fedelho é um inútil. Não espere nenhuma acolhida.

Não parece promissor. Como ir adiante?

— Segure as rédeas da égua, ouviu? Ceccio tem tanta serventia quanto um macaco. — Alessandro se aproxima, ciente agora da oportunidade que deixou passar. Mas o bem-sucedido comerciante e o poderoso domador de cavalos desaparecem juntos quando a égua vira a cabeça e fere a pele de sua mão com seus longos dentes cinzentos.

A inquietação e a confusão de todos os cavalos e cavaleiros do mundo não poderiam abafar o seu ganido. Ele não sabe ao certo, na presente circunstância, onde e se ele deveria sangrar. Mas agora, repentinamente, tem a atenção da própria Sofonisba.

51

— Deixe-me ver.

Ela se abaixa e pega a mão dele nas suas. É o suficiente para tirar a masculinidade do mais mundano dos homens: uma mulher se comportando com essa familiaridade, com essa quase intimidade. Ele tem mais medo dela que do cavalo.

Sofonisba balança a cabeça e diz: — Você tem que cuspir nisso — e nesse momento é exatamente o que faz.

Alessandro retira a mão como se tivesse sido queimado. Olha de Sofonisba para a mão e desta para Sofonisba. Como sempre, essa confusão. Será que ela o fez de tolo? Na frente dos outros? Deve ficar indignado? Mas talvez seja uma honra? Ou uma intimidade? O que um pretendente deve fazer, cuspir em cima? Ela o olha com suas sobrancelhas arqueadas. Sem nada falar, ela está claramente dizendo: "E aí?" O que ela espera? Ele precisa fazer ou dizer alguma coisa.

Ele se decide por "Obrigada, *madonna*" e, para seu horror, ela joga a cabeça para trás e ri. Alessandro abandona toda esperança e se refugia imediatamente na segurança dos negócios. Pode haver um fiapo de dignidade a ser salvo.

— Se a senhora me der licença agora, *madonna*, preciso anotar uma encomenda.

— Sim. Apareça sempre e me faça rir.

Espirituosidade. É isso. Se ao menos não fosse tão difícil!

— O prazer será meu — ele diz. — Um pequeno presente para você em retribuição à grande dádiva que você lança sobre o mundo. — Deus, isso é um trabalho árduo. E agora ela pergunta o que ele quer dizer. Ela não deveria perguntar. Ele pede um raio, um pequeno terremoto, mas o mundo é terrivelmente complacente. Não apenas isso, mas seus pés criaram raízes e ele parece incapaz de sair do lugar. Ele desenraíza um pé e dá o que espera que seja um passo cavalheiresco para trás. Palavras truncadas sobre damas graciosas e sua mera presença saem aos trambolhões de seus lábios, e ela ri novamente. Dele.

— Bem, chega — diz Orazio. — Mantenha-me a par, senhor, da recuperação de sua mão. Sem dúvida, em breve nos encontraremos novamente na cidade.

— O senhor é a gentileza em pessoa... — Alessandro gorjeia umas banalidades a mais em direção a Orazio, que se afasta. A apetitosa Sofonisba, voluntariosa como qualquer animal de quatro patas, já está a caminho do portão. Ele havia estado tão perto! Qualquer um podia ver que o pai dela estava disponível para aceitar sua companhia, mas o velho não tinha escolha senão seguir a filha. Se ele dava valor à sua égua.

É uma situação antiga e Alessandro está acostumado a ela: a vida não passa de uma cenoura caprichosa pendurada numa vara. Sempre decepcionante, mesmo que você a agarre. Ele está mais que preparado para o grosseiro pequeno Ceccio e algumas histórias soturnas para se distrair de suas tristezas.

Os dois se sentam lado a lado, encostados na parede do estábulo, enquanto Ceccio faz um relato dos acontecimentos da noite anterior. Embora tenha sede devido à viagem, Alessandro sente sua boca se encher de saliva.

É como se estivesse na própria sala. Ceccio repete tudo que foi dito, palavra por palavra.

— 'Primeiramente, eu exporei a musculatura anterior. A primeira incisão nos leva... do meio das clavículas... diretamente... para baixo... até o umbigo, dessa forma. E um corte rápido... vire... mais... em cada lado para fora na direção da elevação... aqui... do úmero.'

Apesar de Alessandro não ser uma pessoa de imaginação, quando Ceccio fala é como se as imagens se formassem no ar.

— 'As costas serão mais fáceis, sem a interrupção dos mamilos...

— '... a pele que vêm é uma membrana maravilhosa...

— 'Há quem diga que a pele retirada do cadáver de um enforcado tem propriedades mágicas...'

Quando Ceccio termina, Alessandro o faz repetir a parte sobre sorte e como ela pode ser mudada. Ceccio reconhece uma oportunidade quando encontra uma.

— Posso conseguir uma para você. Uma pele. Mas isso tem um preço.

Como um passarinho, inofensivo e bem-vindo no parapeito de uma janela, o pensamento aparece.

— Eu posso. Quer ver?

Alessandro hesita.

— Não. Você não vai querer ver a pele agora. — Ceccio ri. — Volte quando ela estiver pronta e eu lhe mostrarei.

Vestido de sorte. É tentador.

— Como você sabe que tem esse poder?

— Meu tio Federigo me disse.

A referência ao tio de Ceccio sugere uma porção de razões adicionais para adquirir a pele. O tio Federigo de Ceccio lhe conta muitas coisas — as quais Ceccio repassa regularmente para Alessandro — e todas apontam para a desgraça e o mal que espreitam no mundo: homens que o roubam e o deixam quase morto, lobos que despedaçam sua garganta se você fica muito tempo nas montanhas, lobisomens que aparecem à noite, nem adianta *maestro* Paolo dizer que não aparecem. Há raios e trovões e há porcas malvadas que mordem suas pernas, ervas amargas que o fazem cuspir sangue e ficar cego para o resto da vida, rios que podem subir pelas margens num minuto e arrastá-lo para a escuridão. E há o Diabo; o próprio Ceccio sabe tudo sobre ele. Ceccio lhe contou várias vezes como o Diabo o atirou na carroça de feno ao lado do depósito, e ele acordou quando Paolo Pallovicino o chamou. Num mundo como esse, um homem pode fazer bom uso de um manto de boa sorte.

Ele pensa somente mais um minuto e pergunta quanto Ceccio quer.

ORAZIO ESTEVE PENSANDO. Durante todo o caminho desde a casa de Paolo, ele ficou pensando. Quando chegou ao seu ateliê e à casa da Via del Cocomero, teve necessidade de se deitar e pensar mais um pouco. Todo esse trabalho. A viagem cansativa até lá em cima, a longa noite, a viagem de volta. Para que tudo isso? Para garantir que a habilidade de Sofonisba supere a de todos os outros? Para calá-los? Não seria mais fácil casá-la? Ele poderia reduzir os negócios se só tivesse uma boca para alimentar. E nenhum filho. E nenhum filho. Na verdade, para que servia uma filha?

De tarde ele se levanta e sai para falar com o notário Tomasso. Ele odeia ir falar com Tomasso. É como ser barbeado com uma lâmina cega, ou ser sangrado, ou se confessar. Ou ter sanguessugas aplicadas ao corpo. No entanto,

Tomasso é seu amigo, bem como seu notário, e seus conselhos sempre são bons. Para Orazio — e também para Tomasso —, a amizade é uma serra de dois punhos. É empurrar e puxar e nunca ficar parada. Orazio detesta ouvir o que Tomasso tem a dizer. Tomasso adora fazer discursos. Porém, quando eles terminam a conversa, Orazio sai inteiramente satisfeito, enquanto Tomasso tem de acalmar seus nervos com uma mistura de bálsamo e mel. Ele permanece zangado durante dias — o que só serve para prepará-lo para a próxima visita de Orazio, fortalecendo a sua retórica... E assim o ciclo recomeça.

Tomasso tem de ser honesto. As pessoas já começaram a falar, ele diz ao amigo. Dizem que ele, Orazio, não é um pai digno porque põe a filha para trabalhar para ele como um aprendiz qualquer. As pessoas podem provar. Elas já viram, quando foram ao ateliê: Sofonisba vestindo um velho *lucca* para proteger o vestido, com uma corda em volta para mantê-lo fechado, como um cordão em volta de um roupão de saco de um mendigo; Sofonisba com o cabelo solto, o rosto lambuzado de tinta; Sofonisba quase sem tempo para levantar os olhos de sua tarefa e ter a amabilidade normal de um cumprimento. Essa situação não é satisfatória. As pessoas dizem que é uma pena, um crime, ver uma moça ser tratada assim. Se a mãe de Sofonisba fosse viva, não seria assim: Sofonisba estaria sentada como a filha do mais rico comerciante, com tempo livre para sonhar, à sombra de uma cerejeira. Isso não é respeitável. Ela devia ter se casado há muito tempo e, no entanto, Orazio não consultou nenhum homem, nem chegou a sugerir um dote. Deve haver rapazes que apreciariam uma companhia com um quadril tão largo, mas, a não ser que Orazio comece a espalhar algumas idéias, ninguém pode sequer adivinhar que condições podem ser oferecidas. E qual é o sentido disso? Isso deixa a todos no escuro. Não é o modo como as coisas são feitas. Aos dezoito anos, as perspectivas de uma moça, se ainda não estão decididas, pelo menos devem estar esclarecidas.

Tomasso deixa a filha relegada escapulir para lamber as feridas e dirige seu fogo diretamente para o pai, querendo saber por que ele sempre tem de resolver seus assuntos nessa zona sombria que fica entre o irregular e o indecoroso. Se não fosse pela excelência de seu trabalho, Tomasso lhe diz, ele já teria sido evitado há muito tempo. Seu trabalho é bom, não há como negar; ele lhe assegura o respeito de homens de maior grandeza que a dos reclamões —

banqueiros, cardeais, até o duque, uma vez —, mas suas companhias nem sempre têm sido adequadas. Agora, parece que ele está aplicando seu código de conduta vacilante à filha.

Tomasso estica a mão por cima da mesa e agarra o braço de Orazio.

— Orazio — diz —, às vezes parece que você só pensa em si mesmo.

Orazio vira o rosto abruptamente.

— Às vezes eu penso na sua boca faladeira — ele retruca.

É sempre um erro tentar conversar com Orazio sem um copo de vinho.

— Ouça — diz Tomasso. — O que estou lhe dizendo é para o bem de sua filha e para a honra de seu nome. Você já está velho, como eu. Não ficaremos mais muitos anos servindo ao Senhor na Terra. Pense em Sofonisba. Você lhe faz muito mal ao mantê-la trabalhando para você.

Ele faz uma pausa e se prepara para a resposta de Orazio, mas este fica quieto.

— Os que falam que você só pensa em si mesmo dizem que a conserva junto de você pensando na velhice. Não pretendo dizer nada sobre se é certo ou não expor uma moça solteira aqui, ali e em toda parte ao olhar do público, nem sobre se é adequada a presença dela na companhia de seus amigos mais obscenos, para não dizer criminosos... — Um suspiro áspero e exasperado vem da direção de Orazio, e Tomasso se apressa em concluir. — Só mais isso: quando você se for, não haverá nenhum trabalho, e então o que ela fará? As próprias irmãs de Sant'Anna podem não aceitá-la devido à vida que ela levou.

— Mas agora elas a aceitam, quando querem que suas paredes sejam pintadas.

— Mas é exatamente isso. Uma mulher que leva a vida de aprendiz dificilmente pode ser uma postulante.

— Eles deviam prender você na *Signoria* — diz Orazio, levantando-se. — Você é um velho patife briguento.

Por mais que Tomasso ferva com isso e chupe seus dentes e estique seu lábio inferior, isso não afeta o amigo, que não se vira da porta.

— Eu o verei amanhã — diz Tomasso.

— Se vivermos até lá — responde Orazio.

Tomasso passa a tarde toda enfurecido. Gosta que as pessoas o escutem. Nada o irrita mais do que ser ignorado. Ajudaria enormemente seu sistema digestivo saber que, no caminho para casa, Orazio parou na loja de Emilio da Prato e o convidou para jantar.

ALESSANDRO ESTÁ ACOSTUMADO a navegar na vida sem bússola ou estrela visível. Está acostumado a ventos e tempestades, a acreditar que há sempre um desastre adiante. Mas nessa manhã específica ele acorda com a expectativa de uma trajetória suave e ensolarada. Não consegue acreditar como sua sorte, em poucos dias, já está se ajeitando. Parece que só o fato de ter conversado com Ceccio sobre a pele do enforcado foi o suficiente para mudar sua sorte.

Até o ar parece mudado. O vento durante a noite mudou para soprar numa nova direção, derrubando árvores e arrancando janelas nesse processo. Alessandro dormiu enquanto tudo isso acontecia, somente acordou com a sensação de movimento suspenso — e essa vaga noção de sorte mudada. Quando seu pai lhe contou o que havia chegado ao seu conhecimento, Alessandro teve certeza. Até seu pai percebeu.

— Você é um rapaz de sorte, Alessandro. Você não merece, mas é. Os merecedores recebem sua recompensa no Paraíso. Você está recebendo a sua agora. Pense no que estou lhe dizendo. Se eu fosse você, interpretaria isso como um aviso. — Seu pai conseguia tirar o brilho de qualquer informação e expor seu lado oculto. Mas Alessandro não se importava. Orazio Fabroni, parece, havia comunicado a seu pai que ele, Alessandro, filho de Emilio, poderia ser bem-vindo a apresentar seus respeitos à filha dele. À filha dele! Estava começando a fazer parte daqueles que ganham todas as recompensas da vida, merecidas ou não, e ele se deliciava com esse pensamento.

— Certifique-se apenas de estar honrando o nosso nome — disse seu pai.
— Lembre-se de levar um pequeno presente, nada exagerado, e tente não dizer nenhuma bobagem a ela. Ou ao pai.

Sustentado por uma esperança sem fundamento e, ao menos uma vez na vida, alegremente inconsciente dos obstáculos do infortúnio, Alessandro partiu mais tarde, naquele mesmo dia, para *La Castagna*, a fim de entregar a encomenda que havia arrancado de Paolo Pallavicino.

O mesmo vento que havia embalado o sono de Alessandro mantivera Paolo acordado, esperando inquieto pela manhã. Quem sabia que curiosidades um vento assim podia revelar? Ele soprou a noite toda no morro, sacudindo portas e janelas e fazendo as telhas soltas estalarem. O ruído dos galhos das árvores, chocando-se uns contra os outros, parecia o cacarejar de galinhas, e a fumaça da chaminé voltava para dentro do quarto em busca de calor. Na casa dos bichos de Giuliano, o macaco berrou a noite toda e, nos canis, os cachorros choraram de pena dele, com seus ganidos estranhos e solidários. Tudo isso parecia a Paolo de bom augúrio. De manhã ele saiu para os vinhedos. Visita a fazenda freqüentemente. Iacopo, que cuida das vinhas para Giuliano, complementa seus ganhos vendendo raridades que afirma desenterrar nos campos, mas que, em geral, ele compra de um exército de meninos que vêm de San Domenico garimpar para ele. Paga a eles um punhado de *soldi* para escavar o solo rosa-alaranjado do morro fértil e eles o recompensam com seus achados: um cavalo de bronze, pequenos ladrilhos esmaltados com cores de pavão ainda reluzentes, o punho de uma espada. O que o responsável pelo vinhedo não consegue vender a Giuliano guarda para Paolo, que lhe ensinou a guardar tudo, até os galhos dos carvalhos e os vespeiros vazios. Quem poderia dizer o que lhe traria aquela manhã?

Paolo saiu em plena manhã turbulenta e sentiu o cheiro da resina dos pequenos galhos arrancados dos ciprestes acima da casa. O terreno do lado de fora da casa tinha um aspecto revolto e desfeito de outono, mais que de primavera. Folhas, pedaços de galhos e gravetos estavam espalhados pelo chão. Flores de trepadeiras haviam fracassado em sua meticulosa e mal iniciada ascensão. Porém, a vista de Paolo se extasiava com sobreviventes da violência da tempestade por toda parte: os feixes de botões das glicínias, a pega macia aperfeiçoando o brilho de suas costas, a quebra-pedras intacta na base do muro. Mas isso era beleza comum, e Paolo estava atrás do que era raro.

Na fazenda uma amendoeira caíra. Tinha caído sobre um chiqueiro e matado um dos animais. Dois dos filhos de Iacopo trabalhavam, serrando os galhos da árvore. Iacopo havia pendurado a porca para sangrar. Sua cabeça estava esmagada. Ele fez uma brincadeira a respeito de um ensopado. Não era o tipo de brincadeira que Paolo achava engraçado. Ouviria coisas mais sensatas de Margherita. Podia ouvir gritos vindos da direção da casa.

— Onde está *Monna* Margherita? Lá dentro?

— Não — respondeu Iacopo. — *Monna* Margherita está fora. *Fuori di sé.* — Fora de si. Paolo sorriu. Trocadilhos são mais do seu gosto. Ele está escrevendo um livro sobre trocadilhos.

— Não se incomode — disse. — Eu a encontro. — Os gritos vindos da casa estavam aumentando. Uma pequena figura se esgueirou para fora da porta quando ele se aproximava. Paolo soube imediatamente quem era. Ela estava protegendo a cabeça com o cotovelo dobrado, esperando um golpe. Escapou pelo lado da casa. *Monna* Margherita apareceu na porta.

— Seu montinho de estrume imundo!

Paolo Pallavicino balançou a cabeça.

— Você! — exclamou *Monna* Margherita e girou sobre os calcanhares. Paolo Pallavicino, destemido, a seguiu para dentro de casa e se sentou.

— Não é problema seu, você não tem que aturar isso. Você não tem que aturar nada. Só precisa esperar que o magnificente Giuliano despeje comida pela sua goela abaixo. Comida que nós cultivamos com as nossas mãos. — Ela se inclinava sobre ele de forma que não tivesse dificuldades de identificar as mesmas mãos que agora se aproximavam perigosamente do seu rosto.

— Você está zangada.

— Oh! Estou mesmo? E você teve a bondade de vir até aqui só para me dizer isso? Como posso agradecer?

— Para onde ela foi?

— Eu devo me preocupar em saber para onde ela foi? Devo me importar com isso?

— Giuliano a mandou para você?

— Oh, não. Foi o papa. Ele veio aqui especialmente para entregá-la. Você o viu passando, não? Ele ficou para o jantar.

Paolo Pallavicino cruzou os braços pacientemente.

— Ela dá azar, essa é a verdade. — *Monna* Margherita pegou um pedaço de lenha da lareira. Ouviu-se o barulho de um movimento do lado de fora e imediatamente ela se virou e correu para a janela.

— Vá embora! — gritou. — Saia dessa casa! — Esperou até que a infeliz se afastasse bastante, saindo do seu campo de visão, e atirou um pedaço de madeira.

Paolo Pallavicino sentiu um profundo desânimo. Somos todos crianças, pensou. Todos crianças, com impulsos ingovernáveis e sem ninguém para nos corrigir. Quem atirará um pedaço de pau na gente?

— *Monna* Margherita — ele disse —, você é uma mulher bela e forte, e sua casa pode suportar um pequeno temporal e a perda de um chiqueiro... deixe a garota em paz. — Essas palavras eram um convite ao ataque, eram um desnudamento do peito, como se ele dissesse "Bata aqui".

Ele ficou parado recebendo a torrente de insultos: como ele deveria manter seu nariz feio fora dos assuntos dela; como ninguém sabia a amolação e o sofrimento que essa criatura poderia causar; como Giuliano tinha Iacopo em tão baixa estima que lhe passara a escrava — como quem passa varíola —, sabendo que sua esposa, Lucia, já ficara doente por sua causa. Como Iacopo fora tão burro a ponto de aceitá-la estava além do seu entendimento. Qualquer um podia ver que botaram mau-olhado nela.

— O que você vai fazer com ela?

— Eu? Não vou fazer nada. Se chegar perto de mim ou de minha casa, solto os cachorros em cima dela. Mas Iacopo... Iacopo quer vendê-la por duas ovelhas.

Crianças, crianças sem esperança. Brigando na rua.

— Então, Iacopo quer vendê-la?

— Sim. Essa coisa feia e desfigurada. Vai nos transformar em motivo de chacota. Ela parece que foi respingada de esterco. Os vizinhos vão espalhar boatos e agora o chiqueiro está caindo.

E de repente ela estava chorando, chorando como um bebê. — Estou com medo. Estou com muito medo. Não a quero perto de casa. Não a quero nem no celeiro. Ela vai deixar o Diabo entrar quando estivermos dormindo.

Paolo Pallovicino estalou levemente a língua. Mas não tocou na mulher. Muito silenciosamente ele saiu da casa, praguejando um pouco quando estava do lado de fora porque havia esquecido de falar sobre o assunto que o levara até aqui. Mas não importava mais.

Caminhou em volta das construções externas com os ouvidos atentos, tentando localizar a garota. Ela estava sentada na sombra, atrás de um estábulo baixo, com as costas contra a parede e os joelhos dobrados contra o peito. Quando ela o viu, juntou os punhos e os cotovelos rapidamente e cobriu o rosto com os antebraços.

Paolo ficou de cócoras.

— Caterina?

Ela deixou os braços caírem. Seus olhos estavam vermelhos. Um deles tinha um machucado na parte inferior, tingido por uma tonalidade arroxeada que ele viu que se repetia em outras partes dos braços.

Ele se levantou e voltou à casa.

Monna Margherita estava batendo no fogo como se fosse um animal que ela quisesse matar. Ela não se virou.

— Você quer? — perguntou.

— Vou conseguir as duas ovelhas.

— E o porco.

— Você tem o porco. Estava velho. Você não perdeu nada. Eu arranjo as duas ovelhas se você me deixar levar a garota da sua mão ainda hoje. Mas você tem que confiar em mim.

— Confiar em você? — disse Iacopo quando Paolo lhe contou. — Me dê sua capa e eu confio em você.

Paolo suspirou. Ele vivia na mesma propriedade que aquele homem. Teve a mesma sensação de desânimo que havia sentido mais cedo. Tirou a capa e a colocou sobre os escombros do chiqueiro.

— Venha — ele disse à garota. — Não fique aí parada.

PAOLO COLOCOU A PRANCHETA virada para o interior da sala, uma mesa à frente, um pouco para o lado, e um banco perto para a garota subir. Ceccio ficou vigiando, olhando para eles através da janela. Ele não está absolutamente

✠ 61 ✠

seguro em relação a essa escrava. Ficou sabendo de tudo sobre ela por meio de um dos empregados de Giuliano, mas, ao vivo, a garota o desconcerta. Ele não sabe se ri ou se foge. Instintivamente sabe que ela está fora do alcance de suas crueldades costumeiras.

— Lembra? — pergunta Paolo, e mostra o desenho em que está trabalhando para Giuliano. Ele estende a mão para os cordões da gola do seu vestido, mas a garota se vira e ela mesma os desamarra. Ela fica de pé entre a mesa e a prancheta, mantendo as costas voltadas para a janela e para os olhos curiosos de Ceccio. Os olhos dela se movem repetidamente em direção ao desenho sobre a mesa. Paolo se aproxima e gesticula para que ela suba, mas, como antes, ela se recusa. Dessa vez, ela balança a cabeça resolutamente e está mais determinada. Nada que Paolo faça ou diga consegue induzi-la a pelo menos tocar a mesa. Paolo se resigna a trabalhar de outro ângulo.

— Está bem — ele diz. — Ajoelhe-se. — E ele aponta o chão.

Ceccio fixa as costas expostas da garota.

Paolo anda em torno dela, pensando. Ela está ajoelhada como no primeiro dia, sentada sobre os calcanhares, com as mãos no colo. Ele gostaria de desenhar suas costas longas e manchadas. As manchas se iniciam com respingos nos ombros, como uma chuva escura e pesada, marrom-escuro sobre a pele cor de leite de ovelha. Mal há espaços entre os salpicos. O branco poderia ser comparado a fios de renda partidos sobre os ombros. Dos ombros para baixo, a chuva pesada se afina até se tornar um pontilhado regular e então se inverte em seus quadris para se transformar num fundo escuro recoberto de grandes flocos irregulares de branco.

— Olhe — diz Paolo. — Levante. — Ele põe uma mão no ombro e a outra na nádega dela, empurrando-a para cima como se empurra um cavalo para uma baia. — Estenda essa perna, para trás.

Ceccio tampa a boca, o riso agora é uma opção iminente.

Ela está tremendo, e Paolo acha tudo muito difícil.

— Olhe — ele diz e se abaixa desajeitadamente sobre um joelho, ao lado dela. — Assim. — Ele mostra exatamente o que quer: uma pose ajoelhada, com uma perna estendida para trás, o corpo para a frente num ângulo que traça uma longa linha desde o joelho até a nuca, as mãos à frente como se estivessem fazendo uma oferenda. E ela, como uma sombra escura, repete a pose.

Ceccio, consciente — como todos os três estão — do triângulo de espaço proibido entre as pernas dela, gostaria de ter um amigo aqui para ver isso: os dois, ela sem um fiapo para cobri-la, e o velho, despreocupado, como se isso fosse a coisa mais natural do mundo, ajoelhado — mas não para rezar — com uma garota a seu lado, nua como um recém-nascido. Ele olha quando Paolo se levanta, inclina o tampo da prancheta e o firma na posição, puxa um banco e se senta para trabalhar, curvando-se sobre o caderno em grande concentração. A garota se ajoelha com rigidez, como se houvesse algo sobre a mesa para o qual olhasse diretamente.

E, no pensamento da garota, há realmente alguma coisa na mesa, apesar de ela não a ver como é. Há um jovem sobre a mesa. É um jovem de grande beleza e, no entanto, não há como ela saber disso. Ele está deitado de costas e escorre sangue de onde seu nariz e suas orelhas deveriam estar. É um castigo do Inferno, e a única bondade dos Céus é o fato de ela não reconhecer isso.

Não há muito mais para Ceccio ver. Quando ele passa por ali novamente, eles ainda estão lá. Ele espia pela porta. A garota o olha de relance apenas uma vez. Ela não se move. Seu nariz está escorrendo, talvez por causa das lágrimas e, a intervalos, entre as respirações, ela funga e engole. Paolo está falando com ela. Seu rosto tem a mesma aparência de concentração que apresenta quando está no estábulo. É a fisionomia de quem ouve com atenção. Está ali, mas não está ali. Ele conversa com a menina, falando-lhe sobre sua pele, dizendo-lhe coisas que ela já sabe: é uma condição estranha; não há ninguém mais no mundo com uma pele assim; é sua cruz e sua desgraça, e ela tem sorte de estar viva; há os que a temem, que acreditam que ela seja portadora do desagrado de Deus; há os que prefeririam que ela não desfigurasse o aspecto da Criação. Ele, Paolo, porém, não fica perturbado. Seus olhos se deleitam com o ritmo das manchas. No entanto, não há lugar para elas num corpo de homem; elas ofendem o olho que busca constantemente a perfeição, como a alma busca seu Criador.

Ele também lhe diz coisas que ela não poderia saber: que ele, Paolo Pallavicino, com o conhecimento e a experiência prática adquiridos ao longo de muitos anos, estaria apto a tirar as marcas de sua pele; que ele poderia descobrir um meio de livrá-la de sua má aparência e fazer a superfície de sua pele se igualar, de modo a não ofender a vista das pessoas e ferir a harmonia da Criação de Deus. Ele fala de soda cáustica e cal. Fala sobre fumigação curativa, íris e tomilho. Fala sobre descascar uma laranja e fala sobre a renovação da pele.

Ele pega Ceccio de surpresa quando diz de repente: "Chega", e joga seu caderno na mesa como se não significasse para ele mais do que um trapo para limpar o rosto.

— Continuaremos amanhã. Você me cansa. Lá está Ceccio, na porta. Vá com ele e converse com os animais. Leve-a daqui, Ceccio.

A garota pega a túnica e o vestido que Paolo joga para ela e lentamente os veste. Vê o belo e trombudo empregado de Paolo, de cabelos louros, esperando do lado de fora da porta.

Paolo acredita que não foi por acaso que essa menina apareceu na sua frente. Ela veio servir especialmente a seus propósitos. É seu dever, confiado por Deus, ampliar as fronteiras de seu conhecimento, medir e demarcar cada parte da Criação, mesmo a mais baixa. Paolo Pallavicino acredita que ir além dos próprios limites é honrar a Deus Todo-Poderoso, de quem somos criaturas. Em sua imaginação, ele continua a falar com a garota. "Você está em boas mãos", diz. "Você está nas mãos de um mestre". E "se Deus quiser, eu farei de você uma mulher de aparência tão agradável como qualquer outra. Não? Por que você me diz não? Está com medo? Então vá embora. Saia agora pelas ruas da cidade, onde ninguém a conhece. Ande com sua cara malhada descoberta e veja quanto tempo levará para se ver em apuros".

A garota segue Ceccio pelo caminho que sobe o morro até o viveiro dos bichos, mantendo distância dele. Ele diz que vai pegar a salamandra para *maestro* Paolo. Diz que o mestre vai cortá-la em pedaços. Ele vira a cabeça muitas vezes para falar com ela.

— Que aconteceu com você? Caiu na lama? O Diabo cagou em você?

A cada pergunta, a garota olha com dureza para Ceccio até ele se virar novamente, e responde:

— Não. Eu não me lembro.

No celeiro, Ceccio grita: — Acordem, acordem e vejam o monstro! — Ele arrasta um pedaço de pau pelas portas das gaiolas, aturdindo seus ocupantes. Grita em resposta aos pássaros e imita o macaco, e partículas de poeira voam de seu cabelo quando ele dá cambalhotas na frente desse animal. A salamandra espia com seu olho dourado, e a menina a espia. Ela não vê nenhum sinal de movimento, nem os movimentos de respiração.

Ceccio acha uma palha e a enfia através do trançado de vime; a pele onde a palha toca se contrai. A salamandra não se move. Ceccio pega a gaiola.

— Ele quer cortar você também, sabia?

— Não — responde a garota.

— Ele quer. Você ouviu o que ele falou sobre descascar uma laranja?

A garota não sabe do que ele está falando até eles voltarem para casa com a salamandra. E lá está Paolo, sentado do lado de fora, e ele realmente está, como que para fazer uma demonstração, descascando uma laranja com um pequeno bisturi curvo de aço, e a casca cai como flocos de fogo brilhante.

Paolo tem muito em que pensar. Não quer ser incomodado. Põe Ceccio para juntar lenha para o fogo e manda a garota lavar as duas camisas dele, que fedem como urina de gato. Ele veste um velho roupão marrom que lhe dá, decididamente, um ar monástico. Quando Gaetano envia um menino com uma mensagem, ele ouve, mas é uma interrupção com a qual não quer se ocupar. Fica ocupado o dia inteiro. Ao cair da noite, manda Ceccio colocar um colchão de palha para a garota do lado de fora de sua porta. Ceccio dorme na sua cama.

Na manhã seguinte há um tumulto. A garota vê de olhos arregalados quando o próprio Giuliano entra a passos largos na casa de Paolo com Gaetano, um carneiro de barbas brancas, tentando mostrar arrogância, atrás. Giuliano é todo braços e pernas, uma árvore numa tempestade, uma árvore ambulante. Uma árvore ambulante e chorosa.

65

Ele balança a cabeça. — Paolo, Paolo, Paolo — diz. — Você não pode. Lucia a viu ontem e agora ela deu à luz uma coisa malformada. E imóvel como uma pedra.

Ele esfrega a mão pelo nariz e pela boca, passa a manga da camisa nos olhos. É o gesto de uma criança pequena. Gaetano tosse.

— Não sei o que fazer — diz Giuliano. — As mulheres dizem que ela ainda está sangrando.

Gaetano intervém bem a tempo de livrar seu mestre de uma demonstração de auto-recriminação indigna. — O que o *signor* está dizendo — explica, como se Giuliano estivesse falando outra língua — é que você deve tirar essa escrava da propriedade imediatamente. Ficou combinado que ela ficaria na fazenda, onde seria vendida...

— E foi.

— ... e levada embora. *Sua signoria* não a quer à vista.

Paolo suspira. Há certos inconvenientes em se usufruir do patrocínio de Giuliano. Às vezes, ele gostaria de viver como um miserável na cidade.

— Claro — responde. — Claro.

Giuliano abre os braços com gratidão. Paolo o abraça como um pai abraçaria um filho, prometendo que o mundo não lhe fará mais mal.

À tarde, Alessandro chega com a encomenda de pigmentos e chumbo branco da loja de seu pai. Ele não sofreu nenhum revés na subida do morro, e o sorriso de boas-vindas e a generosa atenção de Paolo combinam com seu novo sentimento de bem-estar.

Paolo não precisa fingir contentamento. Decidiu que, quando entregar o pagamento a Alessandro, fará com que leve a garota embora também. Alessandro pode levá-la para seu pai. Gostarão de ter uma moça na loja. Pense como será útil. Se não gostarem, bem, então podem vendê-la. Foi um dia de rajadas de vento e de chuvas caprichosas. Um dia para ser impetuoso.

— Passe uma hora com Ceccio — diz Paolo. — Descanse antes de começar a descida de volta.

Quando chega a hora de Alessandro partir, Paolo põe a mão em seu braço e diz:

— Escute. Hoje eu lhe darei uma coisa especial. Espere aí.

O pensamento lento de Alessandro percebe alguma coisa fora de propósito. Um homem só dá uma carroça quebrada. Quando Paolo sai da casa, traz consigo exatamente a garota que Ceccio esteve descrevendo com tanto prazer perverso. Ela é um monstro. Em sua cabeça, faz-se um zumbido tão alto que ele não escuta nada do que Paolo está dizendo.

Um pouco mais tarde, sob a chuva que vem do oeste, Paolo está no portão de *La Castagna* e observa o cavalo velho e ossudo, e as duas figuras montadas nele começarem a descida para a cidade. Ele permanece de pé por muito tempo. Seus ombros escurecem com a chuva e secam novamente antes que ele se vire.

TRÊS

Alessandro não está nada satisfeito. A garota sentada atrás dele faz sua pele arrepiar. A má sorte está estampada por todo o seu corpo. Ela vai contaminá-lo. Em volta da sua cintura, onde ela se firma, sente a pele desconfortável. Ao partir, quando Paolo Pallavicino ajudou-a a subir no cavalo, Alessandro sentiu o rosto arder em chamas.

Tão logo se vê a uma distância segura dos portões, quando não pode mais ser ouvido, Alessandro pára o cavalo. Não é só a garota. Sua mente já estava ocupada, e seus nervos, perturbados com o que Ceccio lhe mostrara. Ainda sente o cheiro. Subiram, os dois, da casa de Paolo até o estábulo. As peles deviam estar no telhado, onde Ceccio as havia colocado para curar. Uma das peças, presa com uma pedra, estava pendurada no beiral do telhado como um morcego. Outra havia caído e jazia dobrada sobre si mesma na grama reluzente. De onde estavam eles podiam sentir o cheiro delas, e era óbvio que Ceccio as havia limpado menos do que devia. Manchas esverdeadas como feridas antigas começavam a se espalhar de ambos os lados. Quando Ceccio se abaixou e levantou uma ponta da pele, apareceu uma porção de larvas minúsculas se contorcendo para fugir da luz: os poderes do mal agindo sobre a sua sorte.

Alessandro se afasta da garota e a manda descer. Repete duas vezes, e ela apenas franze a testa. Ele a empurra com força na altura do estômago, sem parar, até ela escorregar de mau jeito por trás do cavalo.

— Agora você vai andando — diz ele. Mal consegue acreditar que o colocaram nessa situação. Não quer ter nada a ver com ela. Ela vai arruinar toda sorte que possa surgir em seu caminho, e ele vai permanecer longe, como sempre esteve, de Sofonisba.

A garota tem que correr de vez em quando para acompanhá-lo. Alessandro a olha desgostoso. À medida que se aproximam da cidade, ele vai ficando mais preocupado. Não sabe o que fazer. Ela será mais notada que um leproso. Ele está usando uma capa leve e a entrega para a garota se cobrir. Ela a coloca sobre a cabeça, e a lã cinzenta da barra de seu vestido de escrava continua bem aparente. Seus pés malhados projetam-se por baixo do vestido. Eles zombam dele, aqueles pés. Zombam de todos os seus sonhos. Do mesmo modo como Sofonisba vai zombar dele quando souber da escrava. Ela é o próprio azar vindo ao seu encontro. Sua sorte tão breve e já se desintegrando.

Em vez de cruzar a cidade, Alessandro a contorna e entra na Porta Carraia, atravessa ali uma ponte e vai se esgueirando ao longo dos armazéns, tentando não atrair atenção. Ao chegarem à loja, uma construção estreita e alta, de cômodos empilhados uns sobre os outros, as sombras do lado de fora já estão longas e os trabalhadores acendem tochas nas paredes do novo palácio. As únicas pessoas que parecem tê-lo notado e à sua companheira de viagem foram alguns meninos de escola que debocharam, riram e fizeram caretas para ela.

Em casa, Alessandro não tem ilusões quanto à recepção que a aguarda. A reação do pai beira a raiva e Alessandro tem a impressão de que o tempo todo ele já sabia o que esperar.

— Você é uma montanha de burrice. Você nasceu uma montanha de burrice e parece não ter mudado nada. — Bate várias vezes no filho para pontuar seu pequeno discurso, embora tenha que se esticar para fazê-lo. Prepara-se para bater na menina, mas recua. Pergunta então a Alessandro se ele acha que os clientes vão entrar num estabelecimento que abriga uma leprosa. Uma leprosa imunda.

Alessandro acha melhor não responder.

— E quanto aos seus próprios interesses? Como isso vai afetar seus próprios interesses? Você acha que Orazio vai levar em consideração nossas intenções em relação a Sofonisba quando nossos dedos e nossos narizes tiverem caído?

Alessandro consegue dizer:

— Ela não é... — mas seu pai o corta.

— Quando eu estiver falando, fique calado — diz e logo depois cai no mais absoluto e pétreo silêncio.

Alessandro quer dizer a ele que Paolo sugeriu que vendessem a garota. Tem os papéis. *Mulher jovem. Obediente. De aparência bastante exótica.* Mas ele sabe por experiência própria que o exato momento em que resolver abrir a boca será o instante preciso em que seu pai decidirá falar também.

— Você vai vendê-la; é isso que vai fazer — diz por fim seu pai. — E tomara que Deus fique satisfeito e reconheça minha caridade em recebê-la sob o meu teto esta noite. Se ela não tiver ido embora até eu voltar, no sábado, eu mesmo a colocarei para fora, e a você também.

Alessandro inspira tão profundamente que suas narinas ardem e ele sente uma pontada entre as escápulas. Concorda com tal veemência, com tanta energia, projetando o lábio inferior para fora, no que entende ser um jeito astuto e mundano, que seu pai se sente compelido a bater nele novamente quando ele passa.

NA PINTURA PARA O CONCURSO do *arcivescovo*, Sofonisba vai empregar tudo que sabe sobre perspectiva e anatomia. É uma representação de Cristo, Cristo na tumba, e do maior mistério de todos, a vida na morte. É, claro, o indigente no altar do estábulo de Paolo. Por muitos dias, ela lutou para conciliar o que sabe sobre a decomposição do corpo e o que acredita a respeito da ressurreição. Ela acha que encontrou a resposta no rosto que está e, ao mesmo tempo, não está morto; está adormecido, mas esperando. É a entrega do corpo. Mas ela sabe que tudo isso é secundário em relação ao objetivo principal da pintura, que é mostrar, por meio da imagem executada em escorço, com sutileza e exatidão, a sua consumada habilidade na arte da perspectiva.

Hoje, entretanto, Sofonisba se diverte, satisfeita de se liberar da perfeita humildade do indigente, da memória daquilo a que ele foi reduzido para servir à sua educação.

Ela tem um novo tema. Trabalha depressa e dá ritmo aos movimentos. Vira-se de lado para molhar o pincel, volta-se, e o pincel imprime sua marca antes mesmo que ela tenha se virado completamente para o outro lado. Vira-se novamente e molha de novo o pincel. Seus braços se abrem e se fecham com ritmo, como se estivesse dançando. Está sombreando um triângulo de tela logo acima do personagem — que é ela mesma. Colocou seu melhor vestido, de cetim pesado, verde bem escuro. Está colocando sombras em toda a tela, sombras cada vez mais profundas. Há um espelho sobre uma cadeira em cima de uma mesa próxima ao cavalete. Ela o prendeu com um arame num gancho acima da janela. Ele está posicionado num ângulo tal em relação a ela que é possível ver a luz entrando pela janela no alto e caindo sobre seus cílios, seus malares, seu busto. A pintura é um segundo espelho cuja imagem é a mesma do primeiro, com exceção dos olhos, que, na pintura, olham diretamente para uma segunda figura pintada. Sofonisba não faz idéia de há quanto tempo está trabalhando.

— Vai ficar muito bom.

Vira-se ao ouvir aquela voz, por um instante incapaz de lembrar onde está e até mesmo quem é. Matteo Tassi está junto à porta, os pés bem plantados no chão, o peito empinado. Tem a aparência desalinhada de quem acabou de se levantar da cama.

Não importa que tivesse acabado de chegar de Siena, quando Matteo Tassi entra num lugar é como um vento quente soprando direto da África. Ele agita tudo. Os homens começam a suar, e as mulheres, a perder as forças. Ele é uma pequena lufada de vento em forma de homem, soprando da rua suja, afastando os cortinados e beliscando as mulheres, incomodando os criados e entornando o vinho, chutando o gato, beijando o cachorro e fazendo xixi na

11

estátua do pátio. É um divertimento ambulante. Chega rindo e mostrando os dentes tortos. Bate no seu ombro, sussurra no seu ouvido e logo puxa você para um canto para contar a última piada indecente. Um homem pequeno, mas que enche um quarto, uma casa. Não há como ignorar Tassi, e ele não ignora nada. Repare como ele pula da história chula que despejava no seu ouvido, olha sua mulher, ou sua irmã, nos olhos e vai até ela cheio de suavidade e fineza. *Madonna belissima! Madonna magnificentissima!* Mesuras e floreios. E, ainda assim, todas as mulheres sorriem para ele. Porque elas não percebem sua falta de classe, ou porque percebem? Quando Tassi chega, a vida de repente se torna uma diversão, um feriado, e você se pergunta como pôde estar cego a tudo aquilo. Preocupações e problemas se desfazem como o gelo na primavera. A vida, cavalo que galopa em disparada rumo ao futuro, pára subitamente e olha em volta. Por todo lado o que se vê é um lindo campo banhado de sol e coberto das flores e ervas mais cheirosas.

Sofonisba está sempre pronta para um lindo campo. Quando Tassi aparece, ela deixa de lado o pincel e abre os braços. Está pronta para a diversão, nunca diz não a um galope selvagem por campos floridos com relva viçosa onde se deitar. Mas Sofonisba é forte. Ninguém é dono dela, nem mesmo seu pai lá em cima, que pensa que é, seu pai que estrila e solta fumaça, como uma lareira fumacenta no meio de uma ventania, com o comportamento dela. Sofonisba deixa o verniz secando e chama o empregado para lhes trazer vinho. Sentiu falta da companhia de Matteo quando ele estava em Siena.

Eles erguem os copos e saúdam a mulher da tela, que continua pintando despreocupada.

— Vai ficar muito bom. É só tirar-lhe o vestido que vai ficar excelente.

E lá vem aquilo novamente: o desapontamento, a expectativa frustrada que sempre obscurece as entradas espetaculares de Tassi. Ele é um bom escultor, um fundidor de bronze sem paralelos, um amigo generoso, divertido, irreverente e engraçado, mas é sempre preciso aturar a sua libertinagem.

Ele vem na direção dela e põe-lhe logo as mãos em cima. É como se carregasse consigo um par de luvas com vida própria. Não é possível nenhuma conversa antes de arrancá-las dele e esconder nalgum lugar.

— É uma alegoria, *ser* Matteo. Você devia ter entendido. Uma alegoria da pintura.

— Mas exatamente por isso. Musa vestida vai contra a natureza. Uma musa tem que estar nua. É a verdade nua. A chama nua da inspiração. — Ele está bem ao lado dela. É mais baixo, e Sofonisba sente a respiração dele na nuca, e o cheiro de vinho. Ela tenta continuar, mas é impossível. A mão dele pousa na sua cintura. Ela se desvencilha depressa e vai até a mesa limpar os pincéis.

— E aí, *ser* Matteo? — ela tenta parecer ríspida e objetiva. — Não veio aqui para me dar uma aula.

— Não de pintura — diz Tassi, e fixa nela um olhar malicioso.

Sofonisba suspira como alguém que ouve um refrão muito antigo pela décima quarta vez:

— Então deve haver alguma outra razão.

— Duas — diz ele. — Em primeiro lugar temos que ir procurar *maestro* Paolo, lá em cima, em *La Castagna*. Ele tem trabalho suficiente para alimentar a todos nós até a festa de San Giovanni.

— Segundo?

O rosto de Tassi se abre num sorriso largo:

— Tenho uma coisa para você.

— Para mim? — Ela o ama novamente.

— Um presente.

Sofonisba sorri:

— Você sempre me traz presentes. É muito amável. — Embora ele não lhe tenha oferecido nada ainda.

Ele ri de novo:

— Você tem que ir à minha casa para recebê-lo.

— Não posso ir à sua casa.

— Por que não? Você já foi. — Era um risco lembrá-la: a festa formal que ele havia prometido para aquela noite fora uma farra de bebida, ela teve de desrespeitar o toque de recolher e sair com o capuz sobre o rosto, acompanhada do pai bêbado.

Ele dá outra risada e diz:

— Você vai gostar. — Na verdade, ele ainda não pensou no que poderia lhe dar de presente, mas não é homem de se embaraçar com pequenos detalhes.

— Eu tenho que ir com meu pai.

— Claro. Ele também vai gostar do presente. Onde está ele?

Sofonisba balança a cabeça, ri e diz:

— Vá embora daqui. Vá vê-lo. Ele está em Santa Maria Nuova. All'Ospedale.

Porque, sim, ela se lembra da noite de bebedeira e do modo como os limites e as inibições caíram por terra. Apesar de tudo, ela gosta de Tassi. Gosta da sua risada. Gosta dos sulcos fundos, quase cortes, que começam junto ao nariz adunco e descem, descrevendo uma longa curva até desaparecerem nos cantos da boca. Seus dentes são acavalados e tortos. Ela podia jurar que ele tem dentes demais. Matteo Tassi tem qualquer coisa. Ele não é um homem bonito. É muito baixo e largo. Às vezes, parece não ter pescoço. Mas ainda assim tem algo. E toda vez ela fica zangada consigo mesma depois que ele vai embora — porque sempre se sente como se ele tivesse levado consigo alguma coisa sua. Sente-se como se ele tivesse posto a mão na sua nuca. Sente-se como se ele lhe houvesse sussurrado indecências no ouvido com a sua permissão.

Tassi encontra Orazio trabalhando nos fundos da *loggia* de *Ospedale*. Ele está pintando um *fresco* sem ajudante, trabalhando numa área de gesso molhado na parte inferior da parede, as tigelas com as tintas prontas perto dele. Tassi percebe a dificuldade de Orazio e sabe como ser útil; sabe exatamente quando oferecer uma nova cor, lavar um pincel, assumir o trabalho.

Há mais de um ano Orazio não o vê, mas o velho começa a resmungar assim que Tassi chega, reclamando que está sem ajudante para o trabalho, uma pintura de Cristo expulsando demônios. Ele havia contratado o Ilario, mas este está ficando conhecido e, na véspera, foi embora para fazer seus próprios trabalhos.

— É impressionante como, quando o dinheiro acena, o homem se transforma num cachorrinho — continua Orazio e diz que não tem mais paciência para trabalhar com jovens. — São muitos os problemas. Trabalhar com Sofonisba está fora de questão — continua ele. Ela aceitou muitas encomendas de instituições particulares — duas só na via San Gallo —, mas ele não a fará mais pintar em via pública, como um pintor de paredes.

— Mas eis-me aqui, no lugar dela, como um padre de joelhos. — Feliz com a ajuda de Tassi, Orazio nada pergunta a respeito de sua última ausência. Tassi está sempre indo e voltando. Orazio ouviu os rumores que correram. Que a mulher enforcada há dois anos era sua amante. Que ele tivera participação na prisão do marido. Que as coisas não aconteceram como ele esperava e ele acabou fugindo para salvar sua vida e nunca mais se fixou em lugar algum. Há uma parcela de verdade em tudo isso, embora não tenha sido por sua vida que ele fugiu, mas por seu coração, para livrá-lo da ruína. Mas para Orazio não importa se foi de um jeito ou de outro. Está aliviado de poder sentar num degrau e vê-lo terminar o seu trabalho.

Quando tudo fica pronto, Tassi o ajuda a carregar tigelas e baldes para o pátio. Orazio conta a ele um pouco, não muito, sobre o concurso do *arcivescovo*. Não há necessidade de ser tão mesquinho com os detalhes, tão zeloso de seus próprios interesses. Encomendas triviais para decorar as paredes de patronos com muito dinheiro e nenhum gosto não atraem Tassi. Ele está mais interessado em ouvir de Orazio que Paolo Pallavicino está de olho no posto de *Direttore dello Spettacolo* para a festa de San Giovanni, em 24 de junho. Giuliano, sem dúvida, fará com que ele conquiste os tremeluzentes ouvidos de suas senhorias e consiga o cargo. O homem nomeado supervisionará a procissão.

Orazio diz:

— Você deveria ir lá em cima procurar Paolo. Ele pode lhe arranjar trabalho.

Tassi sabe disso. Os espetáculos são grandiosos e complexos, com um grande número de responsabilidades, do desenho dos carros para a procissão à criação e à construção do *edifizio* central, o fornecimento dos fogos e a contratação da música. Haverá trabalho braçal também, com bons salários. Com o dinheiro pago pela *Signoria*, ele contaria ao menos com alguns recursos à sua disposição, um raro luxo. Mas seria mais que isso. San Giovanni é a união do encantamento e do esplendor, para ele uma graça da mais extravagante espécie. Quem não gostaria de participar?

QUATRO

A PERDA DA GAROTA não ocupou a mente de Paolo por muito tempo. Ele logo voltou seu pensamento para outros assuntos e começou a encher páginas de caderno com idéias e esboços para as comemorações. Asas, penas, escamas brilhantes seguiam páginas afora, refletindo a fluidez do seu pensamento, de sua mente, que era como um rio correndo de uma curva à outra, nunca se detendo por muito tempo. Hoje, entretanto, seu pensamento é obrigado a fluir em torno de Iacopo, o zelador do vinhedo. Tem algo de pedra, aquele homem. Foi um aborrecimento o filho desbocado de Iacopo ali de novo, naquela manhã, socando a porta, pedindo o pagamento pela pequena escrava, detalhe sobre o qual Paolo teria preferido não ser incomodado. Ele certamente não lhe devia nada. Com a menina, foi-se a oportunidade de investigar a natureza de sua pele. O prejuízo de Iacopo não era nada comparado ao que teria o avanço da ciência.

Duas ovelhas! Ele mandou o filho de Iacopo de volta com um recado para o pai, dizendo que ele já lhe tinha dado a própria capa e que um acordo era um acordo. Nem por um momento sequer pensou que o zelador do vinhedo fosse se conformar, mas arrancar dinheiro vivo de Giuliano era como fazer uma estátua cantar um *Te Deum*. Como de costume, Paolo não conta com recursos disponíveis nem tem à mão nenhum trabalho pronto para vender. Pediu a Tassi, há algum tempo, para fundir e dourar um pequeno bronze para ele, a pata dianteira de um macaco para segurar as páginas de um dos livros grandes de Giuliano. Mas aí Tassi desapareceu novamente. De qualquer jeito, havia planejado que seria um presente, sendo o macaco em questão um dos animais de um par que Giuliano apreciava muito. Pedir pagamento por ele seria atitude de um homem inferior, mesquinho. Aquele bronze devia continuar sendo um presente, como pretendia desde o início. Isso tornaria Giuliano mais empenhado quando apresentasse o nome de Paolo ao *direttorio*.

Há poucas coisas feitas por ele ultimamente que poderiam ser consideradas pelo mestre do *guardaroba* como valiosas. Os desenhos que fez da garota, claro, mas Giuliano já tem um. Eles não possuem mais valor que seus desenhos de nuvens e de água.

O problema cria uma subcorrente lamacenta no trabalho da manhã, mas Paolo só tem a sua atenção completamente desviada quando Ceccio anuncia que o próprio Matteo Tassi está cavalgando morro acima em direção à *villa*. Paolo logo tem certeza de que Matteo está trazendo a peça de bronze consigo e espera receber pagamento por seu trabalho. Paolo gostaria de ter pago adiantado. Agora Matteo vai ter de esperar.

Paolo tem outra idéia. Fecha o caderno e vai até as prateleiras na alcova do estúdio.

Alcança um molde de gesso na prateleira mais alta e o pousa sobre a prancheta. Ele foi preparado em duas partes, colocadas dentro de um pequeno barril cortado no comprimento. Paolo abre as duas metades. A impressão é de quase perfeição. Foi o trabalho anatômico que mais exigiu dele e seu coração novamente se aperta com as emoções daquela noite. Havia, no passado, realizado investigações mais complexas, feito incisões e seções que requereram maior destreza, maior concentração. Essa dissecação em particular, ao contrário, não fora complicada — e, ainda assim, o tinha deixado exausto. Ele ainda lembra como se sentiu quando os homens chegaram para levar o cadáver embora. Mandou a mulher para o túmulo esvaziada, escavada como um melão, e a criança, a criança dela, ainda encolhida como no útero, estava dentro de um balde, debaixo de uma barafunda de flores. Ele as havia arrancado de seus talos, cheio de culpa e de qualquer coisa próxima à raiva.

— *Maestro, maestro!* — Tassi entra no estúdio de braços abertos. Tassi vive a vida de braços abertos. — *Salve! Buon giorno!* Que Cristo salve a sua alma, mas que sua senhoria lhe dê antes uma boa vida! — diz, rindo. Ele viera da cidade montado em sua égua de pescoço largo que adora correr quando ele a esporeia com vontade. A aparência é a de quem veio cavalgando contra o vento. Atrás de um arado ele se sentiria em casa.

— Gostaria muito — responde Paolo. — Espero que ainda aconteça.

— Bem, isso deve ajudar. — Tassi coloca a mochila sobre a mesa, e Paolo logo começa com uma história triste de dificuldades financeiras girando em torno de uma escrava indesejada, uma dívida, a tendência à mesquinhez de certos cidadãos proeminentes e chega, exatamente como Tassi esperava, à razão pela qual gostaria de adiar o pagamento do trabalho.

— Você deve estar lembrado de que já lhe dei o dinheiro do material. Só peço que espere um pouco mais para receber seus honorários.

Tassi sente seu coração encolher. O trabalho foi fácil. Ele fundiu a própria pata. Não teve de fazer molde e bastou apenas uma queima, e a sorte esteve do seu lado. Mas ainda assim. Paolo não é o único homem sem dinheiro ali. Tassi desembrulha a pata e a coloca sobre a mesa. É uma coisa admirável, perfeitamente equilibrada. Ela pousa sobre três pontos: o punho, o polegar e o dedo mínimo. E como são humanos os dedos e as unhas, duras e estreitas, ao mesmo tempo menos e mais que garras. Um aro de ouro finamente trabalhado recobre o pulso. Das costas da pata, longas e estreitas, dois dedos curvos se projetam no ar. A pata tem, ao mesmo tempo, peso e delicadeza. Por um momento, a sensação de Tassi de estar sendo passado para trás se evapora diante da pureza de sua obra, da mesma forma que a pata propriamente dita se havia consumido no forno.

— Isso pode lhe render vinte ovelhas.

— Não. É um presente para Giuliano.

Tassi balança a cabeça, incrédulo. — Ou, quem sabe, vinte e cinco!

Paolo sorri e pergunta o que faria com vinte e cinco ovelhas. Não é fazendeiro.

Tassi imagina que ele as dissecaria uma por uma, mas não diz nada. Pensa também numa resposta obscena, mas, como se trata de Paolo, evita que ela lhe escape.

— Tenho mais uma coisa em mente — diz Paolo.

Tem, diz, um trabalho muito especial, uma peça em tamanho real que, nos estágios finais, requer a assistência de um exímio fundidor de bronze. A expressão "tamanho real" põe Tassi em estado de alerta.

— Não sei — diz — se tenho condições de construir um forno grande o suficiente para um trabalho assim. — Ele faz uma cena, franzindo a testa e sacudindo a cabeça com ar de preocupação. — Eu não sei. — Está pensando nos esboços e cálculos infindáveis de Paolo para o cavalo de bronze com que tem exercitado a imaginação desde que o conheceu. Reza para que não seja esse o tal trabalho. Sabe instintivamente que um envolvimento num projeto desses exigiria a devoção de um monge.

— Meu ateliê — diz Tassi — é muito pequeno. Você sabe que o quintal não é muito maior do que essa mesa.

— Eu disse "tamanho real", Matteo, não disse "grande".

— Uma criança?

— Quase. Nunca foi feito antes. E, quando for feito, nem todos que o virem reconhecerão sua beleza.

— Onde ele está?

— O corpo? — A voz de Paolo torna-se ríspida. Aquilo era uma transgressão. — Está descansando e a alma foi para o limbo. Tenho um molde a partir do qual você pode fazer o trabalho. — Ele se levanta muito retesado, esfregando os joelhos. — Venha comigo.

As duas metades do molde, os dois perfis da criança que não chegou a nascer, estão lado a lado. De frente um para o outro, podiam ser gêmeos.

19

As impressões são completas, cada detalhe está presente, desde as bordas finas das unhas minúsculas até as pequenas elevações em forma de meia-lua ao lado das narinas. Cada cabelo da cabeça está lá, cada cílio de cada olho fechado. Tassi olha mais de perto. Pode ver todas as linhas, como os fios mais finos de uma teia de aranha, marcadas nas solas do pé da criança. Ele procura em volta uma figura em gesso ou cera, começa a perguntar onde está e pára ao perceber que não houve um segundo modelo intermediário.

— Não foi difícil — explica Paolo. — O corpo estava firme como cera. Eu o untei bem, principalmente os cabelos, para que não grudassem. — Ele olha para Tassi:

— Isso pode se transformar num bronze perfeito.

Não havia dúvida. Mas Tassi sente o peso da responsabilidade e resiste.

— Você não gostaria de terminar por si mesmo a peça? Tem certeza?

Paolo diz que não. Suas perspectivas para San Giovanni são boas e ele não terá tempo. O molde é perfeito e Tassi é o artesão mais refinado que conhece.

— Quem o encomendou? — pergunta Tassi, imaginando qual seria a comissão de Paolo e seu próprio lucro.

— Ninguém encomendou. Mas Giuliano o comprará. Tenho certeza disso. É um investimento. Você investe seu tempo nele. Os juros se acumulam. Você retira o seu pagamento.

Tassi ri.

— No futuro.

— Claro que é no futuro. Eu tenho cara de ser um homem rico?

— Você tem cara de um pai querido e eu farei qualquer coisa por você, *maestro*. Você sabe disso. E agora, querido pai, o caminho de Florença até aqui foi longo e seu querido filho tem uma sede enorme.

— E maneiras vergonhosas. — É difícil dizer se o velho está achando engraçado ou se está ofendido, mas ele leva Tassi até a mesa e serve vinho para ele e para si mesmo também.

— E essa escrava? O que havia de errado com ela?

— Vou lhe mostrar. — Paolo sai rangendo os ossos, volta com um caderno e mostra a Tassi uma das páginas.

Tassi vê apenas uma moça nua sobre cuja pele se projetam as manchas da sombra de uma árvore.

— Você precisava tê-la visto.

— Onde ela está agora?

— Alessandro levou-a.

Tassi cai na gargalhada:

— Você é um velho cruel.

— Ele vai dar um jeito.

— Eu estava pensando na garota.

Tassi gostaria de se sentar e ficar conversando com Paolo a manhã inteira, mas este não relaxa a não ser quando está trabalhando.

— Aos negócios — ele diz e se levanta novamente para ir buscar a pata do macaco.

— Ficou uma perfeição.

Tassi concorda. Está satisfeito; gosta de agradar Paolo, que sempre tem trabalho para ele e prometeu apresentá-lo a Giuliano. E Paolo está satisfeito; ele gosta de agradar seu patrono, que prometeu apresentá-lo ao duque. A idéia de Paolo é fazer com que o macaco que sobrou leve a pata para Giuliano. Aí então Giuliano ficará realmente satisfeito; Giuliano adora teatro.

— Venha comigo até o viveiro; vamos conversando pelo caminho.

Os pássaros, alarmados, chamam uns aos outros quando os homens se aproximam. Em sua jaula do outro lado do celeiro, o macaco sobrevivente se lança da parede para o teto e do teto para o chão e quica como um objeto jogado por alguém. Paolo fala suavemente com ele, não se sabe se para acalmá-lo ou amaldiçoá-lo.

— Antes tenho uma coisa para lhe mostrar — diz a Tassi. Levanta a cobertura de uma gaiola de vime e Tassi se curva para olhar lá dentro. A salamandra de cristal, que ele já vira antes, estava transformada por alguma mágica de Paolo. Em volta da gola do pescoço cor-de-terra e sem graça estão penduradas pequenas medalhas de prata, quase da espessura de uma folha. Elas tremem ao menor movimento e captam a luz, tornando-se douradas ao reflexo da pele do réptil.

Tassi aproxima-se. O animal estremece, provocando uma onda de luz. Ele repara que as medalhas foram furadas junto à borda e presas por um arame de prata muito fino, enfiado na pele da salamandra. Gotas de uma substância amarelada formaram-se nos pontos de entrada do arame e começavam a escorrer pelas escamas abaixo.

Ele olha para Paolo.

— Vão cicatrizar. Trato com íris versicolor e camomila. Faço um pouco de cada vez. Talvez, quando tiver terminado, eu tenha conseguido criar beleza — diz Paolo — com a ajuda da Natureza.

Ele recoloca a cobertura e vai em direção ao macaco arruaceiro. É arranhado e recebe uma mordida no polegar quando abre a jaula, mas coloca finalmente uma coleira no animal, e saem os dois para andar um pouco e acalmar o bicho.

Tassi também precisa de ar. Pelos padrões dos joalheiros, a salamandra de prata era um trabalho grosseiro, no entanto era maravilhosa. Ele gostaria de ter pensado numa coisa como aquela.

Seguem o caminho que sai do viveiro, passam pela cozinha ao lado da *villa* e atravessam os jardins simétricos da frente da casa. O macaco arranca flores, e o cheiro de pinho os envolve.

Eles têm de discutir sobre San Giovanni. A cada ano a festa fica mais elaborada. Paolo conta que tem pensado em nuvens. Está pensando, explica, numa representação dos Céus, da passagem da alma da Terra para os Céus, e em como as nuvens podem ser usadas para representar esse movimento. Uma assunção, talvez, mas não a da Virgem Imaculada, porque as pessoas já haviam assistido muitas vezes a essa representação e estavam sedentas de coisas novas. Giuliano, diz, quer um espetáculo, está ansioso para impressionar seu tio, que, afinal de contas, é quem controla de verdade o dinheiro da família.

— Dê a ele um dragão — sugere Tassi.

Paolo ergue as sobrancelhas: — Asas.

— Fogo — retruca Tassi.

— Escamas douradas.

— Tamanho descomunal.

— Grande terror.

— Um mártir.
— Um salvador.
— Uma assunção.
— Nuvens — arremata Paolo e sorri. — Vou precisar de bons pintores — acrescenta. — Você está interessado?
— Claro. E Orazio. Você podia chamar Orazio. — Embora esteja pensando em Sofonisba.
— E alguns ajudantes competentes.
— Alessandro? — Mas no momento em que Tassi se vira para Paolo e diz o nome, Paolo o diz ao mesmo tempo, com a mesma inflexão.
— Ou *in*competentes — completa Tassi.

PARA ALESSANDRO, infeliz e em apuros, a visão de Tassi à sua porta, contra o sol poente, amarrotado e licencioso, é tão bem-vinda quanto a de um anjo libertador. Alessandro passou aquele dia e a véspera num estado de ansiedade impotente, fechado na loja com a garota agachada nos fundos.

Há duas noites quase não dormia, prestando atenção aos movimentos da garota deitada do lado de fora, na sacada. Seu pai se recusara a colocá-la na rua, onde poderia chamar atenção para eles, ou a deixá-la dormir em qualquer outro lugar que não fosse o último andar, com o filho, que deveria vigiá-la. Alessandro não tivera coragem de fechar os olhos. Todos os crimes chocantes jamais cometidos por escravos contra seus senhores lhe vinham à cabeça: a moça que havia roubado os anéis dos dedos de sua senhora enquanto esta dormia, o rapaz que havia cortado o pescoço do filho do seu senhor. Uma infinidade deles. Terríveis flores noturnas, elas desabrochavam em sua mente em lugar de sonhos. Na noite anterior, a necessidade de sono aplacara a ansiedade, mas, ainda assim, ele se manteve acordado. Todas as vezes que estava prestes a sucumbir, as lamúrias da garota recomeçavam do lado de fora. Elas somente pioraram quando ele reuniu toda coragem e ameaçou jogá-la balcão abaixo.

Ela não sossegou antes da madrugada, quando se fechou num pesadelo só seu.

De manhã, o cérebro enevoado de Alessandro foi abençoado por uma idéia que surgiu como um raio de sol. Ela lhe veio à cabeça no meio de outro discurso do pai.

— Não posso lembrar de nenhum outro homem — dizia o pai quando se preparava para ir embora —, de nenhum outro homem nesta cidade que seja tão tolo e tão negligente com o seu bem-estar e o dos outros...

Foi ao ouvir a palavra "negligente" que Alessandro pensou em Tassi. Tassi. Por que não? Podia embebedá-lo. Matteo era capaz de qualquer coisa quando estava bêbado. Foi para o quarto pensar no assunto. O esquema imaginado por ele não prometia muito, mas, caso desse certo, teria valido o esforço: a garota não estaria mais em suas mãos quando o pai voltasse no dia seguinte, e Tassi — que nunca fazia nada de errado aos olhos de uma certa senhora, por pior que se comportasse —, Tassi ficaria sujo e desmoralizado.

Quando teve certeza de que o pai já estava longe, foi até a porta da loja e encarregou um rapaz de levar um convite ao ateliê de Matteo Tassi.

Quando Tassi aparece, Alessandro quase se ajoelha de tão aliviado. Leva-o para seu quarto, dois andares acima da loja, e Tassi segue atrás dele, dando-lhe tapas e socos, enquanto seus olhos procuram por todo o quarto a escrava, procuram prazer. Ele cai na gargalhada diante dos bolinhos e das cartas cheias de esperança, deixa cair a mochila pesada por cima do baralho e diz:

— Você não tem nada para apostar. Seu pai não abre a bolsa.

— Venha cá — chama Alessandro.

A garota está dormindo enrolada num canto do balcão. Ele a acorda com o pé, não chutando, tocando-a apenas, como se testasse se estava viva.

— Ah! — exclamou Tassi. — Eu já ouvi falar dessa garota.

Ela se contrai e se levanta rapidamente, batendo com a cabeça num suporte de ferro.

Tassi arqueia as sobrancelhas. Vira os desenhos de Paolo, mas não imaginava que fosse mesmo daquele jeito.

— Não há nada de errado com essa moça. É uma excelente criada. Trabalhadora. Sabe cozinhar, costurar...

— Cale-se! — diz Tassi e passa à frente de Alessandro. — Você parece um vendedor ambulante. Como é o nome dela?

— Caterina.
— Venha cá! — Tassi estende as mãos para ela. — Aqui, Caterina, aqui! — e faz com a cabeça um gesto de convite.

Ela dá alguns passos à frente, mas conserva as mãos ao longo do corpo. Tassi estende as suas e a segura pelos punhos. E a conduz em direção à parede baixa que contorna o balcão.

— Vamos! Em frente! — ele sinaliza com a cabeça de novo, agora para que ela suba. Ela se planta no chão com todo o peso e não se mexe. Tassi a empurra para frente, encostando-a contra a parede, colocando uma das pernas entre as dela, levantando, com a sua, a perna dela na altura do joelho até que ela se vê obrigada a colocar o pé sobre a mureta para se equilibrar.

— Isso! Vai! Vai! Fica em pé, garota. Em pé em cima do muro. — O tempo todo ele a empurra com os braços, para a frente e para cima, até colocá-la com os dois pés sobre a mureta, balançando, curvada para frente e aterrorizada.

— Levanta! Levanta! — brada Tassi, como se fosse para o bem dela. — Levanta! — Ainda a segurando pelos punhos, ele levanta os braços sobre a cabeça e para fora, cotovelos esticados, rígidos, forçando-a a ficar ereta.

— Assim! — diz ele, triunfante, e a solta. — Agora eu posso vê-la. — Por sobre o ombro, olhos muito abertos, a garota avista um gato andando sobre o telhado lá embaixo.

Tassi não tem como sustentar uma criada. Já possui um empregado que é muito útil para ser dispensado. Ele o ajuda no trabalho, sabe como encher os moldes para fundir as peças de bronze e como manter o forno em funcionamento. Mas o apetite do rapaz é prodigioso, ele come metade dos lucros e ainda fica com fome. O próprio Tassi o pegou roubando meio frango logo depois do almoço. Outra boca para alimentar está fora de questão. No entanto, sente-se tentado. A garota é mais incrível do que havia imaginado. E se não puder ficar com ela, então, do mesmo jeito que o velho e maluco Paolo, poderá dá-la a alguém. E que presente maravilhoso para ofertar! *Monna Sofonisba, aceite com meus humildes cumprimentos esse raro e estranho presente!* E, enquanto isso, pode examinar se aquelas estranhas marcas se prolongam para baixo do pescoço...

Alessandro fica observando o olhar do outro.

— Ela é sua. Se você ganhar, pode levá-la. Se eu ganhar, talvez você possa levá-la também, mas aí vai ter que pagar.

Se Alessandro fosse atento, teria reparado como Tassi parece hesitar e calcular. Deduziria que ele, em geral impetuoso e impaciente, está representando um papel e que, na verdade, está de fato interessado na garota. Mas Alessandro nunca presta atenção a nada.

— Vinho! — exclama Tassi e puxa a garota de cima do parapeito. — Nenhuma transação é possível sem o espírito de camaradagem para aquecê-la. Você me conhece. Não vim de mãos vazias. — Ele volta para o quarto, põe a mochila sobre a mesa, abre-a e retira uma garrafa grande.

— Canecos! — pede. — Pegue uns canecos: para mim, para você e para ela. Beberemos o dela primeiro. — Cai na gargalhada mais uma vez, mas, quando Alessandro volta com dois canecos, ele o manda buscar outro e o enche. Bebe um grande gole, enche de novo até a boca e o entrega para a garota, que hesita em aceitar.

Alessandro tira a bolsa de cima da mesa, senta-se num banco e começa a distribuir as cartas.

— Mais um copo antes do jogo — diz Tassi.

Quando o jogo termina, a garota está adormecida num canto. Tassi e Alessandro estão cantando, embora Alessandro também esteja querendo cochilar; na verdade, acabara de cair no sono quando Tassi o sacode e acorda novamente.

— E então, qual é o seu preço? — Tassi está chateado por ter perdido o jogo, mas não podia determinar todas as coisas e, afinal, tudo se resolverá. Isso é o que interessa.

— Seis florins. — Alessandro tem a mente transtornada por causa do vinho de Tassi e calcula, em sua confusão, o preço que ele mesmo teria condições de pagar para se ver livre dela. Tassi não percebe o descuido de Alessandro. Só sabe que o que está ouvindo é uma quantia ridícula de tão pequena.

— Eu não tenho esse dinheiro comigo, mas — vai até o lugar onde está sua capa, jogada no chão — só essa capa aqui vale sete. — Ele a arrasta para o lado e mostra o forro.

Captar esse novo desenvolvimento da transação é custoso para o cérebro de Alessandro. Parece que Tassi está de fato lhe oferecendo algo.

— Não? — pergunta Tassi, ajeitando a capa em volta dos ombros. — Então não precisamos mais perder tempo.

— Não. Não, *sim*. Sim — responde Alessandro, derrubando o banco e agarrando-se na borda da mesa como se fossem as rédeas de um cavalo prestes a sair em disparada. Se o quarto ao menos parasse de rodar. — Mas só a capa não dá. Você tem mais alguma coisa?

Tassi suspira, mas não se importa. Cada dificuldade com que se depara é mais um desafio no jogo divertido de Tassi *versus* a vida. Há oportunidades de se ganharem pontos a cada rodada. Ele levanta as sobrancelhas e faz uma pausa antes de falar:

— Nada que interesse a você.

— Mas tem alguma coisa. O que é?

— Não tenho mais nada. Você vai ter que ficar com a garota. — Tassi empurra a mochila com o pé para longe e consegue o efeito que esperava.

Alessandro se põe de pé com dificuldade e se atira para pegar a bolsa.

— Deixa ver. Dê isso aqui. Uma dívida é uma dívida. Você não vai se safar com essa facilidade. — Ele revista a bolsa e exclama "Ah!", embora não tenha idéia do que suas mãos acharam. Tira um pequeno vaso. Ele é muito leve, feito de um material curioso que não imagina qual seja. Sem opinião formada sobre aquilo e sem pistas que o ajudem, não sabe o que dizer e disfarça com um "Aha!"

— Nem pensar!

Bem, ele pode entrar no jogo também. — É assim? Então acho melhor desfazer o negócio.

— Está bem. — Tassi tem no rosto um meio-sorriso, como se prendesse um segredo entre os dentes. Estende a mão para pegar o vaso.

Alessandro, inseguro agora, aperta-o junto de si. — Onde você o conseguiu? Ele é feito de quê?

Tassi balança a cabeça: — Você não acreditaria se eu lhe dissesse. E ele não teria utilidade para você.

Alessandro senta-se pesadamente e fecha as mãos com firmeza em torno do vaso.

Tassi se inclina sobre ele e sussurra em seu ouvido.

Alessandro fica quieto e concentrado. Olha para ele.

— É verdade — diz Tassi, balançando a cabeça, sério, as sobrancelhas arqueadas. — Principalmente — e joga os quadris para a frente — nos assuntos do coração.

Alessandro gira o vaso nas mãos, olha para ele e diz:

— A capa também.

— Feito! — diz Tassi.

— Feito! — repete Alessandro. Suas mãos estão revirando a mochila mais uma vez. Tiram de dentro um pequeno cântaro de vinho. Ele o preferia ao vaso.

— *Bugiardo ingannevole!* — ele exclama. — Você escondeu isso.

— Tarde demais — responde Tassi, recolocando o cântaro na mochila.— *Vernaccia*. Você não precisa dele. Não enquanto tiver a mulher — quem quer que ela seja — à mão. — Faz um gesto obsceno com os dedos e ri. — *A portata di mano.*

Ao tomar o caminho mais longo para chegar em casa, ajudando a garota a se manter na sombra para evitar as sentinelas, Tassi pensa no desapontamento de Alessandro quando ele colocou o cântaro de *vernaccia* de volta na mochila. Podia ter saído de lá com a escrava em troca de um simples cântaro de vinho e conservado a sua capa. Mas Tassi nunca se arrepende de nada.

Quando chegam à sua casa, na Via del Rosaio, o empregado do ateliê abre a porta para eles. Tassi aluga o andar térreo de um edifício malconservado, apertado entre dois outros. À direita da porta, o espaço interior se abre para a rua durante o dia; ali fica o ateliê, cujas janelas são fechadas à noite. No fundo há um lugar com uma chaminé, onde ele acende o fogo para fazer o seu trabalho e, às vezes, para cozinhar. Tassi dorme na única cama existente, baixando uma cortina pesada que divide toda a área, da frente até atrás. Do outro lado da entrada, fica um quartinho estreito com uma mesa e dois bancos, ao fundo há uma alcova onde ele guarda a pouca comida que porventura tenha. O empregado do ateliê dorme onde pode, às vezes na cama com Tassi ou, se Tassi tem companhia, no chão.

O rapaz aproxima a vela do rosto da garota e deixa escapar um suspiro de alívio.

— Pensei que era sangue — diz. — Pensei que ela estivesse coberta de sangue.

— Esta — explica Tassi — é a minha amiguinha pintada, Caterina.

Mas o rapaz já dirigiu a atenção para a mochila de Tassi, para a qual olha cheio de esperanças de que haja alguma coisa comestível. Tassi manda que ele volte a dormir — no chão.

A cama está quente do corpo do rapaz, e a garota, ainda um pouco bêbada, adormece novamente assim que se deita nela.

Tassi vai à procura de óleo para o lampião. Ele quer ver, ver de verdade, o corpo dessa estranha criatura. O rapaz gastou até a última gota. Tassi enche o lampião com o seu melhor óleo de cozinha e o carrega para junto da cama. Ele o coloca de modo que lance luz sobre a pele da garota — pena não ter quatro lampiões, como Paolo usa para trabalhar — e ali, sem ninguém para o ver espiando, ele se deixa ficar por um longo tempo. Seus olhos de escultor vêem a superfície da água batida e recortada de luz, e seguem as formas cambiantes que viajam sobre a água como nuvens achatadas e brilhantes.

Quando a garota acorda de manhã, percebe que está no chão. Num quarto estranho e com aquele homem, Tassi, deitado junto dela com a mão sobre a sua barriga. Ela está com frio. Com cuidado, escorrega para o lado e se levanta.

Tassi estende o braço e a agarra pelo tornozelo, ela se desequilibra e cai novamente no chão. Ele empurra um odre vazio para fora do caminho.

— Deite-se — diz. — Fique quieta.

Ele a traz para o seu lado, alcança uma coberta atrás de si, no chão, e a cobre. Ela se encosta no corpo quente de Tassi.

Estão deitados no escuro, com as venezianas fechadas. Depois de algum tempo, Tassi se vira e abre uma banda pela metade, com o pé. Deita-se junto da garota novamente, apoiado num dos cotovelos, e puxa para baixo, com a outra mão, a coberta. A luz brinca sobre os ombros e os quadris dela.

— Vou lhe dizer uma coisa, Caterina — diz ele. — Gosto desta sua pele feia.

Ela não responde. O que poderia dizer? O que ele diz não faz sentido.

— *Chiaroscuro* — diz ele. — Devia ser o seu nome. — Ele pega o odre e o suspende sobre a pomba branca que ela tem na testa. Ela ri e se encolhe sob o filete que escorre do odre.

— Eu a batizo, Chiaroscuro, *in nomine patris et filii et spiritus sancti*. Venha cá. — Ele se levanta e faz com que ela se levante. — *Chiara* — diz, batizando-a de novo com os olhos. — Este é o seu nome. Está com fome, Chiara?

Ela balança a cabeça, fazendo que sim.

— Venha, então. — Ele lhe dá um cobertor e a leva para a cozinha, onde examina a prateleira. Às vezes ele tem nozes, azeitonas maduras, ou um pedaço de peixe salgado, quando dá para comprar. Hoje há apenas umas poucas amêndoas mordidas por ratos. Tassi senta-se ao lado dela. Põe o braço em volta de seus ombros.

— Amanhã — diz — você vai comer queijo e peixe.

A CASA DE ORAZIO FABRONI, na Via del Cocomero, se estende por trás do ateliê, numa única ala, e se abre para um pátio na parte de trás. Uma escada leva do pátio a um balcão coberto e aos alojamentos da família. Os anexos e uma cozinha completam o terceiro lado do pátio, com uma casa vizinha, onde mora a cozinheira, fechando o quarto lado.

É uma casa confortável, uma casa, Orazio sempre pensou, para se deixar para um filho. Ele está lá em cima, em seu quarto, que se abre para o comprido balcão. O quarto é claro e arejado. As venezianas estão bem abertas e uma brisa entra pela janela alta de um lado, passa por ele e segue direto através da porta aberta do outro lado. Orazio pode ouvir Alessandro e Sofonisba conversando lá embaixo. Ele gostaria de saber o que falam, mas consegue captar apenas fragmentos. Não dá para se concentrar quando suas mãos estão doendo. Ele está deitado de costas num divã, com os braços abertos. As mãos doloridas estão de molho em duas bacias com leite de cabra fermentado pousadas sobre dois bancos, um de cada lado. Seus dedos nodosos se retorcem dentro do leite, e ele suspira. Por mais que seus dedos doam, não gostaria de estar na pele do rapaz naquele exato momento. Tão inflexível, a sua filha. Um rapaz como Alessandro não é páreo para ela. Um engano talvez encorajá-lo a vir apresentar seus respeitos pessoalmente. Melhor seria tratar de tudo sem a presença deles. Embora hoje não pudesse afirmar com certeza se Alessandro era o genro que escolheria não fosse a atração exercida pela botica do pai dele na Via Bardi.

O negócio de *messer* Emilio prospera como um rapaz de vigor irrefreável. Ele pode abastecer um artista com todos os minerais e pigmentos possíveis. Uma união perfeita. Os pigmentos são como sanguessugas no bolso do artista. Extraídos da terra a um alto custo, eles se alimentam de moedas de ouro. Moê-los e misturá-los é uma tarefa árdua. Consome horas do dia. Ou o homem paga um empregado para fazê-la e perde mais dinheiro ainda, ou coloca a filha para executar a tarefa; mas que sentido há nisso se ela poderia estar pintando, dando conta das encomendas logo que chegam, fazendo com que a produção da oficina seja a mesma que se um ajudante pago estivesse trabalhando? Então, por que não casar a filha com o filho do boticário e colher o respeito devido a um sogro quando as contas se apresentam? E a saúde de *ser* Emilio é ainda pior que a dele. Poderia ser uma união com uma série de vantagens.

Lá embaixo no pátio, sentado num banco de pedra ao lado da mulher que o faz queimar por dentro, Alessandro se mostra inábil como sempre, apesar de ter chegado a sua hora e de ter trazido um presente dessa vez. Trouxe o vaso — e Sofonisba o viu. Mas isso não ajudou em nada. Com o dinheiro que seu pai lhe deu, podia ter comprado uma pérola para enfeitar a fronte da moça. Mas o dinheiro está guardado junto com outros ganhos de origem duvidosa, trancado dentro de uma caixa em seu quarto. Em vez disso, ele trouxe esse pote sem graça. Queria não ter feito isso.

— É para mim?

Como um cachorro ao mesmo tempo desejoso e temeroso de atenção, Alessandro mal consegue levantar os olhos para Sofonisba. Ele estende o objeto para ela e murmura banalidades sobre presentes humildes, presentes que não são bons o bastante.

Sofonisba ri com os lábios cerrados, e isso não significa que ele esteja agradando. Mas o que pode fazer? Treinou aquelas palavras e não consegue improvisar. Ela pega o pequeno vaso das mãos dele.

O vaso tem pescoço estreito, ombros largos, é curto e afina novamente na base. É trabalhado num padrão estranho, com dançarinos em alto relevo na superfície.

— O que é isso? — Sofonisba o gira nas mãos e bate no fundo. Alessandro sorri. Finalmente conseguiu interessá-la.

Ela fica rodando o vaso. Bate nele de novo com a unha. Ele emite um som seco e oco.

— De que é feito isso? — ela pergunta. — Não é de madeira. Nem é de barro. — Alessandro não sabe. Sabe apenas o que Tassi lhe disse, que foi comprado numa *botteghe* que comercia obras de arte das escavações de Roma. Ele é encantado. O encanto é poderoso e não é do tipo sobre o qual possa discutir com Sofonisba — ou com qualquer outra pessoa do sexo oposto. Essa é a verdadeira razão de querer dá-lo a ela.

— O que você acha? — pergunta Sofonisba e o joga de repente para cima para ele agarrar. — Não é de osso — continua ela — e mesmo assim é leve. De que é?

Alessandro tenta parecer enigmático e, para seu horror, Sofonisba o ridiculariza com uma crise de riso.

— É muito feio — diz, se recobrando. — Não quero uma coisa parda assim como essa.

O embaraço de Alessandro já está se transformando em raiva quando ela diz subitamente: — Vou pintá-lo —, e o pega de volta. Farrapos de esperança para salvar. As palavras dela o deixam a se debater. Ela está mais uma vez girando o vaso com os dedos. Instintivamente, ele sabe que deve se desvencilhar do peso morto da zanga e ater-se a uma abordagem mais leve se pretende ser bem-sucedido.

— Faça-o ficar bonito — diz ele — e então, *madonna*, eu lhe direi de que é feito. — E de súbito ele se sente elegante, leve como o ar e capaz de entrar nesse jogo complicado.

As dores de Orazio se estendem para além das mãos. Todo ele dói. Fecha os olhos, agradecido por Matteo Tassi ter retornado hoje, como havia prometido, para aliviá-lo de seu sofrimento. Ele havia estado novamente em Santa Maria Nuova, trabalhando sozinho toda a manhã para concluir o último trecho da parede. Sendo a obra um afresco, feito de cima para baixo, ele passou a maior parte do dia de joelhos ou sentado no chão, e algumas vezes deitado de lado para pintar as extremidades mais baixas, próximas ao piso. Até o ombro dói. As mãos, no entanto, é que estão piores. A cal do gesso deixou a pele entre os dedos pegando fogo, e a dor de agora compete com velhas enfermidades adquiridas durante os muitos anos de pintor. As articulações de ambas as mãos estão muito inchadas e dois dos dedos de cada mão projetam-se para dentro, junto à palma, deixando outros dois como ganchos, soltos no ar, sem utilidade, parecendo garras. Ele achou uma maneira de segurar o pincel assim mesmo, mas, quando pinta, conta os minutos para poder se livrar daquilo.

Tassi dissera: "Em nome de Deus" e fez com que se levantasse. "O senhor precisa de Ilario para isso", disse. "Dê cá." Pegou o pincel das mãos de Orazio e se deitou. Orazio sorri ao se lembrar. Tão diferente de Alessandro. Água e vinho. Tassi é rude, inconveniente até, mas não há nada de falso nele. Um homem de coração aberto. Um esbanjador, sim: não tem um tostão sequer que seja seu. O dinheiro lhe escorre dos dedos como água e, ainda assim, de alguma forma, sempre se está em dívida com ele, sempre lhe devendo uma obrigação por algum ato generoso de sua parte. Ele tinha até carregado os baldes para o pátio e lavado os pincéis para Orazio.

— Meu muito querido velho amigo e pai, ouça — Tassi dissera, jogando água para limpar a cal que ficou pelo caminho. Pai! Quanta intimidade! No entanto, de certa forma, tinha liberdade para tanto.

— Eu tenho um presente para a sua filha e, com sua licença, gostaria de trazê-lo amanhã para ela. Eu sei, conhecendo vocês e sua casa intimamente como conheço, que ela não tem nenhuma criada para servi-la, e acontece que estou, neste exato momento, em minha casa, com uma moça *"de aparência bastante exótica e muita vivacidade"*. — Ele riu. — Mas antes peço sua permissão. É um presente que requer alimentação e moradia. — Orazio não respondeu de pronto. — Mas que torna um dote mais atraente.

Era um arranjo difícil de pôr defeito. Era um gesto impetuoso, exagerado, mas a quem podia ofender? Sofonisba, por exemplo, ficaria grata de ter uma empregada para ajudá-la.

Tassi inclinou-se e respirou forte no ouvido de Orazio:

— O senhor pode ver pessoalmente se acha que ela tem mesmo vivacidade. — Deu uma risadinha. — Se vier com sua filha para jantar, a gente pode passar uma noite e tanto.

Orazio concordou.

— E, quando ela tiver acabado de servir a sua senhora — disse Tassi, empilhando os baldes e se empertigando —, talvez o seu senhor possa servi-la. Dava-lhe tapas nas costas, fazia a gentileza de tratá-lo como um jovem vigoroso. Adulação? Sim. Mas que importava? Ele esperava ansioso por aquela noite. Além disso, nutria uma afeição especial por Tassi, que podia ser um grosseirão desbocado, mas que era, ao mesmo tempo, um amigo com um grande coração. De longe muito melhor que um idiota. E Orazio tem certa queda pelos obscenos.

Sofonisba volta para o ateliê assim que Alessandro vai embora. Coloca o vaso sobre uma prateleira e retoma o trabalho no painel do *arcivescovo*, Cristo em sua tumba. Difícil no começo, a pintura está progredindo bem, agora que ela decifrou o enigma no cerne do tema. O trabalho não é árduo. Ela decidiu aplicar as regras de perspectiva que absorveu no ateliê de seu pai tão rapidamente quanto Ceccio absorve as palavras. Ela trabalha a partir dos desenhos detalhados de anatomia que fez do torso do morto e da memória viva que conserva do cadáver intacto do indigente, que espiou. Pinta por algum tempo, colorindo o corpo e emprestando-lhe substância com aplicações delicadas de lazurita e vermelho da China. Mas não consegue imprimir seu ritmo habitual. O vaso marrom e atarracado a desconcentra. Ele ofende a sua visão. Incapaz de ignorá-lo, Sofonisba decide dedicar-lhe total atenção. Vai aceitar o desafio de Alessandro. Interrompe seu trabalho para misturar uma pequena porção de gesso com um pouco de aglutinante. Experimenta a mistura no vaso. Ela adere. Seca rapidamente. Ao final da tarde, as figuras negras com túnicas cor-de-canela giram num fundo azul, numa dança interminável ao redor do vaso.

17

No dia seguinte, ela vai aplicar um pouco de folhas de ouro em faixas no pescoço e nos ombros. Imagina como seria o artista que fez o pequeno pote. Seria sua alma tão feia quanto a obra? Ou é possível que uma bela alma crie algo desagradável? O pensamento levanta uma correlação perigosa.

QUANDO MATTEO TASSI pula em cima da mesa e pede silêncio, Sofonisba quase já havia se esquecido de que ele lhe prometera uma surpresa. Ele convidou seis amigos ao todo. Sua favorita, Bianca, não está presente, em deferência a Sofonisba e a seu pai. Bianca é uma prostituta que Tassi ama com paixão, mas que não tem condições de manter. Em vez dela, está lá a jovem Lavinia, rotunda e receptiva como um barril. Ela também não é muito respeitável, mas ao menos não pede dinheiro. É a irmã mais nova de Giovanni, um copista, que também está presente. Giovanni é convidado para todos os lugares por causa de sua voz, assim como de sua irmã. Ele adora cantar, improvisa sobre qualquer tema e sabe, em todos os sentidos, como atingir a nota certa. Tassi tem grandes expectativas sobre o seu desempenho esta noite. Convidou ainda Niccolò Ricoldi, que desenha pisos em mosaico, e Umberto, seu amigo e mentor. Niccolò esteve quase impossibilitado de comparecer porque foi multado em flagrante quando quebrou a marquise da casa do *podestà*, ao tentar galgá-la na noite anterior. Sem um tostão, estava a ponto de ser levado quando chegou Umberto com sua cara comprida de mula e seu dinheiro. Umberto sempre tem dinheiro — e sempre afirma que aquele é o último que tem.

Orazio está feliz de se sentar com Umberto à mesa. Eles falam de assuntos que os mais jovens não podem compreender: de como as dúvidas os assaltam de madrugada quando o sono não vem, do medo que sentem de não terem tempo de se arrepender quando chegar a sua hora. Eles se servem de mais vinho e começam, em vez disso, a relembrar os pecados da juventude, rejubilando-se com as antigas glórias como dois velhos *condottieri* ao sol. Tassi tem de pedir silêncio para que prestem atenção nele.

— Minhas senhoras, meus senhores, meus queridos amigos — diz ele —, humildemente pedimos sua licença — sem se importar com as vaias e com os gritos de "*Su! Sbrigati!*" — para trazer diante dos senhores uma maravilha da Natureza que vai atordoar suas faculdades mentais e deleitar seus sentidos. Mas antes — continua —, mas, antes, pedimos silêncio.

"Atrás das cortinas, no canto mais afastado deste cômodo, está uma criação da Natureza, não da nossa terra, mas de um reino distante, que pode ser facilmente amedrontada por nossas línguas estranhas e sofisticadas." — Tudo é calorosamente entendido como uma mentira. Quase todo mundo ali tomou a liberdade de espiar atrás da cortina azul pendurada na alcova; não havia nada lá, a não ser uma plataforma baixa com quatro pequenos lampiões em cima e uma corda presa a ela e enrolada. A criação da Natureza está sentada dentro do armário, nos fundos da alcova, há duas horas, sem que a tivessem percebido. Longe de ficar alarmada, ela está a ponto de cair no sono por causa da falta de ar e do vinho que Tassi lhe deu para assegurar sua colaboração. A convivência de quarenta e oito horas da garota — Chiara — com Tassi lhe trouxe desconfiança e sobressalto, medo repentino, tranqüilidade, calor, alívio, conforto, divertimento, prazer, êxtase, relaxamento e confiança. O homem pode fazer o que lhe agrada; isso, ela já conta como certo. Um homem pode usá-la ou abusar dela e o fato é que não tem escolha quanto a essa questão. Mas *messer* Matteo machucá-la? Não parecia haver possibilidade de tal coisa acontecer.

— E agora — diz Tassi — eu peço que me perdoem. Alguns minutos no escuro. — Nesse momento, o empregado pega uma vela e desaparece atrás da cortina. Tassi pula da mesa e apaga as velas e os lampiões. A audiência está preparada. Se ele aparecesse com uma galinha, eles ficariam sem respiração; se fosse um porco, ficariam pasmos.

Atrás da cortina há rangido e movimento e, por cima dela, os convidados podem ver a luz da vela tremeluzindo. E agora o empregado deve estar acendendo os lampiões na plataforma, porque dá para ver o brilho. Ele se abaixa e anda para trás, o traseiro voltado para o público, que o aplaude na escuridão. Lavinia grita e solta gargalhadas. O rapaz segura a ponta livre da corda e a desenrola, trazendo-a até uma haste de ferro que Tassi enfiou no chão junto à mesa. Ele passa a corda em volta da haste e retorna com ela, levando-a de novo para trás da cortina. — Quem sabe ele vai se enforcar. Na horizontal — comenta Niccolò. Umberto diz que, quanto a ele, se enforcaria de qualquer jeito se tivesse de morar com Tassi. Lavinia afirma que se enforcará se tiver de esperar mais tempo.

O empregado demora-se um pouco mais passando, de acordo com as instruções de Tassi, a corda sob a plataforma baixa — provida de rodinhas e onde Chiara está sentada agora, de pernas cruzadas — e levando-a até a parte de trás da alcova. Ele tosse duas vezes.

Tassi, radiante, caminha até a cortina.

— Meus amigos, honrados convidados, vocês que já viram todas as maravilhas desse mundo de Deus, vocês que criam novos mundos com a graça Dele, vejam agora, na casa de Tassi, o artista do bronze, o jogo do Claro e Escuro em perfeito equilíbrio. — Ele puxa a cortina para o lado e a enlaça num gancho.

Iluminada por lampiões colocados nos quatro cantos da plataforma, lá está Chiara sentada. Sofonisba, como os outros, inclina-se para a frente. Ela acha, num primeiro momento, que está diante de uma moura, já que a garota tem a pele bem escura e o cabelo muito crespo. Então, vê que a sua pele não é uniformemente escura, mas apresenta manchas que parecem sombras de folhas sobre uma parede. A garota está nua até a cintura, a não ser por um arame dourado, da oficina de Tassi, na testa e na parte superior de cada braço, em forma de braceletes. Sofonisba calcula que ela deve ter treze, quatorze anos. Um cordão grosso de seda dourada cinge seus quadris e um avental estreito e franjado está pendurado nele, na frente, por decoro. Enquanto Sofonisba olha, a plataforma dá uma sacudida e começa a avançar. Fora o roçar e estalar da corda, tudo está muito quieto. Se Tassi queria algo mágico, é frustrado pela ansiedade de seu empregado, que, em vez de puxar a corda com suavidade, a puxa com muita energia, de tal maneira que a plataforma range e sacode para a frente de maneira irregular. A criatura sentada sobre ela olha nos olhos dos espectadores. Ninguém ri.

Niccolò é o primeiro a esboçar uma reação. Ele parte o pão em pedaços e os joga sobre a criatura sentada como se fossem flores. Os outros convidados aplaudem e começam a fazer o mesmo.

Tassi, ainda o condutor do espetáculo e sóbrio o bastante para ver aonde tudo aquilo vai levar, se afasta da cortina e caminha por trás dos convidados até onde Sofonisba está sentada. Sorrindo, pega a mão dela e estende a sua outra mão para Chiara.

— Venha — diz Sofonisba. — Venha receber o seu presente. O meu presente para você. — Ele a ajuda a passar por sobre o banco e a leva para longe da mesa, até onde está Chiara. Os olhos de Chiara passam de um para o outro, esperando a sua deixa.

Sofonisba, bem perto agora, fica maravilhada com a maciez da pele da menina.

Chiara começa a falar: — *Monna...*

— Ainda não — diz Tassi. Ele oferece à garota um copo de vinho e ela o segura com as duas mãos e bebe sofregamente, fazendo barulho.

— Onde você a conseguiu?

— Em Gênova. De um príncipe que vendia filhotes da Barbária.

— Está certo, e eu fui trazida ao mundo por uma cegonha selvagem. — Sofonisba sorri, deliciada. — Mas eu gosto dela.

Tassi dá uma risadinha:

— Você gosta dela? — Sinaliza com a cabeça para Chiara: — Fale aquilo — diz. — Fale agora.

Chiara olha para Sofonisba e diz:

— *Monna Sofonisba. Sto a Sua disposizione assoluta. Sono Chiara, la Sua schiava lealissima.*

Sofonisba gira e pára diante de Tassi.

Ele dá de ombros e sorri.

— Chiaroscuro — diz, e coloca sua mão sobre o seio de Chiara, e a de Sofonisba no pescoço da menina. Os convidados batem na mesa, aplaudindo.

— Fique em pé — diz Tassi, e Sofonisba tira a sua mão e a ajuda a se levantar. Tassi a gira e os convidados aplaudem.

— Ela está fria — observa Sofonisba, e faz o empregado ajudá-la a baixar a cortina para colocá-la em volta dos ombros da garota.

Tassi diz: — Espere — e conduz a menina ao redor da mesa para exibi-la.

— Venha. Já chega — diz Sofonisba. — Ela deve ficar sentada perto de mim.

— Então chega — concorda Tassi. — Vocês já comeram toda a comida, meus amigos gulosos. Agora, em vez de comer, temos de beber.

Chiara, sentada junto a Sofonisba, oscila um pouco. Sofonisba a leva para se sentar no canto da sala. Chiara fica grata pelo apoio da parede. Deixa os olhos se fecharem sobre o quarto cheio de estranhos, fica ouvindo suas vozes e dali a pouco não escuta mais nada.

Para uma ceia de Tassi, esta é bastante sóbria. Giovanni e Umberto estão ambos dormindo. Apenas Lavinia ainda come e bebe — e sorri entre um arroto e outro. Orazio anuncia que está na hora de ir embora. Com dificuldade, acordam Chiara, vestem-na com sua túnica de lã cinzenta e a levam pelas escadas e porta afora. Orazio, com os braços ao redor de Tassi, diz: — Todos os pretendentes deviam saber realizar as fantasias de um velho. — Orazio e Tassi se abraçam e desejam um ao outro boa-noite.

Tassi diz:

— Isto é só o começo.

Sofonisba percebe seu sorriso convidativo. Um pouco mais largo, e seria lascivo. Ela pensa nos lírios da casa de Paolo. Lírios grandes e brancos, com o centro amarelo-escuro rosado e os estames cor de sangue de boi. Eles enchiam o ar de perfume, mas, quando ela se inclinou e inalou, o aroma atingiu-lhe as têmporas. Foi uma sensação no limite do prazer, um grão de pólen a mais e teria atravessado a fronteira da dor.

TASSI ESTÁ BEM-HUMORADO. Quem não estaria? Ele canta com uma voz desentoada e um sorriso no rosto enquanto acende o fogo. A manhã está bonita, primavera disfarçada de verão. O ar está perfumado e doce e, ao longo de toda a estrada, o viajante é envolvido por novas fragrâncias trazidas pela brisa cálida. Pelo menos essas são as palavras da canção, embora ali na Via del Rosaio prevaleça um cheiro que é uma mistura de repolho escaldado e excrementos, mais o fedor dos curtumes que sobe do rio. Ainda assim, o que a canção oferece é tudo o que um homem precisa quando está feliz, e Tassi sabe disso. Ele nunca necessita mais do que os prazeres dos sentidos, mas hoje, de qualquer jeito, tem mais. Caiu nas boas graças da sorridente Sofonisba com seu estoque de risadas que pode derreter um homem; goza de prestígio junto ao pai dela; somando um mais um, chega à perspectiva de um prazer ilimitado: liberdade dentro da casa, tranqüilidade de ir e vir sem ter de esfregar o nariz no chão diante de Orazio, possibilidade de saborear aquela risada gutural — com ou sem casamento — na privacidade.

O empregado de Tassi, acordando com o estardalhaço bem-humorado que o seu senhor faz para acender o fogo, fica com a boca cheia d'água pensando em comida, mas, em vez disso, é mandado ao convento, com os olhos inchados de sono, para comprar cera para o molde do bronze de Paolo. O bronze é o material de que Tassi mais gosta, o mais sensual em todos os seus complexos estágios, o mais misterioso e o mais semelhante à vida em sua forma final. Quando recebe uma encomenda grande, leva os moldes até a grande fundição da Via Buffalini. Para pequenas peças, arrisca a ira do seu senhorio e monta um forno no quintal.

Enquanto o rapaz está fora, Tassi expõe as duas metades do molde de gesso, os gêmeos cegos apaixonados por suas imagens espelhadas. Medindo só no olho, ele confecciona uma pequena forma embrionária — a *anima* — de argila. É a parte central que vai ficar dentro do modelo de cera e que, mais tarde, permanecerá: um coração falso no interior do bronze terminado. Rudimentar, menor e com menos definição, mas com os mesmos contornos do feto, a *anima* é a sombra dele, da mesma forma que os leões de neve em fevereiro são sombras dos que foram esculpidos em janeiro.

O empregado retorna do convento com cera suficiente para moldar uma freira. Tassi usa apenas uma parte. As dimensões finais da escultura mal vão chegar às de um gato pequeno enroscado. Seu centro será preenchido com a argila. Ele separa a cera necessária e coloca num recipiente alto de cobre. Enquanto ela derrete no fogo, ele prepara o molde fazendo um sulco em cada uma das metades de gesso. Quando estiverem juntas, haverá um canal para se introduzir a cera. Com muito cuidado, ele espeta pinos de ferro na *anima* e, num processo de ensaio e erro, posiciona-a com firmeza no molde, fechando as duas metades à sua volta. Os pinos salientes a conservam longe das paredes internas; ela fica pendurada por dentro, afastada da concha do molde, presa e, ao mesmo tempo, livre, da mesma maneira — observou uma vez *maestro* Paolo

— que a alma tosca e inacabada dentro do corpo, elemento discrepante que anseia por fogo. Logo, a obra do artista — disse *maestro* Paolo — era o espelho da criação de Deus, o Homem.

Tassi fecha o molde, sela levemente a junção com um pouco de gesso e o amarra com pano, de tal forma que agora ele se parece com um pequeno barril irregular. Ele o pousa de cabeça para baixo sobre a bancada, o buraco na base pronto para receber a cera derretida. Quando a cera fica translúcida e quase fumegando, Tassi chama o empregado para despejá-la. Pega o molde com as duas mãos e descreve um oito no ar, como se estivesse jogando um novo jogo que exige destreza, talvez prestes a atirar dados de um grande copo. O rapaz está bem treinado. Derrama cera novamente. Eles trabalham com rapidez, alternando o entornar da cera e o sacudir do molde. Tassi sempre executando o mesmo movimento hábil. Quando o molde se recusa a aceitar mais cera, ele o pousa na sombra para esfriar.

Deixa o rapaz fazendo a limpeza e sai pela cidade, olhando para dentro dos ateliês dos amigos e nas esquinas por trás das tavernas, dando tempo ao molde para esfriar, tomando o caminho, embora sem admitir a seus pés, que leva a Sofonisba.

Quando voltar, quebrará o molde e tirará de dentro dele a figura de cera; quando tiver certeza de que está bem dura, limpará sua superfície, realçando bem os detalhes das feições. Aí terá completado apenas o estágio preliminar. Quando a figura de cera estiver do seu agrado, ele a cobrirá com uma nova camada de argila. Passará tiras de ferro em volta desse novo invólucro para que fique forte e então o queimará sobre os tijolos centrais do forno, que arderá todo o dia e toda a noite, derretendo e expulsando a cera e queimando o molde de argila e sua *anima*. De manhã, tudo que terá sobrado de seu lindo modelo de cera será a forma de sua ausência. Então, com o forno sem o molde, mas ainda quente, atiçará o fogo até que atinja o calor do inferno e transforme metal sólido em fogo líquido, derretido. Nesse momento será ferreiro, alquimista, sacerdote, parteiro, tudo junto.

— Quer dizer que você gostou do meu presente? — Tassi está com a mão no pescoço de Chiara, como se ela fosse um potrinho no mercado.

Sofonisba e Chiara, trabalhando no meio da bagunça da oficina de Orazio, estão sem nenhum enfeite, parecendo duas penitentes: Chiara vestida com sua túnica de lã cinza, Sofonisba com a *lucca* preta e suja, salpicada de cal. Quando Tassi a vê assim, sente que ela lhe pertence. É capaz de imaginá-la a seu lado enquanto ele trabalha na oficina, satisfeita depois de uma noite de prazer.

— Eu a adoro. Ela é a minha irmãzinha pintada. Vai me seguir para onde eu for. — Sofonisba passa o braço em volta da cintura da garota e a puxa para longe dele.

Três dias atrás, havia acordado num assomo de satisfação, ao se lembrar do presente. Levantou a cabeça e avistou, sim, as formas da menina, enrolada sob as cobertas, na arca ao pé da cama. Esticou o pé e empurrou-lhe o ombro. Sentiu que a menina tinha acordado, embora continuasse deitada, perfeitamente imóvel, olhando — Sofonisba supunha — o quarto ao redor e imaginando, ao acordar, onde por Deus ela estava, quem ou o quê a estava cutucando. Seria bem divertido ver sua expressão facial naquele momento. Sofonisba empurrou-lhe novamente o ombro e, dessa vez, a menina virou a cabeça, com muita cautela. Sofonisba riu de sua expressão aterrorizada, com os olhos escancarados e sérios.

— E então? — ela perguntou. — *Non puoi parlare?* — A garota engoliu em seco, sentou-se e disse, com a voz rouca:

— *Monna Sofonisba. Sto a Sua disposizione assoluta.*

Sofonisba riu novamente, pensando que seus dias seriam mais animados agora que tinha companhia.

— Fique aqui — disse, levantando-se e colocando o vestido. — Fique aqui. — Saiu do quarto, voltando logo depois com um caderno pequeno de capa de couro e um pedaço de sanguina.

— Agora afaste essas cobertas, minha pequena feiúra, e me mostre esse corpo que Deus achou por bem lhe dar. — Percebia nos olhos da garota que, embora permanecesse parada, estava entendendo o que lhe pedia.

— Esqueceu que agora você é minha? *A mia disposizione assoluta.*

Desse tipo de poder, Sofonisba não havia provado antes. Mesmo os meninos de recados não estavam tão sob o seu domínio como essa garota. Era o poder do homem sobre o animal, do marido sobre a esposa e a filha.

Andou em volta dela até achar um ângulo que a agradasse e então se ajeitou para desenhar com os pedaços de giz. Ela fez dois, três, quatro desenhos, e o tempo todo Chiara continuou nua como a noite e com a bexiga cheia, quase estourando.

— Não se mexa — ordena Sofonisba, embora a garota estivesse tão concentrada que mal piscava. — Não se mexa. — E Sofonisba também está concentrada, absorta, com uma expressão no rosto semelhante à de alguém faminto que recebe alimento. Por fim, ela se dá por satisfeita e deixa Chiara se vestir e ir ao banheiro.

— Você quer ver? — Ela virou o caderno e mostrou para a garota a página onde lhe havia desenhado a cabeça, em perfil de três quartos, o pescoço e os ombros. Ela viu as lágrimas que começavam a brotar e a descer por sua pele estranha e lisa.

Nada na experiência de Sofonisba a ensinara como reagir a isso.

— Vamos — disse. — Se você ficar aí, do meu lado, bancando a infeliz, a gente nunca vai se entender.

Desde então, desenhou-a muitas vezes, embora Orazio insista em receber um relatório diário das tarefas executadas por Chiara. Ele diz que se é para alimentar mais uma boca, então tem de valer a pena, embora já tenha declarado que a garota é um patrimônio. Ela não pergunta nada, não espera coisa nenhuma em troca dos trabalhos que faz, é grata, e não fica ressentida com os tapas que ele é obrigado a lhe administrar. Sua presença é tão modesta quanto a de um animal. Apenas uma vez ela mostrou resistência. Sofonisba teve a idéia de usá-la para fazer anotações sobre o modo como a luz incide sobre uma figura horizontal, mas, por mais que brigasse com ela ou que a bajulasse, não foi possível convencê-la a subir na mesa.

— Eu também a adoro — disse Tassi. — Vou sentir falta dela.

— Ela só ficou com você dois dias.

— E três noites.

— Então é uma boa coisa. Está mais segura aqui comigo do que com você.

— Por que diz isso?

— Você mete a mão em tudo quanto é cumbuca.

Isso faz Tassi lembrar. Ele começa a espreitar, procurando alguma coisa.

O vaso em dourado e azul, envolvido por uma rede prateada, está pendurado na janela. Tassi passa por ele, pára e então volta. Olha para ele, para Sofonisba e de novo para ele. Um sorriso desponta em seus lábios, uma serpente surgindo na grama.

— *Madonna!* — exclama. — Onde conseguiu isso?

— Por quê?

— Acho que o estou reconhecendo.

— Como assim?

— Parece com o que vendi para o jovem Alessandro.

— E?

— Certamente não foi ele quem lhe deu esse aí, não é?

— Sim, foi ele quem me deu. Ele sempre me traz presentes.

— Mas eles são sempre assim tão maravilhosos como os meus? — Tassi senta-se abruptamente, justo quando Chiara está passando por ele, e a puxa para o seu colo.

Sofonisba ri:

— Nem de perto. Eu tive que pintar esse aqui. — Ela gira o vaso, que cintila na luz do sol e provoca o canto do pintarroxo. Um pensamento súbito lhe ocorre e ela se volta de repente: — Você sabe do que ele é feito?

Tassi dá uma risadinha.

— Você sabe.

Ele assente.

Sofonisba suspeita de uma armadilha:

— Diga.

— Não poderia, *Madonna*.

— Diga, *messer* Matteo.

Ambos estão rindo, mas apenas Tassi se diverte.

— Vou contar para essa minha jovem amiga aqui.

Ele se levanta, empurra Chiara para que ela fique de pé e a conduz até a porta. Uma de suas mãos pousa sobre o trinco, e a outra na nuca da garota. Ele se curva e sussurra qualquer coisa.

— Quê? — pergunta Chiara.

Ele repete, cumprimenta Sofonisba com uma mesura, chama-lhe de "honrada senhora", solta mais uma risadinha, dá um beijo na ponta dos próprios dedos e o lança na direção dela e se vai.

Tassi acha que a cera já deve estar firme o bastante para agüentar a remoção do molde. Chega em casa quase correndo.

Pousa o molde sobre a bancada. O momento da descoberta é de prazer. O momento que o precede é de felicidade. Ele retira as faixas e afunda a faca no gesso que reforça a junção do molde. Com o molde deitado sobre a parte posterior, cuidadosamente faz pressão para separar as duas metades, batendo na parte superior para soltar a figura de cera, a excitação provocando-lhe um frio na barriga. O bebê de cera está inteiro e perfeito nos mínimos detalhes.

Seu empregado dá uma risada e diz:

— *Buon giorno, ometto.*

Tassi levanta a metade de baixo do molde e bate nela para que se solte. Ele a inclina para que o bebê caia sobre seus dedos abertos, dizendo para o empregado: — Estamos em trabalho de parto.

Sem aviso algum, é tomado de tremedeira. Seu estômago se contrai. O objeto de cera é muito semelhante ao vivo, as mesmas dimensões e, certamente, a mesma cor do feto que Paolo extraiu de dentro da mãe. Tassi sente as pernas como que atacadas por trás. Ele o larga e joga um trapo sobre ele. — *Lascialo stare!* Deixe-o sossegado! — grunhe, quando o rapaz se aproxima para dar mais uma olhada. Empurra o rapaz para fora do seu caminho e o manda buscar o *luto* para fazer o invólucro. Tem a sensação de rodar, embora esteja completamente parado. Apóia-se com firmeza na ponta da bancada e, quando o rapaz volta com a argila, tudo já passou.

Tassi respira fundo e descobre a figura. Agora já pode olhar. Ela deixou de ser uma aparição vinda não se sabe de onde, uma manifestação de mistério, e se tornou novamente o produto de suas próprias mãos. Levanta o pano úmido que cobre o balde e retira dele uma porção para seu empregado amassar. É a mesma massa que usou para fazer a parte central, uma estranha mistura de palha, esterco, argila e aparas de lã, uma porcaria de criança. Tassi compartilha sua receita generosamente quando algum amigo pede, mas, ainda assim, é ele quem consegue o melhor resultado com ela, talvez por causa dos dedos de seu empregado, que nunca se cansam de trabalhá-la.

Tassi pega a mais fina de suas ferramentas para destacar cada prega, cada dobra, cada fio de cabelo do modelo. Em pouco tempo, ele se perde na impecável perfeição de suas formas.

Aquece mais alguns pedaços de cera sobre uma folha de cobre e confecciona quatro velas delgadas, mais ou menos da espessura do caule de um lírio, e uma peça com o formato de um funil comprido. Prende essas peças à cabeça, aos ombros, ao joelho, ao calcanhar. Agora vem a parte mais difícil, porque ele tem de cobrir de argila a figura, agora complexa com seu tubo de escoar e seus respiros. É um trabalho delicado, colocar a argila fina sobre a superfície da cera sem estragar a pureza das formas, sem danificar as junções onde as aberturas se prendem. Os dedos de Tassi são mais grossos que o punho do bebê, mas sua intuição é segura, infalível, sua paciência com as delgadas ferramentas de salgueiro não tem limites. Quando a argila adquire certa espessura, o trabalho vai mais depressa.

Por fim, o feto de cera está todo recoberto. As extremidades das aberturas, pequenos círculos de cera rompendo a superfície do invólucro de argila, são o único sinal do que pode estar escondido lá dentro.

Tassi o coloca longe do sol, num canto seco e quente do quintal, onde as pedras, liberando o calor do dia, ajudarão a curar o trabalho para a queima.

CINCO

Quando Alessandro saiu para ir à casa de Orazio à tarde, não poderia estar mais satisfeito consigo mesmo, mais confiante. Sofonisba tinha pintado o vaso. Tassi lhe havia contado. Estava tudo bem, então. Ela tinha começado a jogar com ele. Ela esperava seu próximo movimento. Como era fácil, afinal, deixar para trás as bobagens da infância e tornar-se um homem do mundo. Caminhando pela Via Bardi, ele acreditava que o presente estava fazendo efeito, como Tassi havia prometido. As mulheres, ele dissera, depois de sentirem o vaso em suas mãos, se deitavam e levantavam as saias. Bem, ele reconhecia um exagero quando o ouvia, e conhecia Tassi, mas, mesmo assim, mesmo assim... Tinha de confessar que o próximo passo no jogo era delicado. Sofonisba ia perguntar de que o vaso era feito. Não seria fácil inventar uma resposta para ela. A composição do vaso. Tassi lhe havia avisado que guardasse segredo sobre isso. Ele pensaria em alguma coisa plausível até chegar à Via del Cocomero. Não havia necessidade de se preocupar, ele era um homem mudado.

Alguma coisa elegante brotaria de sua língua quando a hora chegasse, alguma coisa que surpreenderia até a ele próprio.

Alessandro ainda não entende o que aconteceu. Ele parece um velho ao voltar para casa, o pescoço afundado entre os ombros. O tempo que se passou entre o momento em que atravessou a oficina, o pátio, e jogou sua capa — com estilo, achava — sobre um ombro para subir as escadas da sala de recepção, até o momento em que o vaso de flores se espatifou no chão e atingiu seu calcanhar, por pouco não atingindo sua cabeça, quando ele estava saindo, foi mais curto que o tempo que se leva para ir do *Intróito* ao *Kyrie*. Ainda não consegue entender o que aconteceu. Primeiro foi o choque de ver aquela pequena gárgula repugnante atravessar o pátio em direção contrária. Ele foi tão idiota. Sempre era tão idiota. — Oh, Tassi está aqui? — Para todo mundo lá em cima ouvir. Simplório. Era capaz de chutar a si próprio. Mas não foi tanta estupidez assim. Ele viu a garota. Como poderia saber que ela havia trocado de dono? — Tassi? — Sofonisba olhou em volta como se Tassi pudesse ter acabado de entrar. — Tassi? Não... Oh, *entendo*. Você pensa... Não, não, não. Chiara é *minha*. Tassi a *deu* para mim. Que homem encantador. — A garota não tinha mudado de dono numa transação normal. Ela era um presente de Tassi. Um presente *extravagante* de Tassi, perto do qual nenhum pequeno pote bobo de merda poderia sobressair. "*Tassi? Não...*" Ele seguia pela vida perdendo oportunidades, perdendo vantagens. Como podia ter deixado de perceber que a escrava era um patrimônio? Por que Tassi conseguia ver isso? Naquele momento, na casa de Orazio, com Sofonisba olhando para ele, odiava Tassi mais do que qualquer outra coisa no mundo. Se Tassi entrasse numa taberna sem um tostão, qualquer um lhe derramaria bebida garganta abaixo. Se Tassi tivesse fome, seria convidado a Careggi. Se Tassi estivesse sem trabalho, o idiota do rei de Nápoles repentinamente convocaria o idiota de um fundidor de bronze. "*Tassi a deu para mim.*" Foi assim que aconteceu. Era assim a voz dela. *Tassi a deu para mim. Que homem encantador.* Foi o momento em que todo o seu futuro desmoronou. Perdeu a cabeça. — Oh, ele deu, deu? Bem, Tassi é bom de dar presentes, não é? Mas tenha cuidado. Tenha cuidado com os presentes de Tassi. Você nunca sabe em que está se metendo — um caso de lepra ou a ponta do pênis de um elefante. — Isso foi exatamente o que ele disse. A lembrança o faz enrubescer. A incredulidade dela. — O que foi que eu ouvi você dizer? — Foi então que ele — imbecil — repetiu palavra por palavra. Tentou explicar, colocar a culpa em Tassi, mas apenas tornou as coisas piores e, de qualquer modo, na verdade, ela não estava mais escutando, tinha começado a procurar coisas para atirar nele. E então ele estava recuando pelas escadas abaixo. O vaso de planta *teria* atingido sua cabeça se ele não tivesse apressado o passo para evitar aquela mocinha suja que estava voltando justamente naquela hora. Tudo está relacionado. Ele sabe. Somente o mais poderoso talismã pode ajudá-lo agora.

Chiara está com um corte na canela devido a um estilhaço do vaso de flores. O empregado da oficina rira e avisara para ela se proteger.

No andar de cima há coisas se quebrando também. Ela percorre o balcão e pára na porta da sala de recepção, abre a porta somente um pouco e espera até ouvir um objeto pesado atingir a parede, antes de julgar seguro esgueirar-se rapidamente para dentro.

Orazio está no lado mais distante, perto da janela, como um homem debaixo de uma árvore esperando a tempestade passar. Mas ele está sorrindo.

— Ah, Chiara. — Sofonisba abre os braços e os lança em volta dela.

— Ao menos Chiara entenderá. Venha comigo.

Na oficina, ela arranca o vaso da rede de prata e o atira no chão. O vaso rola.

— Sabe de que é isso? Sabe? — Ela pisoteia o vaso sem resultado. As palavras são mais satisfatórias. — Você sabe o que aquele nojento do Alessandro nos deu? Sabe o que eu segurei nas minhas mãos, o que eu pintei com as minhas próprias mãos? — Ela agarra um pincel e o quebra em dois.

Chiara torce para que ela lhe conte logo. Ela pode ouvir Orazio atravessando o pátio. Ela não quer suportar o impacto da raiva dos dois.

— Você sabe? Você sabe? Aquele rato sujo mijão, aquele nojento, coberto de sujeira, pescoço de sapo, cu de porco do Tassi. Sabe o que ele vendeu ao Alessandro? O que Alessandro me deu? — Ela se abaixa e pega o vaso. Ela o segura com o braço esticado, a mão tremendo de raiva e a boca virada para baixo como uma criança prestes a chorar. — É o órgão sexual de um elefante.

Chiara entende apenas que essa é a razão do ultraje, o ápice do que quer que seja que ela está ouvindo. Ela olha logo para Orazio. Ele tenta não rir.

— Dê cá isso — ele diz calmamente. — Eu o levarei embora.

Sofonisba faz um movimento como se estivesse sacudindo uma vespa do cabelo. Ela chuta o pote em direção a Chiara.

— Enterre-o — diz.

Enquanto Chiara cava o pequeno retângulo na terra dura embaixo do pessegueiro, perto do muro, Sofonisba observa.

— Então? O que você faria com ele?

— Eu serviria sopa nele.

— Aos seus inimigos!

O riso de Sofonisba empresta um gosto de malícia à sua boca. É um gosto bom. Ela gosta de pensar no azul, no dourado e no vermelho fazendo força para brilhar na escuridão de debaixo da terra.

Chiara, de volta, limpa a sujeira das mãos no vestido.

Sofonisba volta ao trabalho. O Cristo em seu leito frio está quase terminado. Restam somente as luzes mais altas a serem aplicadas no linho ao redor dos quadris, na carne aberta por cinco ferimentos e na superfície da água da tigela usada para lavar o corpo. A zanga de Sofonisba, apesar de verdadeira, é acalmada pela repetição das pinceladas. Alessandro é um bobalhão e não vale a pena perder o seu tempo com ele. E Tassi? É óbvio que Tassi estava por trás de tudo, mas seus truques vulgares não significam nada. Ela costumava ver e ouvir coisas piores quando os amigos do pai vinham visitá-lo. Para Sofonisba, a raiva não é um pecado a se confessar, como a culpa e a inveja. A raiva é para ser usufruída. Ruge dentro dela como um vento vindo do Mugello e se apodera do próprio centro do seu ser, carregando-a com a força dele. Para Sofonisba, raiva é poder. Observar o medo, embora discreto, surgir nos olhos dos outros, observar um corpo se realinhar para se proteger — é uma coisa para se saborear. E, no entanto, ela não consegue ficar com raiva de Tassi por muito tempo. Não seria divertido. Mais interessante é esperar a raiva amadurecer, como um pêssego prestes a cair, e então devolver o insulto multiplicado por dez. Ela consegue fazer isso. Como ficaria sem Tassi para brincar? Ele é o seu rato feio, e ela é o gato — e ela o ama da mesma maneira.

Em pouco tempo, esqueceu Tassi completamente. Só existe o cheiro seco e levemente terroso da têmpera em suas narinas e a pequena, pequena resistência da tinta quando ela sai dos pêlos de marta de seu pincel. Encontrará Tassi novamente. Hoje terá sido apenas uma rodada perdida num jogo. E Sofonisba está sempre pronta a jogar uma nova rodada. Mas agora só existe a pintura. Ela pode sentir o gosto da água na tigela. Pode sentir-lhe o travo de metal na língua, e o tempo não existe.

CECCIO, COM SEUS OLHOS ARREGALADOS como pires, espera sob os choupos iluminados pela lua, logo adiante da Porta alla Giustizia, como combinado. Para além dos choupos, estende-se um terreno baixo com vegetação rasteira, desolado, que apenas cães e corvos freqüentam. É um local onde a névoa perdura mesmo em noites claras. Não é um lugar em que Ceccio, que desceu de *La Castagna* com Paolo, gostaria de estar e, no entanto, ele está ali por sua própria decisão. Como fora fácil impressionar o magricela do Alessandro quando este lhe apareceu com uma história de desgraça. Como foi fácil deixar que as frases guardadas na mente fluíssem de sua boca no momento exato em que Alessandro precisava ouvi-las. O bobo magricela do Alessandro, sempre precisando de alguma coisa, dessa vez exigindo essa coisa, oferecendo dinheiro, oferecendo mais, insinuando até que estava disposto a revelar a *maestro* Paolo os segredos dele, Ceccio, se não o ajudasse. Tinha sido fácil pegar seu dinheiro. E, oh, tão fácil arrepender-se. Ceccio agora tem medo de se virar e olhar para os muros da cidade, pois tem certeza de que verá os corvos magros de bicos tortos dilacerando algum corpo.

Mas nem todo o arrependimento do mundo demoverá Ceccio desse acordo.

Alessandro aguarda ali, também, na escuridão do muro, com seu capuz puxado sobre o rosto. Sua boca está seca e seu intestino parece ter adquirido vida própria. Esse lugar é chamado de Pasto dos Condenados, é para onde se trazem os criminosos para descansarem por toda a eternidade fora do abrigo de qualquer igreja. Os homens com quem deve se encontrar ali prefeririam cortar a garganta dele pelo ouro — ouro que ele roubou do próprio pai — a cavar. Mas Ceccio é a salvaguarda de Alessandro. Ceccio está protegido desses homens por causa do tio, que os emprega, e da ampla aura de Giuliano, pois Ceccio pertence a *maestro* Paolo. Há justificativa para a conclusão de Alessandro — a que ele teria chegado de qualquer jeito por mera covardia —, no sentido de que, afinal de contas, é mais seguro ficar fora do caminho. Deixe que Ceccio lide com estes homens detestáveis. Dê a ele a bolsa com as moedas perigosas. Ele instruiu o rapaz para dar aos homens um quarto do pagamento quando eles começarem, e o resto quando completarem a tarefa. Assim que entregou a Ceccio a bolsa com um quarto do pagamento, Alessandro se sentiu melhor, mais seguro; e menos nauseado quando entregou a faca — uma lâmina curva, como a que Paolo usa — e o saco vazio que trazia.

Ceccio, agachado sob a copa das árvores, enrola o saco em volta da faca e o coloca sobre os joelhos trêmulos.

Os dois homens pegam Ceccio de surpresa, aproximando-se dele por trás, e ele se assusta. Alessandro, escondido no escuro, não faz ruído algum. O primeiro homem, baixo e magro, com uma aparência gasta como a de um prego velho, fala asperamente e estende a mão para pegar o dinheiro. Ceccio, tremendo, lhe diz rapidamente que seu patrão está por perto com o restante. O homem observa a escuridão e parece desconfiado. Ele supõe que *maestro* Paolo está ali, em algum lugar, com um empregado ou dois, e com a assistência de robustos porretes ou, o que não é improvável, com facas. Sua ansiedade se torna tão grande que ele assume a atitude de um homem prestes a ser atacado, cada centímetro dele alerta, cada nervo desperto, e com o ar de concentração de quem está inteiramente ocupado em controlar um ataque de fúria. Está quase explodindo por dentro, e Ceccio fica mais alarmado com ele do que com o pensamento do ato que estão a ponto de praticar. Ele se aproxima do seu companheiro — um homem maior, mais velho e mais simplório —, puxa o capuz sobre a cabeça e dirige-se em seguida para o Pasto dos Condenados. Tanto o segundo homem quanto Ceccio são quase obrigados a correr para acompanhá-lo.

A sepultura de dois dias é fácil de localizar. Quando chega lá, Ceccio faz o possível para bancar o patrão, e começa a sibilar instruções, mas o homem magro não o escuta. Ele estende uma peça de oleado e começa a jogar sobre ela a terra que vai cavando. Começa a xingar e obriga o segundo homem a vir ajudar. O homem grande cava depressa, como se estivesse procurando um tesouro numa ruína nas montanhas. Fios longos de saliva balançam de seu lábio inferior à medida que estabelece um ritmo. O primeiro homem continua a praguejar. O estômago de Ceccio dá um nó de medo. Ele se afasta e se agacha ao pé de um olmo, tirando menos prazer do vinho que engole, forçando garganta abaixo, do que do tronco sólido às suas costas. Não demora muito e o homem magro puxa o braço do outro. Ele tem de agarrar a pá e jogá-la no chão para obrigar o grandalhão a parar. Então, ainda praguejando, estende um segundo pedaço de tecido no outro lado da sepultura e pula dentro do buraco para retirar o cadáver. Sob seus longos cílios, Ceccio observa. O homem grande recua, choramingando. Ele sacode a cabeça de um lado para o outro, num movimento que começa nos ombros, de modo que a parte superior do corpo também balança, como a de uma criança. Depois de uma saraivada de pragas que o primeiro homem lança, ele volta à beira da sepultura e ajuda a manobrar o cadáver, envolvido num saco sujo, para cima e para fora da sepultura. Agora ele é todo curiosidade, mas se contém. O embaixador dos mortos está dentro de um saco, escorado, esticado, com as pernas rijas sobre a terra, de tal forma que a metade superior aparece para fora da sepultura. Ainda em seu barco fúnebre de lama, ele está de volta da terra dos mortos para relatar as condições favoráveis que lá existem para o comércio, pois todos, no mundo subterrâneo, têm ganância de olhos, dentes, lábios; todos estão dispostos a permutar lembranças, amores e mentiras.

—Venha cá — diz o magricela, chamando Ceccio. Mas Ceccio está nauseado e lento. Ele chega a tempo apenas de fazer um gesto no sentido de ajudar a tirar as pernas rígidas para fora da sepultura.

O magricela corta o saco com uma faca que trazia à cintura.

— Vamos com isso.

Ceccio tem uma expressão estranha no rosto. Descobriu que, se mantiver os dentes cerrados e os lábios puxados para trás, a boca puxada para baixo nos cantos tanto quanto for possível e os músculos do pescoço saltados como cordas, consegue segurar o estômago quase indefinidamente. Sua respiração assovia através dos dentes cerrados.

Ceccio sabe exatamente o que fazer. Observou Paolo Pallavicino umas seis, sete vezes. Nem os olhos abertos do enforcado, nem a face escurecida o perturbam, nem a língua grossa preenchendo a cavidade da boca como uma pedra escura. Tudo isso ele já viu antes. O que o perturba é que ali não há ninguém para lhe dar permissão para fazer aquilo.

— Ande rápido. — É o homem magro sibilando novamente. — Acabe com isso ou eu quebro sua cabeça. — O que não parece ser uma ameaça vazia. Ele está com a pá levantada e em posição.

Ceccio tenta recuperar alguma autoridade e diz:

— Corte logo esse saco.

Ele se movimenta para a frente. Sua boca ainda está torcida no esforço de manter controle sobre o conteúdo do estômago. Ele se ajoelha ao lado do cadáver e desembrulha a faca, colocando-a ao lado, e então tira um pedaço pequeno de sílex negro de uma bainha de couro. Lembrando o comentário de Paolo, ele o aperta contra a depressão do pescoço para ferir a pele e, em seguida, o arrasta com força sobre o esterno e para baixo, pelo centro do tórax, até o umbigo. Do mesmo modo, ele marca uma linha da extremidade da clavícula para baixo, passando pelo braço, até a cintura, e outra, partindo do mesmo ponto e em direção ao pescoço. Ele faz o mesmo do outro lado do tórax. Como um alfaiate, marca seu molde. Quando ele alivia a pressão sobre a pedra, suas mãos não conseguem ficar paradas. Ele levanta o rosto uma vez para a lua, esticando o queixo para cima com um movimento de torção, como se quisesse separar a cabeça do que o corpo está fazendo. Em seu tormento, seu rosto fica quase irreconhecível. Apenas os cachos o identificam. Faz um corte embaixo de uma ponta de pele com a pedra, criando a aba de que necessita para segurar, e então pega a faca, deslizando-a por baixo da pele com uma das mãos e mantendo a aba esticada com a outra. Agora o trabalho é mais fácil, pois ele pode deslizar a faca por baixo da pele e chegar até o músculo, inclinar a faca exatamente assim e manter a pressão. Ele ouve o som familiar de matéria sendo rasgada quando a pele se desprende.

O homem manda que ele cale a boca e Ceccio se dá conta de que está rezando, com a boca torcida ainda, cada vez mais alto, pedindo ajuda a Nossa Senhora. Ele tem uma alma de chumbo, pobre Ceccio, e há pouca esperança de que se modifique. Não lhe ocorre que a Rainha dos Céus pode não querer sujar as mãos com esse negócio tenebroso.

Os três homens viram o enforcado de costas.

Quando Ceccio termina, suas mãos estão gordurosas e escorregadias. Ele tem três pedaços do molde do alfaiate em sua sacola e o enforcado está revestido de sua própria carne despelada, que brilha. Do ponto de observação de Alessandro, ele parece estar usando um colete apertado, feito de um material brilhante, mais elegante que seus braços peludos e a pele preto-azulada de seu rosto.

Alessandro se aproxima com o resto do dinheiro, enquanto o magricela e Ceccio estão recolocando o corpo na sepultura. O outro homem, o grandalhão, não faz nada para ajudar. Ele não pára de chorar, enxugando os olhos na ponta da camisa.

PARTE II

SEIS

Os *festaiuoli* haviam declarado, como em todos os anos, que as comemorações da festa de San Giovanni daquele ano sobrepujariam as de qualquer outro ano. Estão reunidos num salão recentemente reformado no Palazzo Vecchio. O toque de Cosimo está em toda parte. O salão é, ele próprio, um exercício teatral. A solidez de seu mobiliário, apesar de novo, denuncia permanência, e a riqueza dele, poder. Todos os elementos materiais — desde as vergas das portas e das janelas esculpidas em mármore até os lírios dourados das paredes — contribuem para a projeção que Cosimo faz de si mesmo e para a sua posição na grande ordem dos assuntos humanos e cósmicos.

Paolo, a princípio, fica consternado ao ver que, apesar de o duque não estar presente, o *arcivescovo* Andrea está. O apetite de auto-engrandecimento de Andrea poderia transformar até um evento cívico numa celebração de si próprio. Contudo, ele demonstra grande comedimento à medida que a reunião avança, e submete-se aos membros das guildas e aos experientes *consiglieri* que compõem o comitê. Está na cidade para contratar o seu pintor, não para assumir tarefas cívicas trabalhosas. Não obstante, não há prejuízo em participar das atividades. Fazer isso lhe permite saber com antecedência que oportunidades de assumir uma posição de proeminência se apresentarão para ele nas comemorações.

Os *festaiuoli* anseiam por seu momento de poder benigno. Eles se deleitam em fazer provisões em vez de proibições, como fazem em suas respectivas guildas e conselhos durante o resto do ano. Todo o comércio será suspenso por três dias. Novos toldos serão confeccionados para o *Battistero*, em tecido azul e dourado, para serem estendidos em seus oito lados. Arquibancadas serão erguidas na Piazza della Signoria, bem como na Santa Croce, pois, além do *palio*, que acontecerá como sempre, haverá uma apresentação de homens em armas. Representações e espetáculos divertirão a cidade durante três dias, começando com uma procissão da catedral de Santa Maria del Fiore até a grande igreja de San Pier Scheraggio. E Paolo Pallavicino será *direttore*.

Paolo consegue o que deseja. Ele supervisionará a procissão. Esboça novamente os seus planos para o comitê. A procissão culminará numa representação teatral iluminada para os convidados da cidade dentro da San Pier Scheraggio, na hora das completas. Para isso, contratou a ajuda de seus amigos. Será uma encenação da morte de Santa Margherita. Haverá um dragão. Haverá asas e haverá nuvens. Estas não serão as costumeiras madeiras recortadas e pintadas, serão feitas de lã tão finamente penteada que parecerão flutuar no ar. Paolo as vê suspensas por arames presos nos caibros acima do altar. Mas eis o que fará com que fique belo... Paolo faz uma anotação em seu caderno enquanto os *festaiuoli* esperam: *pigmento misturado à cola*. As nuvens serão em tom azul e rosa. Ele fica satisfeito com essa idéia, que lhe veio como uma dádiva. *Embaixo, meninos seguram tochas e se movimentam para lá e para cá, lançando luz nas nuvens flutuantes*. Sim. As nuvens terão a aparência da primeira cor da aurora. *Meninos menores estarão escondidos entre as nuvens mais próximas*. Santa Margherita estará rezando numa clareira pintada ao pé do altar. O dragão entrará pela porta que dá para a Via della Ninna. Santa Margherita se virará apenas quando o dragão estiver em cima dela. Ela cairá. As portas ao fundo da igreja se abrirão — *Que os espectadores gritem oh!* — e um cavalo — *Branco!* — e um cavaleiro aparecerão na entrada. *Conseguir um cavalo.*

Alguns membros do comitê não têm uma imaginação tão fértil assim, mas Paolo possui a mente de um necromante. Ele sabe que seus espectadores tirarão os olhos do altar no momento crucial e olharão para a porta. Quando tornarem a olhar — *Óleo para as roldanas!* —, as cordas já terão descido a nuvem da frente. A Santíssima Trindade em toda a Sua glória será revelada. O Filho estará de pé numa plataforma que funciona de forma independente. A um sinal, Ele, como convém ao Filho do Homem, descerá à Terra e receberá Santa Margherita, levando-a para Sua morada celeste.

Os membros do comitê mostram-se bastante satisfeitos. As condições de Paolo são modestas. Ele pede apenas dois carpinteiros para auxiliá-lo, com autorização para contratar quantos ajudantes forem necessários. Empregará uma equipe de pintores para trabalhar numa tela que representará a clareira à frente do altar. Contratará Matteo Tassi, que tem energia e idéias. Os membros do comitê estão visivelmente confiantes na sua escolha e prometem um contrato até o final do dia. Eles têm muitos outros assuntos para tratar, mas Paolo ainda está escrevendo.

Paolo só se levanta quando termina suas anotações. *Perguntar a Matteo sobre o bronze.* Por mais que esteja envolvido num projeto, ele nunca descuida dos negócios.

O *ARCIVESCOVO* É um homem com sonhos de grandeza. Ele tem uma casa na Via Porta Rossa, perto da Porta Guelfa, apartamentos em Roma e uma casa de campo na estrada para Galuzzo. Suas arcas de dinheiro transbordam com a riqueza que acumulou, mas, para ele, isso não é o bastante. Suas riquezas foram adquiridas por métodos não muito honrosos, e é melhor que guarde segredo sobre isso. Seu sonho de ser alguém merecedor de alta estima é produto de sua mente quando acordada, em estranho desacordo com sua mente adormecida. Constantemente ele desperta em meio a sonhos perturbadores em que se vê ridicularizado e diminuído, a maioria envolvendo nudez em lugares públicos. Para apaziguar os receios que o assolam à noite, ele adquiriu, diligentemente, um verniz de cultura. Descobriu, para sua satisfação, que patrocinar a arte da pintura não só eleva seu conceito na cidade, como lhe traz um benefício inesperado. Uma pintura bem executada, percebeu, pode satisfazer os seus sentidos, e a pintura certa num ambiente mais íntimo, os seus sentidos carnais em particular.

Ele tomou como modelo para sua casa de campo, *Argentara*, a Villa Farnesina em Roma, onde se hospedou uma vez. Para pintar as paredes e os tetos de seus salões, empregou os melhores executores de perspectiva, com a finalidade de surpreender e deleitar o olhar. Os visitantes de sua casa ficam admirados: aqui, uma parede sólida se transforma numa vista aberta dos montes além do Arno; ali, o chão parece encontrar um terraço pintado, de forma que se poderia pisar para fora do cômodo e entrar na paisagem; acolá, no fim de um corredor, uma porta pintada se abre para dar entrada a um criado que traz um prato de carnes da cozinha; Clarice Strozzi afirmou que seu cachorro não queria parar de latir para a pintura em perspectiva de um cachorro deitado roendo um osso na passagem pintada.

Em sua casa na cidade, os pintores foram pródigos em ilusão. Pessoas que visitam a casa pela primeira vez, ao esperarem na ante-sala, nunca deixam de se abaixar quando olham para cima e vêem a pintura de um criado a ponto de derrubar um balde de uma prateleira. Trabalhar na casa do *arcivescovo* é considerado uma honra. A recompensa material dos artistas, porém, é tão ilusória quanto as paredes, pois o *arcivescovo* é bastante escorregadio em matéria de dinheiro. O prestígio é a grande compensação.

Orazio espera na ante-sala juntamente com os outros quatro competidores. Todos assumem um ar *blasé*, mundano, como se fossem velhos amigos do *arcivescovo*. Ninguém levanta os olhos. Um empregado impertinente levou os painéis de teste para a sala contígua. Ninguém sabe o trabalho que o *arcivescovo* tem em mente, mas todos esperam uma encomenda substanciosa. Orazio viu dois de seus oponentes na missa em San Trinità de manhã. Andrea celebra a missa diariamente, mas raramente reza — apesar de seus lábios mexerem. Prefere negociar com Deus em particular, como faria com um duque seu vizinho. Orazio, por outro lado, raramente vai à missa, mas reza muito, especialmente quando não consegue dormir de madrugada, rememorando as boas ações que não praticou e escutando as palpitações do seu coração. Vendo os outros na igreja de manhã, ele se sentiu subitamente exposto em suas intenções e manteve-se distante dos raios de luz que vinham das janelas ao alto. Fez questão de evitar o olhar de seus rivais, que, empenhados em rezar pelo próprio sucesso, também fizeram o possível para parecer indiferentes e normais. Tudo por nada. O *arcivescovo* resolveu permanecer em sua capela particular no palácio.

Na ante-sala ninguém menciona a missa, todos fingem estar em terreno inexpugnável e não ter pensado em suplicar ajuda.

O empregado já preparou tudo para que entrem no salão. Arrumou os cinco painéis — um para cada artista, inclusive Sofonisba — em volta do cômodo, apoiando-os nas paredes estrategicamente, a fim de que recebam a luz da manhã, que entra pelas janelas altas.

O *arcivescovo* entra sem se anunciar comendo laranjas, enfrentando o ar à sua frente com um guardanapo branco e brilhante enfiado no colarinho. Ele pára um momento no meio da sala e cumprimenta os pintores com a boca cheia da polpa da fruta. Pega mais uma laranja da tigela que um criado carrega e dá uma mordida como um macaco. Anda até a primeira pintura, e aí chupa a laranja e deposita o bagaço numa tigela carregada por um segundo rapaz. Uma *Última Ceia*. Enfadonho, pensa Andrea. Ele já viu isso antes. Os discípulos dispostos numa fila da mesma maneira. Nada de magistral sobre o tema da traição. Ele se desloca para a próxima pintura sem dar opinião. Uma *Madonna* sonolenta, sem vida suficiente para fazê-lo parar. O *Cristo Morto* o detém no meio de uma passada. Andrea está olhando diretamente para a face retraída de Cristo. Mas o que é mais admirável é que ele está olhando em linha reta para além das solas dos pés que se estendem para fora do esquife e parecem estar se projetando no espaço em que ele, Andrea, está. Os ferimentos o espiam como se fossem olhos abertos. Seus próprios olhos percorrem horizontalmente o corpo do Cristo morto em todo o seu comprimento, das solas dos pés até o cabelo escuro e ondulado sobre o suporte da cabeça. Há uma qualidade misteriosa no rosto, inegavelmente morto, mas capaz de sentir. O mais misterioso de tudo é que numa prateleira do lado esquerdo há um pêssego mordido, seu suco formando uma pequena poça saliente. Uma criada apressada tenta pegá-lo e tirá-lo dali. Andrea sabe que esse é o pintor que ele quer, mas é aconselhável passar um breve momento em frente de cada um dos painéis restantes. A última coisa de que ele precisa é de uma discussão petulante, acusações de injustiça, nessa manhã tão agradável. Ele se demora diante de uma pintura de um Santo Antônio ossudo — parecendo esfomeado! — do velho Fra Bartolommeo, que nunca aprenderá a agradar, e outra *Última Ceia*, quase idêntica à primeira. Volta à *Madonna* sonolenta, detém-se como se estivesse deliberando. Pensa no *Cristo Morto*. A habilidade artística do quadro é absolutamente espantosa. Quase se pode esperar que a figura se levante e comece a respirar, ressuscitada. Só que a Páscoa já passou há muito tempo. Andrea diz a si mesmo que essa é uma observação agradavelmente inteligente. Ele se lembrará de usá-la no jantar. Deixa a *Madonna* e retorna ao *Cristo*.

— É esse — diz o *arcivescovo*. — É esse o homem que pintará as minhas encantadoras paredes.

Ele se volta para Orazio e indaga:

— É seu, não?

Orazio faz uma reverência e responde:

— Devo dizer, reverendíssimo *Monsignore*, que é, já que a mão que o pintou tanto pertence a mim quanto foi ensinada por mim. Pela pretensão de incluir nesse conjunto de candidatos o trabalho de minha muito modesta e obediente filha, sua servidora Sofonisba, muito humildemente rogo sua indulgência. Embora meu método possa lhe parecer não-convencional, meus motivos, monsenhor, são puros. Sofonisba é uma pintora que eu, pessoalmente, conduzi ao mais alto grau de excelência e a tal grau de habilidade...

Andrea se aproxima de Orazio, se curva e murmura alto, enfaticamente, com os lábios cheios de sumo:

— Eu *disse* que era ela. Ela começará imediatamente. Você também. Vou mandar meu secretário redigir os detalhes do contrato.

No caminho de casa, Orazio se felicita por sua própria ousadia e faz um breve agradecimento a Deus por ela não ter rendido uma torrente de ofensas sobre sua cabeça.

Andrea, agora em sua sétima laranja, se felicita. É uma iniciativa que pode elevar consideravelmente sua reputação como patrono. Ele está pensando na chegada do embaixador da nova rainha da Inglaterra. Todos sabem que o papa Clemente, há alguns anos, convocou Properzia de Bolonha, tentando parecer tão perspicaz quanto o rei da Espanha. Era de conhecimento geral, naquela época, que o rei da Espanha estava enfeitiçado por uma pintora. Andrea viu o trabalho dela. O embaixador da Espanha, quando esteve em Roma, tinha um quadro dela. Esta pintura acabou chegando à casa de Cosimo na cidade, onde ninguém conseguia deixar de comentá-la. O próprio Cosimo se interessou então, subitamente, por outra pintora chamada Lucrezia, e de repente se tornou moda empregar artistas mulheres. Sem dúvida, a corte inglesa gostaria de acompanhar a moda. Talvez a volúvel Mary se lembrasse mais de seu presente se fosse pintado por uma mulher. Ele fará com que Orazio concorde com a pintura de um painel além da decoração da parede. Mas isso tudo é especulação. O que realmente é um prazer para Andrea, o que, na verdade, é um prazer palpável, é a excitação que ele experimenta quando pensa em seu próprio projeto e no fato de que o pintor será uma mulher. Isso se ajusta de maneira admirável à idéia que tem em mente. Em seu quarto de dormir haverá uma parede coberta por uma cortina; atrás da cortina, e revelada somente aos visitantes mais chegados, haverá uma cena da maior intimidade, uma cena de sedução, executada com muito bom gosto naturalmente, e de acordo com a posição dele na Igreja.

Ele viu uma representação de *Susana e os Anciãos*. Está exposta no Palazzo Branconio, em Roma, e, quando esteve lá, não conseguiu tirar os olhos dela. Ele se reuniu com o notário papal para discutir a saúde do papa. A figura de Susana, belamente arredondada, com as carnes do rosa mais viçoso, ocupava metade de toda a área da pintura. Ela estava sentada, tomando banho na beira de um tanque de pedra, a metade inferior do corpo de perfil, a perna mais afastada apoiada sobre um dos lados do tanque e prestes a mergulhar na água, a metade superior do corpo no ato de se virar ao ouvir um som atrás de si, de forma que os seios estavam totalmente expostos ao espectador, ao mesmo tempo em que o rosto olhava para os anciãos. Ouvindo os detalhes dos problemas digestivos do papa, ele percebeu que seu olhar se desviava novamente para *Susana*, de modo que compartilhava com os anciãos a excitação de pegar a mulher desprevenida. Sentiu-se agradavelmente excitado. Seria o tema perfeito. Só com esta diferença: sua Susana será surpreendida ao sair do banho. Os anciãos terão acompanhado seus momentos de maior privacidade; o espectador a verá em seu ambiente mais íntimo. Ele não confessa nem a si mesmo o prazer que sente, por antecipação, em olhar as mãos de uma mulher pintando um corpo de mulher.

QUANDO O CONTRATO CHEGA, Orazio verifica que a encomenda se compõe de duas partes: a primeira é a pintura de uma parede no quarto de dormir da casa de campo do *arcivescovo*; a segunda é a pintura de um painel, uma Madona, para ser enviado como presente à rainha da Inglaterra, em reconhecimento à sua lealdade à Igreja. O pagamento para cada parte está determinado, bem como os temas e as dimensões dos trabalhos acabados. Orazio continua a ler. Cada detalhe está especificado, até as cores. Há grande ênfase na indicação de que mãos devem pintar isso, quais devem pintar aquilo. Ele percebe que a Sofonisba estão atribuídas as partes mais significativas: a figura da *Madonna* e também a da criança no painel e a figura de Susana na parede. A ele, são designados os respectivos fundos das cenas e os anciãos na parede, "um inclinado, outro sussurrando". Não lhes é dado o tempo necessário para a tarefa. Sete semanas não são suficientes, a não ser que contratem ajudantes. Não faz mal. O *arcivescovo* tem boas ligações, e a oportunidade de progredir é real. Orazio assina.

Nessa noite Orazio manda Sofonisba preparar um painel. Um já está preparado com a têmpera e só precisa do *sottile* para receber a tinta.

Ele senta no canto da oficina, num banquinho, e se inclina para trás, com os olhos fechados, enquanto descreve a encomenda.

Sofonisba arregaça as mangas. Ela manda Chiara reavivar o fogo para esquentar a cola e preparar os lampiões para serem acesos enquanto ela prepara o gesso. O painel precisará de várias demãos.

— Seria tão fácil — diz Orazio — se pudéssemos simplesmente dividir o trabalho, você ficava com o mural, e eu, com o painel. Mas Andrea é um homem teimoso. Uma mula, se você quer saber. E é ele quem controla o dinheiro. Ele quer que você pinte a figura feminina de cada trabalho. Ele insiste.

— Isso me agrada.

— Seria melhor que você pudesse fazer todo o mural. Você sabe as dores que eu sinto.

Mas Sofonisba está contente. Nada a desgostaria mais do que ter de pintar os anciãos desagradáveis, dissimulados e lascivos, deleitando seus olhos com a visão de Susana. Tinha visto uma representação do tema na igreja de San Stefano. Nunca gostou da cena.

— E as cores para o painel?

— Eu estou cansado. Veja aqui. — Orazio lhe entrega o contrato. — Você pode encomendar ao Alessandro amanhã. Enquanto isso, pode ir pensando na composição. — Pede um beijo de boa-noite, apesar de ainda não haver escurecido, e se retira para a sua cama.

Sofonisba mistura o gesso com uma pequena quantidade de cola aquecida e mexe até a mistura ficar de uma homogeneidade sedosa. Os olhos dos anciãos na pele sedosa de Susana. A oficina se enche do cheiro familiar de peixe do *sottile*. Ela deixa que Chiara continue a mexer até que a mistura esfrie. Usará Chiara como modelo para a *Madonna*, mas terá de usar o livro de modelos de Orazio para fazer a criança. A pintura de uma pintura.

Quando o preparado esfria, ela deita o painel no chão. Pede que Chiara amarre suas mangas arregaçadas para que não saiam do lugar e prende um avental apertado em volta do tórax para evitar que sua saia estrague o painel. Ela se ajoelha e aplica a primeira demão, satisfeita com o modo como ela flui e desaparece suavemente na camada mais áspera de baixo, como água se infiltrando na terracota.

No dia seguinte, Orazio se levanta ao raiar do dia, apesar do protesto de seus ossos, e parte para *Argentara*. Leva consigo seu empregado e pensa em contratar outro ajudante, e talvez em insistir na hospedagem enquanto estiver trabalhando na *villa*.

Sofonisba também está de pé desde que o dia clareou. Ela levou o painel preparado, branco e sem falhas, e o colocou na sala de recepção, no andar de cima. Não pintará hoje, mas o painel sem marcações servirá para fixar em sua mente a área de trabalho e para dar forma à sua composição. Chiara senta no banquinho um pouco à direita da porta aberta. Ela usa um dos vestidos de Sofonisba e uma capa de crepe com acabamentos em seda. Sofonisba a arruma e compõe o cetim cor-de-cereja do vestido em dobras pesadas. Entrega uma trouxa a Chiara: uma toalha de linho dobrada e enrolada frouxamente e envolta em faixas de linho. Ajeita a trouxa, o bebê enrolado, no colo de Chiara e faz com que ela o apóie na dobra do braço. Em seguida, ela lhe dá um lenço e o embola na mão livre de Chiara, fazendo com que ela feche a mão e que uma ponta do lenço apareça na abertura entre o polegar e o indicador. Isso será o pássaro que Chiara deverá mostrar ao Sagrado Infante.

Ela emite uns sons meio estranhos, e Chiara fica espantada até perceber que sua senhora está arrulhando para o bebê de toalha. Chiara ri e também arrulha, e Sofonisba pega seu bloco de desenho e começa a fazer um esboço com um pedaço de sanguina. Faz desenho após desenho, ficando cada vez mais em silêncio. Chiara fala com o bebê de toalha, diz *"Bello, bell'uccelletto. Bambino bellino"*. Sofonisba trabalha tão rápido quanto é capaz, nunca inteiramente convencida de ter captado a expressão do olhar, o movimento da boca. As manchas escuras do rosto de Chiara, sua mancha branca em forma de pomba, a desconcentram. Ela quer captar a essência do que flui da mãe para o filho. Às vezes, esfrega a página com um pedaço de pão seco e apaga o que desenhou.

De repente, vinda não se sabe de onde, ouve-se uma canção de ninar na sala. Chiara está cantando numa língua que Sofonisba não compreende. A melodia é muito simples, muito bonita. O rosto de Chiara está pleno de amor. O preto e o branco desapareceram e Sofonisba, ela própria tomada por uma ternura súbita e indescritível, trazida de outro lugar, só enxerga o amor. E o capta. Chiara vacila e pára. Quando ela recomeça, Sofonisba continua a fazer suas anotações. O painel e sua assustadora brancura são esquecidos. No cômodo está tudo muito tranqüilo.

Sofonisba se dedica ao desenho, afastando a mosca que teima em pousar no seu pescoço. Ela a espanta repetidas vezes sem tirar os olhos de Chiara, a não ser para olhar rapidamente a folha de papel. Embora sua mão faça um movimento de espanar, como a cauda de um cavalo, Sofonisba não toma conhecimento da mosca. Sofonisba não está ali.

— *Monna* Sofonisba!

O giz de Sofonisba pula por sobre a folha de papel. Ela dá um salto, ri e bate no ombro de Tassi quando ele se curva para apanhar o giz. Chiara amassa o bebê de toalha.

— O ateliê estava trancado — ele diz. — A cozinheira me deixou entrar no pátio. Ela disse para eu subir. — Ele se vira e ri. — Sozinho. Eu vim para lhe dar os parabéns.

— Obrigada. Você soube.

— Claro. Mas não o que ele quer de você... — A voz de Tassi é um murmúrio, rouca. Mas Sofonisba está muito envolvida em seu trabalho para responder.

— Eu estou esboçando esta Madona com o Menino, como você pode ver. É um presente dele para o embaixador inglês. Para a rainha católica.

— Em?

— Em tintas preparadas com óleo de nogueira. É uma exigência dele. Para suportar a umidade dos invernos, diz ele. Gosto dessa forma de trabalhar. Leva bastante tempo para secar. Ainda pode ser retocado se eu tiver que sair.

— Para atender seu pai.

— Claro.

— Você é a filha perfeita. Você dará uma esposa perfeita. — Tassi estende a mão para o caderno de desenho com um insincero: — Posso? — Ele vai olhar de qualquer forma.

Sofonisba pode sentir o cheiro de vinho que já está em seu hálito e fica de mau humor por lhe ter respondido com tantos detalhes, com tanta sinceridade.

Ele esmiúça a página com uma sobrancelha levantada, numa demonstração de julgamento superior.

— Claro — Sofonisba diz. — Eu sou a mulher perfeita.

— Uma perfeição de humildade também.

— Ora, você poderia me dar lições sobre isso, *messer* Matteo, com seus modos modestos e recatados. Nós quase não percebemos quando você está presente, não é, Chiara?

Chiara balança a cabeça, embora não estivesse escutando.

— Mas eu pretendo me tornar a pintora perfeita.

— Eu poderia lhe ensinar isso também.

— Não senhor, você é muitas coisas, mas não um pintor.

— Nem quis ser. Essa fascinação com a ilusão num único plano, quando se pode trabalhar com muitos...

— É porque nesse único plano um pintor pode expressar todo tipo de coisas impalpáveis.

— Oh, "impalpáveis"! Pense no escultor! Pense na alegria, na tristeza! Orgulho! Conquista! — Ele abre os braços para ilustrar sua tese, e parece um pouco fora de equilíbrio. — Desejo! Beleza! — Ele está se inclinando sobre ela. Sofonisba empurra-lhe o peito com o cotovelo.

E, no entanto, ela quer que ele continue. Ela sabe que as palavras dele se devem ao álcool, mas não há mais ninguém com quem ela possa conversar dessa maneira, certamente não com seu pai, que só fala de despesas e contratos.

— Não — ela diz —, a pedra em si não pode transmitir uma grande distância. Nem a frieza das estrelas ou o calor do sol. Nem a luz do sol ou a escuridão. Ou transparência ou luminosidade ou reflexos. Nem a cor, evidentemente.

Ela pega seu caderno de volta e diz:

— Esta é a coisa mais difícil. A Criança. A Mãe não é nada. O amor é fácil. Mas Inocência e Majestade... É impossível. Elas se contradizem. E Inocência e Compaixão também. A Inocência Pura não pode conhecer o mal. Não pode, portanto, reconhecer o sofrimento. Não pode oferecer Compaixão. — Ela está torcendo uma ponta do avental com a mão. — A inocência poderia ser um monstro.

— Bem, a sua toalha é só inocência, eu posso ver. — Ele anda até Chiara. — Nem um fiapo de majestade nela. Tenha misericórdia.

Absorvida em sua questão, Sofonisba o ignora. — Se eu conseguisse encontrar o gesto... É o braço da criança, a mão que fica visível, que cria a dificuldade.

— Qualquer mão que se vê é uma dificuldade. Eu nunca vi uma criança enrolada tão apertada.

Chiara vira o ombro, para evitar que ele pegue o bebê de toalha.

Sofonisba olha para a folha de papel novamente, insatisfeita. — Inocência e Majestade. Como a mesma mão que criou determinada coisa se estende para pegá-la? Como mostrar o desejo e ao mesmo tempo a consumação? Como expressar que o pássaro que a Criança tenta alcançar, e deseja, já é a satisfação perfeita do Seu desejo como Criador?

Tassi se sente excluído. Ele já lutou com seus próprios anjos. Não há lugar nessa luta para espectador ou mentor. É um combate íntimo do qual emerge a criação, deixando o criador sem fôlego, arrasado até uma próxima vez. Tassi, embora não saiba, está com inveja. Ele diz a si mesmo que está em busca de divertimento, distração, não de debate.

E diz:

— Mas talvez o desejo do Criador não seja sempre "perfeitamente" satisfeito. Talvez o Criador se surpreenda às vezes. Olhe para a matéria, a substância, olhe só para isso e o imaterial virá em seguida. Olhe para o seu modelo.

Ele se afasta, com as mãos no quadril, a cabeça inclinada, e avalia Chiara. Com uma encenação minuciosa, examina o trabalho de Sofonisba no papel e compara a figura sentada com a moça na janela.

— Drapeado demais — ele diz. E agora está de cócoras em frente a Chiara, como um alfaiate, movimentando-se com gestos bamboleantes, simiescos, para rearrumar as dobras do vestido no chão. — Excesso de peso aqui desequilibrará sua composição, desviará o curso do olhar de seu foco real, que está muito mais acima no plano do desenho, e que é, evidentemente... — Ele se levanta e se afasta novamente, retoma seu lugar ao lado de Sofonisba, inclina a cabeça outra vez de forma crítica, e então se vira subitamente para olhar Sofonisba nos olhos: — ... o seio.

Sofonisba presta toda a atenção. Ela está disposta a aprender.

Tassi ama esta expressão que ele pode transformar num piscar de olhos.

— As melhores Virgens — diz — serão sempre as que oferecem o seio. Não há momento mais terno. — A expressão de Sofonisba é curiosa, inquiridora.

— Nenhum momento é mais misterioso. Pense nisso: o Senhor Deus da Criação ao seio. Ao tratar do que é material, você atingirá o imaterial. — Ele coloca a mão em taça junto ao peito. — E você não acha que ela pode ter belos seios? A moça, quero dizer.

Ele se volta sorrindo para Sofonisba e ela começa a perceber suas intenções. Ele está perto agora, com sua mão estendida. — Como os seus. — Ela o atinge na mão com a quina de seu caderno. Ele puxa a mão, mas ela estica o braço e o atinge novamente, com força.

— Falo sério — ele diz, apesar de estar rindo abertamente, seus olhos transbordando de riso pela reação que provocou. — Mas você mesma viu. Você sabe que ela tem belos seios. Por que não pintá-los? Um, pelo menos. — Ele se aproxima lentamente de Chiara e as duas mulheres sabem que alguma coisa está vindo e vai atingi-las.

Sofonisba quer dizer a Tassi que não desarrume mais nada, mas sua língua se recusa.

Ela o vê se inclinar sobre Chiara, murmurar, obscenidades certamente, em seu ouvido, desamarrar-lhe a frente do vestido, o vestido de Sofonisba, colocar a mão por dentro dele e levantar o seio, virando a mão de tal forma que o seio sai do vestido e fica à vista.

E Sofonisba se sente obscenamente excitada e absurdamente enciumada.

Saindo, Tassi ri ao perceber que o nó de seu dedo começou a sangrar. Ele o põe na boca.

SETE

Paolo Pallavicino retornou de Florença com um maço de novas anotações. Trouxe consigo uma pequena equipe de trabalhadores contratados da *Calimala* e da *Ragattieri*. Em duas semanas, ele estava preparado para receber seus amigos. E eles, por razões inteiramente particulares, estavam prontos para fazer a viagem morro acima.

Embora nunca tenha sido assaltado na estrada durante esse tempo todo em que conhece Paolo, Orazio diz que seria aconselhável viajar com Alessandro, por segurança. Sofonisba acha que seria divertido viajar com Matteo Tassi. Ela envia uma mensagem ao ateliê dele, para que ele saiba com certeza a hora da partida. E naturalmente ela não pode viajar sem a sua Chiara. Encontram-se na Porta al Prato, ao nascer de uma aurora rosada de maio, os cinco representando uma pantomima acidental para a sentinela, que vislumbrou o rosto que a pequena escrava tenta manter escondido. Ele observa como um homem a cumprimenta calorosamente, o outro cospe no chão e pega um lenço para cobrir a boca quando ela se aproxima. Ele percebe que o gesto tinha a intenção de ser notado, mas os outros, ocupados com cumprimentos, não o vêem.

— É agradável partir assim tão cedo, deixando para trás os sons da cidade.
Ninguém responde à declaração óbvia de Alessandro. O passeio só é prejudicado pela conversa dele. O ar está fresco e agradável. Pode-se sentir nele o efeito das folhas e flores de cada árvore. Ele banha a pele sonolenta como água fresca. Ninguém pensou em dizer a Chiara, que caminha atrás dos cavalos, que tipo de viagem é aquela, se vão voltar ou não. Ela olha para a cidade que deixou para trás e vê o topo das torres se erguendo, róseos e dourados, de um lago de sombras.
Depois de uma hora puxando as rédeas do cavalo para acompanhar o passo dos outros, Tassi perde a paciência. No meio do caminho, fica com pena de Chiara e a coloca na garupa do seu cavalo. Um pouco mais tarde, quando chegam ao ponto onde a estrada fica plana antes da subida para *La Castagna*, ele não consegue mais resistir à alegria da manhã.
Sofonisba o vê incitando o cavalo a correr. Tudo o que resta a Chiara fazer é se segurar. A poeira levantada pelos cascos do cavalo fica suspensa num breve instante, como pompons de nuvem antes de se desfazer. Ela deveria estar correndo ao lado dele com seu cavalo.
Em breve, Matteo diminui a marcha, mas, ainda assim, seu cavalo aumenta cada vez mais a distância entre eles. Chiara é sua. Ele só pode estar querendo afrontá-la. Ele não tem esse direito.

— Ah, a garota pintada. — Paolo sorri quando ela desce do cavalo.
— Ela gastaria a pele dos pés, se tivesse caminhado todo o trajeto até aqui. E nos demoraríamos até a próxima semana para chegar.
— E agora você vai me dizer que cavalgou com tanta pressa que está morrendo de fome.
Paolo chama Ceccio e lhe diz para ir com Chiara até as cozinhas da *villa* avisar que Paolo está com hóspedes e que eles estão famintos.

Ceccio faz um beiço como um peixe e recebe um safanão no lado da cabeça. Ele segue pela trilha que sobe até a *villa*, e Chiara, a quem ninguém se lembrou de dar ordens, o acompanha a certa distância.

— E o trabalho no meu bronze, Matteo?
— Progredindo, *maestro*! Progredindo!
— Já está fundido?
— Está fundido, mas não foi retirado do molde.

Paolo aceita a explicação de Matteo, mas mantém sua opinião pessoal. Na verdade, o trabalho não foi fundido. Tassi demora. Ele sempre demora. É um dos muitos estágios na trajetória da criação da beleza e nele estão presentes tanto o medo quanto o desejo.

O cozinheiro da *villa* trabalha a massa com suas mãos cheias de verrugas. Quando Ceccio começa a falar, recitando palavra por palavra a mensagem de Paolo, ele vira a cabeça. Uma criação de verrugas floresce em seu rosto. Enquanto Ceccio transmite sua mensagem, o homem mantém os olhos fixos em Chiara. Sua expressão fica carregada. Lentamente, ele balança a cabeça, os olhos ainda no rosto de Chiara. Os cantos da boca viram para baixo.

— Na minha cozinha não — ele diz. Aponta para a porta com um movimento da cabeça. — Tire daqui esta imundície. — Sua voz é muito baixa. Ele é conhecido por suas erupções vulcânicas e por rugidos que são capazes de causar deslizamentos de terra, mas isto é um trovão distante e Ceccio fica realmente alarmado. Vira-se para Chiara e grita bem perto do seu rosto: — Saia! Saia daqui, imundície! —, de tal modo que os outros na cozinha percebem e começam a agitar o ambiente e a juntar seus guinchos ao rosnado baixo do cozinheiro, formando um estranho coro de mulheres e homens loucos, um divertimento nada musical para os vinte e sete coelhos pendurados em ganchos e enfileirados, com as patas graciosamente cruzadas, numa vara ao longo da parede.

Chiara corre antes que alguém comece a atirar coisas nela. Facas, por exemplo.

Quando os outros convidados chegam, Paolo os acomoda na mesa que Tassi havia armado debaixo da macieira silvestre, ao lado da casa. Alessandro, duro e desajeitado, observa Tassi o tempo todo. Matteo Tassi distribui a todos tiradas de charme vulgar: *Maestro, você é o príncipe dos prazeres. Estamos no Paraíso!* E um grande suspiro, como se preferisse o ar do campo a um vinho forte. *Vou me mudar para a sua casa!* Sua voz se dirigindo a *messer* Paolo, seus olhos a Sofonisba inteira. *Aqui, minha senhora, sente-se nesse lugar à sombra!* Imitando um cortesão: *Eu insisto!* Matteo Tassi, o convidado bem-vindo que chama para si, no entanto, o reflexo da glória do anfitrião. É um enigma.

Tassi se levanta quando Ceccio volta e o ajuda com a cesta alta e coberta. Ceccio conta a história do cozinheiro. Apenas Alessandro ri.

— E? — pergunta Sofonisba.

— E o quê?

— E onde ela está agora, rapaz?

Ceccio aponta. Chiara está sentada no chão, com as costas apoiadas na parede da casa.

— Então está bem — diz Tassi. — Ela pode comer com você quando terminarmos. Mas não faça seu mestre esperar. Seus convidados estão com fome. — E ninguém reclama do modo como ele se apropriou da escrava, da casa, do empregado, do desjejum, de tudo. Começa a esvaziar a cesta, passando as coisas para Ceccio arrumar. Há pão e queijo branco de búfala e três frangos assados. Há ovos de codorna cozidos e rabanetes e ervas verdes frescas da horta pessoal do cozinheiro, lavados e prontos para comer. Há bastante óleo verde de boa qualidade e sal e também figos secos e tâmaras da Arábia de dar água na boca. Paolo pede a Matteo para servir o vinho fresco e doce. É da cor de mel.

Orazio está cansado da viagem e come em silêncio. Tassi não havia comido desde a tarde da véspera. Ele diz "O desjejum é a melhor das refeições", e não esconde seu contentamento, o que não o faz ficar calado como Alessandro gostaria. *Maestro Paolo, isso é uma festa de verdade! Você nos trata como príncipes!... E madonna Sofonisba distribui doces para os olhos! Que prazer... Mais queijo, messer Orazio? Deixe-me ajudá-lo.* Até mesmo simula um beijo com os lábios, que ninguém percebe, e o envia pelo ar perfumado em direção a Sofonisba.

O dia esquenta rapidamente; o vinho que Paolo serve é da melhor safra e Tassi é generoso com o vinho. É um verdadeiro prazer sentar de barriga cheia, com abelhas trabalhando nas flores por cima da cabeça, a maçã de aroma sutil quase no fim e o estonteante lilás adoçando o ar. Mas Paolo Pallavicini não quer ficar sentado. Está ansioso para mostrar o que criou. Manda Ceccio, que veio limpar os restos da refeição, ir diretamente à oficina assim que tiver comido alguma coisa. Que energia incansável a desse homem! Mas Orazio gostaria mesmo é de cochilar.

— Prontos? — pergunta Paolo.

— Ansioso como uma formiga — diz Orazio, com visível relutância, e se levanta lentamente do banco. Sofonisba se ergue para segui-los e chama Chiara. Alessandro reclama. Ele diz que é melhor deixar a escrava onde está. Que ela está contaminada e trará má sorte para o trabalho. Solicitude, supõe ele. Com isso é que vai impressionar o velho. Os dois velhos.

Paolo, com um olhar de lado para Alessandro, comenta que a diferença entre medo e superstição às vezes é pouco perceptível. Como o limite entre superstição e burrice.

Paolo leva seus convidados ao celeiro que ele usa como local de trabalho. Dois jovens estão trabalhando numa estrutura de madeira leve, uma forma com costelas, como o esqueleto de um barco virado. Os dois rapazes cumprimentam Sofonisba com mesuras desajeitadas. Há uma pilha de linho fino no chão, a maior parte pintada, e duas gaiolas altas e cilíndricas, não muito mais largas que um homem, cobertas com o linho.

— Aqui — diz Paolo. — Vejam!

Com a ajuda dos dois rapazes, ele suspende o linho pintado e o desliza como uma nova pele sobre a estrutura de madeira. Sofonisba é a primeira a ver o dragão e aplaude. A cabeça pende de lado e mostra uma boca aberta. Paolo os faz andar em volta do corpo e explica o desafio técnico de mantê-lo firme e, ao mesmo tempo, leve o suficiente para manejá-lo quando for levantado sobre as "pernas", as duas estruturas recobertas de pano, que o sustentarão no alto durante a procissão. Isso requererá certo número de ajudantes que também devem ser atores hábeis, pois a tarefa de sustentar a estrutura se dará sob a forma de participação na história a ser representada. O dragão sairá da catedral e se dirigirá à praça. Circulará o *Battistero* para que todos o vejam antes de se virar e entrar na Via dell'Arcivescovado. Paolo descreve o trajeto exato que o dragão fará antes de tomar o caminho, para oeste pela Via della Ninna, em direção à igreja de San Pier Scheraggio. Durante todo o trajeto, ele diz, os atores parecerão estar incitando ou atacando o dragão, quando, de fato, o estarão discretamente sustentando.

— É um trajeto muito longo para uma estrutura tão pesada — observa Sofonisba. Ela pergunta a Paolo sobre o peso total dos materiais e Orazio boceja com a boca quase tão aberta quanto a do dragão. Ele não quer ouvir o discurso de Paolo sobre salgueiro e amieiro, nem sua comparação detalhada de papel oleado e tecido. Apenas gostaria de tirar uma soneca.

— Bem, então vamos ver esta maravilha em ação — anuncia ele, esfregando as mãos, no que ele espera que seja um tipo de floreio conclusivo.

— Precisaremos de mais dois ajudantes — diz Paolo. — Ceccio, você e a moça.

Alessandro protesta novamente, dizendo: — Será conveniente...? — e — O senhor realmente acha...?

Paolo o ignora. Ele orienta os jovens a colocar o dragão de pé para que os convidados possam examiná-lo. Sua pele é de linho pintado de vermelho e verde com têmpera, e ainda deverá ser envernizada para proteger da umidade, em caso de chuva. Há recortes engenhosos na superfície para criar a ilusão de escamas quando a criatura se movimenta. Paolo projetou para o dragão uma crista de linho esticado entre tábuas, ao longo de sua coluna. Seus olhos são ocos. De sua boca, protegida com cobre bem fino, penderá um tecido embebido em muito óleo. Incendiado, ele produzirá fumaça e labaredas, uma língua chicoteante. Paolo diz que quer uma criatura monstruosa que paire acima da multidão como os *giganti* e os antigos *spiridegli*.

Chiara deixa Paolo levá-la até uma das colunas de suporte. Por dentro do pano, a estrutura de cada gaiola é fixada a quatro rodinhas na base. No alto, uma série de aros internos, colocados bem próximos uns dos outros, formam um tubo preso dentro do semicírculo. Chiara é colocada dentro da gaiola. Paolo manda que passem uma corda por uma viga e a prendam numa linga. Ele passa a linga por baixo do dragão e, com a ajuda dos rapazes, levanta o corpo até ele pairar precariamente sobre a cabeça de Chiara. Sofonisba vê como as pernas anteriores, pouco pesadas, adquirem vitalidade com o movimento. Ceccio toma seu lugar dentro do segundo suporte e o arrasta, colocando-o em posição. Lentamente, Paolo abaixa o corpo do dragão. Ele entrega a ponta da corda a um dos rapazes e lhe diz para descer ou parar, de acordo com suas instruções. Quando as estruturas projetadas para as duas pernas traseiras se inserem em seus encaixes dentro das colunas, Paolo diz: — Só mais uma coisa.

— Chiara espera de olhos fechados.

Paolo se afasta e volta com uma longa vara, que encaixa dentro de um bocal debaixo do focinho do dragão. Agora o dragão adquire vida própria e começa a correr os olhos pela oficina à procura de alimento. Tassi imediatamente responde, oferecendo o seu chapéu.

— Agora nós vamos caminhar — diz Paolo. Ele grita como se os dois empregados dentro das pernas estivessem muito longe. — Você, Ceccio! Ande, ande! Pare! Chiara! Você, Chiara...

Chiara leva alguns momentos, em sua escuridão, até perceber que é com ela que estão falando.

— Você! Ande! Empurre, empurre! Ande! Pare!

— 'Cio! Você agora, ande! Ande! Pare!

— Chiara!... — O dragão parece estar mancando.

Quando Matteo começa a atiçá-lo para divertir Sofonisba, Orazio reprime outro bocejo.

— E agora, *maestro*? — pergunta. — Você tem mais alguma coisa para nos mostrar?

Quando o dragão é desmontado, Paolo leva seus visitantes até o estábulo de pedra para discutir sobre as asas que eles vão pintar. Quatorze pares de asas pendem de ganchos dos caibros do telhado. Paolo explica que as nuvens que sustentarão os anjos serão construídas na oficina da catedral, mas ele conseguiu adiantar a confecção das asas com a ajuda de dois irmãos hábeis em trabalhos com lona. Para as asas, eles usaram um linho fino como musselina. As asas terão luz por dentro. Paolo fez, num dos pares de asas, o desenho que servirá de padrão para o resto. As asas deverão resplandecer em vermelho, azul e ouro. Alessandro trouxe a encomenda, uma pequena quantidade de laca vermelha de qualidade — que será preparada do modo antigo, com goma, e misturada com azul para criar um belo violeta —, uma porção de vermelhão bem triturado, um pouco mais de azul-da-prússia e uma boa quantidade de chumbo branco. As instruções detalhadas pedem uma grande quantidade de folhas de ouro, para o que estanho amarelo servirá, desde que seja bem trabalhado com chumbo e com amarelo-rei também, se necessário.

Sofonisba olha as asas, cada par idêntico aos outros.

— Acho que deveríamos começar imediatamente — ela diz. Orazio também fica desanimado, mas diz que precisa ir ao banheiro e que voltará logo.

— Vou deixar você com Matteo, então — diz Paolo. — Ele pode lhe mostrar como começar.

— E, Alessandro, você pode vir comigo e ajudar a terminar a pintura no tecido para o dragão. Depois você pode voltar para a loja de seu pai Não haverá mais nada para você fazer aqui.

No caminho da casa de Paolo até a estrada, Alessandro vê um gato cinza dormindo ao sol poente. Orazio não estava à vista quando ele partiu. Matteo Tassi e Sofonisba Fabroni estavam pintando juntos. Ele se abaixa, pega um pedaço grande de cascalho e joga com toda a força no gato.

Paolo decidiu que as quarenta sacas de lã deveriam ser entregues diretamente na catedral, onde o tingimento e a engomagem podem ser feitos numa única operação quando a lã for penteada. Os pintores têm apenas de se encarregar da pintura no linho esticado das asas dos anjos. Tassi se pavoneia, inspeciona e corrige enquanto Orazio cochila ao sol. Sofonisba fica sentada pacientemente — pois quem receberia ordens de uma mulher? — e pinta com azul e vermelho, e violeta e branco, alinhando as longas e inverossímeis penas celestiais. Quando elas secam, são realçadas com amarelo-rei, as extremidades pintadas em ouro. As asas serão as mais bonitas que a congregação já viu. Os anjos ficarão escondidos até ser dado um sinal. Então, eles surgirão como se fossem um só, com as costas voltadas para a igreja, e mostrarão a glória de suas asas abertas, enquanto o coro canta uma *Gloria*. Há quatorze anjos; Sofonisba estará entediada antes de acabar o segundo par.

CHIARA FAZ A MANUTENÇÃO DAS LAMPARINAS para Matteo e Sofonisba no estábulo. Eles pintaram o dia todo e continuarão até que as asas estejam prontas. Chiara deve cuidar para que eles tenham uma boa iluminação. Sua tarefa seria mais fácil se ao menos eles trabalhassem do mesmo lado do estábulo, mas hoje suas relações estão azedas. Passaram da caçoada familiar e da implicância grosseira aos insultos e ofensas. Contagiaram Orazio e Paolo com sua raiva e agora trabalham em silêncio. Orazio disse que estar com eles era como estar com crianças indisciplinadas: acabam com a tranqüilidade e depois ficam emburrados. Retirou-se para dormir na cama de Paolo, da qual este abriu mão em seu favor. Paolo voltou para casa e foi trabalhar no seu estúdio, num novo projeto para os contrapesos.

Já é quase meia-noite e ainda há asas para pintar quando Chiara adormece. O silêncio se enche de possibilidades, de impossibilidades. Sofonisba fez o possível para ferir Tassi pelo insulto de cavalgar na frente com sua escrava e jogar poeira no rosto dos que vinham atrás. Ela difamou seu nome e desacreditou seu trabalho. Ela denegriu suas intenções, dizendo que tudo o que ele queria era uma participação nos negócios de seu pai. Ela disse, sibilante, que seu verdadeiro lar era o prostíbulo, e seus companheiros, malfeitores. Foi a referência à mulher enforcada que o ofendeu mais. Silenciosamente, ela larga o pincel e vai até onde Matteo está pintando. Inclina-se às suas costas, murmura um pedido de perdão, e logo estão abraçados como dois marinheiros naufragados balançando de noite no oceano, e se afogariam esplendidamente nele se Tassi não quisesse saborear essa rendição. Ele gostaria de ver com que se parecia a suave luz da contrição, cujo gosto é tão doce. Afasta-se, levanta uma mecha do cabelo de Sofonisba. — Minha bela penitente. Minha escrava.

Sofonisba olha para o canto onde Chiara dorme. De repente, tem medo de estar sendo observada. E se *maestro* Paolo voltasse? Ela tenta acalmar sua respiração.

Tassi aproxima seu rosto novamente.

— A escrava pode acordar, *messer* Matteo.

— A escrava pode gostar. Eu devia acordá-la. — A brincadeira não significa nada, é apenas um tempero para o banquete que Matteo tem em mente. Mas Sofonisba se solta.

— E você? Você se divertiria, Matteo? Talvez você deva ficar com a escrava.

Ela não pode evitar. Ela se levanta zangada. Acordando Chiara, ajeitando o vestido, pega uma lamparina e sai. Chiara tem de correr para acompanhá-la.

Na cozinha da casa, Ceccio está dormindo sobre a mesa, deitado com braços e pernas abertos, e o belo rosto virado, como se o tivessem atacado, e ele tivesse caído ali. Sofonisba o acorda e pede para que a leve até uma cama. Ele bufa, tosse e, com uma expressão nada bonita, solta gases; depois ele as conduz até um pequeno quarto no alto, e fica segurando a porta com uma das mãos, enquanto limpa o nariz com um dos dedos da outra.

Sofonisba não diz a Chiara onde ela vai dormir. Deita na cama e a manda voltar para o estábulo.

Chiara olha ansiosamente para o chão ao lado da cama. Seus pés estão frios e molhados. Ela preferia encolher-se mesmo sem colchão a tornar a sair na noite. Sofonisba interpreta mal sua hesitação.

— Vá agora. *Messer* Matteo quer você. — Ela lhe diz que deixe a lamparina e leve um dos tocos de vela que estão sobre a cômoda.

No estábulo, Matteo Tassi está pintando como um louco. Ele alinhou as asas restantes contra a parede e trabalha numa depois da outra ao longo da fila e depois faz o trajeto de volta. Chiara, na soleira da porta, faz com que ele se sobressalte. Ele continua a pintar e pergunta:

— O que é?

Chiara responde:

— Minha senhora me mandou para você.

Ela fica parada protegendo a vela que se derrete, com os olhos arregalados, insegura.

— Ela mandou, é? — Ele continua a pintar em silêncio. Por fim, ele diz: — Bem, você pode ter alguma utilidade para mim. Você pode mudar as lâmpadas de lugar para mim. Ou, vejamos se você consegue pintar. Você não me ajudaria indo dormir. — Ele põe um pincel na mão de Chiara e lhe diz para segui-lo, mostrando primeiro que pena ela deve pintar, a mesma em todas as asas. Ela estraga a primeira com pingos, mas, na segunda, já aprendeu. Tassi pára depois de algum tempo para preparar o estanho em pó e o ouro que darão o acabamento nas asas. Chiara continua pintando como ele ensinou e então ele diz que ela pode descansar. Quando ela acorda, Tassi está avaliando o trabalho. O último par de asas está no meio da mesa, onde o cutelo e as serras estão pendurados. Treze pares de asas vemelhas e douradas, e azuis e violetas, pendem dos ganchos nas paredes em volta, uma praga de mariposas gigantes vindas de algum lugar maior que o céu.

Tassi está satisfeito. Ele manda Chiara pegar uma lamparina e ir buscar *maestro* Paolo no estúdio.

Ainda está escuro. Chiara desce de volta até a casa, o ar da noite batendo no rosto, o capim espetando agulhas frias entre os dedos dos pés. A lamparina é um conforto. Há uma luz brilhando no estúdio, mas Paolo não responde à batida à porta. A escuridão está às suas costas. A zanga do velho é preferível e ela entra.

Paolo não se encontra no estúdio, mas ainda está trabalhando, pois colocou muitas velas perto de seu caderno. Chiara olha. Há um desenho do pequeno dragão do viveiro. Está coberto de pequenas folhas. Manchas na página indicam a luz jorrando. No lado oposto, há um desenho da maquinaria para as nuvens. Foi desenhado muitas vezes, umas sobre as outras, e recoberto por escrita, como as gavinhas apertadas de uma videira. Ela vira a página e franze a testa. Não sabe descrever o que vê ali. Não há nome para isso: um anjo, mas nu com um demônio. E, no entanto, sua asa, a que aparece, não é como se fosse de couro, mas grande e feita de penas. Seu rosto também é o rosto de um anjo, bonito como o de Ceccio. Olha para algo que não está visível, que está logo atrás do olhar do próprio espectador, algo que sua expressão demonstra ser belo além de qualquer medida. Mas o que prende o olhar de Chiara é que não há como afirmar se esse anjo é homem ou mulher, pois não é nenhum dos dois — ou melhor, é as duas coisas. Abaixo do pescoço, Paolo expôs os seios cheios de uma moça e, abaixo deles, a barriga lisa e sem pêlos de uma menina, mas sem nenhum arredondamento ou gordura abaixo do umbigo. E então, ali na virilha, para confundir a vista e subverter a mente, ergue-se, de um ninho de pêlos densos, um membro masculino, grosso como um varal de atrelar burro e espetado para cima, no ângulo em que ficam os mastros das bandeiras no muro do Palazzo Vecchio. Chiara, tonta de tanto olhar, ri alto.

Ao som dos passos de Paolo, ela volta rapidamente para a porta.

— *Messer* Matteo terminou e pede que o senhor venha.

— Bom — diz Paolo. — Terminou? Que bom. — Mas ele se senta novamente à mesa e ela o deixa lá, desenhando sobre o seu desenho, as costas curvadas, a cabeça inclinada.

Sofonisba se vira quando ouve a porta ranger ao se abrir.

— Chiara?

— Sou eu. — Chiara fecha a porta tão silenciosamente quanto pode e vai buscar o cobertor que deixaram para ela na cômoda. Ela tira o vestido e o dobra como um travesseiro, depois se enrola no cobertor e deita atrás da porta. O sono é uma onda quente e é fácil escorregar para baixo dela. Mas, na cama, Sofonisba não pára de se virar.

Ao longo do vale, para leste, uma linha fina de luz rosa-limão marca o lugar onde os morros escuros encontram o céu.

Matteo Tassi, sentado no chão do estábulo, adormeceu esperando por Paolo, com os joelhos dobrados e a cabeça sobre o braço.

OITO

Dentro do quarto, com a porta trancada, Alessandro estica os pedaços de pele. Eles têm ainda uma consistência de pergaminho. Entretanto, não pode esperar mais. Esperou semanas, deixando a porta trancada desde que os comprou, levando a chave consigo sempre que saía para que ninguém viesse xeretar, e mentindo para seu pai que a velha que cozinhava para eles não era confiável, que estavam desaparecendo coisas. Deixou as peles de molho num balde com cal dentro de uma arca de madeira. Depois dos três primeiros dias, tirou-as, embrulhou-as num tecido oleado e levou para uma região isolada do rio. Lá, pegou uma lâmina e raspou os pedaços de carne e os cabelos, esticando, aparando as pequenas pregas ressecadas dos mamilos. As peles tinham uma aparência repugnante e um cheiro rançoso de sebo velho. Lavou-as, limpou o tecido e embrulhou-as novamente. Comprou uma pequena porção de tanino de carvalho na cidade e levou para casa. Primeiro espalhou as peles no chão da sacada, onde o sol da tarde batia, para secar. Deixou-as do lado de fora nos cinco dias seguintes, colocando-as para dentro à noite, por causa dos ratos. Elas foram endurecendo à medida que secavam. Quando achou que estavam prontas, preparou um balde com o tanino de carvalho. As peles ficaram de molho nele, dentro da arca trancada, atrás da porta trancada, por mais de duas semanas. Tempo suficiente para colori-las um pouco, mas não para deixá-las realmente maleáveis. Sente ainda certa rigidez quando as segura. Entretanto, não pode esperar mais. Hoje, quando acordou, ardeu de ciúmes ao pensar em Tassi e Sofonisba, um na companhia do outro lá em cima na *villa*. Ele ouve ainda a voz de Paolo: *Você pode ir embora hoje. Temos tudo que precisamos para terminar o trabalho.* Nós. E Tassi nem ao menos era pintor.

E nem são essas as únicas palavras que Alessandro ouve. *O que você mais deseja se realizará.* Ele ouve também a voz de Ceccio, que incorporava estranhamente o ritmo e o timbre de *maestro* Paolo. Foram essas palavras que o fizeram permanecer lá, no meio das sombras, quando seus pés queriam partir. *O que você mais deseja.* O que Alessandro mais deseja é deitar-se com Sofonisba e seus ombros admiráveis, seus seios magníficos. *O que você mais deseja se realizará.* E agora que Matteo Tassi o está superando em todas as jogadas, ele a deseja mais que nunca. Alessandro está pronto para acreditar.

Ele apara as bordas irregulares das peles, pega uma agulha grossa e uma tira de couro estreita e começa a costurar. Os pontos são pequenos, e os espaços, regulares. Junta os ombros em cima e depois os lados, começando embaixo das aberturas dos braços. Um colete para um demônio necrófilo. Faz oito buracos pequenos, quatro em cada uma das bordas da frente, para poder fechá-las com uma tira. Talvez para adiar o momento seguinte, ou talvez porque a ação repetitiva o tranquilize, Alessandro chuleia as beiradas soltas: até embaixo de ambos os lados da frente — ele tem de interromper o trabalho para procurar mais tiras —, em volta da bainha, das aberturas dos braços, do pescoço. Tira o gibão e a camisa e veste o colete. Sua pele se retrai espontaneamente. Levanta os ombros e os curva para a frente, a fim de afastar o colete do peito, mas então o sente contra as costas. Seu estômago sobe por baixo das costelas e ele tem de lutar contra a vontade que lhe vem de vomitar. A parte de cima do seu corpo está comichando, contraindo-se em cada ponto de contato com a pele. Ele se contorce e deixa cair um ombro, sacode-se para fora dela e estende o braço para arrancá-la do outro ombro. Atira a pele sobre a mesa. Agora, de repente, sente que precisa respirar grandes quantidades de ar. Tenta novamente. Pega a pele, segurando-a na frente, longe do corpo, com o polegar e o indicador de ambas as mãos. Segura-a pelos ombros. Começa a gostar da aparência dela. Sim, só de pensar nela, fica rígido de prazer. Ainda respirando profunda e calmamente, com a boca bem fechada, ele a veste. Não vai se permitir olhar para baixo. Caminha orgulhoso pelo quarto, deliciando-se com sua própria pessoa. Essa ressurreição da pele é uma vantagem que não havia previsto; certamente é um sinal. O mundo é dele. Abre a janela e fica lá, olhando a rua. Um amigo do pai, Domenico, andando do outro lado da rua e ouvindo o barulho da janela, olha para cima e acena, cumprimentando-o. A ereção de Alessandro ainda não arrefeceu. Ele fecha a janela e vem lidar com ela; depois, desce para a rua. Sente um grande prazer em andar por ali assim, revestido de um poder secreto.

TASSI SELA SEU CAVALO para a volta. Ao chegar junto aos portões da cidade, a estrada atrás dele está apinhada de viajantes. A cada dia chega mais gente das zonas rurais vizinhas para as festividades. O *battistero* de San Giovanni, de mármore branco e preto, foi transformado num pavilhão alegre, com toldos em azul e dourado se projetando de cada um de seus oito lados. As cores são repetidas acima, no *campanile*, onde, logo abaixo dos santos esculpidos, estandartes em azul e dourado foram pendurados nas muretas. Em todo lugar há trabalhadores, mesmo a essa hora. Mais adiante, a praça em frente ao Palazzo Vecchio está tomada de carpinteiros levantando arquibancadas e palcos em frente aos prédios. Há arquibancadas até em frente à fachada da Mercantantia e um palco se projetando sobre a sua porta. O próprio Palazzo foi enfeitado com bandeiras por todos os lados e as velas do último ano foram carregadas do batistério de San Giovanni e empilhadas sob o grande palco, a *ringhiera*, prontas para serem apanhadas e acesas, todas ao mesmo tempo, num espetáculo de luz.

Tassi ignora tudo isso e segue direto para o seu ateliê. Está zangado com Paolo, que o deixou esperando metade da noite. Que olhou para as asas, que o tinham deixado meio cego de tanto trabalhar nelas, e disse: "Podem ficar mais brilhantes, eu acho, com mais um toque de ouro." Que se virou de repente e perguntou, como se só então se lembrasse de que ele, Matteo, existia: "E o bronze? Diga-me novamente. Quando vai ficar pronto?" Tudo bem, mostrará a Paolo um bronze. Mostrará a ele a perfeição infernal.

Mas não era só Paolo. Não é Paolo de maneira alguma. É Sofonisba. Que mandou a garota para ele no meio da noite. Para insultá-lo? Para brincar com ele? Se ele tivesse se preocupado em aprofundar um pouco mais, teria encontrado a ferida: para lhe oferecer, *como um insulto*, exatamente a escrava que o agradara, que ainda o agrada. Mas Matteo não é homem de desmontar e esquadrinhar as próprias entranhas quando elas ardem. Ele age — e é por isso que se encaminha agora à sua oficina.

Alguma coisa leva Tassi na direção certa, como uma pomba ao pombal. É uma força que ele reconhece e que sempre começa com uma ânsia na barriga, como se fosse fome, e se espalha para as raízes dos dentes, como uma vontade de morder. Na descida da casa de Paolo, espalhou-se dos maxilares para o pescoço, peito, braços, mãos, dedos. Que o diabo carregue Paolo e suas críticas e implicâncias. Que o diabo o carregue com todas as suas primorosas maravilhas mecânicas e toda a sua inventividade. E que o diabo carregue Sofonisba também, que o faz pensar que é dele e depois volta atrás e oferece a escrava em seu lugar. A escrava é uma criação dele mesmo. Chiaroscuro. Luz e sombra.

Mas chega. Para o trabalho, para a criação.

Paolo espera o seu bronze. Apesar da preocupação com a festa, ele não esquece. Quer ter o bronze nas mãos, quer poder escolher o momento perfeito de apresentá-lo a Giuliano. Tudo bem, vamos dar ao velho o que ele quer. Com a bolsa cheia de moedas da cidade para comprar isso e aquilo, para pagar esses e aqueles, quem sabe o velho sodomita até o pagaria em dia.

O empregado de Tassi fica feliz em vê-lo de volta, mesmo que isso signifique o fim do seu descanso. Tassi o manda pegar o carrinho de mão para buscar lenha. Ele precisará de uma grande quantidade e o rapaz terá de fazer várias viagens. Se necessário, que peça em nome de Paolo Pallavicino e do *signor* Giuliano. — Não tem importância que pensem que é para a festa — diz. — Terão mais boa vontade.

A única coisa que importa é a indescritível beleza do que é perfeito — e Tassi o possui, ou ao menos a sua possibilidade, preso em seu invólucro de esterco e argila, esperando para ser revelado pelo fogo.

Quando Tassi está fundindo, como hoje, ele trabalha no pátio, onde uma cobertura de madeira se projeta da parede de trás da casa estreita. Ele arma o forno no centro do pátio. Seu senhorio é um velho que dorme o dia inteiro em seu ninho no andar de cima. Gostaria de proibir essas fogueiras, mas nunca acordou a tempo de evitá-las antes que estivessem ardendo e então já era tarde demais. É sempre vencido pelo incrível bom humor de Tassi e por suas afirmações irresponsíveis, e Tassi pode sempre provar, sem sombra de dúvida, que o fogo não representa perigo algum, porque, como pode ver, senhor, sua casa está inegavelmente de pé. Aceita uma bebida?

Tassi monta seu forno colocando tijolos soltos em torno do molde e acende o fogo com a lenha de pinheiro que tem à mão. Ele espera que a cera escoe do molde e cava o fosso de vazamento ao lado dele. Logo que o rapaz chega com o primeiro carregamento de lenha, ele alimenta o fogo. É carvalho bom e seco, e queima com intensidade. Bem depressa o fogo cozinha uma salsicha sobre os tijolos, uma recompensa para o empregado. Como Tassi espera, é interrompido por seu senhorio remelento, que, quando finalmente acorda, desce para ameaçá-lo debilmente com a retomada do imóvel. Mas é uma reclamação desanimada. Sua atenção se concentrou no delicioso aroma da salsicha. Tassi o faz se sentar com mentiras sobre a escultura — que diz ser um menino Jesus para compor um presépio —, mentiras sobre o pagamento adiantado — que ele diz será usado para acertar o atraso de seu aluguel — e então o distrai com uma história que sua amiga Lavinia contou a respeito de um *priore* muito conhecido. Quando Tassi diz que ele pode ficar com a salsicha, o senhorio vai embora.

Enquanto o empregado toma conta do fogo, mantendo-o bem quente para cozinhar a argila, Tassi prepara o cadinho, enchendo-o com lingotes de cobre e estanho e fragmentos de antigas fundições. Agora não há mais nada a fazer. Ele tem de esperar que a queima do molde esteja concluída. É um momento de carência, de muita expectativa. É um momento que ele ama: o vazio é a essência da verdadeira beleza. É essa tensão que o leva adiante para criar mais uma vez. Ele tanto vive desse acesso de desejo quanto o acha insuportável. Pega o boné de veludo e dá ao empregado uma moeda. Basta de dedicação, basta de trabalho. Florença está inteira à sua disposição.

Na cidade ainda há gente por todos os lados. Na *piazza*, lá embaixo, as paredes ecoam o som das marteladas dos carpinteiros, que ainda estão trabalhando, apesar da pouca luz. Há expectativa no ar e Tassi sabe como transformá-la em excitação. Ele segue para nordeste, ao longo da Via Bufalini. Não demora muito e encontra Bianca, que está jantando na casa dos Pucci e cujo encanto poderia abrir as portas de uma prisão. Em pouco tempo, ele está tão bem alimentado e bêbado quanto os outros. Quando alguém vem dizer que há movimento na estrada que desce de *La Castagna*, ele convence todo o grupo a sair pela noite. Seguem com passos incertos pelas ruas estreitas, os telhados das casas parecendo se inclinar uns na direção dos outros, como soldados sonolentos, sobre as cabeças deles. Na Porta San Gallo intimidam o vigia e sobem as escadas, até o topo do muro, para espiar um comboio iluminado pela lua que não parece desse mundo e que vem descendo o morro aos trancos, todo se balançando. No início dá para ver pouco mais que um brilho intermitente onde não era para haver brilho algum, e então conseguem identificar as lanternas e os vultos de bois brancos, agora bem visíveis, o volume escuro de dois carros puxados por eles e os contornos de mulas carregadas. À medida que o comboio se aproxima, eles vêem que está acompanhado de alguns homens da guarda pessoal de Cosimo na cidade. A luz da lua ilumina seus capacetes.

— O que levam aí nesses carros? — Bianca não sabe por que está sussurrando. — Pedaços do céu que vão invadir a cidade — sussurra Tassi em resposta.

Um mensageiro instruiu o vigia a abrir os portões e deixar passar o comboio quando solicitado, para que pudesse seguir o seu caminho da maneira mais tranqüila e rápida possível, com duas carroças e várias mulas. Entretanto, a estrada de San Lorenzo para Santa Maria del Fiore começa a se encher de curiosos que desafiam o toque de recolher e chegam em bandos para especular que novas surpresas podem estar sob aquelas lonas.

Quando Tassi volta de manhã, o fogo já se apagou, conforme ele sabia que ia acontecer, e o garoto está cochilando junto ao calor aconchegante. O verdadeiro trabalho está para começar.

Juntos, ele e o garoto afastam os tijolos e transferem o molde para o fosso, colocando o cadinho no lugar do molde, reconstruindo o forno em torno do cadinho e enchendo os espaços vazios com lenha nova. Enquanto o empregado mantém o fogo alto, Tassi enche o fosso, colocando terra e areia até que apenas os canais de respiro e alimentação do molde fiquem expostos. Está preparando um canal por onde despejar o metal na boca do molde, quando o senhorio resmungão reaparece. Dessa vez, fazê-lo ir embora custa a promessa de meio queijo.

No final da tarde, o cadinho dentro do forno toma uma cor vermelha embaçada e o rapaz percebe que, até que enfim, vão terminar as viagens atrás de mais carregamentos de lenha. O calor agora é tão intenso que Tassi tem de colocar o avental de couro para proteger as pernas quando checa o metal. Finalmente, mais ou menos na hora do ângelus, ao anoitecer, o cadinho começa a brilhar com mais intensidade e os lingotes de metal a amolecer e a deslizar lá dentro. Mas ainda se recusam a se liquefazer, embora a luz no coração do forno pareça um pequeno sol nascente. Desesperado, Tassi manda o rapaz buscar, dentro da casa, dois de seus pratos de peltre e, quando ele retorna, joga-os dentro do cadinho. O cadinho, então, começa a brilhar cada vez mais forte e, por fim, começam a voar fagulhas dos vapores que se formam com o derretimento do metal. Fica difícil aproximar-se do forno. Tassi mexe a massa de metal com uma vara comprida cujo cabo está envolvido em couro e manda o garoto ir buscar o anel de despejo. O empregado fica de lado enquanto Tassi derruba os tijolos do forno. Com aquele avental comprido, ele poderia ser um padeiro demente. Agora o cadinho está brilhando com a cor alaranjada de pôr-do-sol que tem uma abóbora do campo. É uma coisa viva, que faz um barulho líquido de arrotos e vômitos. É praticamente impossível aproximar-se. Há dois pegadores de ferro que se encaixam nos anéis laterais do cadinho.

Tassi enrola as mãos e os braços do garoto com trapos para protegê-lo e lhe entrega um dos pegadores. Juntos, com muito cuidado, levantam o cadinho e o colocam sobre o anel de despejo de ferro. Tassi mexe mais uma vez, fazendo essa estranha substância, parte fogo, parte terra, espirrar. Levantam o cadinho e o carregam até o molde, feiticeiros num rito inescrutável, e despejam, misturando os elementos. Terra, água, fogo: é tudo e é nada. Os olhos de Tassi pousam no rosto do empregado. Sua língua está presa entre os dentes. Tassi ri e sente subir-lhe uma onda de calor à medida que o molde recebe o bronze.

Nessa noite, na taberna, ele é um homem selvagem.

NOVE

Paolo Pallavicino está na grande igreja de San Pier Scheraggio. As asas dos anjos e as partes componentes das nuvens foram transportadas com segurança, enquanto o dragão está no chão da catedral, como um navio que tivesse navegado por sobre as pedras da cidade. Paolo reuniu sua equipe de trabalhadores na nave da igreja de San Pier. Alguns já estão construindo a tela que deverá ficar na frente do altar. Quando ela estiver pronta, os pintores trabalharão nela para criar a ilusão de quatro grandes pilares de pedra, entre os quais não será divisado o altar, mas vistas de um campo distante, pintadas em três painéis, cenas com montanha e pedra, árvore e regato e gruta.

A visão de Paolo continua a se expandir. Ele espalhou seus planos e suas notas, e está descrevendo a um carpinteiro cético como a Santíssima Trindade estará inicialmente oculta em Sua nuvem, acima do nível do crucifixo do santuário. Permanecerá escondida quando o dragão entrar e não se revelará até o momento em que ele for morto. Então, as cornetas tocarão ferindo o ar, diz

Paolo, de tal forma que o céu se abrirá. Será uma cena aterrorizante, reveladora da glória de Deus. Tem de ser executada, diz, da forma mais natural possível, para que os espectadores não percebam nenhum artifício. O carpinteiro parece cheio de dúvidas. Paolo Pallavicino está lhe pedindo para trabalhar a uma altura muito grande. O carpinteiro diz que o andaime terá de ter o dobro de estacas para suportar o próprio peso. Paolo Pallavicino sabe como lidar com objeções. Está acostumado. Com paciência, ele mostra a indicação de andaimes temporários para levar cordas aos caibros do telhado. Explica que a estrutura deverá ser montada no chão. Um sistema de roldanas a levantará até o local apropriado, abaixo do tirante. Esse arranjo não é apenas prático, mas essencial para o desenrolar da própria peça, porque o mesmo sistema de roldanas será usado para levantar e abaixar os atores. Leva o carpinteiro de volta ao lugar onde estão as plantas e explica tudo para ele novamente.

— Vamos precisar de uma boa quantidade de cordas. — diz o carpinteiro.

— Vamos mesmo. — Paolo bate com o dedo sobre uns cálculos rabiscados. — Dois mil, setecentos e cinqüenta e oito *braccia*, para ser exato. Dois mil, setecentos e noventa e oito, deixando quarenta de quebra.

O ESPAÇO DE TRABALHO DE PAOLO fica no transepto norte. Ele mandou fechar a porta para a Via della Ninna e mandou construir tapumes para isolar a área dos curiosos, que já haviam aberto buracos na lona para serem os primeiros a ver o que estava sendo preparado. Os boatos se multiplicam. A princípio, Paolo foi incomodado com freqüentes interrupções de cidadãos que ouviram falar de uma representação da Trindade e imaginaram sua apoteose pessoal nos papéis. Paolo mandou dizer que não interromperia seu trabalho para atender ninguém. Faria a seleção dos atores na manhã de quinta-feira, antes do ângelus.

À hora marcada, quarenta e seis homens, todos afirmando a condição de atores, chegam para a seleção. Vinte e seis querem fazer o papel de Deus Pai. Paolo diz aos trabalhadores que devem continuar o trabalho sem ele por algum tempo. Dezenove homens pediram para interpretar o Filho. O Espírito Santo é fácil. Paolo seleciona o menor dos jovens, Asciano, um rapazinho de mais ou menos dez anos, pequeno para a idade e muito leve. Ele vestirá uma fantasia de pombo. Para o Salvador, ele escolhe Stefano, o filho rebelde do sacristão de San Lorenzo. Por ter costelas proeminentes, que dão a ele uma aparência de agonia convincente, Stefano já foi crucificado duas vezes antes. Há protestos. Outros candidatos gostariam de ter a oportunidade de se exibir para o público. Um deles, um fabricante de lã, velho e dissoluto, com feridas dolorosas e supuradas no pescoço, lança mão de lágrimas e gestos exagerados. Ele tinha a esperança de que desempenhar o papel do Salvador poderia, de alguma maneira, livrá-lo dos tormentos que certamente o esperam e que, sua pele é testemunha, já começaram.

Paolo o ignora e começa a examinar os candidatos a Pai. Muitos velhos se apresentaram. Ele já pensa em dispensá-los, quando a porta oeste se abre e um assistente anuncia o *signor* Ercole. O coração de Paolo fica apertado. Ele já havia recebido uma carta do *arcivescovo* Andrea externando seu desejo de que esse Ercole, apresentado como seu sobrinho, fizesse o papel de Deus. Ercole, como todo mundo sabe, não é sobrinho do *arcivescovo*, é seu filho, e homem de considerável influência, com relações que chegam ao próprio Cosimo. — *Monsignore* — diz Paolo —, estamos honrados. — Ercole, Paolo repara aborrecido, está de pé sobre seu projeto das roldanas para elevar a plataforma.

— *Maestro* Paolo. O senhor sempre às voltas com alguma coisa nova. Mostre-me o que tem aqui.

Paolo reprime um suspiro e diz aos trabalhadores que ainda vai se demorar um pouco. Sua equipe vagueia do lado de fora, procurando alguma coisa com que se refrescar ou apenas uma parede para fazer xixi, enquanto Paolo apresenta um esboço da encenação, sem revelar precisamente, ele espera, como vai executar os planos.

— A revelação da glória — Ercole finge considerar algo que não lhe havia ocorrido antes — requer, sem dúvida, uma figura pública proeminente, de bastante importância, não?

E de novo vem ela, aquela necessidade desgraçada, consumidora de tempo, degenerativa da alma, de bajular, de mais uma vez pisar em ovos.

— Se fosse uma representação simbólica, sim, *Monsignore*, mas temo dizer que nossa encenação é um entretenimento. — Como gostaria de ser surdo para não ouvir o disparate que lhe vai saindo da boca. — Nosso modesto divertimento não comportará tamanha grandeza. É tudo uma ilusão. Por trás das representações, estão os mais reles, dissolutos e desprezíveis atores, que ganham sua magra subsistência dessa forma.

Ercole franze a testa e pergunta:

— Quem, então, vai desempenhar os papéis?

— Asciano, aquele lá, cuja mãe é a prostituta Lucrezia, interpreta o Espírito Santo (que possa sua alma ser lavada a tempo dos pecados da mãe). E Stefano interpreta o nosso abençoado Salvador (Stefano, que, como o senhor sabe, saiu da prisão mês passado...).

— E...

— E Deus Pai... — Paolo Pallavicino toma uma rápida decisão e aponta em direção ao mais frágil dos velhos. — Temos de manter o peso o menor possível.

Ercole olha, um a um, os componentes da Santíssima Trindade, seu olhar indo e vindo sem parar do Pai para o Filho e depois para o Espírito Santo.

Respira profundamente e declara:

— Muito bom. Excelente. E haverá, como senhor disse, uma plataforma elevada para facilitar a visão?

Paolo quase morde a língua.

— Certamente, *Monsignore*. Haverá uma plataforma mais alta. Nós a decoraremos nas cores de sua preferência. — Ele faz uma anotação mental para requisitar recursos adicionais.

FICOU COMBINADO que, até Paolo estar em condições de receber os pintores na igreja, Orazio começaria a preparação da parede em *Argentara* e Sofonisba permaneceria na oficina trabalhando na pintura do painel.

Chiara posa novamente para a *Madonna e o pintassilgo*, enquanto Sofonisba, com os olhos já acostumados às suas manchas, cegos para elas, trabalha em silêncio. Chiara se tornou uma modelo completa, paciente, capaz de falar sem se mexer. Sua posição na casa de Orazio — e na própria vida de Sofonisba — está se tornando cada vez mais complexa. Ela é tanto criada quanto modelo, aliada e companheira; ela pode rir, contanto que Orazio não esteja presente, tão alto quanto Sofonisba dos mal-humorados e dos tolos. Mas, desde a noite na casa de Paolo, Chiara assumiu outra coloração que Sofonisba não é capaz de determinar. E sua reação a isso pode ser até a de execração. É sempre possível maltratar os que não têm poder, não por eles mesmos (nem mesmo, no caso de Chiara, por sua aparência), mas simplesmente por estarem ali quando a raiva e o desapontamento sobrevêm. Sofonisba sabe que o destino do cãozinho de estimação é ser chutado quando os reveses do mundo atingem a casa. Mas nesta manhã há algo mais, como uma cor que se capta com o canto do olho.

Sofonisba havia acordado naquela manhã com um desejo que era como uma dor entre as pernas e lá dentro, bem fundo. Tinha sonhado com Tassi, ela era ela e Tassi ao mesmo tempo, vendo seu próprio corpo exibido para o prazer dele, ela era uma de suas prostitutas. Depois de acordar, ainda sentia o nariz e a boca de Tassi em seu pescoço, no lugar onde haviam roçado antes, mas agora, na memória do sonho, isso lhe proporcionava um prazer tão intenso que mal se distinguia de dor. Tentou se concentrar na cena, tentou reviver o sonho e lamentou baixinho quando ele foi perdendo a força.

Chutou Chiara, ao pé da cama, para que acordasse.

— Conta de novo o que você me disse sobre Matteo. — Sua voz soou grossa e estranha a seus ouvidos. Por alguns minutos, Chiara, que tinha acabado de acordar, não respondeu.

— O que você me contou ontem.

— O que *messer* Matteo me contou?

— É.

— Sobre Bianca?

— Sobre qualquer uma delas.

Da boca de Chiara saíram sons incompreensíveis de quem está com muito sono.

Sofonisba disse: — Conta para mim.

E Chiara repetiu o que já havia contado para Sofonisba, as histórias que Matteo Tassi lhe contara nas primeiras horas da manhã, lá em cima no morro; contou porque sabia que Chiara as repetiria, cochichos licenciosos apropriados somente para uma escrava. Elas foram, como Tassi sabia que seriam, como golpes no coração de Sofonisba. Ela queria recebê-los novamente.

— Ele disse que encontrou Bianca deitada com uma mulher e o rosto dela estava onde o membro dele devia estar.

— Continua.

— Ele disse que Bianca riu e se afastou para ele experimentar.

— E?

— E ele experimentou.

— Diz para mim.

— O quê?

— Diz o que ele fez.

— Ele pôs o rosto lá.

— Onde?

— Entre as pernas da mulher.

Sofonisba ardia de desejo por todas as partes. Até seu ânus doía. Ela queria ter chutado Chiara para que continuasse, mas sua mão estava entre as pernas. Não queria se mexer.

Ela olhava e olhava a imagem em sua mente. Odiava Chiara por aquilo e, ainda assim, queria a imagem mais nítida.

— Conta mais.

— Então ele pôs o rosto lá e Bianca foi por trás dele e colocou o rosto dela no lugar onde ele senta.

Chiara soltou uma gargalhada estrepitosa.

Sofonisba agradeceu o barulho, que mascarou o ruído que saía da sua garganta, qualquer coisa no fundo de si mesma que pareceu se concentrar e se libertar.

— Você vai para o inferno. Saia daqui — disse.

Sofonisba, ao pintar, esquece da existência de Chiara. Ela lhe ajeita as dobras das roupas para combinar com a pose da pintura. As figuras tanto da Mãe quanto do Menino estão protegidas dentro do painel em *verdaccio*, e os detalhes de suas fisionomias estão destacados em *sinopia*, a Virgem sentada com o manto que agora lhe cobre a cabeça e os ombros, de maneira que apenas o rosto e parte do pescoço aparecem. Dessa vez é o Menino, no colo da Mãe, que segura o pintassilgo. A figura do menino assumiu para Sofonisba a vitalidade de postura e gesto que ela procurava, um equilíbrio perfeito entre desejo e libertação, a mão que segura o pássaro conservando-o preso ao mesmo tempo em que o braço se movimenta para libertá-lo. Esse é o verdadeiro trabalho, e Sofonisba sabe que atingiu o seu objetivo. O resto, o colorido, a modelagem das formas, é mero acabamento.

Já elaborou as cores para o drapeado. Há uma fileira de pratinhos junto dela. Eles contêm a laca, preparada com cuidado em matizes do claro até o escuro, conforme o pai lhe ensinara. Ela adora o ritmo desse modo de trabalhar. Agrada-a a maneira como a previsibilidade do método ainda pode oferecer surpresas; gosta do fato de que apenas cinco pratinhos podem imitar os infindáveis artifícios da luz sobre uma cor, a variedade infinita da Natureza. Mais que tudo, ela adora a maneira como seus pensamentos desaparecem quando ela se concentra na técnica aprendida. As mãos substituem todo o pensamento. As mãos se transformam no trabalho e este se transforma nela mesma. É um círculo encantado no qual ninguém pode entrar enquanto ela estiver pintando. E quando ela acaba... sobrevém o paradoxo. O quadro se torna uma coisa em si. Sai de suas mãos e entra no mundo. O que era parte dela vai embora — e, ainda assim, depois que se vai, nada fica faltando; ela já está prenhe do próximo.

Tassi acorda para uma manhã brilhando de possibilidades. O dia é diferente de todos os outros. O mundo de hoje estará mudado em relação ao mundo de ontem por uma presença nova. A mesma excitação íntima e profunda que motiva uma mulher no parto, a mesma permanente sensação de desejo, impulsiona Tassi.

Ele levanta e se alivia no vaso. Passa a palma da mão no rosto, como se o sono fosse uma teia que o cobrisse durante a noite. Esfrega o couro cabeludo energicamente com uma toalha para restaurar o pensamento e então se veste, serve-se de água da moringa e bebe como se estivesse com muita pressa.

O empregado ainda não se levantou. Tassi o deixa dormir mais um pouco.

No quintal, a excitação dentro do estômago é intensa, quase uma dor. Ele cava e retira o molde que ainda está quente como um pão recém-saído do forno. Tassi o carrega até as pedras em frente da bancada e o pousa lá. Arranca as amarras de ferro a martelo e depois aplica uma pancada cuidadosa no molde. Um pedaço se desprende e depois um outro. Continua a bater no molde com regularidade, girando-o, com cuidado para não bater com força demais. Suas pancadas ficam mais fracas à medida que a pilha de cacos aumenta. Ele abre caminho até o bronze propriamente dito usando um martelo pequeno e um cinzel rombudo, trabalhando com delicadeza. A coisa está intacta. A figura começa a se revelar, e ele começa então a tirar fora o resto. Ali não há beleza, só um besouro inchado e cascudo, os jitos secundários parecendo pernas presas ao graveto do jito principal. As cabeças dos pinos salpicam o bronze como se fossem verrugas. A superfície apresenta uma textura de casca de árvore. Por todo lado, resíduos do envoltório de argila perturbam o olhar. Mas Tassi está sorrindo. Ele está completo. Tassi é a mãe que contou os dedos do pé do seu bebê.

— Comida! — brada na porta da oficina. — Acorda, garoto, e pega alguma coisa para a gente comer!

Quando o empregado aparece com um prato de pão preto encharcado em caldo e um pedaço de queijo pingando gordura, Tassi já serrou fora os jitos e está começando a serrar os pinos. O besouro agora já perdeu suas pernas e está parecendo estranhamente humano — ou estranhamente inumano. Segundo a opinião do garoto, é um tufo de grama muito feio.

— Você não tem olhos para ver — diz Tassi.

— Onde quer que eu ponha isso? — pergunta o empregado, e Tassi responde: — Bem aqui — apontando à sua esquerda, sem levantar os olhos do que está fazendo uma vez sequer. O trabalho das mãos se apodera de sua alma. Trabalha na revelação da beleza. O tempo não existe mais. Tassi não existe mais.

Ele trabalha o dia inteiro e come apenas uma vez. Quando chega uma mensagem de Paolo, pede ao empregado que diga que ele não está em casa. No final do dia, a escultura já está livre de qualquer traço dos jitos e dos pinos, limpa de todos os resíduos de argila que haviam grudado entre os dedos das mãos e dos pés e nas dobras dos pequenos membros. Em sua superfície está impresso o tracejado delicado das imperfeições do *luto*, como se fossem as marcas da membrana que recobria o feto. É como se a criança de bronze tivesse inspirado dentro do forno e retido o ar, expirando quando a pele do metal que resfriava começava a se formar, de tal maneira que se enrugou um pouco em alguns lugares e noutros esticou e separou-se em flocos delicados. Tassi não quer largar o trabalho. Ele está bastante limpo agora e dá para perceber que, para além dessa superfície, o corpo em si é uma perfeição. Trabalhará a noite toda. Polirá a superfície até que ela adquira a suavidade de uma pétala de rosa. Fará incisões nas depressões da base de cada unha, nos espaços entre cada um dos cílios. Acenderá uma labareda de velas e trabalhará até que o bronze fique pronto.

E não o entregará a Paolo, nem seu paquímetro.

QUANDO O DIA SEGUINTE AMANHECE, a criança de bronze dorme sobre a bancada em imaculada quietude.

A criança é bela, com suas feições arredondadas e estranhas, a cabeça é grande demais, os olhos levemente esbugalhados. Seus braços estão cruzados sobre o peito, a mão que está por cima tentando se abrir, com a palma para baixo em ângulo, quase num gesto de recusa, ou desvio. A mão que está por baixo fechada em punho, como que golpeando o peito por todos os pecados do homem. Isso compunge Tassi e o deixa cheio de dó e admiração, e ele não quer deixá-la partir, como se a criança lhe trouxesse alguma referência quanto à própria origem.

É um mistério. Se Paolo usasse seu paquímetro nessa criança, sua beleza o desafiaria, sua imperfeição o derrotaria. As proporções não se enquadrariam. Ali não há geometria de círculo perfeito, de quadrado perfeito. É algum método errante, alguma lei escondida, invisível, mas mesmo assim captada, produzindo glória.

Ainda há trabalho a fazer. Tassi sabe que não vai dar esse bronze a Paolo. Se der para alguém, será para Sofonisba. Não precisa finalizá-lo. Ele o deixa e vai até a cama onde o empregado está dormindo, espalhado num luxo fora do comum. Da arca ao pé da cama, Tassi retira um pedaço de veludo lápis-lazúli. Volta, enrola o bronze e guarda o embrulho na arca, socando-o lá dentro, como se fosse uma coisa qualquer. Como se esse ato de ocultação não significasse nada, não tivesse conseqüência para ele nem importância para o mundo.

Mas nenhum ato, por mais descuidado que seja, pode realmente estar isento de conseqüências. Nossos atos penetram no fluxo dos acontecimentos como pedras que fazem com que a corrente de um rio se altere. Somente olhando para trás, de uma grande distância, ou para baixo, de uma grande altura, é possível ver como algo planejado para o mal pôde se transformar em bem, da mesma forma como o rio pode fazer a pedra rolar.

Durante toda a sua vida, Tassi só havia obedecido às leis ditadas por sua própria natureza, e elas o satisfizeram, tivesse carne ou migalhas de pão para comer, vinho ou água para beber. Ele pode ter tido luxúria em excesso, voracidade sem limites, mas nunca cobiça mesquinha, e nunca, até então, esse desejo de esconder o que é bom e guardá-lo para si.

Na igreja de San Pier Scheraggio, os vigias estão apagando as fogueiras. Na entrada da igreja, Tassi pára. As paredes já estão trepidando com o barulho das marteladas lá dentro. Para quê? Por uma ilusão, uma efemeridade a ser esquecida como um sonho. O bronze é matéria, é tão real quanto a veia azul que corre oblíqua por dentro da dobra do cotovelo de Sofonisba, tão real quanto a pomba branca na testa de Chiara. Ele ouve a voz arrogante de Paolo. Pela primeira vez detecta a ressonância de um desejo de notoriedade.

No meio da manhã, o interior da igreja está apinhado de carpinteiros, pintores e seus ajudantes. Tassi pinta com empenho. Já estava pintando há várias horas quando finalmente se afasta do trabalho.

Atrás dele, no transepto sul, a lã para as nuvens foi cardada e penteada e está depositada numa capela lateral. Somente o bastão de Paolo evita que os meninos ajudantes fiquem pulando sobre ela. Eles carregam grandes braçadas de lã e as mergulham em duas enormes tinas com goma. Os garotos suspendem os fardos de lã, ensopados e pingando, uns cor-de-rosa, outros azuis, e os levam para tinas vazias, para acabar de escorrer, antes de estendê-los no chão para secar. Um dos garotos limpa os rastros e as poças. Outros trabalham nas nuvens tingidas, desembaraçando-as para que fiquem fofas de novo antes de secar. Não há nenhum garoto que não esteja rosa ou azul, ou de ambas as cores.

— Matteo — diz Paolo. — É aqui que vamos precisar de você amanhã. Orazio estará pintando, e a filha dele também. Para as nuvens, eu preciso de um homem que possa trabalhar sem projeto.

Tassi retorna à tela do altar com vigor renovado, mas se certificando de deixar, no final do dia, espaços a serem pintados em número suficiente para ocupar ao menos uma pessoa — uma mulher — um dia inteiro.

Do lado de fora, a cidade se transforma. O lado da igreja de San Pier voltado para a *Signoria* está ornamentado com estandartes vermelhos e dourados. Arquibancadas e bancos surgiram em lugares estratégicos. Cercas de varas trançadas estão prontas e empilhadas para interditar a praça para a caçada. O dragão será trazido para a praça no dia seguinte à encenação na igreja e colocado entre mastins e touros para o povo se divertir. Se os cachorros atacarem, o que não é o esperado, os homens dentro das pernas do dragão se defenderão com espetos. Com os touros, será mais difícil. O mais certo é que eles ataquem o dragão, mas só quando estiverem suficientemente acostumados com ele. Os homens dentro das pernas e os dois da cabeça têm de estar prontos para abandonar o dragão e correr para um lugar seguro no momento exato.

As dúvidas de Tassi sobre a validade da festa caem por terra. Ela é excitação. É vida. E Tassi está sempre do lado da vida.

DURANTE TODA A NOITE um vigia tomou conta do fogo sob o caldeirão de peles de enguia que estão se dissolvendo lentamente para fazer cola. De manhã o ar está impregnado de cheiro de peixe. Paolo leva Orazio lá fora, para a Via de' Leoni, para conversar. Ele fica de olho na entrada, sua mente já a meio caminho dos assuntos da manhã. O corpo do dragão tem de ser reforçado para que seu próprio peso, arrastando-se atrás, não o despedace. A tela pintada com a clareira tem de estar presa, por fios estendidos em quatro direções, a pinos de ferro fixados nas lajes do chão. E ele tem de fazer seus ajudantes praticarem a subida e a descida das nuvens até que elas se movam harmoniosamente.

Orazio percebe que tudo aquilo vai resultar somente em dor nos braços, pernas e costas.

— E você, Orazio...

— Paolo, meu caro amigo, eu pinto para você esta manhã, mas depois tenho de voltar para *Argentara*.

— Mas eu preciso de você para supervisionar a decoração. Dois carregamentos de galhos de pinheiro estão chegando. Ninguém mais sabe como amarrá-los.

— Meu contrato é com Andrea.

— Embora você tenha me dado a sua palavra.

Orazio encolhe os ombros:

— Meu caro amigo, como eu já disse, esta manhã eu pinto para você. Não precisa me pagar. Depois eu tenho que voltar para *Argentara*.

Abrigado com todo o conforto, pensa Paolo, em algum apartamento de Andrea forrado de seda.

— E olhe — acrescenta Orazio, que, ao que parece, fará qualquer coisa, menos se envolver em trabalho físico. — Ilario estará de volta hoje. Você pode contar com os seus serviços. — Ele diz também que permitirá que Sofonisba fique e pinte, apesar do fato de a igreja, com essa multidão de trabalhadores, ter se tornado quase tão pública quanto a rua.

O trabalho é um alívio bem-vindo para Sofonisba depois de tudo que a *Madonna* exigiu dela. É um trabalho de aprendiz pintar com as cores designadas pelo projetista, Paolo. Ela entende por que Tassi saiu do lugar dele e foi se juntar aos garotos — alguns deles ainda sujos de rosa e azul — para ajudar com as nuvens. Não dá para ignorar as gargalhadas e vê, quando se vira, Tassi se jogando sobre a pilha de sobras de lã. Ao lado dela, Chiara ri alto e, no instante seguinte, já abandonou os pratinhos com as cores e está lá também. Sofonisba tenta continuar pintando, mas tem de olhar. Tal como havia previsto, lá está a sua escrava caindo de costas sobre a lã com Tassi, os dois de mãos dadas. É uma armadilha. Ela não tem a menor dúvida. Foi planejada para fazê-la largar o painel e ir até lá. Ela pinta furiosamente, pensa em bater em Chiara por sua desobediência, embora não tenha dito para ela ficar ali perto. Já havia chegado a se imaginar fora da igreja, num lugar selvagem com pedras e rio, quando sente uma respiração morna atrás da sua orelha e ouve através dos próprios ossos a voz de Tassi.

— Eu trouxe de volta o seu pônei malhado. Ela é demais para mim.

Sofonisba olha por cima do ombro. Seus olhos logo captam a posição do braço de Tassi, aberto ao lado, rodeando Chiara, sua mão sobre o ombro dela, puxando-a para junto de si ao mesmo tempo em que, ostensivamente, a empurra para a frente.

O homem é um monstro. O que ela pode fazer senão dizer muito obrigada?

— Você não precisa me agradecer.

Ela o espetaria com uma faca na maior felicidade.

Ele soltou Chiara e a garota tratou logo de se ocupar com os pratos de tinta, puxando o capuz sobre o rosto.

Sofonisba puxa-o para trás. — Aqui você não precisa ter medo. A menos que esteja em pecado. — Ela vira para olhar Tassi nos olhos, mas ele já se foi. Paolo o chama para perto do altar, onde está mostrando para Alessandro e alguns outros como operar as roldanas.

Sofonisba compreende que o jogo deles mudou. Antes, era ela e Tassi contra todos os velhos do mundo. Agora, em vez disso, estão um contra o outro. Certo, ela entra em qualquer jogo que ele escolher — para ganhar.

A avaliação de Sofonisba sobre si mesma é tão afiada quanto pedra lapidada.

— Chiara?

— *Madonna*?

— Vá ver se *ser* Matteo precisa de ajuda.

Ele está olhando diretamente para elas enquanto Paolo fala com ele. Sofonisba se inclina de lado na direção de Chiara, estende a mão e puxa o rosto da garota para perto de si, o tempo todo com os olhos voltados para Tassi, mesmo quando vira o rosto e pousa os lábios sobre a face escura.

Alessandro vê tudo. Não demora muito e Tassi volta para perto dela.

— Venha cá. Quero mostrar uma coisa para você... — Ele pega Sofonisba pela mão e a leva até o altar onde estão as nuvens, gaiolas de lã engomadas e etéreas, uma ou duas já coladas a seus suportes, sob uma floresta de cordas. Paolo queria uma demonstração.

Uma das nuvens está pronta para um teste e fazem Ceccio ficar de pé dentro dela, na plataforma. Tassi cortou uma abertura na frente da lã. Ainda presa na extremidade inferior, a lã pode ser empurrada de dentro para fora como se abre um alçapão, fazendo com que o anjo pareça estar de pé sobre a nuvem, emoldurado por sua lã colorida.

Alessandro puxa a corda e a nuvem sobe da mesma forma que descerá no dia da festa. Quando ela está logo acima de suas cabeças, Paolo chama Ceccio e o manda aparecer. A lã da frente da nuvem se abre e surge Ceccio, muito satisfeito consigo mesmo, rindo. Ele estica a perna para fora e finge que está caindo. Até Orazio acha graça. Paolo Pallavicino faz uma careta, a boca curvada para baixo. Ceccio vira de costas e balança o traseiro.

Paolo diz:
— Dê uma lição nesse garoto.

Tassi pede:
— Dê isso aqui — e toma a corda de Alessandro. Ele faz a nuvem subir mais alto. Ceccio dá uma volta, acenando. Tassi puxa de novo e, dessa vez, Ceccio se segura firme. Ele já está quase junto aos caibros do telhado. Quando ele grita de medo, Tassi o faz descer tão depressa que o sangue aflui ao seu rosto e reflui novamente. Branco e lânguido como uma margarida, parece que ele vai desmaiar. Ao pisar fora da nuvem, cambaleia para a frente e vomita copiosamente no pé de Alessandro. Paolo bate nos ombros dele e o xinga, por causa disso. Depois se vira e vai cuidar de Alessandro.

NAS SETE ÚLTIMAS NOITES, Alessandro dormiu com o colete sobre a pele, desejando Sofonisba a noite toda e consolando-se pela manhã com a própria mão. O feitiço não fez efeito e as chances de sucesso parecem cada dia mais remotas. Ele não está mais próximo ao seu objetivo, o sonho de coxas e lábios e todas as combinações de calor e maciez e umidade que o confortarão para sempre. Ao contrário, parece estar deslizando inexoravelmente para a derrota total. Hoje, na igreja, sua humilhação foi completa. Suas meias amarelas, penduradas no parapeito da janela para secar e perder o fedor do vômito de Ceccio, embora as tenha lavado duas vezes no balde, se tornaram o emblema de sua ignomínia, a medida de seu fracasso O cheiro da sua desgraça sufoca o poder secreto que ele almejava, e as meias estão lá penduradas tristemente, como os braços de alguém que já desistiu de pedir socorro. Mas Alessandro não desistiu. No instante em que vai caindo no sono, uma idéia se acende como brasa em corrente de ar súbita. Ele acorda completamente, dizendo para si mesmo: "Já sei", sem ter claro na mente o que é. A luz de sua inspiração passageira está diminuindo. Ela vacila, brilha novamente e se firma. Já sabe o que é: vai *dar o colete para Sofonisba*. Não precisa dizer do que se trata, somente que possui um poder extraordinário, secreto. Dessa maneira, como receptora do presente, presente este que ele usou junto da própria pele, ela estará ligada a ele, pele com pele, por meio do colete. Estarão unidos pelo poder da pele. É uma lógica que, para Alessandro, é tão boa quanto outra qualquer. Contente, ele dorme.

De manhã, o sol parece abençoar sua empreitada. Só por segurança, ele ainda executa um ritual que lhe foi ensinado por Ceccio, que, por sua vez, o aprendeu com seu tio. Ele acende uma vela e pega dois barbantes e dois pedaços pequenos de tecido. No primeiro tecido, ele cospe uma vez para "sim" e o amarra na ponta de um dos barbantes; ele cospe duas vezes no segundo tecido para "não" e o amarra com o segundo barbante. Depois pega ambos com uma das mãos e os balança sobre um prato de metal e põe fogo neles para ver qual queima primeiro. Ele queima a mão que está segurando os barbantes. Isso acontece todas as vezes: ele queima a mão, os panos caem sobre o prato e ele não sabe mais qual é qual. Decide que "sim" teria sido a resposta.

Pensa sobre isso durante todo o caminho para a Via del Cocomero com seu pacote enrolado num pano debaixo do braço. Não faz idéia de como falar com Sofonisba, mas fica aliviado ao saber que Orazio não está em casa. Fica pensando que finalmente a sorte vai começar a sorrir de verdade para ele.

Espera ansioso no ateliê enquanto o empregado vai até os fundos chamar Sofonisba. Enquanto aguarda, Alessandro, sem conseguir se controlar, boceja de nervosismo. Coloca o embrulho na beirada da escrivaninha, muda de idéia e o pega de novo. Está contando com a curiosidade de Sofonisba. Disse que tinha uma coisa para ela. Sofonisba gosta de presentes. Com certeza, ela sairá da oficina.

Melhor ainda, ela pede que ele vá até lá.

Sofonisba está enxugando as mãos num trapo. A garota também está lá, sentada sem nada sobre si, expondo todo o seu corpo extraordinário para o mundo. Ele sente dificuldade em desviar os olhos daquela visão. Estende o embrulho para Sofonisba, fazendo um sinal com a cabeça.

— *Madonna*. — É tudo que consegue articular. De alguma forma, a corda do enforcado apertava o pescoço dele.

Sofonisba pega o embrulho e espera. Não faz nada para ajudar.

— Para humildemente implorar as suas desculpas por uma afronta que eu não tive intenção de fazer. — Como ele gostaria que a garota não estivesse presente! Sofonisba aperta os lábios para mostrar como sua tolerância está próxima da impaciência. — Eu lhe trouxe um presente.

— É repulsivo e idiota como o último?

— Está muito longe de ser idiota. A senhorita nunca recebeu, *Madonna*, um presente como este.

— E isso por acaso garante o seu valor? — Ela desenrola o tecido e segura o colete pelos ombros.

O coração de Alessandro começa a bater. Ele mal consegue ouvir a própria voz.

— Ele vale mais que qualquer coisa — diz.

Sofonisba não se impressiona: — Devo agradecer? — Ela o vira para olhar a parte de trás e depois o estica à frente de novo. — Parece mais um dos seus refugos. Não serviria nem para a Chiara. — Deixa o colete de lado e começa a virar de costas.

Alessandro ri alto, fazendo com que ela se volte, surpresa. Em suas conversas com Alessandro, o esperado é que o riso parta dela.

— "Refugo"? Pois muito bem — diz ele.

Sofonisba cruza os braços:

— Você não tem algum empregado seu para dar isso?

Alessandro se recobra. Ele balança a cabeça e diz:

— Com todo o respeito, graciosa senhorita, a senhorita não está entendendo. É uma vestimenta muito especial. Muito especial. — Ele alisa o colete como se estivesse afagando um animal.

Sofonisba se senta. O homem é um tolo. Por que ele tem de provar isso todos os dias? Ela cruza os braços sobre o colo, parodiando uma atenção séria, e inclina a cabeça para o lado, esperando.

Chiara estende o braço, pega sua túnica e veste.

Alessandro aumenta o tom de voz:

— Quem usar esse colete junto à pele por três meses seguidos — projeta o queixo para a frente — terá o mundo prostrado a seus pés.

— E se tornará Papa.

— Não. Só se fosse para eu...

— Ah, você é muito cansativo. Guarde essa coisa e fique quieto. Ela tem uma aparência desagradável. — Ainda está falando quando um pensamento mórbido lhe ocorre. Ela se levanta. — Onde você arranjou isso aí?

— Não posso dizer.

— Diga ou eu vou pegar essa coisa. — Ela tenta agarrar o colete e não consegue. — E vou perguntar a todo mundo que conheço.

— Não precisa fazer isso. Consegui com o empregado de Paolo Pallavicino. O anjo dele.

— Ele é tão burro quanto você. Onde ele conseguiu essa coisa? — Mas a visão havia criado raízes em seu cérebro e não seria dissipada por sua própria voz. Sua pergunta já está respondida. Ela pode ver tudo: a mesa no estábulo, sua estranha carga. Pode ver o balde embaixo da mesa e dobras e mais dobras de pele pálida. O mesmo pensamento que lhe havia ocorrido quando estava lá retorna: que aquele homem, o indigente infeliz, fora sugado de alguma maneira, tinha desaparecido quando a pele dele foi arrancada; que a coisa sobre a bancada não tinha relação alguma com o homem e seus sonhos idiotas; que o único sinal que restou dele não seria também, de maneira alguma, a pele repugnante, disforme, lá dentro do balde, como um traje jogado fora depois de uma apresentação teatral.

Ela olhou para Alessandro fixamente. O que lhe passou pela cabeça para trazer uma coisa dessas para ela? Não apenas o objeto em si era bastante vil e asqueroso, como a noção que o originou, a concepção!... Todo o seu ser se horroriza ante a idéia do que representa, não importa a coisa repugnante em si. E ali está Alessandro ainda tentando dizer alguma coisa a respeito de suas propriedades mágicas. Ela tem vontade de gritar com ele para que se cale, de jogar alguma coisa em cima dele, como faria com um cão imundo para espantá-lo do quintal.

— E se um homem, ou uma mulher, usar esta vestimenta...

Sofonisba se contrai e as palavras: "Saia daqui!" já estão na ponta da sua língua, quando, de repente, ela pára. Um pensamento vindo não sabe de onde lhe ocorre, uma idéia tão perversa e desprezível quanto a de Alessandro. Mentalmente, ela vê Matteo Tassi sorrindo com aquele sorriso que ela conhece tão bem. Ela o vê nu até a cintura e ela está sorrindo também, andando na direção dele com o presente inominável em suas mãos.

— Deixe isso aí — diz calmamente. Alessandro capta uma mudança nela, como quando o vento muda de direção sobre a água e ondas turbulentas vêm chegando. Ela está olhando para ele tão diretamente que o desconcerta.

— Deixe isso aqui comigo. Deixe por todo o tempo que eu quiser e não diga nada, ou eu conto onde você o conseguiu, sem dúvida no mesmo lugar para onde *maestro* Paolo Pallavicino manda seus homens em busca de suprimentos.

Alessandro nunca fora encarado por uma mulher com um olhar tão inabalável. Ela está olhando direto, através dos seus olhos, para o que há de mais íntimo nele, lançando uma luz no que vê lá dentro, as esperanças e os sonhos mais secretos caídos pelos cantos escuros junto com o pecado e a vergonha. Ele hesita não mais que o tempo de respirar uma vez. Ela diz de novo:
— Deixe-o —, mas ele já se encaminha para a porta, e o colete fica em cima da mesa como antes.

Sofonisba empurra-o sobre o tecido em que veio enrolado e o cobre. Descobrirá um uso para ele. Não sabe ao certo exatamente qual. Sabe somente que, do jeito como as coisas vão, Matteo Tassi está à frente no jogo misterioso e tácito deles, em que as regras são sempre uma surpresa, e que, quando ela fica para trás, quase sempre acaba ferida.

Sofonisba pega o embrulho e o leva para cima. Depois, quando já tinha voltado e retomado a pintura, pensou num uso para o colete.

— Você se deitaria com um homem morto, Chiara?

— Se eu me...?

— Você ouviu. Deitaria com um homem morto? É, com um cadáver. Você se deitaria com um cadáver?

— Isso não teria muito sentido, não é?

— Ah, muito bem, Chiara, muito bem. Podíamos mandar você para *Careggi* para eles colocarem você lá sobre uma mesa e se divertirem. Você combina muito bem com os pavões, os anões e os macacos que eles têm lá. — Ela ri. — Mas responda à pergunta.

— Por dinheiro?

— Bem, decerto não seria por prazer. Espero que não seja por prazer.

— Teria de ser uma quantia muito grande.

— Eu não faria isso por quantia alguma. Não há dinheiro que pague a participação num ato desses.

— E quem lhe pediu isso?

Sofonisba ri.

— Não, nenhum homem morto pediu para eu me deitar com ele. Embora alguns homens não sejam melhores que cadáveres, garanto a você. E também, quando estão bêbados, os vivos são iguais aos mortos.

Ela continua pintando em silêncio, aparentando estar absorta nos estudos para *Suzana*. Está ausente de seus olhos quando olha para Chiara, um fantasma dentro das roupas da própria Sofonisba, até que começa novamente a falar.

— O que você faria para me ajudar a colocar *messer* Matteo no lugar dele?
— Como se Chiara, cuja única preocupação é evitar o sofrimento, pudesse ter algum plano.

— Qualquer coisa.

— Qualquer coisa?

— Se a senhora me pedisse, *Madonna*.

— Você se deitaria com ele?

— Para quê?

— Ora, não se faça de boba.

— *Messer* Matteo não iria querer se deitar comigo.

Sofonisba se pergunta se a resposta está isenta de argúcia. *Messer* Matteo se deitaria até com uma leprosa.

— Bem, nem precisa responder isso.

Chiara não reage. Seu olhar se mostra sem nenhum artifício ou intenção, como Sofonisba pediu para a pintura.

— E então? Você faria? Pense nisso, Chiara. *Messer* Matteo. Forte como um cavalo. Talvez melhor. Com certeza, melhor que o velho fraco e depravado que toma conta do cavalo.

Chiara vira a cabeça, rindo com os olhos. Pela manhã, o velho tinha levado uma surra de Orazio por ter deixado o cavalo urinar muito, e por muito tempo, no meio do pátio.

A OPORTUNIDADE PARA SOFONISBA fazer sua maldade faz uma visita no fim da tarde sob a forma do próprio Matteo, trazido à Via del Cocomero pela ausência de Orazio.

Não muito mais que uma hora depois, ela está à porta dando um toque final ao seu plano. Está ralhando com um garoto magrelo e confuso, o Tuccio do outro lado da rua, que às vezes faz mandados para ela. Ele tem doze anos. Tem um olho preguiçoso, um dente quebrado e o cabelo espetado, parecendo sujo, mas nada disso amolece o coração de Sofonisba ou dobra a sua ira. — Idiota, idiota, idiota! — ela grita, empurrando-lhe os ombros alternadamente: direito, esquerdo, direito. — Agora vá. Volte ao ateliê de *messer* Matteo e peça desculpas a ele. Repita para ele todas as palavras que eu acabei de falar, entendeu? Todas as palavras! Seu burrinho! Pegue o pacote de volta e o leve para o lugar certo desta vez. Para *messer* Alessandro, entendeu? — Ela lhe dá um cascudo de um lado da cabeça, para variar: — Ales-sandro! Ales-sandro! Entendeu? — Mas não obtém resposta porque, assim que o solta, o garoto sai correndo e vai embora.

Ela sorri e volta para dentro do ateliê.

A artimanha é deliciosa. Sofonisba se sente radiante com a maldade que ela contém. Desejava apenas que Chiara estivesse ali para dividir com ela a doce antecipação de uma reação. Mas, depois do estardalhaço de sua cena de desgosto, Chiara correu para se esconder em algum lugar.

111

Ela havia corrido para o pátio exatamente no momento em que Sofonisba mais saboreava a situação. Tinha corrido para fora e rasgado o vestido; atirado o balde dentro do poço, depois puxado para cima num frenesi, completamente nua e parecendo um demônio louco no inferno, tinha tirado o balde do poço, arrastado para o lado e virado todo o conteúdo sobre si mesma, caindo de joelhos como uma lunática, com o rosto pintado de maluca voltado para o céu.

Sofonisba havia tentado fazer com que ela entrasse, mas não houve jeito. Chiara tinha pegado o vestido e esfregado nos seios, no pescoço, nos ombros. Ela esfregava com força, como se quisesse apagar as próprias manchas. Traços vermelhos fortes começaram a lhe cobrir a superfície da pele. Havia uma nesga de céu refletida na poça onde ela se ajoelhou. Com a mão em concha, ela a pegou e jogou no rosto; em seguida, parou, arquejando, estremeceu e cuspiu. Sofonisba deixou-a de joelhos sobre as pedras molhadas. Era uma pena que Chiara não estivesse com ela para testemunhar a confusão do garoto, mas que seja. Ela apenas azedaria a vitória.

CHIARA, QUE TEM, TRANCADO NO CORAÇÃO, um quarto cheio de aflição e tristeza inimagináveis, ainda não havia experimentado a traição. Se não fosse assim, talvez tivesse captado algum aviso no tom de voz de Sofonisba, como a sombra de uma pequena nuvem sobre a terra abafada.

— Escute com atenção — Sofonisba disse. — *Messer* Matteo está no ateliê. Vá para o último quarto lá em cima. Feche as janelas. Abaixe o vestido até a cintura. O presente de Alessandro está sobre a cama. Vista-o para cobrir os seios, deite-se na cama e espere. Vou mandar *messer* Matteo ao seu encontro. Quando ele bater à porta, diga para ele entrar.

Chiara tinha se mostrado surpresa.

Aquilo só podia acabar numa surra, se não fosse da parte de Tassi, que se sentiria ridicularizado ao encontrá-la no quarto, então seria da parte de Sofonisba, que teria ciúmes se ele ficasse. E se não fosse surrada por nenhum deles, seria por Orazio, que podia voltar a qualquer momento e, mesmo que isso não acontecesse, com certeza descobriria, ficando roxo diante de tal comportamento em sua casa e também levantando, de novo, a mão pesada para ela.

Ela havia subido as escadas arrastando os pés.

O sol invadia o quarto. Um pássaro, que ciscava larvas num caibro do telhado, voou para fora assim que ela entrou. O colete estava sobre a cama. Chiara o examinou. Era realmente uma coisa feia, áspera, mal-acabada e tão grande que dava para vestir um homem. Tinha um aspecto pálido, encerado, de pergaminho impregnado de óleo contra a vidraça de uma janela. Quando o levantou, viu que a luz do sol quase o atravessava.

Ela fechou as janelas e voltou para a cama. Então, exatamente como Sofonisba a havia instruído, desamarrou o vestido e abaixou-o até a cintura, pegou a roupa estranha e vestiu. Não ficou ajustada ou confortável nem quando amarrou as tiras de couro. Chiara ajeitou a saia e deitou-se na cama, parecendo tão infeliz quanto começava a se sentir.

Ficou deitada durante o que lhe pareceu um longo tempo. O quarto, por onde não corria brisa alguma, começou a esquentar. Ela ficou observando duas moscas azuis e pesadas que descreviam círculos sobre a sua cabeça, cruzando e descruzando, como que a enrolando num carretel e deixando-a à beira do sono.

O ranger da porta a despertou. Ela se abriu e Tassi parou por um momento, abrindo bem os olhos para se acostumar à escuridão do quarto.

Ele disse alguma coisa que ela não entendeu. O que quer que fosse não transmitia indignação ou afronta. Ele fechou a porta e passou a chave.

— Ela tinha razão — ele disse. — Você está aqui.

Chiara sentou-se.

— Não, não se incomode — disse. — Fique deitada. *Monna* Sofonisba me falou que você está fazendo um tratamento.

Chiara não tinha idéia do que responder.

— Ela disse que você está usando uma roupa que foi investida de poderes que curam a pele. Por um frade. — Ele tocou o rosto dela com as costas da mão.

— Mas não vai funcionar com isso tudo. — E os dedos dele tocaram a sua cintura, e ele puxou seu vestido para baixo e o tirou pelos pés.

Chiara fechou os olhos. Tassi estava tirando a própria roupa.

— E agora — ele estava subindo na cama —, agora o meu tratamento. Você pega o corpo de um homem de pele lisa... — estava se ajoelhando por cima dela — e tudo que você tem a fazer — ela a estava abrindo com os dedos, — é receber o seu vigor. Pelo nome do Pai — estava dentro dela — e do Filho, e do Espírito Santo. E todos os *spiriti* santos dos Céus e os *spiridegli*. E os *cherubini* e os *serafini* — e a penetrava mais fundo a cada palavra. — *Sacerdote, becchino, diacono, arcidiacono, vescovo* — a cabeça de Chiara batia contra a parede, —, *arcivescovo, papa e Sua Altezza il Santo Pappagallo com il suo santo becco stesso.*

Não havia mais clero, real ou inventado, para acrescentar à lista. Ele havia terminado.

E Sofonisba não entrou no quarto.

Ele olhou para Chiara. Por um momento, a expressão do rosto dela era a de alguém resgatado de um rio, mas depois ela sorriu. Tassi levantou, aliviando-a do seu peso. Afastou o colete e espiou a pele dela.

— Ainda é Chiara — disse. — Nem o Papagaio Santo deu jeito. — Mas Chiara não achou graça. Olhou para os próprios braços como se fosse pela primeira vez e virou o rosto com os olhos fechados.

— Que pena — disse Tassi. Ele ajeitou o colete embaixo de si e deitou sobre ele. — Que pena. — Logo depois a beijou com delicadeza, juntou suas roupas e saiu.

Uma escrava pode passar coisa pior. Melhor ser levada para a cama que ser surrada. Por ora, pelo menos. Chiara despiu o colete e estava vestindo sua roupa quando Sofonisba entrou. Sofonisba olhou para a cama.

— Você chegou atrasada — disse Chiara.

— Não. Eu ouvi vocês. — Para a surpresa de Chiara, ela sorria satisfeita.

— Mas *messer* Matteo já foi embora.

— Bom. Bom. Vamos torcer para ele ter ido para casa. Vamos mandar para ele um pacote misterioso. — Sofonisba pegou o colete. Ainda estava sorrindo.

Chiara sacudiu a cabeça como certas mães diante do balbucio de seus bebês, e voltou a atenção para a coberta que tinha caído da cama. Mas as palavras seguintes de Sofonisba a deixaram transtornada.

— Ele vai ficar fora de si — disse ela — quando souber que se deitou com um morto.

Chiara virou-se e olhou para ela. Sofonisba estava segurando o colete longe do corpo. Ele pendia de seus dedos como de tenazes. Chiara começou a sentir estranha a pele em volta de suas narinas e de seus lábios. Sofonisba segurava o colete com os braços estendidos e com os dedos mínimos de ambas as mãos levantados como pequenos chifres. O formigamento que Chiara sentia no lado do nariz foi se estendendo para os cantos da boca, descendo pelo pescoço e se espalhando sobre o peito, onde o colete havia encostado.

— Venha comigo e você vai entender.

Chiara seguiu-a em silêncio.

Lá embaixo, Sofonisba embrulhou o colete num pedaço de papel encerado e amarrou-o com um cordão fino, dando três voltas. Então, mandou Chiara do outro lado da rua buscar Tuccio. Sofonisba deu o embrulho para ele e disse que o entregasse a *messer* Matteo Tassi.

— Ele mora em seu ateliê, na Via Rosaio — ela explicou. — Diga a ele que você recebeu instruções para lhe devolver essa roupa e agradecer. Depois venha direto para cá. — Ela lhe deu cinco *soldi* e disse que lhe daria outros cinco quando ele chegasse de volta e confirmasse ter feito tudo como ela mandou.

— Agora vamos esperar que ele volte.

— E... — Chiara sabia que havia mais alguma coisa.

— Quando ele voltar, nos manteremos totalmente imperturbáveis. *Já, Tuccio? E messer Alessandro? Ficou satisfeito de receber seu colete de novo?* — Então Sofonisba imitou o garoto, fazendo uma voz rouca e irritante: — *Messer Alessandro? Madonna, se me permite...* — sua voz chiando e arfando como a de Tuccio — *a senhora falou messer Matteo...* — E então ela se transformou numa atriz. Acertou o espaço à sua frente com a palma da mão, agarrou o ar com os dois punhos fechados e sacudiu com força como se estivesse segurando o próprio garoto: — *Messer Matteo Tassi! Seu garoto burro, você levou o embrulho para messer Matteo? Era para messer Alessandro, filho de Emilio. Alessandro. Seu burro, seu garoto burro!* — Depois, atriz em novo desempenho, de repente ela estendeu o braço, como se por cima dos ombros do garoto invisível, e baixou a voz. — *Volte e procure messer Matteo de novo. Diga a ele que você cometeu um terrível engano e que sua senhora vai deixá-lo roxo de pancada se ele não devolver o embrulho. Provavelmente ele vai recusar. Diga a ele...*

Chiara mal respirava de tanta atenção que prestava ao diálogo.

— *Diga a ele que se trata de um raro e estranho objeto que pertence a uma outra pessoa, a messer Alessandro, filho do boticário, e que conservá-lo lhe traria uma tremenda má sorte.*

Chiara franziu as sobrancelhas e fechou os olhos.

— Não precisamos contar para ele — não justo agora — que o colete foi feito da pele tirada do cadáver de um homem enforcado. Eu quero ver a cara dele quando souber disso. Por enquanto, sua ignorância é um ótimo divertimento.

Sofonisba olhou para Chiara buscando aprovação, mas ela já estava andando para trás; depois virou-se e correu.

Na despensa escura, junto à cozinha, Chiara passa a mão sobre os olhos e a boca uma última vez, seus traços estão calmos como se estivesse morta. Levanta-se devagar. Não há ninguém agora. Caminha sozinha para o Céu ou para o Inferno. Sua solidão é tão fria e tão clara quanto as águas de um regato. Respira fundo e exala num longo suspiro. Desde o barco, a época que considera como o começo da sua vida, ela foi como uma folha na correnteza, prendendo aqui numa pedra, sendo varrida para a frente, agarrando mais adiante. Acreditou talvez que descansaria, ou que teria alguma coisa parecida com um lar na casa de Orazio. Sofonisba a possuía e ela não reclamava disso. Porque o inverso era verdadeiro: ela lhe pertencia. Mas ela não é uma criatura de Sofonisba. Foi traída. Chiara não existe. Não importa a ninguém se está viva ou morta.

Seja quem for, ainda está de pé, nua, sobre o barril nas docas. Ainda vê os compradores a examinando e seguindo em frente. Ainda está sozinha.

Está amedrontada agora, trazida de volta ao começo de sua vida ali, antes tudo era escuridão, um sonho do qual não consegue se lembrar. Tudo que veio depois está perdido. Má sorte e não há como lavá-la. Um véu de azar caiu sobre ela. Foi vestida com ele e não dá para removê-lo, nem esfolá-lo como a pele do enforcado. Viu como o azar gruda num homem ou numa mulher e se espalha como uma praga na pele. Quer sair da situação e não sabe como. Prefere a sua própria pele manchada àquilo. Muito infeliz, ela se veste e parece que cada ação que pratica serve somente para apontar em direção à sua desgraça. Até o céu confirma a sua intuição e vai escurecendo a leste, onde nuvens estão se acumulando.

TASSI ESTÁ DESCONFIADO. Alguma coisa não parece muito certa naquilo que o garoto está dizendo. Alguma coisa que tem a ver com o jeito de olhar de Sofonisba quando lhe disse: "Ela está lá em cima. Esperando." Está certo, ele a ama, mas ela sabe como deixá-lo arrasado. Ele pensou que tinha descoberto um meio infalível de captar a atenção dela: um pequeno flerte na hora certa com Chiara, que sempre ajudava rindo, principalmente se ele a mandasse ficar quieta. Nunca era em vão: o olhar de Sofonisba sempre se anuviava e um lampejo de ciúme o riscava como um relâmpago. Ele sabe reconhecer um quando o vê. Ele gostava de pensar que isso significava que ela o desejava, quem sabe ardia por ele e o queria em sua cama do mesmo jeito como ele, algumas vezes, quando ela estava sob certa luz e com a cabeça em determinada posição, ardia por ela. E, embora esses jogos nunca lhe tivessem franqueado a entrada no lugar que ele desejava mais que todos, eles tornaram as noites que passava com Bianca as mais satisfatórias possíveis. Era um divertimento rico e compensador, e era ele quem dominava tudo — até aquele dia, quando ela lhe ofereceu Chiara, mudando o valor de cada carta que ele trazia na mão.

O colete ainda está ali, no balcão do ateliê, onde o desembrulhara. O garoto ainda está esperando.

— Ponha suas perninhas curtas em movimento e vá dizer à sua senhora que Alessandro já está com a roupa dele — diz ele.

O menino começa a protestar.

— O que ajudaria — pergunta Tassi —, um tapa na orelha ou alguns *soldi*? — E cai na gargalhada quando o menino responde seriamente. — Está certo — diz, pegando algumas moedas. — Mas você precisa ser bem convincente.

Quando o garoto sai, Tassi refaz o embrulho e se encaminha para San Pier Schereggio, onde sabe que Alessandro estará, ainda tentando ganhar as boas graças do mundo.

Encontra Alessandro de braços cruzados, com um dos punhos servindo de apoio para o queixo, numa pose de atenção interessada e inteligente, enquanto Paolo o instrui no manuseio das cordas.

Tassi bate no seu ombro por trás, e ele dá um pulo. Tenta se desvencilhar, mas Tassi, que, embora mais baixo que ele, o agarra como um molusco, diz: — Eu espero. Por favor, sigam em frente — e se curva, cumprimentando Paolo.

— Eu sei por que você não veio hoje, Matteo — diz-lhe Paolo. — O bronze estragou.

Tassi pensa rápido e diz:

— Senhor, não esqueci a minha obrigação. Tive dificuldades na hora de despejar o metal fundido. Peço apenas que tenha confiança em mim que vou resolvê-las e fundir outro bronze. Vai ficar melhor ainda.

Paolo grunhe sua desaprovação e continua até que, percebendo uma pequena crise do outro lado da igreja, larga a corda nas mãos de Alessandro e sai caminhando com dificuldade.

— Deixe isso aí — diz Tassi — que eu tenho uma coisa para você. Tome.

Alessandro era bastante esperto para não agradecer antes de saber que presente era aquele. Ele solta o barbante que amarra o embrulho e abre o papel encerado. Vê a vestimenta e rapidamente a cobre, apertando-a debaixo do braço para escondê-la e corando como uma garotinha, num súbito e violento desabrochar de rosas de cor viva no pescoço e nas bochechas.

Era uma reação mais divertida do que até mesmo Tassi poderia esperar.

— Uma peça íntima? Presente para uma dama? Eu vi uma dama vestida com ela. Deitada com ela. A dama é bem bonita. Quer dizer, deitada, ela fica muito bem.

As rosas escureceram e se tornaram roxas, desabrochadas de raiva.

Lá fora, pingos de chuva começam a cair. Tassi ainda não tem certeza do que Sofonisba está tramando. Vai pensar a respeito sobre um jarro de vinho.

Naquela noite, a chuva castigou a cidade e os trovões retumbaram nos morros vizinhos. Pais acalmavam crianças chorosas, dizendo que era apenas um gigante andando nas montanhas, pisando com força no topo de cada morro. Ele não ia descer, diziam os pais. Do outro lado do rio, as crianças que moravam nas casas ao pé do San Giorgio não tinham certeza se deviam se sentir reconfortadas com isso. Não estavam convencidas de que era só o gigante que tinham a temer. O barulho da chuva era assustador e as fazia pensar em soldados, os pés de mil soldados marchando pelas ruas, as mãos de mil soldados batendo às portas e às janelas. A chuva tamborilava no telhado, esparramava-se sobre as pedras da rua, ocupando a cabeça das crianças. Parte da chuva forçava sua entrada nas casas, empurrada pelo vento sob as telhas e através das frestas. Na Via Bardi, a chuva escorria para dentro sob as portas e janelas. O calçamento da rua gargarejava como uma pessoa morrendo sufocada com sangue, e ninguém dormiu até que a tempestade se transformou num chuvisco ameno. No centro da cidade, a chuva ficou represada nos toldos em volta do *battistero*, fazendo-os pesar sobre os suportes. Quando um deles rasgou, a água jorrou sobre o pavimento: era a mulher do gigante lavando o pátio. Mas foi de madrugada e não havia ninguém ali para ver ou ouvir. Os passos do gigante diminuíram e a chuva agora estava ficando cada vez mais fraca e já não acordava ninguém.

DEZ

Como um milagre, o dia da festa amanheceu alegremente claro. Uma brisa constante desfraldava as bandeiras e provocava o farfalhar das flâmulas penduradas na Via del Corso. Não havia uma só alma que pudesse prever como o dia terminaria, já que ele havia começado com um céu tão azul quanto o de qualquer Paraíso. Cidadãos que haviam acordado de noite e amaldiçoado a chuva pesada e cochichado para seus maridos adormecidos, suas esposas adormecidas, acontecimentos de anos idos, catástrofes passadas, sorriam agora ao ouvir apenas um pinga-pinga no canto do telhado e abriam os olhos para o sol penetrando através das frestas das venezianas. Quando abriram as janelas e olharam para fora, a luz refletiu resplandecente nas telhas molhadas. As pedras cintilavam; os telhados brilhavam. A cidade estava nova. Circular pela cidade agora era vê-la aparelhada e pronta para as festividades. O dia ofertava suas dádivas. Somente os *festaiuoli* continuavam a se preocupar, a mandar mensageiros cá, carpinteiros acolá, e empregados até o *battistero* para levantar os toldos de lona com varas compridas, a fim de drenar a água da chuva. E mesmo eles não sentiam nenhum mau presságio.

Dentro do *duomo*, as partes do dragão estavam encostadas numa desordem fora do comum perto das portas ao sul, para onde haviam sido levadas ao deixar a oficina. Na hora marcada, o dragão seria montado e se arrastaria para o mundo acompanhado de tambores, flautas e uma multidão de demônios dançando.

As grandes portas de San Pier Scheraggio estavam fechadas e bloqueadas e não se abririam novamente até a noite. Somente pela porta ao sul os trabalhadores poderiam ir e vir, por ela entrariam os empregados dos carpinteiros para varrer as últimas raspas de madeira e outros restos, e os atores para ensaiar a subida e a descida das plataformas.

Talvez Tassi, acordando na cama de Bianca, pressionando as mãos contra os olhos doloridos, tenha sentido o peso do que eles veriam naquele dia, mas ele reconheceu apenas a dor familiar de uma noite de bebedeira e a cabeça cheia de névoa. Algum presságio pode ter sido concedido a Paolo, ao acordar no quarto reservado para ele na *Signoria*, cercado por pinturas de cem anos atrás, onde havia toda uma coleção de símbolos e maravilhas. Mas a cabeça de Paolo estava cheia demais de suas próprias representações para ainda abrigar outras.

Quanto a Orazio Fabroni, lá na via del Cocomero, ele saudou o dia como saudava qualquer outro: com relutância.

Suspirou logo ao acordar. Ele vira dias de San Giovanni demais. Seu corpo todo tentava ganhar tempo. Gostaria de estar de volta a *Argentara*, onde poderia trabalhar no mural e descansar quando quisesse. Lá, ele trabalhava devagar e resmungava constantemente, mas, mesmo assim, era um trabalho preferível à colaboração confusa nessa encenação, em que um só homem acumulava todo o crédito. Sabia que as pinturas que ele e Sofonisba finalizavam em *Argentara* inflariam sua reputação. Seu nome não passaria desapercebido ao embaixador inglês, como aconteceria aqui nesse *stufato* de entretenimento para camponeses. Orazio se via, ultimamente, pensando mais e mais na fama. Que bela coroação de seu trabalho seria pintar na corte de um monarca estrangeiro. Quando retornasse, ninguém se igualaria a ele na cidade. Esse auto era uma interrupção, uma distração desnecessária. Se fosse jovem, ele se lançaria ao trabalho com entusiasmo, embebedando-se e farreando para manter a animação. Mas não era mais jovem.

Ficou agitado, arrastando-se para lá e para cá pela casa. Sofonisba estava impaciente para sair e juntar-se à multidão. Lá fora haveria vendedores ambulantes para distraí-la, músicos para aliviar o coração pesado. Sofonisba sabia que havia conquistado um trunfo sobre Tassi com a jogada do dia anterior, talvez tivesse até ganhado o jogo. Mas, e daí? Usufruiria a vitória sozinha? Saborearia o gosto do próprio poder? A casa era opressiva, o ar pesado dos próprios receios, sua auto-recriminação agravada pela reprovação silenciosa de Chiara. A garota não tinha esquecido a tolice da véspera. Não havia comido nada, não dissera quase nenhuma palavra. Quando Sofonisba pôs o braço sobre os seus ombros e perguntou o que havia, Chiara só repetia uma palavra, *sfortuna*. Má sorte. Como se ela já não fosse bastante desafortunada com aquela pele manchada.

Mas até as sibilas, que se expressam com clareza, não são levadas a sério quando os assuntos do coração ocupam a mente.

As festividades se desenvolveram exatamente como Paolo havia planejado. Uma missa foi celebrada em Santa Maria del Fiore, o *arcivescovo* era como um príncipe menor à luz de mil velas, com as vozes dos coros se elevando e ecoando glória à sua volta. Os estandartes das guildas foram por ele abençoados e fizeram-se as consagrações. Então, com o tributo a Deus devidamente prestado, a catedral foi esvaziada e o dragão montado para a sua caminhada.

Quando as portas principais se abriram, um grande grito subiu da praça para saudar o monstro imponente. Ele encheu o portal escuro e, quando o atravessou desajeitadamente e levantou o pescoço, sua cabeça ficou mais alta que a porta. Andou até o primeiro degrau e parou por um momento enquanto as guildas se reuniam na nave, ao fundo, os vermelhos e os dourados dos estandartes pouco visíveis, brigando por espaço. Dois rapazes com longas varas viraram a cabeça do dragão para um lado e para o outro, como se ele estivesse examinando a multidão. Ao se intensificarem os aplausos, uma dúzia de demônios negros, com tridentes e rabos parecendo chicotes, apareceu e dançou ao lado do dragão, enquanto ele se movia pesadamente e se balançava ao descer os degraus.

    O dragão iniciou seu longo trajeto da catedral para a igreja de San Pier Scheraggio. Uma passagem havia sido delimitada para ele com uma cerca de varas trançadas. Já o tendo visto passar, muitos dentre a multidão corriam ao longo da cerca, derrubando-a em certos pontos, para vê-lo de uma nova posição favorável. O barulho de sua aproximação, com tambores e cornetas e todos os cachorros da cidade latindo, podia ser ouvido muito antes que o dragão aparecesse. Na Via Baccano ele passou muito perto do público, balançando a cabeça acima da multidão e fazendo as crianças gritarem — não se sabia se de terror ou de júbilo. Naquele dia, alguém com um problema pessoal não tinha como se ocupar dele, pois a mente inteira estava tomada pelo espetáculo.

    Em San Pier Scheraggio, o dragão foi levado para a porta oeste e benzido novamente por segurança, antes de entrar na igreja. Os homens e mulheres das guildas receberam suas bênçãos nos degraus, antes de se dispersarem com a multidão em busca de outros divertimentos noutros locais da cidade. E ninguém se preocupou em conversar sobre o corneteiro mordido por um cachorro ou sobre a mulher que teve um ataque quando o dragão passou, embora no dia seguinte essas coisas estivessem em todas as bocas e de repente também fosse lembrado que a pia de água benta do padre estava vazia e a tiveram de encher para que ele pudesse abençoar a congregação.

Cerca de duas horas antes do completório, quando o sol começava a se pôr, Sofonisba e seu pai retornaram a San Pier. Um vigia na sacristia os deixou entrar.

    Lá dentro, a igreja estava transformada. Sofonisba observou o rosto de Chiara. Ela havia esquecido sua dor. O altar estava coberto por três grandes painéis com pinturas de morros e rochedos. Telas baixas de tecido azul e prateado cercavam os lados da nave. Galhos de cipreste, pendurados em arames, representavam a floresta. Trepadeiras escuras, entrelaçadas com flores brancas de jasmim, se enrolavam em cada coluna, representando a subida da alma ao Céu. No alto, como as estrelas, uma miríade de velas brilhava em grandes círculos de folha-de-flandres suspensos dos caibros. Orazio disse que Chiara devia se manter afastada e não se mostrar tanto. Ele apontou para um nicho abaixo da pia batismal, perto de onde o dragão seria morto. Disse que não seria bom que ela interferisse enquanto a encenação estivesse acontecendo, mas, depois que a Ascensão para o Céu terminasse, ela poderia ficar por ali e ajudar os atores a saírem de dentro do dragão, para que a carcaça pudesse ser retirada como uma coisa morta.

Tassi trabalhava com os operadores das plataformas. Ele estava dedicado à sua tarefa, sério e sem sorrir. Um empregado que tentou fazer uma brincadeira com ele fez uma careta às suas costas quando ele não respondeu. Era inevitável que Sofonisba e ele se encontrassem face a face diante de alguma nuvem despencada ou de alguma asa danificada. Foi por causa de uma asa que não se abria. Tassi se curvou ligeiramente e Sofonisba, que esperava um olhar longo e direto que beiraria o insulto, se sentiu como se tivesse pisado inadvertidamente na beira de um precipício.

Quando o sino começou a tocar, marcando a hora do completório, Paolo e Tassi supervisionaram a subida das nuvens, que, com os anjos em seu interior, foram levantadas em alturas diferentes acima do espaço em frente da tela. Alessandro e dois assistentes manejavam as nuvens que formariam a Trindade, suspendendo-as a uma grande altura, logo abaixo dos caibros. Alessandro se pavoneava, cheio de importância: ele estava manejando Deus Pai, sem saber que ninguém o considerava capaz de controlar Deus Filho.

Ao sinal de seu diretor, os membros do coro começaram um *Jubilate*, e as portas foram abertas para a entrada de uma grande multidão, os homens indo para um lado, as mulheres para o outro, atrás das divisórias em azul e prateado. Os que ficaram ao fundo tomaram lugares em estrados, posicionados com uma ligeira inclinação para acompanhar melhor a entrada dos atores. As pessoas entravam num fluxo contínuo, ocupando os lugares que achassem, embaixo do coro, ao longo da parede oeste e nas capelas laterais também. Meninos subiam nos andaimes que estavam nas laterais e nos pilares e nos túmulos, e logo se desistiu de qualquer esforço para fazê-los descer. Era tudo o que o sacristão e seus auxiliares podiam fazer para manter livre o espaço diante das telas pintadas no altar.

Logo o canto cessou. Um tambor começou a ser tocado nas portas da igreja e todos se viraram, os chapéus criando um espetáculo de cores girando, para ver uma procissão de *spiridegli* em pernas de pau, muito refinados e estranhos com suas roupas fantásticas, entrando na igreja. Eles caminharam pela nave e saíram pelas portas laterais, seguidos por uma procissão de santos, cada um deles precedido por um jovem carregando um estandarte, cada qual segurando o símbolo apropriado de patronato: San Giuseppe, uma serra; San Sebastiano, uma aljava. Santa Lucia trazia uma bandeja com seus próprios olhos, belamente esculpidos em opala, embora somente ela estivesse perto o bastante para vê-los. O grupo subiu lentamente as escadas para o Céu que lhes estava reservado, uma elevação ao lado do altar. A seguir, vieram os padres e os capelães de todas as igrejas com seus estandartes, e os membros das ordens terceiras e os frades e os monges de Castello e as freiras de San Frediano e de Santa Caterina na Piazza di San Marco, todos eles mais solenes que os santos, alguns pálidos e aturdidos, como se tivessem acabado de fazer suas devoções, e alguns com uma expressão de que preferiam não estar ali. Na verdade, para duas pessoas, uma velha freira e a noviça que a acompanhava, teria sido melhor se não tivessem ido até lá. O último dos clérigos era o próprio *arcivescovo* Andrea, resplandecente em verde e ouro.

Quando todos os religiosos haviam tomado seus lugares, o corneteiro tocou uma fanfarra, e o *gonfaloniere* e os priores entraram na igreja, seguidos pelo duque com o embaixador inglês e a família do duque e seus criados. Eles pareciam ter ensaiado, tão acertados eram os seus passos. Somente Ercole fez uma pausa ao subir para o seu lugar, um galo de terreiro exibindo sua elegância.

Mais uma vez, o corneteiro deu um toque e os alaúdes e as flautas começaram a tocar. As portas da igreja foram abertas novamente e um frade de preto irrompeu, denunciando a leviandade praticada na casa de Deus. Deram vivas aos seus braços que brandiam e a seus olhos esbugalhados, até que correu a informação de que o homem não era um ator, mas um seguidor dos ensinamentos de Fra Girolamo, que havia sido queimado na praça. Ele foi levado embora, ainda esbravejando, quando então os flautistas anunciaram a entrada de Santa Margherita. O rapaz magro e sem pêlos escolhido para o papel caminhou em atitude devota pela nave central, levando, para representar a pureza, um avental cheio de flores que lançava à sua frente à medida que avançava. Uma procissão de crianças com turíbulos queimando ervas de cheiro adocicado vinha a seguir, mostrando que o ar estava perfumado de santidade. A magra Santa Margherita prosseguiu, com afetação, no seu vestido vermelho e se ajoelhou devotamente na clareira em frente do altar enquanto o coro entoava um cântico. Uma por uma, as nuvens desceram até serem iluminadas pelas tochas e se dispuseram exatamente de acordo com o projeto de Paolo. Os anjos, dando um passo à frente e girando para expor as asas, tentavam não mostrar a língua ao se concentrar na difícil tarefa de revelar a glória. Então o tambor do fundo da igreja começou a tocar novamente, com mais força. No meio de grande alvoroço, o dragão entrou. Ele cambaleava e se balançava como um animal doente e enraivecido, e saía fogo de sua mandíbula. Os que estavam mais próximos às telas podiam ver claramente como isso era feito, no entanto eles se afastavam instintivamente quando o dragão investia e ameaçava. Mas, apesar disso, não havia uma só alma que secretamente não quisesse experimentar a sensação de terror. Os demônios dançavam. Os mortos apareceram vestidos com os ossos da sepultura, segurando as cabeças com tristeza e dor. E então, mesmo os que haviam trabalhado para criar a ilusão se permitiram acreditar.

Santa Margherita desfaleceu, exatamente como devia, em aflição mortal diante do dragão. San Giorgio entrou, exatamento como devia, montado em seu cavalo branco e brilhando heroicamente em sua armadura de soldado. Os meninos extinguiram suas tochas, San Giorgio extinguiu o dragão, e a Santíssima Trindade apareceu milagrosamente, suspensa bem acima de onde se desenrolava o drama. Paolo Pallavicino disse depois que os que viram as primeiras chamas acharam que elas fossem um truque para representar os últimos esforços demoníacos do dragão para suplantar o Salvador. O povo, ele disse, era como crianças incapazes de distinguir a representação da realidade. Talvez o dragão, em seu último suspiro, tivesse atingido a paina penteada e etérea da nuvem abaixada e feito com que ela começasse a arder; talvez uma das tochas, mal apagada, tenha reacendido e causado o estrago. Os mais próximos da ação estavam muito ocupados com as cordas ou com as roupas incômodas para prestar atenção. Santa Margherita e o Salvador estavam tão inteiramente ocupados em manter seus lugares na plataforma da nuvem, prontos para a ascensão, e o operador da nuvem tão afobado, no meio de uma briga para continuar segurando a corda do Salvador, que Alessandro havia resolvido reivindicar. No meio de tudo isso, os cascos duros do cavalo, que pisoteavam tudo, reordenavam cordas e roupas e a atenção de todos, até que o animal foi retirado. Quando a nuvem foi içada para se juntar à sua parceira celestial, a corrente de ar causada pelo movimento foi suficiente para atiçar a lã incandescente até as chamas, e ainda assim alguns espectadores acharam que era tudo intencional.

Os que estavam atentos ao perigo gritaram para os homens que manejavam as roldanas para descer a nuvem. Então tudo poderia ter sido salvo se uma corda que deveria correr livremente não tivesse se prendido no gradeado no alto dos degraus do altar. As mãos, em pânico, apenas conseguiram que a corda ficasse ainda mais enredada, prendendo-se firmemente e deixando a nuvem pendurada, queimando acima das cabeças da multidão, com Margherita e o Salvador gritando "Socorro! Socorro, pelo amor de Deus!". Pedaços da nuvem em chamas se desprenderam e flutuaram para baixo, alguns sendo pisoteados e apagados, alguns voando e se fixando na folhagem que enfeitava os pilares. A folhagem, cheia de resina, começou a crepitar e a lançar fagulhas, e num instante uma língua de fogo atingiu um estandarte e ele também se incendiou. A gritaria começou de verdade quando uma das cordas que seguravam a nuvem subitamente se queimou por completo. A plataforma oscilou e se inclinou, jogando o Salvador no chão. Margherita lutou para se desvencilhar e ficou pendurada um momento acima do dragão, antes que também se soltasse e caísse sobre a carcaça dele. A plataforma despencou momentos depois, por pouco não atingindo os atores. Agora estava claro que o fogo não seria facilmente contido. A água, que fora logo pedida, em vão transbordava nos baldes lá fora, pois as portas estavam entupidas de gente tentando sair, alguns tropeçando e caindo nessa tentativa. Houve pisoteamento e brigas, condutas que mais tarde não poderiam ser lembradas com orgulho. Nesse meio-tempo, o fogo continuava na folhagem, subindo até a floresta se incendiar e parte das telas também. Algumas almas corajosas ficaram para descer os anjos. A jovem noviça também não saiu e tentava em vão ajudar a madre superiora, abandonada pelas irmãs mais ligeiras. A velha senhora ofegava e apertava o peito, mas não conseguia se levantar do lugar, e a noviça tinha a impressão de que o fogo estava sugando a respiração da boca desdentada. O pior ainda estava para acontecer, pois, com a tela em chamas, não havia onde descer a nuvem que carregava Deus Pai e o Espírito Santo. Tassi — pois Alessandro não se encontrava em lugar algum — e dois outros desceram a nuvem até a altura possível, e o Espírito Santo saltou para um lugar seguro. Mas Deus Pai, frágil como era e pouco firme, fora amarrado em seu lugar por segurança e não conseguiu se soltar até que a corda se queimou inteiramente e ele caiu, espatifando-se no meio de uma confusão de escombros. Mais tarde comentou-se que fora uma misericórdia o pescoço ter se quebrado. Mas isso foi apenas sussurrado. Quem o diria em voz alta?

É MAIS DE MEIA-NOITE. Paolo está sozinho em seu quarto na *Signoria*. Seus ouvidos ainda vibram com os gritos do velho. Ele sabe que tem sorte de não haver se curvado aos desejos de Ercole, e de ter sido o velho quem se queimou e não o filho do *arcivescovo*. Mas os gritos são terríveis e não diminuem, apesar de estar em silêncio e de ter pedido para ficar sozinho. Há outros que se feriram, alguns que caíram no tumulto para escapar, uma velha freira que morreu de medo no lugar onde estava sentada, uma jovem noviça cujas mãos se queimaram. Na sala de reuniões, no andar superior, ele escutou os priores, o *podestà*, o *gonfaloniere* e o duque enquanto tentavam penosamente dividir a culpa, mas era como uma enguia que escorregava quando a passavam de mão em mão. Ela não parava quieta. Paolo não se interessa por culpa. Paolo Pallavicino, diretor e arquiteto das festividades, queria somente saber o que fazer para que esses gritos diminuíssem. Como Deus, ele não tem em quem se apoiar. Gostaria de esquecer o rosto do velho. Gostaria de ser um jovem a cavalo e galopar para longe, os gritos cada vez mais fracos às suas costas.

Ele fixa a chama da vela. Do lugar onde estava na igreja, não viu o rosto do velho em agonia, mas para a imaginação de Paolo não há obstáculo.

Lembra a expressão dos olhos do velho quando ele disse: "E este, *signore*, é o homem que fará o papel de Deus Pai". Ele recorda da passagem rápida do terror, indo embora quase antes que pudesse ser registrada, como um instante de escuridão, uma asa diante do sol, nada mais. E então o velho tinha sorrido.

Por volta da meia-noite, Orazio também se fechou. Depois do acidente, ele tinha dado as costas à devastação e ido depressa para casa com Sofonisba e Chiara. Não tinha gostado do que vira no meio da confusão na igreja, um jovem tentando passar por um aglomerado de gente e se detendo para bater em Chiara, acusando-a de ter começado o fogo. Ele a teria largado lá, para se defender sozinha, mas Sofonisba saiu em seu socorro e a levou para longe de seu agressor. Ele também não gostou das opiniões trocadas na praça lá fora, quando escureceu. Todos tinham um entendimento sobre a causa do incêndio, o nome de um culpado. Ouviu seu próprio nome, mais de uma vez, relacionado com a garota. Foi apontado como o supervisor das engrenagens. Não quer ouvir mais nada. Quando os cidadãos ficam enraivecidos, não adianta argumentar com eles. É mais seguro ficar completamente fora do caminho. Já presenciou como bem rápido as coisas podem se tornar sérias. Como no caso do monge que foi para Caiano no ano passado. Ele foi dar um aviso para a família do duque, e o que lhe aconteceu? Voltaram-se contra ele. Queimaram as solas de seus pés até sair a pele. Seguraram seus pés sobre o fogo até que pingasse gordura, dizem. E ele era de uma ordem religiosa da própria cidade. E há Sofonisba para se levar em conta. Ela não tem nada a ver com cenas tão horríveis. Um enforcamento é uma coisa — uma administração da justiça feita de forma organizada; um acidente anormal é outra coisa muito diferente. O corpo do velho ainda estava no chão, os garotos como moscas em volta dele, embora ninguém ousasse tocá-lo. Já havia boatos sobre obra do Diabo. É lamentável que eles tivessem acolhido a moça malhada. Os murmúrios dela sobre má sorte se espalhavam agora como praga para o povo lá fora. Isso tinha um efeito ruim sobre Sofonisba. Todos sabiam que Sofonisba estivera trabalhando dentro da igreja, e muitos já haviam expressado sua opinião sobre o assunto, dizendo que tinham sido contra desde o começo, que isso só poderia chamar a atenção do Diabo, trazer a ira de Deus. Botar o telhado abaixo.

Orazio diz que vai para *Argentara* no dia seguinte para continuar o trabalho. Sofonisba deve se manter dentro de casa. Com as portas trancadas.

COMO O INCENSO DE MIL MISSAS, a fumaça do incêndio permanece na escuridão acima dos caibros. Os últimos passantes, em seu caminho para casa no escuro, fazem o sinal da cruz e agradecem a Deus por ainda haver caibros, ainda haver um telhado que não desmoronou. Num canto da igreja, os guardas designados pelo Bargello para ficarem atentos a madeiras que voltassem a queimar estão vasculhando a pilha de roupas que foram varridas para lá — sapatos e chapéus, blusões, até túnicas, rasgados na correria para as portas. O chão ainda está coalhado de folhas e gravetos da folhagem que foi arrancada para evitar que o fogo se espalhasse. Por toda parte há fragmentos de madeira queimada e lascada. No princípio, parecia que o fogo atingiria tudo que pudesse ser queimado, até que Tassi e alguns outros perceberam que a maneira mais fácil de cortar o fogo era retirar de dentro da igreja tudo que estivesse em chamas e pudesse ser carregado, deixando outras pessoas jogando água no que não pudesse ser removido. O andaime foi colocado em posição e uma multidão, como formigas de um formigueiro que tivesse sido desfeito com um pontapé, subia e descia com baldes para jogar água nos lugares em que os caibros tinham começado a queimar, enquanto outros trabalhavam embaixo para salvar a estrutura do coro. Para um monge que olhou para trás, da porta de entrada, a igreja parecia o próprio inferno, com todos enlouquecidos, tossindo, gritando, chamando uns aos outros no meio da fumaça. Subiam, corriam, caíam no chão escorregadio, todos desesperados para apagar as chamas. Tudo que estava queimando era cortado. Tassi e seus companheiros usavam madeira quebrada e tudo de que pudessem lançar mão para empurrar as nuvens em chamas para as portas e para a *piazza*.

Homens com caras sujas e olhos que não param quietos estão largados nos degraus do lado de fora, exaustos. Dentro da igreja, duas das estruturas das nuvens ainda estão penduradas à meia altura, a lã encharcada reduzida a longos cordões melados, como os cabelos de uma giganta perturbada, arrancados em desespero.

PARTE III

ONZE

É O SEGUNDO DIA depois do acidente e Alessandro, usando a veste para se proteger, caminha em meio à multidão, alerta a qualquer menção ao seu nome. Embora as diversões tenham sido canceladas por ordem do *gonfaloniere*, as ruas estão fervilhando de gente que, durante todo o dia anterior, ficou reunindo notícias e as elaborando. Primeiro veio o terrível infortúnio do fogo e a conversa sobre quem o previu, quem o viu chegando mas não avisou, quem foi o primeiro a dar o alarme, quem o passou adiante, o maior prestígio sendo concedido, como sempre, àqueles que estiveram mais próximos do terror. Aqueles que afirmavam ter visto o velho cuspir um dente em sua aflitiva agonia destacavam-se quase tanto quanto os que mostravam os pêlos dos braços chamuscados pelo calor do fogo. Na tapeçaria da narrativa, as pessoas puxavam as linhas e davam laçadas, douravam e embelezavam o trabalho, torciam e esticavam. Era menos doloroso pensar no horror da queda fatal e no pânico que se seguiu à medida que as palavras para expressá-los eram encontradas durante a narração. Houve o bravo resgate e aqueles que correram para ajudar, os que fugiram do local para salvar a pele e — aqui chovem os nomes — quem se feriu, quem não se feriu, quem ajudou, quem tentou mas não conseguiu, quem teria ajudado, poderia ter ajudado, não ajudou. Seguiam-se discussões e contradições. Descobriu-se que as seis freiras que se comentava terem morrido eram — para desapontamento geral — uma só. O heroísmo de sua jovem companheira ajudou a compensar a perda de emoção. Para alguns, o corpo de Deus Pai morto sobre as pedras frias da *piazza* era tão triste e familiar quanto os dos avós mortos em suas camas; para outros, cada detalhe que relembravam daquele dia, especialmente a garota malhada, tornava-se um sinal, um presságio. A simples menção a Deus Pai os fazia se persignarem: e então já não se tratava de um infeliz incidente, mas de um símbolo terrível do inominável julgamento dos Céus. Era como os famosos cômodos pintados da casa do *arcivescovo*: coloque-se de pé aqui e você verá uma vista magnífica a partir de um pórtico; fique ali e terá a impressão de que o chão se inclina, de que as colunas de mármore balançam.

Não parecia fazer grande diferença qual das versões prevalecia. O mais importante era ajustar o novo — mesmo quando ele era odioso. E assim eles continuavam a alterar e a dar novas formas à história e a reelaborá-la até haver partes inteiramente criadas por eles. E em tudo isso eles poderiam ter sido bem-sucedidos — até aquela manhã.

Naquela manhã, poucos puderam acreditar nas notícias que correram de boca em boca, no final funesto e sem sentido que se havia incorporado ao terror. Alguma coisa a respeito de uma égua que, esquecida durante a catástrofe e ignorada depois, tinha ficado presa o dia inteiro na argola de uma das paredes do Palazzo, olhando com seus olhos pacientes (muito velha para ter medo) aquele enxame humano. Havia algo sobre uns jovens a terem levado na noite anterior, desamarrando-a da argola de ferro, montando nela e partindo, dois, três no seu lombo, os outros correndo ao lado. E algo sobre o que fizeram e como a trouxeram de volta que era tão terrível de escutar, tão odioso, que muitos não acreditaram até que eles mesmos viram o animal ainda deitado, arrebentado, sobre os degraus do altar. Os garotos a pegaram e a montaram, seguindo no escuro pelo caminho que leva ao *prato*, e parece que levaram horas para voltar e, quando voltaram, irromperam igreja adentro com o animal mortalmente ferido, sangrando pelas pernas traseiras abaixo. Eles a tocaram com varas e estacas, e a fizeram dar voltas e mais voltas dentro da igreja, até que ela caiu e ficou sangrando por baixo do rabo nos degraus do altar. Era algo muito difícil de compreender naquela manhã clara e azul, com todos aqueles pombos arrulhando, inconscientes como a própria felicidade sob os beirais dos telhados. Aquela crueldade intencional, aquele sacrilégio cuidadosamente conduzido, era pior que qualquer calamidade impessoal. Era uma combinação de pensamento e atos nunca antes imaginada, e algo que certamente, pelo amor de Deus, não poderia ter sido pensado, feito, aqui, agora, nesta cidade. Porque, se o relato era verdadeiro, o que viria depois? Que depravação, que perversidade se seguiria? A história do cavalo parecia anunciar o caminho de decadência completa que os dias futuros tomariam. Logo quando o povo já estava preparado para absorver as conseqüências do acidente e aceitar o julgamento de Deus, sobrevinha aquele evento desolador e horrendo. Todo cidadão que ouvia a história não conseguia acreditar e de que ir até lá para ver pessoalmente a criatura ainda deitada, estertorando sobre os degraus de mármore, até que, lá pelo meio da manhã, um encadernador de livros veio com uma faca afiada e cortou-lhe a garganta.

Tal como é terrível demais testemunhar certas cenas e é necessário suprimi-las, também é horrível demais para os ouvidos escutar certas notícias e para a mente aceitá-las inteiramente. A menos que sejam excluídas para sempre, precisam ser dissecadas, separadas em suas partes constituintes e deixadas à mostra. Cada parte tem de ser cuidadosamente examinada, pesada e exposta à luz. Cada uma delas, nomeada. Então será possível tentar entender como as partes todas se encaixam. E isso tudo terá de ser capturado e preso em algum texto, conto ou tapeçaria. Será destituído de sua autonomia e guardado em algum lugar seguro, uma coisa criada, acabada, sem vida própria, perigosa, que possa invadir os nossos sonhos.

E então, como numa oficina cheia de tecelões, o povo trabalhou todo o dia, novamente, na tapeçaria, sempre tentando incorporar aquele nó feio, o insistente caso do cavalo. O destino de Deus Pai poderia ter sido aceito com facilidade, de um jeito ou de outro, com o tempo: um horrendo golpe do destino cego, ou o terrível preço dos próprios pecados deles. Na nova elaboração do acidente, as linhas tecem um padrão intrincado de ação e reação, louvor e censura — mas tudo converge e termina no cavalo, num nó apertado de descrença, no nódulo refratário da maldade humana.

Hoje Sofonisba está com dor de dente, ou diz que está. Ela se retirou para o seu quarto e fechou a porta contra a ruína e a desordem. Essa manhã alguém veio, talvez antes de clarear, e jogou excremento de cavalo na porta deles, como que para estigmatizá-los e — ficaram sabendo mais tarde — a Matteo também. Orazio, com o rosto vermelho de raiva, bradou contra a profanação de sua casa. Ele não partiu logo para *Argentara* e mandou o jardineiro tentar descobrir quem tinha feito aquilo. Quando o garoto voltou, estava tão sem fôlego que mal conseguia falar. Ele não havia descoberto quem tinha jogado a porcaria na porta, mas contou que um cavalo havia sido sacrificado nos degraus do altar da igreja San Pier. Havia sujeira por toda parte. As notícias pareciam ter feito Orazio se sentir melhor a respeito de sua porta da frente. Ele disse que iria lá para ver com os próprios olhos e depois seguiria para a casa do *arcivescovo*, conforme planejado. Incumbiu o garoto de vigiar a porta para evitar futuros problemas e disse a Sofonisba que permanecesse dentro de casa. Sobrou para Chiara a limpeza da porta.

O garoto não ficou em casa, claro, saindo à procura de novas emoções. Sofonisba foi para a oficina, mas não estava com cabeça para trabalhar. Quando o garoto voltou, estava sem ar como da outra vez. Ele tinha ido ver, explicou, o que haviam feito do cavalo. O animal havia sido levado para fora da Porta alla Giustizia, para onde são levados os corpos das pessoas amaldiçoadas para serem enterrados. Ele foi olhar, mas não havia cavalo algum por lá. Em vez dele, viu o corpo de Deus Pai. Viu com os próprios olhos. Disse que o corpo estava lá, junto ao muro, do lado de fora, e que os corvos já estavam começando a despedaçá-lo. Sofonisba declarou que bastava, que ela não queria ouvir mais nada. Não tinha fim o horror daquela festa. Ela soltou um longo suspiro e subiu para o seu quarto.

Satisfeita por acatar o desejo de seu pai, não tinha mesmo nenhuma vontade de revisitar o naufrágio de um sonho. Tinha ouvido as pessoas na véspera, um grupo de padres, censurando *maestro* Paolo por realizar o trabalho do Diabo. Paolo respondeu que o único diabo ali naquele dia havia sido um que nasceu idiota e não teve o bom senso de seguir as suas instruções, e que não precisavam ir muito longe para saber de quem se tratava. Mas quem podia afirmar de quem era a culpa? Seu pai chamava Chiara de obra do Diabo. Mas se ele queria falar desse jeito, por que não culpar o próprio Diabo? Certamente só o Diabo poderia sonhar com uma coisa como aquela que aconteceu. É muita conversa de diabo. Ela tem o coração sombrio. Não consegue pintar. Não há nada de certo no mundo e nunca poderá haver. Parece não existir nenhum caminho à frente depois da catástrofe de San Giovanni. Ela minou a validade dos melhores esforços deles. É como se todos — artistas, trabalhadores, clérigos, *festaiuoli* e até mesmo o povo da cidade, cujo único papel foi o de se deixar encantar — fossem meras crianças cujo brinquedo foi despedaçado pelo chute de um pai furioso. Seu divertimento inocente é denunciado, condenado e todos são punidos. Agora as palavras do frade vestido de negro que se postou na entrada de San Pier ecoam no quarto dela: *Quem foi que introduziu esses jogos diabólicos entre vocês? Vocês se alimentam de vaidade e pompa e se tornam secos como lenha para as chamas do Inferno.* E, antes dele, o jovem acólito, pouco mais que um menino, que entrou na igreja quando estavam montando o maquinário: *As asas dos demônios carregarão vocês para o Inferno. E a mulher haverá de ser a primeira.* Ela rira naquela manhã com Tassi, que caçoou assim que ele virou as costas, dizendo: "Tome a frente, mulher. Conduza-me para a danação eterna." No entanto, as palavras daquele jovem magricela e do dominicano louco e delirante parecem justificadas. *Tudo há de terminar em discórdia e destruição.* Um terrível mal-estar corrói o fundamento de tudo em que ela acredita — e de tudo em que não pode acreditar. Não há caminho à frente. Orazio parece não perceber. Foi como antes para a casa de Andrea, preferindo dar um passo de cada vez e, assim, completar o trabalho e, o que é mais importante, receber o pagamento. Sofonisba prometeu trabalhar no painel do embaixador. A jovem *Madonna*, sua Criança gorducha e o pequeno pássaro parecem despidos de significado num mundo de velhos. Pior que isso, eles parecem incrivelmente ingênuos, deliberadamente cegos para o que sabem que está por vir, teimosamente surdos aos ecos da cabeça da pintora. Sofonisba afirma estar com dor de dente. Chiara não serve para nada. Ela cumpriu sua obrigação detestável, mas não é companhia. Desde o dia de San Giovanni, ela tem uma expressão trágica e abatida. Mal fala, exceto para repetir *"Sfortuna"*, por vezes apontando para o próprio coração. Sofonisba manda que ela arrume sua cama, sem se importar com o esterco agarrado sob as unhas dela; então deita sobre os lençóis esticados e respira, devagar e suavemente, enquanto Chiara sai, fechando a porta atrás de si.

Lá embaixo no pátio, o menino Tanai, que havia perdido a metade de sua audiência de mais discernimento, continua a falar, sem se importar com isso, assim que Chiara reaparece. A *Confraternita della Misericordia*, diz ele, havia levado o corpo de Deus Pai, como indigente, para o *Bigallo*, uma vez que ele não tinha família e ninguém havia se apresentado para enterrá-lo. Mas durante a noite alguns frades de San Marco chegaram lá querendo entrar. Protestaram alto e levaram o corpo com eles, afirmando que os cidadãos doavam um bom dinheiro para a *Misericordia*, para cuidar dos restos mortais dos fiéis e não para executar o trabalho do Diabo. Eles o carregaram pela escuridão das ruas e o deixaram do lado de fora da porta alla Giustizia. Agora ninguém o tocará, diz o garoto, por medo. Ele conta que essa manhã subiu na torre do portão com outros meninos e jogou pedras no corpo. Ele diz que a pele estava preta e brilhosa.

Tanai repete tudo que andou ouvindo pela cidade: que Deus permitiu que o Diabo carregasse o velho por causa do pecado do orgulho de subir na nuvem; que o fogo era fogo do Inferno e por isso não conseguiam apagá-lo; que havia uma garota estranha e deformada na igreja — olha Chiara nos olhos e sustenta o olhar. Quando pergunta se ela quer ir ver Deus carbonizado, ela, claro, responde que sim.

Com *Monna* Sofonisba fechada no quarto em negro desespero, que ela diz ser dor de dente, o garoto fica feliz em deixar o ateliê e sair correndo com Chiara para a Porta alla Giustizia.

Eles sobem as escadas da muralha para olhar. Há corvos batendo as asas pesadamente, indo e vindo da torre. Lá fora, sobre um terreno de vegetação rasteira, onde se deixam carcaças de mulas para depois serem recolhidas limpas, está estendido o corpo. Há gente na estrada, indo e vindo na direção do portão, um grupo que olha a distância, mas o corpo ocupa um espaço só seu, com a exceção de um frade que está cavando ao seu lado. Chiara desce do muro e atravessa o portão, embora o garoto a advirta para não fazer isso. Algumas pessoas, percebendo que ela é escrava, tentam detê-la. Ela vira o rosto para eles, que a deixam continuar, sua pele sendo sua própria proteção. Suas pernas tremem incontrolavelmente, mas ninguém a segue. Ela vai até onde o frade está curvado trabalhando, com o capuz marrom puxado sobre a cabeça. Ele usa uma pá pequena, do tipo que é usado para desencavar cebolas, e o terreno é muito duro. Mesmo assim, ele já cavou um buraco bem comprido, de uma profundidade que lhe chega à altura dos quadris.

— Deus está todo queimado.

O frade se sobressalta e olha para trás por cima do ombro. Faz o sinal da cruz, depois baixa a cabeça e volta a cavar.

— Ninguém quer ajudar o senhor a enterrar Deus.

Ele desbasta as paredes do buraco.

Três cachorros estão deitados, esperando na sombra de uma parede desmoronada, as patas inocentemente esticadas à frente e a cabeça ereta, alerta.

— Eu posso cavar.

Só então ele olha para a garota. Acima do lenço que lhe cobre o rosto, o suor escorre para dentro e para fora dos olhos. Ele faz o sinal-da-cruz no ar que o separa de Chiara e continua o seu trabalho. O garoto grita lá do muro.

Chiara também se persigna. Ela viu o corpo de Deus Pai e reparou na pele dele. Ela viu claramente. Um lençol preto e rasgado foi jogado sobre o cadáver, mas ela pôde ver uma das pernas e estava do jeito que o garoto tinha dito. Podia ser couro curtido. Podia ser uma coisa feita por *maestro* Paolo, alguma coisa feita da pele de um pônei esticada em varas. Um dragão. Um demônio. Talvez porque suas costas estejam viradas para ela, ou porque não há mais ninguém que possa escutar, Chiara começa a contar para o frade, da melhor maneira possível, sobre a pele do enforcado, e Matteo Tassi e sua própria má sorte, pois lhe parece que está tudo ligado como uma só coisa com o Deus enegrecido e não dá para separar.

E então a primeira pedra a atinge, e lá estão os garotos sobre os quais Tanai tentou avisá-la, seis ou sete meninos a certa distância, cada um deles com uma pedra na mão.

A PRINCÍPIO, ALESSANDRO é cuidadoso. Junta-se disfarçadamente a um grupo, a outro, para testar a tendência das opiniões. Ouve o seu próprio nome uma vez, com referência ao fogo. Não o mencionam quando falam sobre o cavalo. Ninguém interrompe a conversa para apontar. Ninguém grita: "Olhe lá um deles!" Ele julga seguro ficar por ali, e finalmente se vê descendo os degraus da taberna.

Tassi está lá, bebendo para valer. Fica óbvio pela maneira como os outros se posicionam na mesa, exatamente como é óbvio em qualquer "Última Ceia", por mais barata que seja, exatamente quem é o centro das atenções. Tassi esteve trabalhando quase o dia todo na igreja. Todo o entulho foi retirado, e a carcaça do cavalo, levada embora. Os pilares foram limpos da fuligem. O sangue e outras sujeiras do cavalo foram lavados do chão de mármore, e os degraus do altar foram esfregados.

Ao meio-dia a *Arte del Cambio* enviou cestas de pão e jarros de vinho para alimentar os trabalhadores. Lá pelo meio da tarde, já estava tudo concluído.

Os homens deixaram a igreja trancada e foram para casa ou ali para a taberna da Via Baccano para contribuir com a sua parte na narrativa da história. Estão com sede e o taberneiro é liberal com o vinho. A cidade está com sua igreja restaurada e esses homens são heróis.

Ninguém nota que Alessandro está descendo os degraus, muito menos Tassi, o bravo, Tassi, o heróico, com seu estoque de histórias renovado e transbordando de detalhes que somente o primeiro a chegar ao local do acontecimento, o mais próximo da ação, podia oferecer.

A invisibilidade é uma faca de dois gumes. Por vezes, ser ignorado pode ser uma bênção, outras vezes, um ferimento profundamente sentido, uma afronta que não pode nunca ser revidada.

Alessandro se aproxima da mesa, avista um lugar vago na ponta de um dos bancos; entende, assim que seu traseiro se acomoda lá, por que está vazio. A ponta ultrapassa o banco ao lado e que forma um ângulo reto com o seu; qualquer um que se senta ali fica fora do centro da conversa e não tem onde pousar seu caneco. É uma sorte que Alessandro seja mentalmente lento para perceber como esse lugar combina com o seu lugar na vida. Ele não está, nunca está, pensando no significado das coisas. Nesse momento está totalmente empenhado na tentativa de entrar na conversa, ou ao menos na periferia da atenção dos que se encontram ali bebendo. Ele vira o corpo, olha para os rostos das pessoas, acompanha a conversa com afinco e emite as interjeições da forma devida: "E eu também..." ou "Foi assim mesmo..." ou "Eu vi, eu mesmo...", mas ninguém se volta para ele até que, por fim, Tassi toma conhecimento da sua presença com o canto do olho.

— Alessandro! — ele exclama, batendo com força o caneco na mesa, o vinho pulando em gotas inesperadas do copo de barro.

— O que você está fazendo escondido aí? Venha para cá, homem. — E abre um espaço para Alessandro. No espírito festeiro em que se encontra, abriria espaço para a guilda de boticários inteira se ela lhe aparecesse agora. Pede umas bebidas. — Alessandro vai pagar uma rodada — diz, batendo-lhe nas costas. Alessandro mal move um músculo, não responde. E é então que, inclinando-se para a frente e se virando de maneira a poder olhá-lo nos olhos, Tassi vê uma nesga de pelica descorada ou coisa parecida no pescoço de Alessandro, por baixo de sua camisa. Está amarrada nas pontas por uma tira de couro. Ele reconhece logo do que se trata. Estica o braço e enfia o indicador por baixo da beira do colete. Dá um puxão.

— Está se sentindo estranho, não é? Sintoma do mal-francês? — Tassi o olha com malícia.

Alessandro se solta, ajusta a gola da camisa, fechando-a com um gesto feminino, como se por pudor.

— Sim, esconda isso. Não é nada bonita. Pelo menos em você. — Tassi toma um gole de vinho. — Embora eu deva dizer — ele chega mais perto e baixa a voz — e já disse isso a você antes: fica melhor numa mulher. — Tassi é capaz de afirmar, pelo movimento brusco de cabeça feito por Alessandro, que ele foi atingido num nervo. Sorri e olha Alessandro nos olhos. Balança a cabeça. Sim. O que quer que seja que esteja pensando, sim, você está certo.

Ele estica o queixo, fazendo sinal para Alessandro chegar mais perto, para ouvir mais.

— Sobre um busto de mulher. Sobre um busto esplêndido e nu, até uma pele de porco fica bonita.

Alessandro está pegando fogo. Começa nas bochechas, que estão como se alguém lhe tivesse aberto o forno no rosto, e se espalha como cobre derretido. Sente o peito apertar e a cabeça como se fosse explodir devido à pressão da raiva. Seus olhos estão cegos pela visão de Tassi com Sofonisba por baixo dele, nua, a não ser pela veste encantada. Ele gostaria de revidar, mas tudo que consegue dizer é: "Pele de porco?"

— De burro. Do que você quiser. — Tassi coloca as duas mãos no peito, sugestivamente, e o olha com malícia. — É o que está por baixo...

Agora Alessandro arriscaria a vida para ferir esse homem. Ele percebe a única opção que lhe resta e se decide.

— Pele de um enforcado — ele fala baixinho, muito baixinho e Tassi é silenciado como um pássaro atingido em pleno vôo por uma pedra. Ele gira a cabeça para captar melhor as palavras. — Repete! — E Alessandro, mais baixo ainda, o satisfaz.

— Pele. Esfolada do corpo de um homem enforcado. Isso é o que ela é.
— É a vez de Alessandro olhar seu interlocutor nos olhos e balançar a cabeça, mas Tassi não tem dúvidas de que isso é verdade.

Ele esvazia seu caneco de vinho de um gole, golpeia com ele o peito de Alessandro, empurra-lhe a cabeça sobre a mesa ao se levantar de seu lugar no banco e se dirige para a porta. Quer ferir alguém agora. Quer ver agora se o desejo pode ser negado. Ele brota em seu peito e o inflama, pressionando suas costelas cada vez que respira. E como seu peito comicha! Ele o coça furiosamente, fora de si, com uma raiva incoerente da vileza das mulheres. A pequena desgraçada e imunda. E a prostituta da sua dona. Sobe os degraus para a rua batendo os pés, empurra a porta com violência, ficaria satisfeito se houvesse alguma coisa viva que gemesse de dor quando a tocasse. Começa a caminhar, cobrindo a cada passo o dobro da distância usual, xingando mentalmente e por entre dentes. Pelos ossos de Cristo. Pelos malditos ossos de Cristo. Não sabe o que vai fazer. Qualquer coisa. É preciso que faça alguma coisa. Seu corpo todo coça. Não há um só pensamento na sua cabeça que faça sentido junto com outro, nenhuma palavra na sua boca que não sejam maldições e ofensas. Ele não tem plano ou estratégia a não ser se confrontar com a autora de sua humilhação. Ele só sabe que suas mãos anseiam por provocar dor.

NO COMEÇO DA TARDE, Sofonisba desceu para a oficina, tendo decidido que, afinal de contas, não se deixaria consumir pelo desânimo. Tinha escutado Chiara sair e depois retornar, soluçando por alguma razão lá dela. Não possuía energia suficiente para bancar a dona, apenas o bastante para começar a varrer para o canto os cacos dos últimos dias. Olhou para o trabalho. Seu coração não estava sintonizado com a *Madonna e o pintassilgo*, ao menos por ora. Havia um painel começado meses atrás para as freiras de Sant'Ambrogio. Iria se chamar *São Pedro recebendo as chaves do Reino*. Achava o tema tremendamente desinteressante, didático demais para o seu gosto, e sentia pena das irmãs que teriam de ficar olhando para ele. Trabalhar naquele dia no painel seria como uma penitência que viria a calhar. A composição estava concluída e ela já havia começado a colocar as cores. Não precisa de Chiara, não se importa nem um pouco que a garota durma a tarde toda num canto do ateliê trancado.

É quase noite quando Chiara acorda ouvindo batidas à porta da rua. Ela examina suas feridas antes de se mexer. Quatro ou cinco pedras tinham acertado o alvo. Teve sorte de não terem sido mais, sorte de ter os pés rápidos, sorte de não ter sido abandonada pelo empregado de Orazio, mas não se sente com sorte.

Sofonisba está comendo um prato de creme com amêndoas lá fora no pátio. Sentada numa mureta, aproveita a última nesga de sol antes que ele se esconda atrás do telhado. Não ouve as batidas à porta. Há um burburinho vindo da videira junto à escada. Cada folha se duplicou num pássaro, e todos podem levantar vôo a qualquer momento, numa revoada de mil asas.

Quando Chiara finalmente abre a porta, ainda examinando o braço, Tassi abre caminho aos empurrões e mal a enxerga.

— Onde ela está?

Mais algumas passadas e chega ao pátio, junto de Sofonisba, e os pássaros debandam da árvore como uma onda que espirra para todo lado depois de quebrar sobre uma rocha.

Chiara o vê da porta dos fundos do ateliê, vê Sofonisba pousando o prato e se levantando. Vê Tassi conduzindo Sofonisba com o braço, com o lado do corpo, empurrando-a em direção à escada, Sofonisba olhando para trás, para ele, com um sorriso nos lábios mas o cenho franzido. Eles sobem as escadas juntos, a mão de Tassi por baixo do cotovelo da sua senhora, quase a levantando, e então a porta do quarto se fecha atrás deles. A gritaria começa imediatamente.

Chiara sabe como ignorar o que acontece entre sua senhora e *messer* Matteo; por que se arriscar a levar uma surra por ouvir ou espionar as brincadeiras grosseiras deles? Mas há alguma coisa errada ali. Não estão rindo; Sofonisba adora rir, e Tassi também. Eles alimentam os desejos um do outro.

É normal *Monna* Sofonisba gritar, berrar, engambelar e adular. Mas essa é uma voz que Chiara nunca ouviu antes. É a voz de quem protesta, de quem adverte, a sério, sem nenhum sinal de que está brincando. Há um grito. Eles estão lutando. Chiara vai até o pé da escada. Se ouvisse uma risada que fosse, não poria seu pé no degrau seguinte. Mas ouve novamente a voz da sua senhora, dessa vez abafada, como se a manga do vestido lhe cobrisse o rosto. Há barulho de luta. Chiara sobe, parando a cada degrau para ouvir. Não escuta mais vozes, mas também não há silêncio; há a presença de um movimento invisível, ritmado, e de respiração. Chiara sabe o que é. Ela está no topo da escada e os sons de cópula estão mais rápidos agora. Com todo o cuidado, ela passa pela porta fechada e vai até a janela, prendendo a respiração. Sabe que é só avançar um pouco e conseguirá olhar através de uma fresta atrás de uma veneziana semi-aberta. Subitamente alguém deixa escapar um som, como se antes sua respiração estivesse presa, e então ela espia. A cama está vazia, intocada. Ela sai de trás da veneziana e olha pelo lado aberto da janela, mantendo-se afastada e ingenuamente imaginando que, se a virem, pensarão que estava passando em direção à porta mais adiante. No chão, ao lado da cama, apoiada nas mãos e nos joelhos, encontra-se Sofonisba. Ela está se levantando. Chiara vê o rosto dela de relance, vermelho e contraído pela raiva, os cabelos caídos, a boca contorcida pela fúria como a de um homem. Sofonisba alisa a saia vezes seguidas, cuspindo insultos e ofensas para *messer* Matteo, listando todo o reino animal para atingir seu objetivo. "Porco, seu porco filho-da-mãe. Seu cão imundo. Seu... seu... seu...", e então, em desespero, "pedaço de merda de morcego". Mas *messer* Matteo não ouve. Ele está ajoelhado com as costas viradas para a janela, sentado sobre os calcanhares, as pernas bem afastadas. Com a cabeça jogada para trás, os ombros se abaixam a cada respiração. A longos intervalos, ele deixa escapar "Ra... Ra... Ra..". Poderia ser a lenta gargalhada de um gigante.

Chiara se afasta da janela. Há um longo momento de silêncio. Quando tenta escapulir, seu ombro esbarra na veneziana. Ela desce as escadas o mais depressa que pode e, no instante seguinte, Tassi surge à porta. Ele sai para a sacada e Chiara o vê quando olha para trás, do outro lado do pátio. Ele está de pé, um punho fechado prendendo a roupa de cama à sua frente e um dos braços estendido na direção dela. O próprio Satanás, de sobrancelhas negras e intenções sombrias.

Chiara se abaixa na cozinha, na esperança de se esconder ali até que ele vá embora. Fica bem junto da parede atrás da porta, na sombra, de maneira que ele não a veja se olhar lá para dentro. Mas de nada adianta. Ele desce pelas escadas trovejando e vem direto para a cozinha como um mastim que a tivesse farejado.

— Você! — E a agarra pelo ombro. — Uma palavra sobre isso e eu corto sua gargantinha malhada e imunda.

Chiara não consegue falar nada, mas balança a cabeça para mostrar que entendeu.

— Uma palavra e eu lhe quebro os braços e as perninhas fedorentas.

Chiara olha para as mãos de Tassi, grandes e quadradas. Nas tabernas, ele aposta que consegue vergar ferro — e ganha. Ela promete que não vai dizer uma só palavra. "É bom. Porque, se você contar..." Segura o rosto dela pelo queixo. Chiara está com tanto medo que não nota que aquelas mãos grandes e quadradas não estão fazendo pressão alguma. Ele não finaliza o pensamento. "Se você contar..." é só o que diz, "se você contar..."

Lá fora, ele atira o prato de Sofonisba no chão ao passar. E depois arranca um limão do limoeiro plantado num vaso e o lança contra a parede mais distante, onde se espatifa.

Chiara espera. Quando pára de tremer, sai para juntar os cacos do prato.

Não há som algum no quarto de Sofonisba.

É preciso reunir coragem para subir as escadas. Os pés descalços de Chiara quase não fazem ruído. *Sua mais leal servidora.* A porta está aberta. Sofonisba encontra-se deitada na cama, estirada como um cadáver, olhos fixos no teto.

— *Madonna?*

Sofonisba apenas rola a cabeça para um lado e para o outro, olhos fixos no mesmo ponto.

— *Madonna?*

— Sai fora.

Sofonisba está deitada completamente imóvel, uma efígie. Quando, por fim, se levanta, é com um buraco de trevas no coração. O sentimento de desordem da manhã não é nada perto disso. Tassi irrompeu casa adentro e levou o que era dela. A gravidade do seu olhar arrastaria um homem sob as ondas de sua tristeza. Ela não tem nada. Olha ao redor do quarto como se estivesse numa casa estranha para a qual não retornaria nunca. A cama, a cômoda, a janela não têm passado nem futuro. Refletem apenas o momento depois de Tassi a empurrar para dentro do quarto e fechar a porta atrás de si. Ela devia ter percebido. *Tenho uma coisa para lhe dar,* ele ficou dizendo enquanto subiam as escadas. Ela registrou uma nota falsa na voz dele, mas pensou que era só uma brincadeira. Ela devia ter se virado e olhado nos olhos dele. Eles a teriam avisado. Ela percebeu assim que se viu dentro do quarto com ele.

Você quer fazer brincadeirinhas com peles? Com um punhado de pele? Experimente esta. Carne viva. — E a empurrou no chão com força.

Ela olha desgostosa para o próprio corpo. Com movimentos deliberadamente lentos, desamarra o vestido e o afasta dos ombros, deixando-o cair no chão e empurrando-o com o pé. Despe tudo que está usando e veste outras roupas, pegando, antes disso, uma toalha limpa para passar nos braços e pernas, esfregando-a no corpo como se tivessem jogado alguma imundície nela. Esfrega alguns lugares com cuidado especial, como se estivesse apagando Tassi de uma pintura. Quando acaba de se vestir, junta a coberta que Tassi jogou no chão, as roupas e leva tudo lá para baixo, para o pátio.

Joga a pilha de roupas sobre as pedras e vai até a cozinha buscar um frasco de óleo e um tição. Ignorando Chiara, que sente que algo extraordinário está para acontecer e tenta falar com ela, joga óleo sobre as roupas e as incendeia. Logo um grande volume de fumaça negra obscurece as sombras da tarde no pátio. Não demora muito e começam os gritos dos que, do lado de fora, pensam que a casa está em chamas e que terão outra noite de terror pela frente. Sofonisba fica onde está e apenas os encara quando vêm olhar, empurrando uns aos outros para entrar pela porta que ficou escancarada quando Tassi saiu, empurrando uns aos outros para chegar ao pátio: primeiro dois estranhos que ficam olhando para Chiara, e depois outro com a cozinheira, que veio da casa vizinha (ela que uma vez se meteu numa encrenca por ter iniciado um incêndio e, desde então, não tem mais tranqüilidade). Surgem Tanai e depois Tuccio, o garoto do outro lado da rua, amedrontado e pronto para fugir, e depois o velho que toma conta do cavalo e tem problemas mentais. Ele pergunta se as castanhas estão prontas. Sofonisba os encara friamente através das ondas escuras de fumaça, com as sobrancelhas arqueadas e os olhos gelados, perguntando claramente o que eles, espectadores da sua dor, tinham para fazer ali.

Quando a cozinheira diz: "*Madonna*, pelo amor de Deus, o que...", Sofonisba lança sobre ela um olhar selvagem e grunhe:

— Você tem algum assunto a tratar nesta casa?

Chiara busca uma vara que usa para mexer as roupas dentro da tina de lavar. Sofonisba a pega. Ela ajeita as roupas com a vara e depois se vira, subitamente enfurecida com o silêncio atrás de si.

— Vocês são mesmo um bando de tolos embasbacados! Podem voltar para o lugar de onde vieram. Vão embora. — E segura Chiara enquanto os outros saem, e põe o braço sobre os ombros dela.

Chiara não pensa em se mexer dali. Ela se apóia no calor ao seu lado, sentindo o conforto dele ao redor dos ombros, tentando se lembrar quando foi que sentiu antes um calor assim. Não importa que o calor do fogo esteja queimando seus tornozelos nus.

A caminho de casa, Orazio vem pensando que Sofonisba precisa voltar com ele no dia seguinte. Andrea tem perguntado por ela e, além disso, ele está ficando velho demais para aquilo. A cama parece ser o lugar certo para ele agora. Vai pedir a Sofonisba para preparar um bálsamo suavizador, e talvez um pouco de vinho doce, amornado. Ele tinha apenas começado a considerar a possibilidade de um ou dois bolinhos de mel, quando vê uma multidão do lado de fora da sua casa. Tanai se investiu de um tipo de autoridade que lhe cai tão mal quanto a camisa do pai. Está dizendo a todo mundo que pára em frente da casa que estão cuidando do fogo e que é apenas a cozinheira queimando uns trapos.

Orazio desmonta e enfia as rédeas do cavalo na mão do garoto, mandando que ele o leve para o velho.

Sofonisba ainda está de pé na semi-obscuridade com Chiara, olhando as brasas. Nada que Orazio fale pode forçá-la a dizer o que ela queimou. Ele remexe as sobras enegrecidas, mas elas se desmancham em cinza. Ele tem vontade de bater nela até ouvir uma explicação, mas seu olhar de pedra o desconcerta. Chiara não está tão abalada. Ele certamente conseguirá tirar alguma coisa dela, mas Sofonisba intervém, levando-a lá para cima, fora do alcance dele.

Na manhã seguinte, *ser* Tomasso vem à casa de Orazio contar pessoalmente o que está sendo dito na rua. Ele havia pesado com cuidado a conveniência de vir ou não. Há muitas outras pessoas que poderiam contar a Orazio, se é que ele já não sabe. Por que tornar-se o alvo de sua ira? No entanto, o assunto é sério demais e mais grave se torna pelo peso da amizade. Não é tarefa para estranhos. Ele vem como portador de más notícias e Orazio o escuta em silêncio, tentando salvar a dignidade diante da vergonha, enquanto o quarto roda diante dos seus olhos.

— Obrigado, Tomasso — diz. — Não quero ouvir mais. — E o acompanha até a porta pessoalmente.

Ele sobe as escadas como se Jesus Cristo em pessoa o tivesse curado e ele não mancasse mais.

Entra pela porta do quarto de Sofonisba como um javali atravessando uma moita e, antes de vinte palavras terem saído de sua boca, ela já é uma prostituta, uma vagabunda, uma cadela. O que ela estava pensando quando deixou Matteo Tassi entrar em casa? Quando suas recomendações expressas tinham sido para trancar a porta? E o que ela pensa que está fazendo agora, deitada ali o tempo todo como se fosse vítima de uma praga? De nada adiantou queimar as roupas! Devia ter-se levantado e mandado a guarda atrás de Matteo.

— Você sabe o que ele fez quando saiu daqui? Você sabe? Sabe?

Sofonisba balança a cabeça, embora seja mais um tremor, e a boca começa a se contorcer. Ela mal consegue respirar.

— Vou lhe contar. Ele foi direto para o cassino, encheu-se de bebida e contou tudo até para o último patife que quisesse ouvir. O quarteirão inteiro agora sabe, graças a você, que *Monna* Sofonisba Fabroni se deitou com o escultor Tassi.

Sofonisba tenta se defender, mas ondas e mais ondas de vitupérios se quebram sobre ela e de nada adianta. Não é mais a mesma mulher. Só consegue reagir com lágrimas.

Orazio desce as escadas tão aborrecido quanto estava quando as subiu, mas ainda mais ofegante e vermelho. Chiara está carregando água para jogar no pátio e limpar o carvão das pedras, como ele havia ordenado. Quando passa por ela, ele a agarra pelos cabelos da nuca e torce sua cabeça para que ela o olhe no rosto. Os olhos da garota se fecham por causa do sol, e a água entorna nos seus pés.

— E você! — O rosto dele muito zangado, muito sangüíneo. — O que foi que você viu? Sua bolinha de estrume.

Chiara responde a única coisa que uma escrava pode responder naquelas circunstâncias: — *Niente, Monsignore.*

Orazio a golpeia com o punho do lado da cabeça.

— Responda com honestidade. *Sudiciona*. — Ele torce o cabelo de Chiara enquanto desfia seu repertório de nomes feios, uma lista tirada das classes mais baixas da criação. — *Verme. Serpe. Baco. Scarafaggio...* Responda com sinceridade.

Chiara olha para o punho que a atingiu. Não é tão grande quanto o de Tassi.

— Nada, senhor. — O que apenas leva aquele punho à sua cabeça mais uma vez, embora ele faça a caridade de bater do outro lado.

— Vou repetir. Conte para mim o que você viu.

— Um pouco, *messer* Orazio, *Signore, Monsignore*, mas não muito.

— Conte-me então — ele diz, e a sacode para ter certeza de que o fará.

— *Messer* Matteo estava no quarto de *Monna* Sofonisba.

— Na cama dela?

— Não, *messer... signore*.

— Na cama dela?

— Não, *monsignore*. No chão. — Orazio balança a cabeça de Chiara como se suas palavras fossem gotas que ele pudesse sacudir de uma garrafa.

— E minha senhora estava no chão. — Ele a sacode novamente. — E ela estava chorando. — Orazio olha com dureza para dentro dos olhos de Chiara, trinca os dentes e a sacode com a maior violência de que é capaz com sua mão torta. Ele poderia ser um cachorro acabando com a vida de um pato. Chiara pode ouvir os fios de cabelo de trás da sua cabeça sendo arrancados.

— Sinto muito. — Ela diz isso três, quatro, cinco vezes, e por fim ele pára.

— E as roupas deles estavam desarrumadas.

Sem fôlego, desgastado, Orazio a deixa ir.

— Obrigado. — Embora ele quisesse dizer "até que enfim".

— Obrigada, *signore*. — Embora ela quisesse dizer "filho-da-mãe".

Orazio se enfia num trapo de capa, uma que ele usa em casa somente nos dias de inverno, e sai como um furacão para o Palazzo del Podestà.

Enquanto Orazio faz uma acusação enfática e formal de estupro, Chiara esfrega as pedras, tentando remover todos os traços do fogo. Uma mancha negra se recusa a sair e permanece lá, uma reprodução da marca que ela traz sobre a testa, em forma de um pássaro voando.

Por volta de meio-dia, a guarda do Bargello põe *ser* Matteo Tassi atrás das grades, tendo o *podestà* já decretado que um julgamento se realize dentro de trinta e seis horas.

É BOM QUE SOFONISBA NÃO SAIA do quarto até a hora de comparecer ao tribunal, tanto quanto que permaneça ignorante a respeito da hipocrisia do pai, pois Orazio, que levou boa parte da vida desprezando a opinião pública, está agora, em seus últimos anos, se consumindo por causa dela. Quando Tomasso o procurou com as tristes notícias, seu primeiro pensamento foi em relação aos negócios e como a má reputação da filha poderia afetar as encomendas presentes e futuras. A raiva que sentiu contra ela e contra Tassi foi motivada pela aflição. Era como se Tassi tivesse roubado seu ateliê. Mas a preocupação com a opinião é tão resistente e pegajosa quanto uma teia de aranha e logo embaraça aqueles que a temem. Tão logo Matteo Tassi é preso, Orazio começa a se preocupar em ser visto sob um ponto de vista particularmente desfavorável, como se ele e sua filha tivessem o costume de se relacionar com criminosos comuns. Então decide pagar uma fiança para que Matteo Tassi não tenha de esperar pelo julgamento na masmorra do *palazzo*. Ele fica pensando que não faz mal algum deixar Matteo ciente de que está em débito com a família que prejudicou.

A Sala della Giustizia foi construída para gigantes, as janelas envidraçadas são tão altas que só o que se vê através delas é o canto de um telhado próximo e um céu tão azul que podia ser o chão dos Céus. Acima das janelas, as paredes são de estuque e estão pintadas com alegorias à Justiça e ao Perdão; abaixo, a pedra cinzenta não tem enfeites, com exceção do brasão do magistrado, o *podestà*, pendurado atrás da cadeira dele, no final da sala. O *podestà*, de beca vermelha, está sentado ao centro de uma longa mesa entre seus oficiais vestidos nas vestes pretas de seu ofício. Dois guardas usando peitorais e capacetes sobre o uniforme e portando lanças estão juntos às duas portas, e mais outros dois estão atrás da cadeira do magistrado. Em frente à mesa do *podestà*, dois escreventes estão sentados a uma pequena mesa em que há tinta e pergaminho. Há outra mesa comprida num dos lados da sala, na qual homens vestidos com longas togas negras parecem estar tratando de assuntos seus. Matteo Tassi está de pé do lado esquerdo do *podestà*. Está lavado e escovado para a ocasião. Ele conseguiu emprestados uma camisa limpa e um gibão de veludo verde com fechos de prata, vestiu suas melhores meias de lã e seus melhores calções pretos debruados. As mangas da camisa são muito extravagantes, o linho é branco demais, brilhante demais. Elas gritam através da sala para Orazio e Sofonisba, parceiros em sobriedade e recato, abafados dentro de longos sobretudos em preto e marrom, com mangas que denotam apenas comedimento. Surge uma dúvida a respeito de onde a escrava deve ficar. Um dos oficiais se inclina e cochicha com o guarda atrás de si, e Chiara é levada para o canto da sala.

O *podestà* chama primeiro Orazio. Orazio conta como encontrou a filha perturbada e rasgando as roupas. Conta como ela chorou e se lamentou e queimou as roupas no meio do pátio, como ele então concluiu que a deviam ter levado à loucura, submetido a alguma terrível aflição — o que se provou, diz ele, à medida que os fatos se esclareceram, verdadeiro. Conta a eles como, em pouco tempo, mediante atencioso interrogatório, ela lhe contou todo o sucedido. Dessa maneira, ele ficou sabendo que *ser* Matteo Tassi, continua ele, havia violentado sua filha em sua própria casa no dia em que ele se encontrava ausente, trabalhando na casa de um homem de Deus muito santo, um homem muito justo e honrado. Ele discorre extensamente sobre a alma sem mácula da filha e como agora ela estava presa como uma pomba branca e pura numa gaiola imunda. *Ser* Matteo Tassi, ele prossegue, destruiu o que de mais precioso ela possuía, roubando-lhe um tesouro insubstituível. Ele poderia falar por mais tempo, mas um dos guardas deixa cair a lança. É um alívio para todos.

O *podestà* chama então Tassi para responder. Tassi suspira alto para sugerir a dificuldade da tarefa à sua frente. Olha ao redor da sala, procura cada olhar, dá um passo adiante, cruza os braços sobre o peito e olha para baixo como se consultasse as pedras do piso sobre o que responder. Tassi, que adora divertir seus amigos, bancar o *showman*, o palhaço, não tem dificuldades em conquistar a atenção da corte. Se Orazio, antes desse momento, tinha alguma esperança de que o esforço que fez para pagar a fiança seria recompensado, rapidamente foi destituído dela.

Não, diz Tassi, não negará a acusação de que desfrutou de intimidade com a senhorita Sofonisba. Mas resistirá até a morte à acusação de que a desfrutou contra a vontade dela. Ao contrário, diz ele, a senhorita Sofonisba abriu-lhe os braços — e aqui um dos guardas, talvez o mesmo de antes, o interrompe com um ataque de tosse sarcástica. Abriu os braços, repete Tassi — assegurando-se de que todos os homens na sala, ouvindo a ênfase, agora pensarão em "pernas" — às suas investidas.

Não era o testemunho que Orazio esperava. Ele se põe de pé com o rosto vermelho, a ponto de explodir, e berra como um touro pela sala. Um dos guardas dá um passo à frente e põe-lhe a mão sobre o braço. O velho está tão irado que joga o braço para cima, empurra o guarda para o lado e, desviando o corpo, vai socar a mesa dos escreventes. A tinta dos potes esguicha em pequenos chafarizes negros que respingam todos os papéis.

Orazio grita, Tassi grita, o *podestà* grita, e toda a função termina em desordem quando Orazio anuncia que está indo embora. Alguns homens se viram e gritam com Chiara, e todo mundo vai para casa de péssimo humor.

Sofonisba se fecha no quarto. Não tem vontade de falar.

NA MANHÃ SEGUINTE, Orazio não acorda nem um pouco refeito. Não dormiu mais que três horas desde a confusão na corte. Aquele negócio todo se misturava com seus assuntos de uma maneira indesejada, atrapalhando seu trabalho na pior época possível. Na noite anterior lhe foi entregue uma carta — num momento que não era o mais apropriado — do secretário do embaixador inglês. Continha um convite para Orazio acompanhá-lo, juntamente com outros artistas e pensadores de destaque, quando ele retornasse à corte da rainha inglesa. A corte da Inglaterra. Como uma pessoa podia tratar de tais assuntos em meio a um tumulto doméstico? Orazio foi direto a *ser* Tomasso.

Ele chegou à porta do notário soprando com esforço por entre os dentes, as mãos fechadas em punhos expressando a sua frustração. *Ser* Tomasso se preparou para uma longa noite. Sentaram-se juntos com copos de vinho doce.

Ser Tomasso escutou e, como sempre, enxergou as questões com clareza, como objetos sobre uma mesa. Imediatamente propôs um remédio simples para a situação de Sofonisba.

— Você conhece o homem há longo tempo.

— O patife — corrigiu Orazio.

— Patife, então. Mas não desprovido de valor. Você o conhece há longo tempo. Você não vê a floresta porque presta atenção demais às árvores.

Orazio fez um movimento de cabeça, como um cavalo se recusando a colocar o cabresto.

— Tassi pode não ter muito...

— Não tem nada.

— Está bem, nada em matéria de bens, mas isso é porque ele deixa o dinheiro escorrer entre os dedos como água. Uma grande quantidade de dinheiro, devo dizer. E sua reputação está crescendo. Ele sempre trabalha com *maestro* Pallavicino. O duque o admira. Ele até já executou uma encomenda para Roma.

— Uma encomenda pequena.

— Você não está prestando atenção. Estou querendo mostrar a você que uma união com *messer* Matteo não seria uma coisa ruim. Seus negócios só se ampliariam.

Orazio estendeu a mão para a garrafa. Se era para concordar, pelo menos que se sentisse bem com isso.

— Você estará salvando o nome de Sofonisba, evitando um escândalo futuro, ganhando um sócio e um herdeiro (cuja preocupação são somente os melhores interesses de sua filha), e expandindo os seus negócios. O que mais você pode querer?

Orazio esvaziou o caneco e Tomasso viu que havia vencido.

— Exija um casamento de reparação — disse. — Tassi vai aceitar correndo. Você não precisa do *podestà*. — Ele esperou enquanto Orazio olhava para dentro do caneco.

— Concorda?

Orazio levantou as sobrancelhas e projetou o lábio inferior. Apenas um amigo tão chegado como Tomasso saberia que isso assinalava o seu consentimento mal-humorado. Tomasso chamou um de seus empregados e, apesar da hora e do risco, mandou-o à casa de Tassi com uma mensagem.

— Agora — disse — você vai ver como a solução de um problema pode trazer também a solução de outro. Esse convite. É razoável supor que a rainha da Inglaterra não esteja interessada nos serviços de uma pintora. É mais provável que prefira manter todas as criaturas encantadoras longe de seu marido espanhol. Tudo bem, então. — Ele se levantou e foi até a escrivaninha, com movimentos bastante comedidos, como se qualquer agitação no cômodo pudesse perturbar o amigo e trazer-lhe novas ansiedades. Mergulhou a pena na tinta.

— Você selará um contrato de casamento com Tassi; deixará a sua competente filha para terminar o trabalho de Andrea — o que, afinal de contas, é exatamente o que ele deseja — e responderá ao embaixador inglês da seguinte maneira.

Com a boca ainda amarga da noite, Orazio vai falar com Sofonisba enquanto ela ainda está deitada.

— Filha — diz, beijando-a —, eu devia ter visto que isso acabaria acontecendo. Matteo e você. Tinha de ser. Mas ele vai se casar com você. Nós vamos tratar disso sem precisar voltar ao *podestà*. Pedi a Tassi que viesse aqui esta tarde. Eu disse a ele que estou preparado para ser razoável.

Sofonisba voltou-se e ficou olhando para ele, incrédula, como se fosse o portal que estivesse falando com ela.

— Você pode fazer as pazes com ele. Ele vai mudar de idéia.

— Mudar de idéia? — Ela não consegue acreditar no que está ouvindo. — Mudar de idéia?

— Sim. *Nozze riparanti*. É a única coisa decente que ele pode fazer.

— *Nozze ripugnanti*.

Orazio respira fundo e continua como se não tivesse ouvido. Algumas vezes, o melhor é não ouvir as coisas que uma filha diz.

— Ele não pode recusar. O que você vai levar consigo é muito valioso. Há, claro, o seu dote de quinhentos e cinqüenta florins, juntamente com duas arcas novas contendo o seu enxoval, no valor de setenta e cinco florins, acrescido do valor de Chiara de, digamos, trinta e cinco, já que ela é manchada. Eu fiz *ser* Tomasso passar a noite inteira acordado colocando em números o seu valor como assistente de pintor, que, somado às encomendas presentes, às futuras, ao trabalho disponível e aos materiais, chega a mais quase cento e noventa e cinco florins. E isso antes de qualquer discussão sobre a distribuição dos meus bens depois que eu tiver partido.

Orazio espera uma resposta. Uma mosca zumbe ao redor de sua barba.

Por fim, Sofonisba sorri e diz:

— Eu estou surpresa de ver como você está tão disposto a me deixar partir.

— Ah, não estou não, não estou não. Tudo isso é com a condição de que Tassi venha trabalhar comigo. Agora...

Sofonisba não vê no rosto do pai sinal de que a discussão sobre esse casamento que propõe esteja no fim; Orazio está simplesmente mudando para um outro assunto a ser considerado. — Eu recebi — anuncia — ontem à noite um convite da maior importância.

À medida que vai falando, torna-se claro para Sofonisba que Orazio já rascunhou a carta aceitando o convite e espera estar a caminho nas próximas três semanas. Ela percebe que o coração do pai já está na Inglaterra. Para ele, não há impedimentos, apenas detalhes que podem ser facilmente acertados.

Ela tem capacidade, diz ele, para finalizar todas as encomendas pendentes, a começar hoje pelo *San Pier* para as freiras de Sant'Ambrogio. Enquanto isso, ele vai tratar de deixar adiantada a parede do palácio, com a composição toda traçada em *sinopia*, de maneira que ela terá apenas de colocar as cores. Algumas partes, ela pode trabalhar *a secco*. Será mais fácil, na falta de um assistente. Assim, tão logo o contrato com Tassi seja assinado, ele partirá para Pisa e de lá para a Inglaterra. Ele tem plena confiança de que ela será capaz de tomar conta de tudo na sua ausência e, de qualquer modo, *messer* Tomasso concordou em vir dar uma olhada nos negócios toda semana.

Somente quando já havia saído do quarto e fechado a porta atrás de si é que Orazio foi tomado por uma grande ansiedade. Ele é um velho e é contra a ordem das coisas, no seu entender, abandonar a sua propriedade. Uma apreensão profunda o aflige, pois sabe que o que está resolvido a fazer é motivado pelo orgulho. E se, como resultado disso, a casa pegar fogo na sua ausência? O navio naufragar? Deixará instruções para que *ser* Tomasso autorize uma doação para o *Innocenti*.

SOFONISBA NÃO CONSEGUE PINTAR. Está de pé na oficina olhando para o painel que começou para as freiras de Sant'Ambrogio. Os materiais estão todos lá, mas suas mãos não conseguem pegar o pincel. Elas erram sobre os pigmentos e os potes, as jarras de óleo e os pratinhos de misturar tinta, sobre a paleta, o pincel de cola. Elas hesitam diante do lampião e sua promessa de luz. Na cavidade do estômago, permanece um lugar oco. Ele arrasta seu coração, quer puxá-lo lá para dentro, vai puxá-lo para dentro de si e afogá-lo em escuridão e bile se ela não fizer alguma coisa. Mas ela não consegue trabalhar. Suas mãos retornam pela prateleira, por sobre a mesa. Elas não pegam nada. Sente-se como se estivesse dentro da cela de uma prisão. O pai virou a chave. O julgamento fora um fiasco. O pai parece ter se esquecido disso. Foi o mesmo que desfilar com ela pelas ruas, expô-la nua na Loggia dei Lanzi, como se fosse uma estátua de mármore, e declará-la desonrada. Ao levar Matteo à corte, seu pai fez com que todo mundo ficasse sabendo do ocorrido e deixou-a com uma única possibilidade de casamento — Matteo. O que quer que pensasse sobre Tassi, não o via como seu marido. Ele era um jogador, um homem de muitas prostitutas, um beberrão que tentou se esvaziar nela como quem se alivia. Agora seu pai pretendia completar o trabalho que Matteo, o imundo Matteo, havia começado.

Sua mão esquerda se estende e pega um trapo. Mergulha no prato de aguarrás e o esfrega sobre o rosto de São Pedro.

TASSI SORRI AO PENSAR NA SUA SORTE. É como um jogador de cartas desatento que, inadvertidamente, tira o ás e ganha o jogo. Ele não teve nenhuma intenção, nenhuma. Quando falou diante da corte, falou com raiva, como só um homem que não tem nada é capaz de fazer. Pois, no mesmo instante em que possuiu Sofonisba, soube que a havia perdido. Quando se esvaziou no chão do quarto dela, derramando-se na própria mão porque no último instante ela deu um jeito de sair de baixo dele, fora apenas isso: o esgotamento de si mesmo e de tudo que possuía. Eram suas veias se esvaziando. Ele podia ter cortado uma veia e olhado o sangue se esvair com a mesma desolação no peito. Naquele momento, a sua raiva se voltou contra si mesmo. Era como o homem que quebra o seu mais precioso mármore e dá um soco na parede. Ainda estava furioso quando se postou diante do magistrado. O jogo com Sofonisba estava terminado, sabia disso. Não estava mais no jogo. Não lhe interessava saber quem ganhara.

Mas agora. Com essa agora, um homem não podia deixar de sorrir. A mensagem de Orazio o transformou. Tinha ficado a noite toda acordado. Ele tem uma caixinha de prata com tampa, cuja alça é um pássaro alçando vôo. Está quase terminada. Pode negociar um prazo maior com o comerciante que a encomendou, pegar um empréstimo com Orazio para comprar mais prata, fazer outra, não importa. Essa, ele vai terminar para Sofonisba. Mas o que vai colocar dentro dela?

Um pouco antes do amanhecer, quando tudo o que resta a fazer é polir a superfície, um novo pensamento lhe ocorre. Sua mente está calma e serena devido ao trabalho das mãos. O novo pensamento flutua para dentro de sua mente sem ser chamado e pousa como uma pluma sobre a superfície. Tão logo o céu fica rosado, ele sai. Sobe no telhado do espaço coberto atrás do ateliê e dali passa para o muro alto. Se ele se equilibrar com cuidado, dá para esticar o braço e roubar o ninho embaixo do beiral do telhado.

Na oficina ainda tem uma pequena quantidade de folha de ouro, uns poucos flocos, mas é o suficiente. É um trabalho delicado. O azul do ovo é maravilhoso. Segura o ovo com uma das mãos, entre o polegar e o dedo médio, e o pinta com clara de ovo. É o cosmos preso nos dedos de Deus. Tassi espera com paciência que o ovo seque, soprando de leve sobre ele, cantarolando. O ovo agora apresenta um brilho que intensifica o azul. Tassi sabe como vai aplicar os flocos de ouro e aguarda com calma. Depois de uma segunda camada misturada com um pouco de água para conservar a aderência, ele está pronto. Tassi esfrega o pincel rapidamente e de leve na maçã do rosto para absorver um pouco de óleo e, então, curva a cabeça sobre o ouro. Soprando com delicadeza sobre os flocos para levantá-los, ele pega um deles com a ponta do pincel e o transfere para o ovo. Trabalha com rapidez. Seus lábios, soprando, formam um "o" pequeno e meigo, como se estivessem segurando o bico de um seio. Se um dos flocos é grande demais, Tassi o coloca sobre uma almofada de couro e o empurra contra o pincel com a ponta de uma faca para que ele se parta, formando uma borda irregular. Dispõe os flocos deixando o espaço de um fio de cabelo entre eles, de modo que um relâmpago azul parece estar a ponto de partir o ovo.

Quando o ovo fica pronto, Tassi está excitado demais para comer. É um presente de rainha.

Agora é hora de tirar a camisa suja, esfregar o rosto e o pescoço e os braços e as mãos até que cada partícula de sujeira tenha desaparecido sem deixar vestígio, de passar na pele a água de rosas que Bianca lhe deu "para conservar-me sempre perto", de desembaraçar as negras madeixas com o pente de marfim dela, de colocar roupa limpa, de escovar os dentes com sal e arrancar um galho de funcho do pé do muro para ir mastigando pelo caminho. Ele sabe o que está por vir, e é só coisa boa.

CHIARA, TÃO ACOSTUMADA A SER EVITADA pelo mundo ou apontada como culpada, está agora convencida de que é um chamariz para todo tipo de infelicidade. A desgraça surge à sua volta como uma tempestade que vem rodeando, chegando cada vez mais perto. Ela cumpre suas obrigações com uma atitude encolhida e amedrontada e se retira para os cantos escuros quando não a solicitam mais. Sofonisba está infeliz demais para notar; Orazio, preocupado demais. Quando, à tarde, ele a manda abrir a porta para Tassi, ela faz o sinal-da-cruz.

Mas Tassi é só sorrisos, apesar do cumprimento solene e formal de Orazio.

Ele coloca o braço sobre os ombros de Chiara por um breve momento, quando passa por ela, que se permite olhá-lo rapidamente, achando que vê no rosto dele certa amabilidade, mas fica com medo de olhar por mais tempo.

Orazio conduz Tassi até o banco junto à parreira e manda Chiara à cozinha, em busca de Sofonisba. Essa também é uma tarefa para aterrorizar qualquer um. Ela pisa com cautela, entra na cozinha devagar e em silêncio.

— *Messer* Orazio mandou dizer que *messer* Matteo...

— Matteo? — Sofonisba lança uma cusparada que vai aterrissar sobre a mesa.

Chiara consegue apenas apontar muda e estupidamente em direção ao pátio. Sofonisba vai pisando duro até a janela, fecha-a com um estrondo e coloca a barra no lugar, por trás dela.

— Sofonisba? — O tom de Orazio hesita entre a adulação e a ameaça.

No momento seguinte ele está lá dentro, a voz contida, sibilando Tassi isso, Tassi aquilo, sua felicidade, nossa prosperidade.

Mas consegue apenas atiçar a raiva de Sofonisba, reavivando a resistência dela contra Tassi. Suas respostas vão aumentando mais e mais de tom. Ela xinga como um carreteiro. Lá fora, Tassi se afasta para o lado mais remoto do pátio, como se não quisesse ouvir mais. A voz de Sofonisba está trêmula. Chiara vê Orazio agarrar a filha pelos ombros. Ele a sacode. Quando pára, estão ambos sem fôlego. Sofonisba não diz nem mais uma palavra, e eles saem juntos da cozinha e vão se sentar embaixo da árvore.

Sentam-se um ao lado do outro, como se fossem receber um convidado de honra, Sofonisba alisando o vestido, a boca fechada com firmeza, as pálpebras baixas, mas as sobrancelhas em arco bem erguidas. Tassi está de pé e se sente desconfortável. Agora ele bem que poderia ser um menino de escola. Orazio faz um sinal com a cabeça e ele se aproxima. Tassi, que nunca na vida se sentiu nervoso, tem vontade de virar as costas e sair correndo. Orazio se levanta e se afasta alguns passos. Tassi se inclina para Sofonisba e fala com delicadeza:

— *Madonna* Sofonisba, peço humildemente que me permita oferecer-lhe essa prova de minha estima.

Ele bem poderia também ser Alessandro, com alguma idéia grosseira de um presente estranho, alguma tentativa mal alinhavada de sedução. Ela olha para ele incrédula. Ele está lhe oferecendo a caixa. Ela a segura sem dizer palavra e se levanta devagar, seus olhos nunca se afastando dos dele. Sai com o presente, contemplando-o, como uma freira contempla seu breviário. Quando passa pelo poço, pára e vira, sorrindo para Tassi, cujo rosto se altera no exato momento em que a mão de Sofonisba se estende por trás e deixa a caixa cair por sobre a borda. Ela não se detém mais que uma fração de segundo para registrar o engolir rouco da água do poço antes de continuar o seu caminho. Nem uma palavra sequer é dita por nenhum deles. E então Tassi vai embora. *Messer* Orazio se deixa ficar mais um pouco onde está, olhando os pés.

Sofonisba e Tassi na mesma casa? Se ele conseguir isso, será como trovão e raio numa mesma caixa.

Nunca antes Tassi ficara tão sem reação. Ele é um homem de poucas palavras; a eloqüência do corpo sempre lhe bastou: um sorriso, uma praga, um gesto, um olhar, um risada de desdém, um murro, uma gargalhada. Mas não hoje. Agora sabe o que significa a palavra estarrecido. Sabe como se sente alguém que recebe uma pancada na cabeça. É como se sente. Alguma coisa bloqueia a ação da vontade que comanda o movimento dos lábios. Fica difícil juntar dois pensamentos. Certamente não dá para explicar a mudança de Sofonisba. Ele nem mesmo consegue descrevê-la para si mesmo. Tão repentina, tão imprevisível. Suas mãos ainda sentem o peso da caixa, seus olhos ainda visualizam as formas do pássaro de prata, as asas parcialmente abertas, viradas na direção do rabo ainda, o peito estufado à frente para ir de encontro ao ar na hora de alçar vôo. A palma de sua mão ainda lembra a presença quase destituída de peso do ovo desperdiçado, dourado e maravilhoso, tão leve que, ao mesmo tempo, estava e não estava lá. As junções do folheado de ouro na superfície do ovo formavam uma rede de linhas finas como cabelo de bebê, rastros azuis de um relâmpago infinitesimal, que continha em si tudo que poderia vir a ser: o pássaro, seu desejo por Sofonisba, de repente irresistível quando ela parecia estar ao seu alcance novamente; o ovo, a promessa de sua realização. Não era da perda da caixa, da prata, que ele se ressentia. Era da destruição do que poderia ter sido.

Uma nova sensação tomou conta de sua mente. Ou seria de seu coração? Não era nada que já tivesse sentido antes. A palavra não lhe ocorre antes de chegar ao ateliê e estar mais uma vez sentado à bancada de trabalho. Ferido. Seu coração está em carne viva e gotejando como uma ferida.

E o coração de Sofonisba? Talvez também tenha sido engolido pelo poço. O que quer que seja que está agora em seu lugar é de pedra, seco de lágrimas. Cada nova ação do pai apenas o endurece ainda mais. Ela está na oficina na manhã seguinte, quando Orazio vem dizer que providenciou a realização de um novo julgamento. Ele veio procurá-la com toda a seriedade para dizer que devia estar preparada para prestar testemunho de todas as investidas lascivas de Tassi. Quão pouco ele compreende. Ela o ouve agora falando o mesmo com Chiara.

— Você é uma boa menina — diz. — Você terá de contar, sob juramento, cada palavra, cada atitude de *ser* Matteo. — Chega até a pegar na mão dela. — Você não ia querer ser mandada embora desta casa. — Ele alisa a mão de Chiara como se fosse um camundongo ou um arminho, alguma coisa que não pertencesse a ela. — Algumas pessoas da cidade têm medo de você — diz. — Elas dizem que você dissemina a praga. — Ele vira a mão de Chiara dentro da sua mão. — Eu não acredito nisso. Você é feia. É só isso. Mas você trabalha para nós. E nós a protegemos. E, quando Tassi for considerado culpado e o casamento de *riparazione* for ordenado, você continuará a trabalhar conosco. Nada vai mudar.

Ele se levanta com um gemido e dá um tapinha na cabeça dela. — Seja uma boa menina agora — diz e segue em direção à porta com o andar enrijecido. — Lembre-se de que não existe vida para você fora da Via del Cocomero.

Por que, pergunta-se Sofonisba, ela sente como se Matteo, seu pai e até mesmo Chiara tivessem se aliado contra ela? Seu pai, seu protetor. Matteo não será o vencedor nisso tudo?

Sofonisba espera até que não dê mais para o pai ouvir.

— Você é a minha mais leal servidora, lembra? Você não vai contar tudo para eles. — Sua raiva está voltando e ela a recebe de braços abertos. Chega como um cavaleiro num corcel negro e a arrebata e então já é ela quem tem as rédeas, é ela o cavaleiro, e os cascos estrepitosos a fazem vencer qualquer obstáculo.

Ela não vai ficar sentada no quarto esperando por sua humilhação. Nem vai trabalhar como uma servil aprendiz do pai. Ela se abaixa e puxa o painel de Saint'Ambrogio de trás de um outro. Ela o vira, e se revelam os fantasmas das duas figuras danificadas, sem rosto, mal visíveis sob uma névoa fina de pigmentos. Pela primeira vez em dias, a promessa de um sorriso desponta em seus lábios.

— Venha cá, Chiara. Vamos fazer uma pintura nova. Com um tema completamente diferente. — Ela deita o painel e começa a juntar o que precisa para o fundo branco.

— Vamos precisar de várias camadas. Agora ela está misturando o gesso com todo o vigor de uma cozinheira preparando uma nova massa. — E enquanto esperamos — diz, começando a passar o gesso sobre a tela em pinceladas longas e sem esforço —, vou lhe contar a história de como Judite venceu seu inimigo, o poderoso Holofernes.

No final da tarde, Cristo e São Pedro estão apagados, o painel já recebeu um leve traçado e o caderno de Sofonisba está repleto de esboços para a composição. A própria Chiara já se encontra familiarizada nos mínimos pormenores com a história de Judite e de como ela se encheu de coragem para entrar no acampamento inimigo com sua criada, e com a própria espada cortou a cabeça do general assírio que estava devastando seu país. Ela faz os papéis das duas mulheres para Sofonisba, espera com paciência que ela lhe enrole na cabeça um pano comprido cor-de-açafrão.

— Teremos Judite e sua criada. — Sofonisba gesticula com as palmas das mãos voltadas para cima na direção de Chiara. — E teremos Holofernes. — Ela caminha até a prateleira, pega uma cabeça de gesso e a coloca, com o rosto virado para cima, dentro da cesta de trapos. — Ou o que restou dele. — Ela pega a cesta e a coloca no chão, no meio do cômodo.

— Vá até lá — diz Sofonisba. — Agora curve-se sobre a cesta, como se você fosse levantá-la.

Mas Chiara é tomada de tremedeira e parece incapaz de se mexer.

— Ela não vai machucar você.

O tremor de Chiara é visível, ela não consegue olhar para a cabeça aninhada dentro da cesta. Ela se curva e pega a cesta olhando para o outro lado.

É um detalhe sobre o qual Sofonisba não havia pensado antes. Sua autenticidade lhe agrada.

— Fique assim! Exatamente como está! — Ela pega o caderno e faz um rápido esboço da curva da cabeça da criada, anotações sobre a direção dos olhos. Ela tem outra idéia.

— Vire agora na direção da porta, você ouve um barulho.

Chiara faz o que ela pede, e seus olhos estão muito abertos, temendo o pior.

— Perfeito! Agora olhe para a cabeça novamente... — Mas Chiara conserva seu rosto rigidamente virado para o outro lado.

— Olhe, sua burra! É de gesso. — Sofonisba vai até lá e levanta a cabeça de novo, as mãos em concha de cada lado do rosto. E a beija na boca.

Chiara deixa a cesta cair, corre para fora pela porta mais próxima e vai vomitar sobre as pedras do pátio.

Sofonisba, perplexa, fecha a porta e deixa Chiara lá fora, para limpar a sujeira que fez. Ela não vai se afastar do seu propósito, seja o que for que perturbe Chiara e a faça reagir de maneira tão espantosa.

ORAZIO VOLTA DE seus afazeres na cidade com novas preocupações. As notícias que tem para dar não são nada agradáveis. Tenta imaginar, mas não é capaz de predizer como a filha vai reagir. Eles vão usar a prensa de polegar. Esteve em Bargello e lhe disseram que o instrumento denominado anjinhos é a maneira mais confiável de apressar uma conclusão. Ele apresentou um protesto ao *podestà*, mas a decisão já estava tomada e não havia meio de revertê-la. Saiu com o sentimento incômodo de haver provocado algo que, na verdade, não pretendia.

Ser Tomasso respira fundo quando Orazio aparece à sua porta pela segunda vez em menos de vinte e quatro horas. Ele amolece quando ouve o motivo, fica contente de ter sido poupado das amolações das mulheres.

— Entre, entre. Não há necessidade de a rua inteira ficar sabendo.

Acomoda Orazio com um copo de vinho — sentindo que, como benefício ao amigo, o vinho era pelo menos tão útil quanto o seu conselho — e escutou:

— Sofonisba é boa, bonita e não merece ser maltratada; ela nunca mais poderá pintar —, ele, Orazio, está velho, doente e, como Tomasso rapidamente infere, mortalmente temeroso do futuro com uma filha aleijada.

— Você tem de se assegurar de duas coisas — diz ele, depois de Orazio terminar. Em primeiro lugar, que Matteo seja chamado para a prensa antes; que ela seja usada nele antes que em qualquer outra pessoa. Dessa forma, pode ser que seja desnecessário empregá-la depois. Em segundo lugar, que, se forem usá-la na senhorita Sofonisba, concordem em fazê-lo somente na mão esquerda. É provável que a usem somente na mão esquerda da escrava, uma vez que sabem o valor que ela tem para você. Você pode pedir pelo menos a mesma consideração (ou seria melhor dizer desconsideração?) para a sua filha.

Orazio fica bastante reconfortado com a praticidade daquele conselho. Está para sair, quando Tomasso pousa-lhe a mão sobre o braço.

— E, Orazio, não esconda isso dela. A última coisa que você há de querer é que ela desmaie no momento mais crítico. Avise-a esta noite. Deixe que ela se prepare, que fortaleça a sua vontade. A oração é um bom auxílio.

No caminho para casa, Orazio ensaia as palavras que vai dizer para confortar e fortalecer a filha. Mas não tem oportunidade de usá-las. Quando ele lhe dá a notícia, ela não diz nada, nem uma palavra. Ele preferia que ela tivesse protestado, exigido uma explicação. Suas palavras de consolo não conseguem penetrar a calma obstinada da filha. Ela paira no ar entre eles, como um bloco de mármore intocado. Suas palavras, como instrumentos sem corte, resvalam nele sem deixar marca: *É a vontade de Deus e Ele lhe concederá a graça de absolvê-la. Você não tem nada a temer se prestar um depoimento verdadeiro.*

— Chiara? — Sofonisba olha a garota nos olhos. — Você é corajosa?

Estão ajoelhadas, lado a lado, no chão da igreja de San Pier Scheraggio, onde não têm sido feitas orações desde o incêndio.

Ano passado, Sofonisba viu o rosto de uma testemunha saindo da corte de justiça. Tinha sido ouvida no julgamento de um homem acusado de roubar os cofres da cidade. Ele levava a mão junto ao peito como se carregasse ali alguma coisa preciosa que tivesse quebrado. O lábio superior estava levantado, chegando quase às narinas, deixando à mostra os dentes amarelos e as gengivas lisas, e se contorcia e tremia incontrolavelmente como uma coisa viva. Seu pai, então, segurou-a e disse: "Está vendo isso? Este é o rosto de Mársias. Não se esqueça dele." Não é um rosto que possa ser facilmente esquecido.

Chiara assente sem convicção.

— Você me ama?

— Claro.

— E o que vai contar na corte?

— O que você quiser que eu conte.

— Eles vão usar a prensa. Você sabia? Vai ser depois de amanhã.

Ela não tem certeza se Chiara entende o que isso significa. Mas não tem vontade de explicar. Ela ainda não tem certeza de como as coisas chegaram àquele ponto.

— Tiraram todos os ornamentos desta igreja — observa ela. — Ela é o espelho do meu coração.

DOZE

Emilio da Prato teve confirmada a sua opinião de que um homem não precisa de uma filha para ser visitado por preocupações e desventuras. Pensou sobre os problemas de Orazio com a filha a manhã toda — e rezou. Caminhou até San Lorenzo para dar graças pelo fato de o noivado dela com Alessandro ter sido evitado. O alívio de ser poupado da vergonha superou em muito o pesar pela impossibilidade de a união se concretizar. Guardou uma oração, também, para o amigo, pedindo humildemente que suas tristezas fossem em breve aliviadas por um julgamento em seu favor. Está extremamente ferido porque, enquanto fazia suas preces, novas provas ensejavam a censura pública da conduta de seu próprio filho.

Ficaria duplamente mortificado se soubesse quão rapidamente as notícias correram. Elas voaram através das portas da Sala della Giustizia antes mesmo de o julgamento terminar. Em menos tempo do que se levaria para rezar dez ave-marias, os detalhes do gibão grotesco e do que foi feito com ele haviam corrido do Palazzo del Podestà até os estábulos atrás do Palazzo Vecchio, e de lá até o Mercato Vecchio. Depois disso, estavam em toda parte, como a paina do castanheiro no começo do verão. Mesmo a estranha escrava matizada que contou tudo não despertou interesse por algum tempo. Essas revelações suplantaram as acusações escandalosas de um artista contra o outro e quase ofuscaram os relatos sobre quem fora colocado na prensa. Em pouco menos de duas horas, estavam em todos os lugares, sentados sobre peitoris das janelas do andar de cima dos comerciantes, flutuando para dentro dos toldos abertos dos funileiros e coureiros, escorregando por baixo dos brincos sofisticados de damas grávidas, insinuando-se até mesmo sob a touca da abadessa e dali subindo ao priorado e retornando depois — sem fôlego —, à porta de Emilio: *Ouça, ser Emilio, o senhor sabe o que estão comentando pela cidade...*

Possesso de raiva, Emilio atacou o filho, empurrando-o contra o batente da porta, batendo-lhe repetidas vezes do lado da cabeça e baixando-lhe o braço quando Alessandro o levantava para se proteger das pancadas. — Você é um tolo e uma vergonha para o nome de Emilio da Prato — disse ele, agarrando Alessandro pela frente do casaco para tirá-lo do caminho. Foi até seu quarto, segurando as chaves que trazia penduradas no cinto. Alessandro sabia o que ele ia buscar. Dentro do quarto, Emilio destrancou ruidosamente um cadeado e abriu com estrondo a tampa de uma arca; procurou alguma coisa, bateu a tampa e trancou o cadeado novamente com estardalhaço, voltando com o testamento na mão. — Bem. E agora — anunciou. — Fogo. Traga o fogo. — Alessandro acendeu uma vela no braseiro da loja e levou um longo tempo fazendo isso. Quando não dava mais para demorar, ele voltou com a vela acesa. Fazendo daquilo um grande espetáculo, Emilio segurava o testamento sobre a chama. Os cantos do documento escureciam e queimavam, mas Alessandro prestava atenção ao rosto do pai. Emilio manejava com habilidade o documento para não chamuscar os dedos e deixou o último pedaço cair e queimar sobre a mesa. Ele já havia feito aquilo muitas vezes nos últimos cinco anos, sempre voltando atrás na manhã seguinte, quando pensava na sua fortuna indo parar em mãos estranhas.

O que se apossou de Alessandro para escolher esse momento para cuspir fora um caroço de cereja que estava revolvendo na boca é uma incógnita.

Talvez tenha pensado naquilo como um gesto de bravata, uma atitude de desafio. Ele mirava a janela e errou por pouco, acertando a bochecha do velho. Preparou-se, então, para um segundo assalto.

— Você cuspiu em mim? Você ousou cuspir em mim? — As costas da mão do pai acertaram o outro lado da cabeça de Alessandro, o que foi um certo alívio. Mas aquilo deu um novo vigor ao ímpeto de Emilio. Ele empurrou o filho longe e virou as costas, andando para cima e para baixo pelo quarto, enquanto o xingava. Alessandro olhava amuado, levando o pai a aumentar a quantidade de insultos devido à sua falta de reação.

Emilio virou-se para o filho e disse:

— Olhe para você! Olhe! Olhe! É uma vergonha. Mais do que qualquer coisa, é uma vergonha. Você sabe quem me contou? Meu próprio empregado. E você sabe quem contou para ele? O empregado de Pietro Pegolotti, o peixeiro.

E começou a andar de novo.

— Deus do Céu, você se tornou motivo de chacota na cidade. — E se virou novamente. Mas Alessandro havia se metido no banheiro.

DO OUTRO LADO DA CIDADE, Orazio está sofrendo a seu modo. Ele manda o empregado ajeitar o divã com uma bacia de leite de ovelha fermentado e frio de cada lado para banhar as mãos. Não que tenha trabalhado com cal, claro — ele não esteve trabalhando com coisa alguma —, mas, deitado de costas na cama, com os braços estendidos para os lados, as mãos dentro das bacias, ele se sente finalmente repousando. No começo é uma crucificação, enquanto ainda está oprimido pela angústia e pela confusão do julgamento; mas, por fim, quando a parte sólida do leite talhado se deposita no fundo da bacia, sua mente vai clareando.

O novo julgamento tinha começado com muita serenidade. A consciência de que a prensa seria usada fez com que uma morosidade baixasse sobre os procedimentos. Não havia ninguém na sala que não estivesse prestando atenção àquele pequeno escândalo, tornado muito mais interessante pela presença do instrumento de ferro, montado sobre um suporte baixo à frente da mesa do *podestà*. A aplicação da prensa foi conduzida de acordo com a lei. Um padre foi chamado para abençoar o aparelho, os *signori* reunidos, os acusados, as testemunhas e os espectadores. As bênçãos acalmaram os nervos de Orazio. Quando chegou a hora de falar, ele seguiu o conselho de *ser* Tomasso e apresentou sucintamente o seu caso contra Tassi.

Suas senhorias, por seu lado, tiveram um comportamento impecável. Chamaram Matteo Tassi em primeiro lugar. Ouviram com rostos impassíveis como uma parede caiada enquanto ele perjurava a sua alma imortal e negava completamente a acusação, mas não o submeteram à prensa. Argumentaram que já sabiam que ele era um patife e um mentiroso. Ele haveria de recuar de sua posição quando tivesse a oportunidade de ouvir o depoimento das testemunhas.

Foi quando sua filha foi chamada que o coração de Orazio começou a bater com força, bombeando o sangue para trovejar em seus ouvidos. Mas ela se mostrou um modelo de compostura. Postou-se altiva enquanto cada uma das respostas de Matteo no primeiro julgamento foi lida novamente para ela, cada alegação obscena, e ela negou todas. Pediram-lhe que se ajoelhasse e ela não precisou de ajuda. Quando sua mão foi levada à prensa, mal esboçou um recuo. Isso o encheu de satisfação. Ela respondeu a cada uma das perguntas repetidas, novamente negando as alegações de Matteo e reiterando a acusação de que ele tinha vindo ao seu encontro sem ter sido chamado e, usando de força, a havia violentado. Ela olhava diretamente para Matteo enquanto falava. Orazio podia ver-lhe o rosto. Sofonisba estava mortalmente pálida, mas não derramou uma lágrima sequer. Ele poderia ter se sentido orgulhoso, não fosse aquela situação toda tão carregada de desgraça. Agora ela está com a mão escurecida e machucada, da cor de uma *melanzana* madura e quase tão gorda quanto uma, e seu polegar aponta para fora num ângulo estranho. A unha do polegar parece a concha de um molusco partida em dois e com certeza vai cair, mas o médico de Orazio disse que o polegar dela voltará para o lugar com o tempo. Orazio agradece a Deus por Tomasso ter tido a precaução de fazê-los concordar em não tocar na mão que ela usa para segurar o pincel.

Tudo isso aconteceu conforme era esperado. Quando trouxeram a garota foi que a situação começou a fugir do controle. Parecia que toda a corte estava de pé, e ele percebeu pela primeira vez que não eram só os delitos dos amantes que haviam atraído a multidão. Chiara, tão insignificante a seus olhos agora, era ainda uma curiosidade. Ela recompensava dez vezes o interesse deles, gritando e se contorcendo entre os oficiais do *podestà*, antes mesmo que eles a pusessem na prensa. Aquilo era desagradável, ele mal conseguia olhar e notou que Matteo também não. Tiveram de bater nela várias vezes para acalmá-la. Mesmo assim, seus braços e pernas continuavam a se agitar tão violentamente que os dois homens ainda tinham dificuldade em segurá-la, e começaram a se ouvir risos na corte. Colocaram uma de suas mãos na prensa tão depressa quanto foi possível, e o *podestà* disse: "Isso não é uma garota. É um peixe no anzol." O *podestà* pediu silêncio porque não conseguia ouvir as respostas dela, mas mesmo depois era difícil entender o que ela falava. Ela parecia estar confirmando o depoimento de sua filha. Orazio não entende por que tiveram de colocar a outra mão dela na prensa, pois foi então que a situação toda tomou um rumo estranho. O *podestà* perguntou por que ela achava que *messer* Matteo faria uma coisa daquelas se não tinha havido qualquer tipo de intimidade anteriormente. Ele estava inclinado para a frente, tentando captar o que ela dizia, e pediu que ela contasse a história de novo, e o que veio então era truncado e desordenado. Algo sobre a pele de um homem enforcado pertencente ao filho de Emilio, o oferecimento dessa pele como um presente à sua senhora e *messer* Matteo sendo tomado por uma raiva cega. Orazio não podia acreditar no que estava ouvindo: toda a história sórdida do colete ia saindo confusamente da boca de Chiara como pedaços de carne podre. Ele teve vontade de pular em cima dela e sufocá-la no ato. Aquilo era prova de que havia sido um erro ficar com a garota. Inúmeras pessoas lhe tinham dito que ela só traria má sorte. Como se ele precisasse de mais agitação e escândalo em sua vida. Mas o *podestà* estava disposto a ouvir mais. Mandou que tirassem Chiara da prensa e lhe jogassem água no rosto para acalmá-la. Quando ela ficou quieta, ele a fez repetir a história pela terceira vez. *Ser* Tomasso ponderou que a garota havia prestado um favor a todos, porque não se sabia que mentiras Matteo Tassi teria inventado se o *podestà* o tivesse chamado a depor uma segunda vez, como de início pretendia. Da forma como tudo aconteceu, o *podestà* deu o veredicto sem chamá-lo novamente, considerando-o culpado da acusação e ordenando que ele realizasse um matrimônio de reparação com a senhorita Sofonisba, perdendo, ao fazê-lo, o direito a qualquer dote prometido ou devido.

Finalmente. Finalmente, apesar de tudo que haviam passado. E então, o que a sua filha — sua filha leal e obediente — resolve fazer? Ela se levanta mais uma vez. Quando tudo já está resolvido. Ela se levanta e declara em voz alta, para todo mundo ouvir, que prefere morrer. E então se vira para o próprio Tassi e diz isso novamente. Ela preferia morrer! A corte inteira se transformou num pandemônio. É a única palavra para descrever aquilo. A risadaria, Chiara gritando e gemendo, os oficiais da corte batendo nos joelhos e repetindo o que sua filha dissera. Orazio sente de novo o sangue afluir ao rosto só de se lembrar daquilo. Era como se estivessem no mercado e Sofonisba fosse a idiota com quem se divertiam. Certamente ela ofendeu o *podestà*, porque ele declarou que, se os dois pretendiam iniciar uma nova disputa, era melhor que o fizessem do lado de fora. O julgamento fora feito e os termos da reparação, pronunciados. A corte, àquela altura, estava mais interessada em dar seguimento ao assunto no que se referia a Alessandro e a seu delito abjeto. O *podestà* esvaziou a corte. Como se eles fossem ninguém.

Orazio sente a cabeça doer só de pensar naquilo tudo. Está mais calmo agora, mas lá, na rua, fora tomado por uma raiva impotente que parecia uma faixa de ferro apertando-lhe o peito e a garganta. A escrava ao seu lado, depois atrás dele, tentando se esconder. As pessoas todas olhando boquiabertas. Os problemas que o tinham atingido desde a chegada de Chiara. Nada além de aborrecimento. E agora ela não tinha mais utilidade alguma, exceto atrair a espécie errada de atenção. Ela mal conseguia colocar um pé adiante do outro quando deixaram a corte, e isso já era bastante ruim, e então ela começou a se lamentar e a gemer por causa das mãos. Num abrir e fechar de olhos, havia uma multidão em volta deles.

Foi um alívio quando Matteo apareceu, indignado, caminhando a passos largos. Metade da ralé o seguiu. Ao menos, ele conteve a turba.

Orazio grunhe. Chama o empregado para vir buscar as bacias e secar suas mãos. Pergunta de onde vem o barulho que está ouvindo. Tanai responde que é a garota berrando.

O que eles vão fazer agora só o bom Deus que está nos Céus sabe. Orazio faz suas orações, desculpando-se, em primeiro lugar, por não se ajoelhar, e fecha os ouvidos à gritaria da escrava.

Chiara dorme, mas seu sono é agitado.

Sofonisba, em sua cama, segurando a mão esquerda junto ao peito, se apóia desajeitadamente com a direita até conseguir se sentar. A garota está sonhando no colchão de palha ao pé da cama, gritando novamente, angustiada, palavras atormentadas como passarinhos nas mãos de meninos. Mas esses agora não são gritos de dor. São nomes, Sofonisba tem certeza disso, e ela os chama em desespero. Gritos de dor seriam mais suportáveis. Sofonisba se levanta e sacode Chiara.

— Acorde.

Ela abre uma banda da janela.

Chiara pára e abre os olhos. Por um bom tempo, parece não ver Sofonisba. Ela não presta atenção às mãos, fica olhando o quarto à sua volta. Sofonisba estende a mão e toca levemente o braço de Chiara. Ela está satisfeita porque as mãos da garota agora estão enfaixadas e não parecem mais tão impressionantes. Os polegares tinham ficado pendurados como vagens de feijão-preto retorcidas, roxos onde antes eram brancos. Orazio mandou buscar seu médico. Ele enfaixou o polegar de Sofonisba com uma atadura de linho para mantê-lo imobilizado. Depois, cuidou de Chiara. Orazio e Tanai a seguraram enquanto ele colocava os polegares dela no lugar certo novamente. Ele os pincelou com uma tintura verde-escura de cheiro repugnante.

— Agora as suas mãos têm todas as cores do arco-íris — ele disse. — E um cheiro tão ruim quanto a aparência delas.

Os polegares estão escondidos, caprichosamente atados ao lado das mãos. Caprichosamente enfaixados, mas inúteis.

— O que vamos fazer com você agora?

Chiara apenas olha.

— Devia ter sido Matteo — diz Sofonisba. — Devia ter sido Matteo.

A dor da prensa continuava até muito depois de ter sido tirada dela. O ferimento de Sofonisba não é assim tão sério. Ela se obrigou a ficar ajoelhada sem se mexer. A dor se estendeu, como uma incisão profunda, ao longo do braço, como se uma flecha tivesse sido atirada por dentro dele. Agora se manifesta mais uniformemente, como ondas que vão de encontro aos pilares de uma ponte e os envolvem. Mas Chiara não pára de fixar a escuridão do quarto. Como se algum outro ferimento tivesse dominado os seus sentidos.

— O julgamento acabou. Ninguém vai machucar você de novo.

Chiara se deita. Ela se encolhe e fica de lado, com as mãos pousadas sobre o colchão, junto ao rosto, como se de forma alguma lhe pertencessem. Os olhos estão abertos. Ela não os fechará até a madrugada do dia seguinte.

ALESSANDRO NÃO PODE ser chamado de um pensador racional. Vagos anseios e lembranças assombram seu cérebro e chocam-se uns com os outros no escuro. Algumas vezes, quando colidem, eles se fundem, formando um novo desejo que desencadeia movimento. Nesse exato momento, o espaço entre suas orelhas está ocupado com um salto e crepitações. Ele vê as nuvens queimando dentro da igreja; ouve a multidão lá fora apontando-o como culpado. Sente o seu próprio medo, a sua excitação obscena à vista do cavalo que Ceccio e os outros rapazes estão montando e que urra de dor. Vê sua herança queimando na chama da vela, partículas minúsculas dela se dispersando na corrente de ar. E agora ouve Matteo Tassi, o maior mentiroso, boca-imunda da cidade, confirmando as palavras da sapa daquela escrava, repetindo a história de sua muito sagrada veste. E todo mundo acreditando nele. Alessandro sabe que está exposto. Sente como se tivesse andado nu pelas ruas, os olhos de seus inimigos queimando-lhe a pele como brasas. O julgamento poderia ter sido a derrocada de Matteo, poderia ter significado o indiciamento, quem sabe a prisão dele. Em vez disso, envergonhou e degradou Alessandro e conferiu a Tassi o mais disputado e cobiçado prêmio: Sofonisba. As humilhações e injúrias relembradas, e seus pecados também, se transformam numa multidão furiosa, correndo de volta para lançar-se sobre o seu rosto, como o excremento de cavalo na porta de *ser* Orazio.

Quando sai de casa, carrega uma jarra de óleo de lamparina enfiada debaixo do braço, uma pedra de fogo e um pedaço de aço na bolsa.

Atravessando o mercado, ele derruba uma tenda de propósito. Gritam muitas vezes com ele, que agarra um nabo e atira com violência em direção às vozes, atingindo uma velha do lado da cabeça. Ainda não é o bastante, e ele se vê dobrando a esquina e entrando na Via Rosaio. Passa três vezes em frente ao ateliê de Tassi, o ressentimento ardendo no fundo do peito, como se tivesse engolido um pedaço de osso. Mas, cada vez que sua mente projeta a maldade, a imagem de Tassi, enraivecido, pula da representação. Começa a pensar na escrava, e não em Tassi. Afinal de contas, foi a escrava que deixou escapar a história da veste. Uma escrava! Ter o seu maior segredo revelado por uma escrava, que contou tudo, envergonhando-o perante seus amigos, a cidade inteira rindo dele. Da terceira vez que passa pelo ateliê, não volta, toma a direção da casa dos Fabroni, seguindo primeiro pela Via Baccano e dando uma olhada na taberna onde os homens mais dissolutos vão tomar o seu vinho. Não é preciso mais que alguns copos e ele já declara abertamente a sua intenção de incendiar a casa da Via del Cocomero e matar todos os seus moradores. Depois de mais alguns copos, dorme pesadamente, ressona com a cabeça pousada na mesa, e, quando chegam, os homens do Bargello não têm dificuldade alguma em levá-lo preso.

ORAZIO SABE QUE NAQUELE DIA não haverá um só homem na cidade que não tenha ouvido contar sobre o escândalo da camisa do homem enforcado. Mas ele já decidiu. A encomenda mais importante que jamais teve está em jogo. Ela pode tirá-lo da esfera de pintor de casas, decorador de igrejas e levá-lo para a órbita da realeza. Será como trabalhar para o próprio Papa. A única atitude sensata agora é saírem da cidade com toda a pressa.

No dia seguinte, ele se levanta tão logo começa o barulho dos empregados das lojas ao longo da rua. Há ainda o problema de sua filha intratável, mas não é nada que não possa ser resolvido com o passar do tempo. Ele descobriu um modo de pensar claramente no meio do emaranhado de seus problemas: responde às próprias perguntas como se fosse *ser* Tomasso. É como colocar um par de óculos. O que fazer a respeito de Sofonisba e sua desobediência total? Simples: nada! Ele vai tratar dos próprios assuntos primeiro. Ela tem o resto da vida para se casar com Matteo. Ninguém mais, afinal de contas, vai chegar batendo à sua porta atrás de um casaco de segunda mão. Quanto a Matteo, ele não é problema. É verdade que foi embora. Mas Tassi sempre fugiu das dificuldades. Ele voltará. Tem de escolher entre casar e enfrentar uma possível prisão. Ele sabe que Matteo se casará. É como uma janela numa torre, essa nova visão das vicissitudes da vida. Ele está muito acima delas. Ainda assim, não tira pedaço ter *ser* Tomasso a seu lado.

Orazio passa o resto da manhã nos fundos do ateliê, examinando papéis com o notário, argumentando e questionando até que *ser* Tomasso bate com as duas mãos abertas na mesa e diz "Quem é o notário aqui?" e Orazio se torna submisso e cooperativo, assinando qualquer coisa que o outro põe na sua frente. Num ponto, entretanto, ele não cederá. *Ser* Tomasso queria que ele esperasse, que negociasse uma ajuda de custo para a viagem, mas Orazio insiste em partir o mais depressa possível. E está disposto a vender um pequeno pedaço de terra para custear a viagem. Fará o que tiver de ser feito. Depois disso, o caso fica nas mãos de Deus.

Quando o notário vai embora, Orazio arrasta os pés até o quarto de Sofonisba.

— Desça — diz ele. — Desça. Eu quero falar com você.

Ele senta à escrivaninha e começa a preparar outro conjunto de instruções para Tomasso.

Quando Sofonisba aparece, ele diz:

— Já me decidi. — Ele parece não reparar nas sombras escuras sob os olhos dela, em sua aparência pálida e cansada. — Partirei logo. Vou levar o empregado e possivelmente um outro. Chiara não serve para nada. Nós a mandaremos para Paolo.

— Eu ficarei com Chiara durante a sua ausência.

— Chiara não pode ficar de maneira nenhuma. Ela não está em condições de trabalhar. Não serve para nada, a não ser talvez para mais alguns daqueles desenhos intermináveis em ponta de prata de Paolo.

— Eu gostaria de ficar com ela.

— Depois do que houve ontem? Ela traz má sorte. Ela é uma praga ambulante. Não quero ter mais nada a ver com ela.

— Eu gostaria que ela ficasse.

— Não é você quem decide.

Sofonisba, embora pudesse, não quer mais protestar. Ela está bem consciente de que há questões ali que podem mudar sua vida. Chiara pode ficar com Paolo por ora. Não fará a menor diferença. Seu pai estará longe demais para objetar quando ela decidir trazê-la de volta.

— Então quem você vai deixar para me ajudar?

— Você não precisa de ninguém em *Argentara*. Andrea tem empregados. Você é totalmente capaz. Se não puder evitar, contrate Ilario ou alguém com a mesma habilidade e peça a Tomasso para redigir uma nota promissória a ser resgatada quando eu voltar. Preciso de todos os meus recursos para financiar essa viagem, a não ser que o embaixador possa fornecer alguma verba.

— E Matteo? — Não é inocentemente que ela pergunta. Será interessante ouvir seu pai se desculpar por pressionar as *nozze*. Ela acha divertido e, ao mesmo tempo, fica um tanto nauseada de ver como esse casamento, que ela não queria e pelo qual já a fizeram sofrer, está sendo posto de lado com tanta facilidade.

— Na minha volta. Haverá tempo de sobra. Matteo Tassi talvez fuja para Siena. Mas ele voltará.

— Enquanto isso, o seu desejo é que eu viva aqui sozinha, como uma viúva? — Embora a idéia seja como a superfície de um rio num vale distante. Cintila.

— Isso não vai acontecer. O *arcivescovo* generosamente providenciou para que você fique alojada num apartamento com uma criada, com todas as despesas pagas enquanto estiver trabalhando nas paredes dele. — Orazio está destrancando sua escrivaninha. Tira um papel depois do outro. O rio de Sofonisba brilha enquanto vai serpenteando em direção ao mar aberto.

— Então o meu bom nome estará a salvo?

Orazio trinca os dentes diante dessa ironia ofensiva e inoportuna. Ele respira fundo duas vezes.

— Você não terá bom nome enquanto não se casar.

Sofonisba sorri satisfeita por ter exposto a hipocrisia dele, nem que fosse só para si mesma.

— E quando os murais estiverem prontos? Devo tocar os negócios da oficina sem ajuda?

— Você terá *ser* Tomasso. Já discuti isso com você. — Ele está remexendo os papéis com o cenho franzido. Sofonisba não tem certeza se ele está preocupado ou tentando evitar a conversa. Pouco importa.

Ela já começa a respirar um ar diferente. É como uma nova e refrescante manhã. Ela pode bebê-la como se fosse água. Desanuvia a sua cabeça. Sofonisba vê a pintura que espera por ela. Não é nenhuma *Madonna*, nenhuma *Susana*. Ela mal pode esperar que ele se vá.

Orazio está retomando a carta quando se lembra e olha para cima.

— E sua mão? — diz ele, estendendo a sua. — Como vai essa mãozinha, coitadinha?

Sofonisba escuta o arranhar da pena do pai enquanto volta para o quarto.

Chiara ainda está dormindo ao pé da cama, como se tivesse feito uma viagem muito longa. Ela não se mexe.

Sofonisba escorrega para baixo das cobertas novamente.

Pensa na mulher de Iacopo na fazenda, Margherita, que anda com as costas curvadas como um besouro por entre as vinhas, arrastando uma cesta atrás de si, onde coloca os cardos que arranca. Pensa na mulher do Antonio escultor, que, todo mundo sabe, se deita lá em cima sem dormir enquanto Antonio fornica com sua última modelo lá embaixo. Pensa na cozinheira da casa vizinha, que ostenta os hematomas feitos pelo marido como se fossem jóias novas. Pensa na mulher que ela acreditou por um tempo que fosse sua mãe rolando e soltando risadas estridentes como guinchos na cama grande de seu pai. Pensa em sua mãe morrendo no momento de dar à luz. Pensa em Chiara gritando no meio da noite. Ela sabe que era pela mãe que chamava. Aposta como aquelas sílabas estrangeiras eram nomes.

O mundo de Sofonisba está em pedaços. Raiva e ressentimento a dominam, e ela ainda não conseguiu falar. Mas agora sabe como contar o que se passa com ela, e não será com palavras, como eles esperavam. Ela contará a sua história. Não feito Chiara, vomitando o que deve ser guardado entre quatro paredes, o que podia ter se virado contra eles não fosse tão interessante para aqueles velhos sórdidos. Não, ela tem uma idéia e vai apresentá-la da maneira em que melhor se expressa. Dois dias atrás, voltando de San Pier, passando pela Loggia dei Lanzi, como já havia passado muitas vezes, seus olhos de repente se abriram. Era a nova estátua de bronze de Perseu, projetada e fundida pelo brilhante amigo de Tassi; Perseu, forte e gracioso, bem equilibrado em sua vitória fácil e elegante, segurando no alto a cabeça da medusa ainda gotejando sangue. Um artista que chega a tal perfeição deve atingir o Paraíso. Ela viu a estátua como se fosse pela primeira vez. O corpo aos pés dele, inerte, não era o do górgona abatido. Não era nenhum monstro. Sem cabeça, ela havia sido despojada de sua identidade mítica. Era um corpo jovem, belo, deitado de costas, com suas formas femininas expostas ao olhar do público, desonradas e indefesas, nuas, exauridas.

Quando sua mão estava sob a prensa, ela mordeu a língua para impedi-la de contar a verdade, que só a prejudicaria. Em vez disso, desmentiu Matteo e todas as palavras que ele disse sobre os "doces olhares" e o "prazer mútuo" deles. Repetiu apenas o que ajudaria a sua causa, tendo o cuidado de não dizer nada que pudesse tornar os juízes surdos ao ultraje que havia sido aquele ato de força. O *podestà* havia chamado o ataque dele de "avanços". Sofonisba o qualificava de estupro — que não encorajou e diante do qual protestou e resistiu com todas as forças. Foi um assalto infame e cruel. Como ela poderia responder honestamente sobre ocasiões anteriores e, ainda, assim fazer o *podestà* acreditar que naquele dia realmente o rejeitou? Como poderia dizer-lhes as coisas que ele fez, não naquela ocasião, não naquele momento em que conspurcou a amizade deles, mas em outros tempos, quando todo divertimento e satisfação que tinham eram na companhia um do outro? Poderia lhes contar do jeito como ele lhe falava, com a mão no seu cabelo, no pulso, com a voz baixa, dizendo que sua obscenidade era somente uma fantasia que vestia para divertir os tolos, prometendo descartá-la e prostrar-se ternamente aos seus pés? Poderia ter descrito como os olhos dele a procuravam enquanto falava essas coisas, e ainda assim fazer acreditar, àquelas autoridades de rosto de pedra, que ela resistiu quando ele veio procurá-la, naquela tarde que os passarinhos inocentes enchiam de melodia? As lágrimas de Sofonisba finalmente começam a cair. Caem não pela ferida, não pela humilhação; caem pelos dias de suas gargalhadas, de seus olhos em conluio, de suas mãos e seus lábios cúmplices, de suas línguas. Enganando o mundo sério e idiota e trocando beijos, carícias. No ato rápido e torpe — ao qual ela resistiu sim, com cada músculo, cada tendão, com os dentes —, sua única vergonha foi ter um dia amado aquele homem. Porque ele era igual a ela. Porque ele era Matteo. Porque não havia outro como ele. E foi isso que ela mordeu a língua para não contar, porque ela sabe, com tanta certeza quanto que as estrelas brilham no céu, que, se tivesse deixado escapar qualquer indício da afeição anterior, não haveria juiz nem padre — embora Tassi tenha vindo ao seu encontro com a mais vil das intenções —, não haveria senhor nem governante da cidade, que não o tivesse considerado isento de culpa. Eles o considerariam sem culpa, e ela, a pecadora. Como se ela pudesse ter se entregado a um homem que veio ao seu encontro cheio de raiva e com o coração sedento de sangue; porque não era o mesmo Matteo aquele que a atacou com os dentes trincados de raiva e a empurrou no chão; que cuspiu no seu rosto e cobriu-o com a mão espalmada, lambuzando seus olhos, seu nariz, sua boca; que ajoelhou por cima dela, imobilizando-lhe os braços; que rasgou sua roupa e a virou de bruços, achatando seu rosto contra o assoalho; que a agarrou e penetrou como um estranho e então, quando ela conseguiu se libertar, se afastou para sua ação obscena, dizendo "Eu não preciso de você".

Todos os jogos que eles haviam jogado — como dois príncipes brincando pelo vasto mundo — não eram mais jogos. Ela queria apenas desferir a mesma dor mortal. Na corte era importante negar aquele novo Matteo, refutar todas as suas afirmações a respeito de afeições compartilhadas. Com a mão sob a prensa, ela as negou, guardou silêncio sobre todos os segredos do seu coração, sabendo que, se falasse, esse Matteo Tassi, aquele a quem ela odiava, ficaria livre. Não havia homem ou mulher em toda a cidade capaz de compreender por que, se o amava, era tão grande assim a sua raiva agora, ninguém que pudesse entender quão completamente ela fora traída. Um pouco de sua raiva ela reserva ao *podestà* e à corte dele, que julgaram ser justiça sentenciar o seu saqueador a se casar com ela. As profundezas mais sombrias de seu ódio vão para Matteo, que acreditava ser uma pessoa igual a ela, um amigo. É por causa de Matteo que ela se encontra agora partida por uma raiva tão violenta quanto o golpe de um machado. Ela foi forçada a mentir, a cometer perjúrio para que os outros pudessem saber da verdade. Ao defender-se contra o que é odioso agora, ao lutar para que a justiça contemplasse a sua causa, ela havia negado tudo que lhe era caro. Pisoteou a própria vida e está tão fria agora, tão dura quanto a terra cortada pelo arado melancólico no inverno: seu coração é uma pedra revolvida dentro do sulco congelado. No lugar onde está, somente o ódio pode criar raízes e toda a terra que vê à frente é árida.

Mas ela não vai ficar em silêncio para sempre. Dará a eles a sua retribuição. Vai lhes mostrar o que é justiça. Sabe como fazê-lo. Se pensam que está em silêncio porque não tem nada a dizer, estão enganados. Mas, quando decidir falar, será na linguagem de sua escolha, uma que não possa ser contestada, ou mal interpretada ou torcida sobre si mesma como uma serpente. Não será de maneira alguma em palavras. Sem palavras, não haverá réplica. A verdade que ela vai contar será mais poderosa que todas as dissimulações do seu silêncio.

TREZE

Paolo Pallavicino espia o pequeno grupo subindo o morro. Eles ainda estão a certa distância, mas parecem ser os Fabroni. Paolo não faz idéia da razão que teriam para vir procurá-lo. Ele voltou antes de Giuliano e não quer a companhia de ninguém. Depois do San Giovanni, mal pôde esperar para voltar ao seu trabalho. O fracasso dos espetáculos públicos tinha deixado sua auto-estima em frangalhos e acabou com o seu interesse por esse tipo de entretenimento. Percebe como, seduzido pelo sucesso do ano anterior, ele se deixou desviar de seu verdadeiro trabalho, tentado a cair na distração e na complacência pela promessa de um renome ainda maior. É difícil para ele, o leal defensor da observação empírica, não ver o acidente como uma lição pessoal de seu Criador, o resultado direto de sua vaidade. Mas é somente a confirmação do que ele sempre soube. Essa brincadeira de criação é insatisfatória. É a construção de brinquedos e bugigangas que só podem acabar em pedaços, modelos que não podem adquirir vida. As penas empilhadas e esquecidas sobre a mesa são um símbolo disso. Uma poeira fina e branca de cal assentou sobre elas. Sem vida, não representam nada senão a própria desarticulação e desarrumação. A arte a serviço do divertimento se torna uma trapaça e é um obstáculo na busca da verdade. Ele sabe disso.

Não, o caminho que leva à frente é o da investigação, por meio de uma atenção cuidadosa ao que está ali, diante de nós. Antes do San Giovanni, ele já estava pensando numa nova dissecação. Ficará satisfeito de voltar ao trabalho sério. Mergulhará novamente na investigação da Natureza. No celeiro e no estábulo é que se darão a aprendizagem e o avanço verdadeiros. Experiência. Isso é o que conta. Na experiência, pode-se conhecer a Natureza. Na arte, ela pode ser revelada. É esse acúmulo de experiência, essa investigação minuciosa e rigorosa do que está diante dos olhos que consiste no dever mais importante e no principal mérito de um homem. Porque o dever do homem é conhecer Deus. E, para conhecer Deus, o homem somente precisa olhar para a Sua criação. Por meio da atenção cuidadosa à criatura, sua centelha original, sua divindade secreta, pode ser descoberta — e isso mais prontamente se a criatura está viva, quer dizer, antes que sua essência se tenha dissipado. Uma coisa Paolo sabe sem sombra de dúvida: a verdadeira beleza de uma coisa está exatamente ali, não na casca feita de matéria, mas na centelha secreta de sua existência. Ele provou isso a si mesmo muitas vezes com o simples expediente de cortar uma flor de seu caule. Em poucos minutos, a vitalidade das folhas e pétalas começa a desaparecer, provando que a beleza da aparência trabalha somente para iludir a percepção. Acreditamos que o frescor esteja na própria flor, quando, na verdade, a flor existe em sua essência escondida, a propriedade peculiar que corre em suas veias durante o período de sua vida, e que se desprende dela e volta para o ar apenas quando ela morre. Verificou também a sua tese observando pequenas criaturas, cuja beleza do olhar, o brilho da janela da alma, desaparecia no instante em que a vida deles se extinguia.

E é por essa razão que Paolo, perversamente, considera a representação da Natureza a arte suprema. É por isso que o desenho que fez do feto que extraiu da mulher enforcada era mais bonito que a própria criança: porque somente no desenho e na pintura a força vital parece ser capturada para a eternidade, como no retrato de um homem ou de uma mulher cujos olhos parecem possuir o poder da visão, ou na representação de uma criatura brutal que parece estar sangrando outra, ou de uma criança que dá a impressão de dormir. Ficará satisfeito de voltar logo às suas investigações.

Há uma questão que insiste em levá-lo de volta ao ponto de partida. Se essa beleza das aparências, esse falso véu, serve apenas para esconder a verdadeira beleza — que é o próprio Deus, Senhor da Criação —, a que propósito, então, serve a feiúra? A mesma beleza pode também ser encontrada nela? Esse é o paradoxo que a investigação lhe revelou: se um homem olha bem de perto a pele de um sapo, a perna de uma aranha, uma beleza inimaginável cintila ao seu olhar, como quando nuvens de chuva se dissipam e revelam o sol. Isso é a verdade, é a confirmação de que o Senhor Deus de Bondade Absoluta criou o mundo. E, ainda assim, o argumento é falacioso. Ele não se engana: sabe que o reverso é verdadeiro, que pode cortar o ventre macio de um cervo e encontrar podridão, abrir o corpo de uma bela mulher e encontrar cancros de pecado. Aqui o pensamento mais uma vez se reverte. A putrefação: é só alguém a examinar com atenção de verdade e verá que ela revela uma beleza própria, estranha e discrepante, formas e desenhos não-imaginados por nenhum homem, saídos todos de uma paleta resplandecente de cores jamais sonhadas. O argumento, como se pode ver, é uma espiral gêmea, um algarismo oito que não tem fim, que não leva a lugar algum. Assim como a beleza pode surgir do terror — o riscar do relâmpago, o salto da chama —, o terror pode ser evocado pela perfeição.

Ele nunca esqueceu o trabalho daquela noite com a criança que não nasceu. Vive agora dentro de si, da mesma maneira que suas palavras vivem em Ceccio, para ser relembradas em sua totalidade e na seqüência em que foram ditas.

Ele mandou seus ajudantes deixarem o cadáver da mulher dentro do estábulo e pagou por isso. Mandou Ceccio acender os lampiões, responsabilidade especial pela qual este não viu razão alguma para agradecer. Ceccio, na verdade, estava meio morto de medo e teve de ir uma vez lá fora, até o monte de esterco, esvaziar os intestinos. Fez isso rapidamente. Voltou bancando o corajoso, proferindo ameaças e xingamentos, chamando o corpo de uma porção de nomes de animais e demônios, acusando-o de várias práticas mais criativas que a conspiração pela qual a mulher havia perdido a vida.

Quando percebeu o estado da mulher, Paolo pediu que o dobro de velas fosse colocado ao redor de seu cadáver. Ele lembra como as mãos do empregado tremiam ao acendê-las. Era impossível ignorar a semelhança com um altar, embora ele tentasse, como sempre tenta, permanecer distante e objetivo em suas explorações. O garoto mantinha os olhos fixos no olhar assustador e embaçado da mulher enforcada. Ele se queimou duas vezes.

A mulher não era nem moça nem velha. Seu rosto não tinha rugas profundas. O nariz era reto; as sobrancelhas, levemente arqueadas; os cílios que contornavam aqueles olhos impressionantes eram excepcionalmente longos. O cabelo havia perdido o viço na temporada na prisão, e a pele em volta do pescoço estava ferida, embora traços de beleza ainda fossem visíveis nos lábios, agora retraídos, mostrando os dentes. Paolo cobriu a parte de cima do corpo e a cabeça com toalhas de linho. O ventre grávido, então, pareceu se elevar, uma lua pálida no interior do estábulo, a pele esticada numa tensão cor-de-prata.

Ele nunca esteve tão sozinho. Ceccio foi se sentar no chão, lá perto da porta, o mais distante possível. Nem promessas nem ameaças puderam persuadi-lo a lhe dar assistência daquela vez, nem Paolo tentou conseguir isso à força. As facas estavam prontas sobre o pequeno suporte ao lado da mesa. Estendeu a mão e ficou surpreendido ao ver como ela tremia. Paolo Pallavicino, que sempre fora tão seguro sobre o que devia fazer, com todos os seus anos de dissecação e pesquisa sobre a vida e a morte, tentando encontrar-lhes a origem, anos cortando o seu universo em pedaços, estava perdendo a coragem devido ao ato que iria realizar. Se estivesse a ponto de entrar na Santa Maria Novella e se aproximar do altar principal para pegar o santuário onde se esconde a Divindade e arrombar-lhe as portas, talvez não fraquejasse tanto. Era como se fosse usar a faca que segurava para abrir o próprio peito e penetrar no seu interior.

Deu o primeiro corte do esterno ao osso do púbis, por um meridiano que passava pelo umbigo, depois fez um corte transverso lateral bem entre a sétima e a oitava costelas, e um terceiro em forma de meia-lua de um lado ao outro do púbis, abaixo do volume da barriga. Sob a pele, não havia gordura. O músculo longitudinal do abdômen, já afinado ao centro pela pressão do útero, abriu como se fosse um casaco. Por baixo, os dois leques oblíquos que formavam a camada muscular seguinte separaram-se com facilidade, como dedos que se desentrelaçam. Paolo trabalhava com cuidado, com medo de, acidentalmente, cortar demais. Quando ele afastou as bordas para expor o útero, viu que a camada transversa mais profunda havia afinado, e apresentava uma transparência sobrenatural.

Com os músculos afastados, ele limpou a superfície do útero, sentindo distintamente o traseiro da criança, e até mesmo a protuberância de um ombro ou de um joelho, a cabeça imóvel como uma pedra na boca de um canal.

O abdômen aberto apresentava um estado de decomposição familiar. Lembra que foi até lá fora e respirou profundamente duas vezes, passando os dedos pelo cabelo para clarear os pensamentos, e de repente ficou claro para ele como penetrar no útero.

Entrando, ele pegou um bisturi pequeno e curvo e fez uma incisão cuidadosa na parede do útero, mais abaixo e em direção a um dos lados, trabalhando na área entre as protuberâncias do feto recurvado, entre o quadril e o joelho, supunha. Cortando de leve com a lâmina, fez uma pequena abertura e, então, trocou o bisturi por uma tesoura. Ele inseriu a lâmina inferior com cuidado logo abaixo da parede muscular. Trabalhando com prudência, cortou em volta, experimentando primeiro com o lado cego da lâmina e então, não sentindo alguma obstrução, cortando mais adiante. Dessa maneira, cortou cuidadosamente a superfície anterior do útero. Já podia ver uma confusão de membros. Embora não pudesse perceber como a criança estava colocada, ela estava lá e ia se revelando à medida que ele cortava o seu véu escuro de carne. Estava descobrindo um mistério, abrindo uma janela na Criação. Sua mão tremia quando se permitiu tocar a pequena coxa que havia exposto. Continuava cortando com atenção, tendo encontrado obstáculo somente uma vez. Trabalhando com a tesoura, ele conseguiu seguir o contorno da criança sem interferir em sua posição, cortando fundo e em volta da criança, até que toda a cabeça fosse revelada no lugar onde repousava, junto à porta de passagem para o mundo exterior. Deu os últimos cortes, fáceis, com a tesoura, e a borda do músculo caiu e ficou parecendo um avental no colo da mulher. Ele viu a criança encapsulada em sua membrana de seda. Poderia estar dormindo. Cortou o âmnio e puxou-o com os dedos. Limpou o líquido abundante que vazou, consciente, enquanto fazia isso, de que um segundo odor competia com o primeiro e que não era desagradável, não apresentando nenhum indício de putrefação. Permaneceu por muito tempo olhando para a criança, surpreso com sua serenidade, arrebatado pela beleza de seu azul extraordinário, a quase transparência de sua pele, suas pálpebras perfeitas que nunca se ergueriam para a beleza recíproca do mundo. Sentiu-se então como se sente diante da perfeição da folha, da asa. Teve uma vontade inexplicável de chorar. Queria se desculpar. Precisava novamente de ar. Não queria deixar a criança exposta e cobriu-a com uma toalha.

A lua brilhava sobre os lírios brancos à margem do rio. Ele reconheceu imediatamente o aroma e foi tomado por uma calma repentina. Viu a criança abençoada em sua perfeição e soube então que não era a ela, que estava acima da piedade, que devia pedir desculpas, mas a todas as crianças de todos os tempos, a ele e a Ceccio e à pobre mulher morta e a toda a Criação cujos olhos se abrem aos encantos do céu e depois têm de se fechar de novo. Deitou-se sobre a grama junto à porta a fim de descansar um pouco antes de voltar ao trabalho.

Uma hora depois, estava de pé novamente para fazer o desenho. Pegou o caderno e uma prancheta para apoiar sobre os joelhos. Mandou Ceccio buscar água fresca. Alimentou os lampiões e puxou o pano de cima da barriga da mulher, deixando a cabeça e a parte de cima do torso cobertas. Tentou não pensar na palavra "profanação" quando olhou o que havia feito. Aquilo poderia ter sido obra de animais selvagens, apesar de todo o seu cuidado. Mas a criança estava intacta. Ela estava recurvada, numa atitude de silenciosa concentração sobre si mesma. Teve uma sensação incontrolável de que ela poderia acordar, se ele estendesse a mão e a tocasse — e então, por um momento, não mais que um momento, sentiu um desejo incontrolável de que isso de fato acontecesse. Ele tivera vontade de ir cortando. Tinha pensado que poderia descobrir algum segredo, alguma chave para o conhecimento total, mas o que viu foi outra vez somente beleza, beleza que fustiga os olhos e provoca lágrimas.

Mergulhou a esponja na água e torceu. Seus dedos estavam tremendo quando os baixou na direção do pequenino ombro. Ele estava duro e frio como um seixo. Imediatamente seu tremor parou. Passou a esponja sobre a forma diminuta, removendo todos os traços de membrana e sangue, trabalhando com delicadeza, consciente de seus gestos de parteira, terno. Ele via, sentia agora, que a pele da criança estava coberta por uma fina camada de uma substância parecendo cera que se soltava em flocos nas pontas de seus dedos. Era perfumada, dando vontade de levar os dedos à boca para provar, para lamber. Paolo Pallavicino, que sempre soube controlar seus desejos, viu-se subjugado. Pegou a pena e começou.

Já havia acontecido antes esse repentino desmoronamento, diante da aparência das coisas, de toda a elaborada construção intelectual. Certa vez, havia aberto o peito de um ladrão, serrando com os dedos trêmulos cada costela ao lado do esterno do homem e depois, em sua pressa, partindo-as. Havia imaginado encontrar o coração como um segredo opressivo, revelado depois de longos anos na escuridão, esperava que ele estivesse como que iluminado de dentro para fora, refletindo ainda o *spiritus vitalis*. Mas, quando, afinal, o coração surgiu, viu apenas um músculo, liso e belo, compacto e denso, que não lhe revelava nada mais que os órgãos expostos na bancada do açougueiro no mercado. Viu apenas o que já sabia, mas sentou-se mesmo assim para fazer anotações, descrevendo a maneira como as partes se ligavam umas às outras; perdendo a noção de tempo e espaço; esquecendo a própria necessidade de conhecimento à medida que a pena seguia a linha das artérias, à medida que a faca as cortava para mostrar formas ainda mais perfeitas, as elipses das aberturas, as ramificações tubulares das veias; perdendo por um instante eterno, no interior do delicado concerto de azuis suaves e vermelhos arroxeados, a consciência de si próprio.

Paolo sentou-se com o feto e desenhou por mais de duas horas, ficando com as pontas dos dedos brancas de frio como as de um cadáver. Não parou de desenhar até que se aproximou a hora de seus ajudantes retornarem com a carroça. O desenho apresentava um lírio seccionado, mostrando o seu centro. Estava aberto. Um ovo encontrava-se aninhado dentro da moldura ornamental de suas pétalas. O ovo também estava cortado longitudinalmente e, dentro dele, havia um útero, também aberto, com as pontas de suas bordas triangulares ultrapassando o contorno do ovo, em contraponto aos ângulos das pétalas. Dentro do útero, uma criança parecia dormir.

Quando os homens chegaram, ele estava embrulhando o cadáver no lençol, passando longas tiras de linho em volta dele e amarrando bem apertado. Não era fácil, mesmo com a ajuda de Ceccio. Pediu auxílio a um dos homens.

— Tarde demais para tudo isso agora — disse o homem. — Parece que o malandrinho pulou fora. Fugiu, não foi? O senhor castigou muito o coitado?

Paolo se virou, sem sorrir, para o homem:

— E você — disse, só para calá-lo — quer receber ou não o seu dinheiro?

O homem não disse mais nada, mas seu empregado, quando saíam com a carroça carregada, não pôde evitar olhar para trás várias vezes e perguntou:

— Para que todas aquelas flores debaixo da mesa?

— Que flores? — estranhou o homem.

Paolo observa Orazio e sua filha desmontarem. Um jovem vem com eles, um rapaz contratado para lhes dar proteção, ele supõe, com a escrava na garupa. Paolo percebe imediatamente que qualquer coisa está errada: a expressão contraída de Orazio, a falta de jeito de Sofonisba, a maneira como ela desmonta, usando apenas uma das mãos, a outra enfaixada. A escrava, com ambas as mãos enfaixadas. Ele repara como o cômico acompanhante precisa carregar a garota para desmontá-la, e ela não resiste nem ajuda.

— Vejo que vocês têm muito para me contar.

Orazio balança a cabeça, desconsolado, como se suas provações não tivessem fim.

— Muito. Muito — responde.

— Ceccio, venha ajudar as pessoas aqui.

— Venha comigo — diz a Orazio. — *Monna* Sofonisba, vá descansar um pouco. Leve a garota com você.

— *Maestro* Paolo, a garota é a razão de nossa visita. Nós a estamos trazendo para o senhor.

Paolo olha para Chiara. Vê uma apatia estranha em seus olhos. Ela tem um ar de exaustão. E as mãos machucadas? Queimadas? Em breve, ele vai saber.

— Então — diz ele, tentando animar —, vocês a estão trazendo de volta para mim. Aquela que eu não consigo dar para ninguém está de volta.

Sofonisba retribui com um sorriso sem graça.

— Chega uma hora — diz Orazio — na vida de todo homem, em que ele tem necessidade de recorrer a um verdadeiro amigo.

A garota tinha chegado mais perto de Sofonisba, apoiando-se nela. Sofonisba leva a mão ao rosto e aperta o osso do nariz, fechando os olhos.

— A estrada está tão poeirenta — ela diz. E Paolo percebe que não vai ser capaz de recusar esse pedido de ajuda quando ele chegar.

— Sentem-se. Sentem-se. Ceccio vai trazer água para vocês. Pão também, Ceccio. E carne para o rapaz.

— Venha comigo, Orazio. Venha me dizer do que você precisa.

Do banco do lado de fora da porta de Paolo, Sofonisba observa o rosto de Chiara enquanto os dois velhos conferenciam. Ela não sabe ao certo o quanto Chiara entendeu. Ela lhe dissera apenas que iam visitar Paolo Pallavicino. A garota colocou seu vestido cinza e enrolou na cabeça o pano cor-de-açafrão, ao qual ela se havia afeiçoado. Tinha visto Sofonisba fazer uma trouxa com seu outro vestido e mais uma blusa limpa. Ela amarrou a trouxa na frente da sua sela. Antes de saírem da cidade, perguntou se iam ficar na casa de *maestro* Paolo. Sofonisba havia respondido apenas "Sim, você vai ficar". Não haviam falado novamente durante toda a longa viagem.

— Você realmente me deixa sem escolha — observa Paolo quando Orazio termina de falar. — Você me obriga a dizer sim.

Naquele momento, parece bastante claro para Sofonisba que não verá mais a garota.

Um pouco mais tarde, Sofonisba conversa com Chiara no pátio ensolarado.

— Deus tenha piedade de sua alma, Chiara. Lembre-se de servir bem e com humildade a *maestro* Paolo, e não cause aborrecimentos a ele ou a qualquer outra pessoa que fique com você daqui em diante. — Ela se vira em direção à sua égua, que Ceccio está segurando, mas pára.

— Venha cá.

Ela abre os braços. Chiara se aproxima e elas se abraçam. Sofonisba esfrega o rosto nos cabelos da garota.

— Seja uma boa menina — diz. — *Maestro* Paolo é um homem bom.

Depois que eles vão embora, Paolo olha para Chiara como se ela fosse uma nova raça de animal de fazenda cuja razão de ser é obscura. Ele pega as mãos dela.

— Elas servem para um estudo — diz ele — e com possibilidade de virem a ser uma aberração quando cicatrizarem, como a sua pele malhada. — De tardinha, ele a levará para o seu estúdio e acenderá velas, embora ainda não vá escurecer. Ele a fará sentar-se à mesa e colocar as mãos sobre o tampo. Então, ele tratará de passá-las para o papel, olhando-as fixamente, como se absolutamente não pertencessem à garota. Com as ataduras removidas, elas se parecerão mais com duas criaturas das gaiolas mortas, de tal modo sua forma está alterada.

Quando ele tiver terminado, deixará Chiara ver o que desenhou. No desenho, não mostrará o colorido, somente as sombras necessárias para definir a forma. A pele se apresentará sem marcas e as mãos dela serão como quaisquer outras, exceto por estarem quebradas.

Depois disso, ele retornará à fascinação da superfície da pele e sua bela confusão, desenhando Chiara todos os dias, sob ângulos e luzes diferentes. Será uma forma de contemplação, seguindo-lhe os contornos do corpo e sobrepondo o mapeamento de suas marcas.

DOIS DIAS DEPOIS, logo após o dia clarear, lá fora, no Pasto dos Condenados, uma figura encapuzada está cavando sem ritmo ou eficácia, golpeando ruidosamente a terra, que não cederia caso não tivesse sido mexida há tão pouco tempo. É Alessandro, com uma pá, cavando o túmulo do homem enforcado. Seu pai vigia à sombra do muro, onde Alessandro, meses atrás, ficou observando os ajudantes de Paolo. A veste está no chão, esperando para ser devolvida, como ordenou o *podestà*. Um franciscano de batina marrom anda para cima e para baixo fazendo uma oração enquanto Alessandro cava. Ele está lá para garantir que a penitência seja cumprida e que a camisa de pele do homem lhe seja devolvida da maneira adequada, do mesmo modo que tinha estado lá para garantir que o corpo de Deus Pai não fosse sepultado sem uma oração. Seus passos são medidos, sua voz mal se ouve. Sua piedade não tem nenhum efeito sobre Alessandro, que está enterrando a si mesmo num buraco de raiva e ressentimento. Se pudesse, golpearia o frade com a pá. Mas, se alguma ação pode voltar no tempo e ter efeito sobre outra, talvez a presença do monge possa alcançar o passado e remover da vida de Alessandro as manchas de suas ações perversas, porque o monge não está lá movido pelo desejo de castigar, mas por compaixão, sentimento ímpar na avaliação do bem e do mal.

Quando a função termina e a terra está posta em seu lugar, Alessandro volta quase correndo aos portões da cidade. Seu pai o leva diretamente à Santa Croce para se confessar mais uma vez, e lá, nos degraus da igreja, de saída, está o seu amigo Orazio.

Orazio também estava de pé desde meia-noite. Fica surpreso de ver Emilio, e satisfeito.

— Emilio! — diz, abrindo os braços.

Para Orazio, naquele momento, todo mundo é mais querido que a própria vida. Sofonisba, diz ele, partiu ontem para o interior. Ele próprio, em menos de uma hora, parte para Pisa. Não menciona que tem estado apavorado com a perspectiva da longa e perigosa viagem, e que rezou a missa toda, implorando, com uma falta de dignidade abjeta, para chegar a salvo dos perigos de terra e mar. Não há como voltar atrás.

Emilio deseja-lhe uma boa viagem. Não conta onde esteve com Alessandro naquela manhã. Espera que Orazio não repare na sujeira das mãos do filho.

Quando Orazio diz que precisa se apressar, os dois homens se abraçam chorando, no meio da rua, pouco se importando com o resto do mundo.

O QUARTO QUE O *ARCIVESCOVO* reservou para Sofonisba é digno de um convidado de honra. Uma criada dorme no quarto ao lado. Os empregados na casa do *arcivescovo* nunca dormem no mesmo cômodo daqueles a quem servem. As janelas do quarto de Sofonisba são envidraçadas e dão para o lado sul dos jardins, onde o rosmaninho e o junípero foram podados em cercas-vivas baixas, e vasos de limoeiros e de loureiros estão colocados ao longo de largas alamedas. Entre as alamedas, há um espaço para lazer, com fontes e estátuas, pequenos bosques escondidos e bancos em lugares retirados.

O quarto é mobiliado com uma cama de cortinado sobre uma plataforma elevada, ao pé da qual fica uma arca finamente entalhada e pintada. Na parede em frente à cama, há um painel de marchetaria; as madeiras bonitas e variadas representam com fidelidade, em escala, a fachada externa da casa, como se o prédio tivesse projetado a própria sombra, o seu eco visual, no interior de si mesmo. Embaixo de um brocado pesado, a cama é forrada com lençóis de linho fino, cetins e sedas acolchoadas nas cores azul, vermelha e dourada. Há três travesseiros estofados com penas de peito de ganso. Nenhum desses luxos ajuda Sofonisba a dormir.

Na primeira madrugada de sua estadia, ela se deixa ficar na janela, olhando lá fora as formas sombrias das estátuas emergindo da folhagem. Imagina a figura do pai com o empregado atrás. Eles cavalgarão com as outras pessoas da comitiva, enfileirados ao longo da estrada para Pisa. Em Pisa, pegarão um barco para Gênova e, de lá, outro para Southampton. Ela imagina as figuras cada vez menores na estrada, e é como se estivessem levando embora todo o seu passado. De agora em diante, vai buscar a sua satisfação em tudo que fizer, não vai obedecer a ninguém. Estará sozinha pelo menos até o pai voltar. Sem pai. Sem Matteo. Sem nem ao menos a garota.

QUANDO GIULIANO RETORNA e toma conhecimento do reaparecimento da escrava malhada, fecha devagar suas pálpebras de longos cílios. Que razão tem ele, na ausência da mulher, para descer o morro em busca de conflito? Atribuindo as próprias qualidades àqueles que o rodeiam, ele considera homens e mulheres — se deixados em seu canto — amantes da paz e fáceis de tratar; ele não se desviará de seu caminho para perturbar ninguém. A mulher está novamente na casa da irmã. Giuliano acredita, com certa tristeza, mas não com desespero, que ela vai lá para evitar a sua companhia, embora, na verdade, ela vá na esperança de que um dos preparados ou infusões da irmã traga ao seu casamento a bênção de uma criança. Toda vez que ela volta para casa, Giuliano se deita com ela terna e amorosamente. Lucia fica em casa o tempo suficiente para que as atenções do marido renovem nela o desejo de uma criança, o que a compele a retornar para a irmã, que irá, ela espera, transmutar esse desejo ardente em carne. Ela permanece na casa da irmã até ter certeza de que as infusões surtiram efeito, quando então enfrenta a longa e árdua viagem de volta a *La Castagna*... E assim o ciclo de ausências e retornos prossegue e não produz uma criança, mas realiza milagres de doçura e afeto entre o casal. Lucia está prestes a perder a época mais sensual do ano em *La Castagna*.

Para Giuliano, os meses de verão não são tempos para conflitos. São tempos de passear pelas veredas lisas do jardim e respirar o perfume do jasmim e da doce rosa selvagem que sobe pelas fileiras de ciprestes podados. São tempos de andar pelos bosques de oliveiras prateadas e examinar os frutos, de sentar perto da fonte no final da tarde e ouvir de olhos fechados o melro cantar no topo da chaminé.

Quando Paolo Pallavicino sobe até a sua casa algumas semanas depois, Giuliano toca no assunto de Chiara de maneira razoável e moderada.

— É verdade, Paolo, o que tenho ouvido a respeito da escrava?

— Ela já está comigo há cerca de três semanas.

— Contra a minha vontade?

— Eu tenho tomado cuidado para que ela fique dentro dos limites da minha casa, *monsignore*. Ela não sai de lá.

— Ouvi dizer que ela sai, sim.

— Então, tenho de ser mais cuidadoso com ela. Talvez eu deva escrever a *ser* Tomasso e perguntar o que fazer com ela.

— Deixe que ela fique até suas mãos sararem.

Ocorre a Paolo que Giuliano não a pegará de volta, como ele, a princípio, havia esperado. Ela não tem serventia nem para Deus nem para o homem. Se a colocassem agora sobre um barril no cais, quem faria uma oferta? Com os polegares amarrados às mãos, ela não tem mais utilidade que as criaturas mudas do celeiro, que não podem levantar a comida e precisam se curvar sobre ela.

— Quantas vezes você já a desenhou?

— Vezes sem conta. Não saberia dizer quantas.

— E o seu interesse não se esgotou?

— Às vezes, penso que poderia fazer alguma coisa por ela. — A superfície das coisas não é o bastante. É um chamariz, seduzindo os olhos e levando-os a procurar mais. Desenhar Chiara não é suficiente. Paolo Pallavicino gostaria de superar esse embuste de luz e sombra e fazer tudo ficar igual.

— Vesti-la com roupas finas, adorná-la com pedras preciosas e brilhantes? Paolo não se deixará confundir.

— Se a camada mais externa da pele pudesse ser removida... Nós somos todos de carne por baixo.

— Você está se referindo ao destino de Mársias.

— Se houvesse um meio de remover a pele, pedaço por pedaço, sem infligir um sofrimento excessivo... — Para ver se isso é exeqüível, ele pensou em retirar uma camada fina da pele negra do ombro dela e observar como cicatriza. Isso pode ser feito, ele raciocina, se ela estiver num estado de estupor que seria facilmente induzido pela administração de uma grande quantidade de vinho.

— Bem, se esta possibilidade existe, tenho certeza de que você é o homem certo para descobri-la.

— Seria um trabalho de maior valor que a preparação de um espetáculo para o povo.

— Mas para o benefício de uma única pessoa. Quando você prepara um entretenimento, faz o povo todo se alegrar.

Giuliano percebe o que disse no momento em que as palavras saem da sua boca.

— Não dessa vez.

— Foi um capricho do destino.

— Como a garota.

— A garota talvez seja algo que eu possa consertar, um trabalho que eu possa emendar.

— Corrigir o trabalho de Deus?

Quem não desejaria?, pensa Paolo, embora seja blasfêmia dizê-lo.

— Claro que não. Quem quer brincar de Deus sempre acaba mal.

Os dois homens se calam, ambos conscientes da brincadeira infeliz e dos restos do velho desgraçado apodrecendo no Pasto dos Condenados.

Quando deixa a vila, Paolo vai direto para a sua oficina, desenha e faz muitas anotações. Ele trabalha lá por alguns dias, dorme lá. Manda Ceccio caçar salamandras e sapos na beira do rio. Ceccio conta para Chiara que o seu senhor os esfola e depois os come vivos. Ele lhe conta outras coisas que ela não quer ouvir. Ela começa a evitar Paolo Pallavicino, a não ser quando ele a chama.

Com o tempo, e porque ela não tem obrigações, as mãos de Chiara começam a sarar. Os polegares se movem com rigidez. Eles parecem, com suas juntas inchadas, pertencer a uma mulher muito velha. Paolo ainda manda buscá-la todos os dias para submetê-la aos seus ungüentos e tinturas, mas agora ele os aplica, numa concentração mais forte, sobre o seu ombro também. Ela se submete a esses novos procedimentos com uma atenção defensiva. A apatia que ele observou no olhar dela no dia em que lhe foi devolvida foi substituída por cautela. Ainda assim, ela fica de pé sem se mexer enquanto ele examina seu ombro, recuando somente quando ele pega o paquímetro. Ele o coloca na beira das manchas, tenta calcular a proporção entre o preto e o branco. A menina se encolhe, só volta a respirar normalmente quando ele a manda embora com um tapinha impaciente e desatento com as costas da mão. Já tirou dela o que podia sem lhe abrir o corpo: seus olhos já se deleitaram o quanto quiseram com o estranho charme dela.

À medida que as semanas passam, fica claro que Chiara realmente se tornou um problema. As dificuldades práticas do experimento que Paolo tem em mente são muito grandes. É inútil tentar mandá-la de volta para a fazenda.

Iacopo tem exigido o pagamento. Ele a mandaria de volta na mesma hora, com uma nova cobrança. Giuliano certamente a receberia na *villa* se não fosse por Lucia. Tassi ficaria novamente com ela, ele sabe disso, mas, segundo rumores, Tassi está produzindo maravilhas em ouro e prata em Siena. Enquanto isso, ela ainda está aqui, parecendo agora uma cadela amedrontada. Quando ele passa por ela, ela o segue com seu olhar desconfiado. É uma imposição. Se ela vem se sentar perto enquanto ele trabalha, ele fica ouvindo sua tosse. Ela tosse de quando em quando, marcando a passagem do tempo que devia correr sem ser percebido. Quando Paolo pensa que as manchas tornam a fuga impossível para ela, de repente fica com medo. Sua própria integridade lhe será tirada. A presença dela gradualmente alterará a sua relação com o mundo e com Deus. Não mais um criado de Deus, Paolo, mas o integrante de um par. Eles serão como animais na canga, como prisioneiros manietados, como marido e mulher. Ela o faria, misteriosamente — de uma maneira diferente de Ceccio —, de certo modo, menos que uma pessoa inteira.

ENQUANTO O SOL DE VERÃO brilha sobre a geometria imaculada de folha e pedra em *Argentara* e até mesmo as estátuas parecem suar, Sofonisba trabalha com diligência em suas pinturas. Assim que chegou, o *arcivescovo* mudou de idéia. A *Susana*, decidiu, ficaria melhor num painel pendurado em cima da cama, que poderia ser levado para Roma se assim o desejasse. Podia ser trabalhado em têmpera, mas não seria pintado diretamente na parede. Ele mandou passar gesso sobre o trabalho de Orazio. Vários motivos o levaram a essa decisão, e todos eles tiveram a ver com Sofonisba. Quanto mais tempo ela ficasse com ele, melhor.

Ele tem uma coleção de esculturas antigas e modernas dispostas numa *loggia* que se abre para os jardins de um terraço na parte de trás da *villa*. Atrás, um cômodo baixo, *la sala delle statue*, que abriga peças menores, foi designado para ser uma oficina temporária. Andrea gosta de visitar Sofonisba lá, enquanto ela pinta. Ele pede que ela mude a posição relativa das pernas da Susana tomando banho, que faça a perna que está mais perto descer do muro onde Susana está sentada e pousar no chão, e a perna mais distante subir e ficar dobrada e apoiada no muro. Sofonisba faz as modificações na composição e começa uma pintura sua.

Não demora muito e Andrea percebe que ela talvez não corresponda às suas expectativas. Ela recusa seus convites freqüentes para jantar ou para cavalgar com um grupo de convidados. Em lugar disso, ocupa o tempo com sua própria pintura. É um desapontamento. Ele já havia conhecido freiras mais receptivas.

— Pensei que uma dama como a senhorita não fosse se mostrar rude, ou ingrata — disse Andrea. — Eu lhe dei o melhor quarto da casa.

— Sou mais grata do que as palavras jamais poderão expressar pela honra de concluir uma encomenda para Vossa Senhoria. As acomodações que Vossa Senhoria tão generosamente me concedeu excedem as minhas necessidades. Eu teria ficado satisfeita com menos — e ainda ficaria. — Isso soa quase como a ameaça que realmente é. Ela pode levar o trabalho de volta para o ateliê a qualquer momento. Andrea é muito velho para ficar adulando uma mulher que lhe resiste, muito experiente para fingir que aquilo pode levar a qualquer coisa que não sejam problemas. Há outros meios de conseguir o que ele quer e, certamente, presas mais fáceis. Embora pesaroso, permitirá que essa escape e, em lugar do que pretendia, desfrutará de uma amizade platônica com ela e provará ser um homem culto.

Sofonisba é deixada à vontade para dedicar seu tempo às duas pinturas: *Susana*, para Andrea, e *Judite*, para si mesma.

Sua capacidade de concentração é prodigiosa. Uma vez que a composição de *Susana* está definida e as cores básicas estão dispostas, o trabalho é rotineiro e não exige muito. Ao contrário, Sofonisba é quem exige do tema. Quando Andrea pede que seja retirado o pedaço de gaze que encobre o colo da personagem, Sofonisba não faz objeção. Está perfeitamente de acordo com os seus propósitos. O trabalho de luz e sombra da pele, pedras e vestimentas, a definição da folhagem, da água e do cabelo estão prontos no final de agosto. O que falta é dar volume aos rostos, trabalhar especialmente os olhos. Em meados de setembro, os rostos haviam desenvolvido uma característica perturbadora. Os velhos são desconfortavelmente familiares, desconcertantes por não poderem ser completamente reconhecidos pelo espectador. Sem dúvida, são os rostos irrepreensíveis do *podestà* e de seus dois oficiais, mas Sofonisba teve o cuidado de dar ao *podestà* um nariz retilíneo, em vez do nariz aquilino que ele tem, uma pequena barba ao oficial de rosto liso e sobrancelhas espessas ao que é careca. É perturbador conhecê-los e não conhecê-los ao mesmo tempo. A modelagem mais fina dos rostos, que vai colocar os músculos em movimento e mostrar as expressões, será o último trabalho a ser feito. Sofonisba sabe exatamente o efeito que a pintura terá sobre quem a vir. Em sua metade inferior, os rostos serão como os dos oficiais na corte, impecavelmente desinteressados. Os olhos licenciosos dos homens, que julgam não serem observados, passearão à vontade pelo corpo de Susana. Mas é como ela pintará o rosto da própria Susana que forçará o espectador a se colocar num lugar que é totalmente seu, mas do qual ele raramente toma posse. Os olhos de Susana agirão como um dedo que aponta exatamente para onde o espectador está, tornando impossível para ele se esconder com os velhos atrás dos arbustos do cenário (onde, de qualquer forma, ele reluta em ficar, não querendo se identificar com um grupo tão descaradamente dissimulado). O espectador será, sem dúvida, posto em foco: um observador sendo observado. Susana, em seu banho, estará olhando direto nos olhos dele, retribuindo-lhe o olhar o tempo todo — e ele será sempre o primeiro a virar o rosto.

Ela tira uma doce satisfação do trabalho em *Susana*, mas é *Judite* que lhe desperta uma excitação visceral. Conserva o painel encostado à parede e coberto por um fino tecido escarlate. Quando trabalha nele, pinta sem hesitação, tendo em mente a certeza de como será a aparência final da composição, cada pincelada apenas confirmando a sua intuição e revelando novas possibilidades.

A idéia lhe veio quando estava deitada na cama, impotente de raiva, no dia seguinte ao julgamento. Talvez tenha sido o próprio pensamento que a despertou, a consciência dele feito um fogo súbito, subindo pela sola dos pés. Revirou o seu coração. Ela mudaria o momento da ação de sua *Judite*, pintando o que aconteceu antes. As duas mulheres com o apavorante troféu, a cabeça de

Holofernes, entre elas não serviria. O tema da pintura — Judite e Holofernes — seria o mesmo, mas o instante de sua retomada seria recuado no tempo. As palmas de sua mão queimavam com isso. Não seriam duas figuras, seriam três. O próprio Holofernes, em seu último instante de vida, teria o mesmo peso que Judite no momento da vitória. Sua representação captaria o último suspiro, o momento extremo da agonia, a derradeira desonra da morte de Holofernes. Ela pintaria o próprio terror, e o bálsamo da libertação acalmaria a todos que o vissem.

GIULIANO GOSTA DE TER Gaetano ao lado quando requisita Paolo para o seu *guardaroba*. Convida. Tem de lembrar desse verbo. Gosta de pensar que Paolo é todo seu. Esse homem de gênio tão extraordinário, de tão amplos conhecimentos. Gosta de pensar que sua mente pode entreter tal homem, que os dois são íntimos, podem ser iguais. Os dois em seu lazer, acima dos assuntos mundanos que devoram o tempo dos homens de menor substância.

Não o agradaria saber que Paolo aceita seus convites com relutância crescente, desejando somente, quando tudo está dito e feito, ser deixado sozinho para continuar suas investigações. Pois Paolo está ficando cansado do papel de conselheiro artístico. É como se o seu patrono quisesse prender-lhe a mente numa gaiola, ou carregá-la como a um falcão, sobre o punho.

Paolo apreendeu tudo que podia do exame dos tesouros de Giuliano. Cada nova vista é igual. Eles se sentam na sala de lambris, à mesa que Gaetano forrou de casimira preta e iluminou com fileiras de velas. Giuliano pegará ora uma medalha recentemente cunhada, ora um saleiro de ouro incrustado de coral. Ele girará o objeto várias vezes entre seus longos dedos. "Ouça agora, Gaetano", dirá. "Preste atenção ao que *maestro* Paolo tem para nos ensinar." Essa contemplação ociosa contraria Paolo. Que utilidade esses objetos têm para o seu patrono? Fechados em doze arcas? Tirados para fora para serem revirados na luz e guardados novamente? Para que Giuliano quer saber a composição de uma medalha ou de um esmalte, o peso de ouro usado no engaste de um broche de rubi? Isso deixa Paolo cansado. Ele começa a questionar o valor do interesse de seu patrono e depois começa a questionar o valor dos próprios objetos ou, mais precisamente, a validade da criação deles. Pois, se o tempo que Giuliano gasta na admiração ociosa dessas coisas é sem valor, o que dizer do tempo que o artesão gastou na criação delas? Giuliano pegou e guardou algumas anotações de trabalho suas porque despertaram o seu interesse, estudos de cabeças que estava fazendo para catalogar o vocabulário relativo às emoções do ser humano, para chegar a alguma compreensão de qual seria a melhor maneira de forçá-las a se manifestar. Giuliano as guarda agora dentro de uma capa de couro sobre a mesinha e as vai buscar para entreter seus convidados. Paolo gostaria de usá-las para acender o fogo. Aconteceu o mesmo com o cavalinho de bronze que, alguns anos atrás, ele pediu a Tassi que fundisse para ele. O cavalo fora bastante útil para o estudo do movimento e Paolo aprendeu muito com a sua modelagem, vindo a entender a redistribuição de peso que a movimentação para a frente requer. Ele poderia tê-lo derretido, reaproveitado o metal para estudar alguma outra face da Natureza, mas agora ele está fechado numa das arcas, um estudo de futilidade.

Naquele dia, para alívio de Paolo, o pano preto de casimira está vazio, a coleção permanece trancada. Em vez disso, Giuliano sorri e fala sobre a visita iminente de Cosimo, colocando-a em discussão. O duque, diz ele, está trazendo um convidado importante da Espanha e vão fazer uma visita de dois ou três dias antes de partir para Careggi. Giuliano sugere que o viveiro — sua arca — seja limpo e purificado com ervas para a ocasião. Ele gostaria de se assegurar de que os convidados passarão o tempo prazerosamente. Tem algumas diversões em mente para um banquete e está estocando trutas no lago para que eles possam passar a tarde pescando. Claro que passarão algum tempo aqui nesses cômodos, mas haverá horas para preencher e ele gostaria que Paolo preparasse uma demonstração científica.

Paolo diz que, se houver tempo suficiente, ele pode construir uma *camera ottica* completa. Mas, se não for possível, pode, facilmente, preparar uma demonstração simples de perspectiva.

Sim, diz Giuliano, ele estava pensando numa coisa assim. Mas gostaria de despertar de uma maneira mais abrangente o interesse do espanhol pelas maravilhas de toda a Natureza, não de apenas de uma parte, no caso a luz.

— O funcionamento da asa de um pássaro? — pergunta Paolo, começando a adivinhar o que Giuliano tem em mente, mas perversamente esperando que ele mesmo peça. — Eu ainda tenho as penas.

— Eu estava pensando — diz Giuliano — numa demonstração anatômica, quem sabe. Neste aspecto, estamos muito avançados em relação aos ingleses, que ainda seguem o velho estilo, usando os textos dos antigos e empregando os serviços de qualquer um que disponha de uma faca mais afiada.

— Bem — responde Paolo —, eu vou ver o que posso fazer num tempo tão curto. — Mas seu tom é de gélida resistência. É uma responsabilidade sagrada esse trabalho da ciência, não é para ser desempenhado com superficialidade. Seu compromisso de voltar à prática tranqüila de suas investigações, de retomar o pacto sagrado entre Criador e criatura, não incluía uma representação, um outro espetáculo.

O ar já não está mais quente quando Paolo volta para casa. Ele toma o caminho perfumado que leva ao viveiro. O sol poente realça as cores da ervilhaca e do gerânio à beira do caminho, e o ar parado se enche do aroma do tomilho e da camomila sob os seus pés. Sente a catinga do celeiro bem antes de chegar lá. O administrador de Giuliano é relaxado em sua supervisão, e os trabalhadores, nem sempre ciosos de seus deveres. Lá dentro, ele olha cada jaula para se certificar de que todos os animais têm água para beber. O lagarto, com sua gola de escamas prateadas, estava imobilizado, esparramado contra a parede de trás da jaula de vime, as plaquetas de prata penduradas nas costas como um colar. Ao se virar para ir embora, Paolo tem a premonição súbita e desalentadora de que aquelas criaturas vão levar os segredos delas para o túmulo.

Em seu estúdio, acende as velas e chama Ceccio para se sentar perto dele enquanto consulta em seu caderno as dissecações que já fez, confrontando os desenhos com os comentários guardados na memória prodigiosa de Ceccio. Há uma dissecação que ele realizou com o objetivo de demonstrar que a sede da respiração — isto é, da vida material — está na garganta. Paolo intui uma conexão entre voz, respiração e espírito. A demonstração é simples e razoavelmente rápida. Ele a repetirá para os convidados. Mas quer mostrar-lhes algo mais. Antes de ir para cama, manda Ceccio remover as penas de cima da mesa. Elas se erguem como neve no meio da noite.

No dia seguinte, Paolo se põe imediatamente a trabalhar para preparar os instrumentos de que precisará para a demonstração. Algo o preocupa como não costumava preocupar no passado. Ele não havia perdido a convicção de que a atenção cuidadosa à Natureza é o caminho para o conhecimento, mas qual a importância disso se o próprio objeto de estudo for destruído? Ele gostaria que o objeto se revelasse de uma maneira que refletisse a beleza e o mistério de sua criação. É com isso em mente que retoma o seu trabalho com o lagarto, o seu dragão de escamas de prata. Enquanto o viveiro está sendo limpo e decorado para a visita, Paolo passa os dias na privacidade de seu quarto realçando a gola do lagarto e aumentando o número de escamas até transformá-la num xale de prata. É um trabalho que exige muito de seus velhos olhos, mas ele projetou um dispositivo para prender a criatura, e seus dedos aprenderam a técnica mais rápida e fácil de costurar com arame fino. Será uma satisfação para os convidados, talvez um presente para Lucia, que estará em casa a tempo para a visita de Cosimo. Ou talvez Giuliano precise ser hábil em sua escolha, dando-o de presente ao espanhol e não a Lucia. De qualquer jeito, o lagarto será uma maravilha digna de ser lembrada.

Quando está trabalhando, Paolo esquece todas as dúvidas que alguma vez o tenham assaltado. Criar beleza é tudo que importa. Seu interesse se concentra na costura enfadonha.

Ele está tão preocupado que quase se esquece de Chiara, que passa aqueles dias derradeiros e amenos como o gato cinzento, vagando pelos caminhos sinuosos que descem da casa. Ela aspira o aroma seco e pungente do cravo-de-defunto e da camomila, colhe suas folhas favoritas, picantes e doces, e as morde. Lá embaixo no vale, uma névoa branca às vezes se prende ao dorso do rio. Ali em cima, a grama flexível está quente e convidativa antes que o sol chegue a meio caminho no céu. O próprio Papa não poderia estar mais próximo do Paraíso.

Quando a criação de Paolo fica pronta, Ceccio a carrega para a *villa* numa elegante gaiola de treliça, coberta com um corte de veludo vermelho. Um presente de boas-vindas para Lucia. Paolo o toma das mãos do empregado na porta do *guardaroba*, onde Giuliano e sua mulher estão sentados junto à grande mesa, sorrindo por antecipação. Paolo leva a jaula para dentro e a pousa sobre o quadrado de tecido negro em frente ao casal.

Ele levanta a coberta. Seus anfitriões, num primeiro momento, têm dificuldade de perceber o que é aquilo que se incrustou numa das paredes da gaiola. Giuliano lembra do lagarto de crista, mas aquela criatura é inteiramente nova. É uma coisa rastejante transformada por uma armadura de luz. Ela brilha. Ela cintila. Parece uma pedra incrustada que vive e respira.

— Que nova maravilha é essa, *maestro* Paolo?

Paolo pega o lagarto de dentro da gaiola e o coloca sobre o tecido da mesa, onde ele parece se transformar novamente em pedra.

— Olhe! Você viu? Olhe! — Lucia está deslumbrada. Ela se vira para Giuliano: — Você patrocina um mago, sabia? Um feiticeiro.

Ela estende a mão e toca uma das patas do lagarto. A pata se levanta como que puxada por um barbante e fica suspensa como o braço de uma estátua. Ela ri. Com um pouco mais de encorajamento, o lagarto começa a se movimentar, dá dois passos, mais dois. Pára. Pisca o olho de lado e estremece.

Paolo, que tinha apenas desejado criar beleza, viu um repentino desejo no rosto de Giuliano. Giuliano gostaria de ter visto a criatura correr.

Naquele dia, dois dias antes daquele em que Cosimo deve chegar, Ceccio diz a Chiara que ela precisa ir até o viveiro. Ele diz que fizeram lá um palácio perfumado para um animal mítico. Ela concorda em ir somente se tomarem o caminho mais afastado e difícil de ser avistado da *villa*. Ela se mantém alerta o tempo todo. A princípio, parece não valer a pena a preocupação e o risco; está tudo como antes: a escuridão, o ar fétido. Nem as vinhas que coroam os caibros do telhado nem as ervas que atapetam o chão podem exorcizar o cheiro de palha mofada, xixi e gases pestilentos. Somente perto da porta mais afastada, onde o sol lança seus raios diretamente sobre os pássaros, há alguma sensação de alegria. Mas então ela vê a gaiola coberta com o pano vermelho. O pano tem uma trança dourada ao redor da bainha e uma borla espessa em cada ponta.

— Venha ver — chama Ceccio. — Eu vou lhe mostrar.

Ele corre para dentro em direção à gaiola, levanta o pano vermelho, faz um gesto com a mão para que ela se aproxime.

Chiara não consegue acreditar no que está vendo, essa criatura resplandecente saída de um sonho. Algo que não pode ser e que, no entanto, é. Ela não acreditaria que era viva se não tivesse visto com seus olhos.

— Agora dê o fora. Depressa.

Ela volta correndo, morro abaixo com Ceccio, dando uma grande volta por um caminho onde ninguém pode vê-los. Param para retomar o fôlego a uma pequena distância à esquerda do estábulo.

— Quer saber o que era aquilo?

Chiara balança a cabeça.

— *Un diavoletto*. *Maestro* Paolo comprou do Diabo em pessoa. Quer ver outra maravilha?

Chiara faz que sim novamente, mas o segue de longe. O que Ceccio tem para mostrar é sempre interessante. Certa vez, ele a levou, com um risco enorme de serem apanhados, lá em cima, a um cercado atrás de um dos estábulos, e apontou, como um pai orgulhoso, para dois carneiros pouco desenvolvidos e ligados pelo traseiro que Giuliano havia deixado lá desde a primavera. As pernas de trás de um deles eram curtas, murchas e balançavam inúteis junto às pernas do outro quando ele se aproximou deles. Mas não se pode confiar em Ceccio. Ela não havia esquecido que, no auge do verão, ele a levou para ver o velho que limpa o celeiro, bêbado, ele próprio uma curiosidade. Ele estava sentado no chão, encostado no muro, no lado mais afastado da casa. Quando viu Chiara, começou a rir e a bater de leve no rosto. Tinha um único toco de dente que havia deixado seu lábio polido e com uma cor púrpura acetinada onde ele roçava para cima e para baixo. Quando o velho começou a procurar qualquer coisa no colo, ela se virou e correu.

 Ceccio corta caminho em direção ao estábulo, dando risada toda vez que olha para trás. Abre uma das portas e a escora. Chiara espera que ele esteja lá dentro antes de se aproximar e parar na entrada. Sobre a mesa pesada, ao lado do bloco de madeira, há duas tábuas, cada uma tendo dois buracos com uma certa distância entre eles. Atravessada numa das extremidades delas, há outra prancha com uma corrente pendurada numa argola de ferro. Há argolas também em cada lado do bloco de madeira que se encontra no centro do estábulo, nas quais estão penduradas as facas e as serras. Há argolas nas laterais do bloco e no chão em volta dele. Em algumas delas, estão presas cordas caprichosamente enroladas e preparadas. Quatro lampiões, posicionados para iluminar cada canto, estão pendurados nos caibros acima da mesa. A um canto, estão uma vassoura e um balde. Ceccio faz sinal para Chiara entrar. Ela não é boba.

 — Veja — mostra Ceccio. — Seus braços entram aqui — apontando para uma das tábuas. — Suas pernas, ali.

 Mas Chiara não é tão burra assim.

SOFONISBA LÊ A CARTA DE ORAZIO novamente na privacidade do seu quarto. A carta tinha chegado às suas mãos por intermédio de um enviado do Papa que estava voltando da Inglaterra a caminho de Roma. Por algum tempo, o desalento e a consternação não a deixam passar da primeira linha. Ele escreve que não está bem de saúde e que ela deve ir ao encontro dele imediatamente. Ela precisa ler a carta muitas vezes. Orazio escreve que ela deve abandonar todos os trabalhos que está executando e partir sem demora. Ela deverá usar o pagamento da encomenda de *Argentara*, e *ser* Tomasso deverá lhe dar assistência. Escreve também que mandou outra carta para *ser* Tomasso, autorizando-o a alugar parte da casa deles e cuidar de todos os detalhes de seus negócios, assim como de todos os preparativos para a viagem dela. É como se a vida de Sofonisba fosse uma linha sendo enrolada bem apertada num carretel. Seu pai pensou em tudo, exceto, talvez, nas dificuldades práticas da viagem. Tudo que ele exige dela é a sua "doce presença em carne e osso" diante dos olhos dele:

Porque, minha querida filha, estou sozinho, doente e desanimado. A assistência que me dão aqui é mais que incompetente, pois os homens conhecem mal a nossa maneira de trabalhar e o mordomo exige demais. Eu consigo trabalhar apenas uma ou duas horas de cada vez e temo que suspendam indefinidamente os pagamentos que me são devidos. Eu insisto, minha querida filha, para que venha com toda a pressa me assistir em meu trabalho. Meus anos voam diante dos meus olhos como as folhas no inverno, e não há ninguém a quem eu possa apelar em busca de conforto.

Sofonisba mal pode reconhecer o pai naquelas palavras. Aquele não é o pai que berrava com ela e brigava na corte. Aquele é um pai de repente velho e frágil, e a uma grande distância. Os obstáculos entre eles diminuem. É fácil tomar a decisão de ir ao seu encontro. Não há ninguém de quem se despedir. Ela sabe que Matteo Tassi voltará. Não tem vontade de ficar na mesma cidade que ele. Não quer respirar o mesmo ar. E Chiara? Sofonisba mal pensa nela. Não há razão para que não fique com *maestro* Paolo.

Na manhã seguinte, ela informa ao mordomo de Andrea que precisa partir o mais breve possível. Nos dois dias seguintes, ela trabalha dando os últimos retoques em *Susana*, as luzes mais altas e as sombras mais sutis. Ela quase não dorme. Uma vez, quando estava acordada, escutou passos lá fora no corredor, o som abafado de pés descalços se aproximando, e depois indo embora. Tinha quase certeza de que sabia de quem eram. Não havia fechadura na porta, mas estava segura de que ele não voltaria.

Foi uma decisão sábia. O *arcivescovo*, naquele momento batendo em retirada pelo corredor, com uma ereção murcha e uma necessidade premente de fazer xixi, tinha mudado de idéia. Quando ia fazer o que tinha pensado em fazer o dia inteiro, talvez o verão inteiro, não chegou nem à porta do quarto dela e uma visão inoportuna o assaltou: Sofonisba, despida e pronta para ir para a cama, pára quando ele abre a porta; Sofonisba parada encarando-o, olho no olho, à maneira de sua *Susana*. Não se virando, não se cobrindo ou gritando por socorro, mas olhando para ele como se ele fosse um de seus próprios criados entrando por engano no quarto errado. Submetendo-o com o olhar e exigindo saber, apenas com o olhar, exatamente o que ele estava pensando em fazer. Prendendo a respiração, ele deu meia-volta antes mesmo de abrir a porta e saiu a passos largos, cuidadosos, ridículos, tentando vencer a maior distância possível com o mínimo de passadas. Aliviado, entrou de novo em seu quarto. Foi uma idéia brilhante, a de possuí-la pouco antes que ela fugisse do seu alcance. Mas ele é um homem ocupado. Não tem tempo para advogar a causa de seus prazeres.

Cardeais, trabalhadores, comerciantes, diplomatas, escravos e príncipes atravessaram o caminho do *arcivescovo*, e ele soube exatamente onde colocá-los, como lidar com eles. Essa mulher é um enigma, com sua maneira reservada e intensa de trabalhar, suas respostas atrevidas e seu olhar direto. Ela se tornou mais inquietante à medida que as pinturas progrediram. Ele espiou uma vez o painel arrepiante que ela conserva sob o tecido escarlate. Uma mulher capaz de conceber uma traição tão diabólica era mais que intratável. *Judite* e *Sofonisba*, a criatura e o criador, estavam indissociavelmente confundidas. E *Susana* não era menos perturbadora. Durante semanas, um carpinteiro contratado por ele trabalhou numa parede falsa atrás de sua cama, fazendo painéis marchetados que agora se abrem como as portas de um armário ou de um santuário. Na semana passada, o homem tinha ido buscar a pintura. Sofonisba o seguiu.

Era atrás dessas portas na parede que *Susana* seria afixada, fora de visão, a não ser que Andrea resolvesse revelá-la. Sofonisba ajudou o carpinteiro a segurar o painel no lugar para a aprovação de Andrea. Ele aprovou.

A pintura foi levada de volta à oficina. Ele foi espiá-la novamente quando Sofonisba estava ausente, caminhando pelos jardins. Ela o incomodou. Não era a festa luxuriante que ele havia previsto, mas não podia determinar por quê. Só sabia que havia deixado nele um sentimento de desconforto.

Para Sofonisba, o silêncio que se seguiu aos passos se afastando representou mais que a simples ausência de som. Ele se expandiu para se tornar uma expressão de espaço, uma larga extensão de céu lavado. Durante o fogo em San Pier, ela havia visto uma chama atingir um estandarte pintado. Num piscar de olhos, ela devorou todo o tecido, a seda virou fogo. Os passos no corredor eram fogo incontrolável, medo transformado em carne. Não havia distinção. Gradualmente, calmamente, à medida que se foram, seu corpo voltou a si.

Ela lê mais uma vez a carta do pai. Desde que veio para aquela casa sem ele, sem ninguém, foi como se o ar tivesse se aberto à sua volta, formando um espaço no qual sua alma, seu coração (que coisa é essa que vive?), pode respirar com liberdade. E, quanto mais respira, mais forte se torna. Ela vê o pai na periferia desse espaço, vestido com seus ossos ressecados e velhos, e sua pele fina, pequeno e necessitado. Será fácil ir ao seu encontro.

PARTE IV

QUATORZE

Desde o julgamento, Tassi se tornou um homem mais quieto e vagaroso. Tassi, a quem nada desconcertava, nada perturbava, sente-se mudado.

Chiara o tornou tão desprezível quanto Alessandro com a história da camisa do homem enforcado. Até entre os oficiais da corte percebeu-se um riso disfarçado. Mas, então, o que lhe havia deixado a garganta apertada como se fosse sufocar? O estômago contraído como se fosse vomitar? Teria sido a visão dela como se estivesse presa num anzol, contorcendo-se? A voz rouca que dava pena? Tal qual a voz de um garoto. Tassi, que já tinha estado diante de touros com mastins pendurados nos quartos, no pescoço; Tassi, que tinha visto Alessandro raspar a cabeça por dinheiro e atacar um gato vivo espetado na porta de um depósito; Tassi, que tinha visto a própria Sofonisba na prensa, não havia suportado ver Chiara se debater, ouvi-la gritar. Foram selvagens com ela. O sangue corria das articulações de seus dedos antes mesmo de soltarem-lhe as mãos. E, ainda assim, apesar da pena que brotou dele como lágrimas, sua fúria se dirigia não aos juízes que forçavam o testemunho dela, mas à própria Chiara. Como o irritou ver sua lealdade à inflexível Sofonisba. Não foi ele quem primeiro a alimentou, quem primeiro a aqueceu? Não foi ele quem acariciou sua pele malhada como se fosse bonita, quem se deitou com ela, e a fez rir, com pele de homem enforcado ou não, ela que, de outra forma, talvez nunca conhecesse um homem? No entanto, ela ficou gritando na corte que ele a tinha violentado, bem como à sua senhora. Enquanto o rosto bonito e desdenhoso de Sofonisba se virou para o outro lado, sem uma contração, apenas para se voltar novamente depois do veredicto e rejeitá-lo. Uma praga sobre elas.

Na corte, ele se sentiu afogando no silêncio inquebrantável de Sofonisba. Que se espalhou em volta dele como um mar. Nunca houve ninguém na cidade a quem ela tivesse permitido chegar tão perto. Mas seu silêncio contradisse tudo que havia se passado entre eles. Foi uma mentira que lhe negou os triunfos e lhe roubou uma vitória que era sua. Ele não acreditou que ela a manteria sob ameaça de dor e depois sob a própria dor. Ele esperava que ela cedesse, confessasse os prazeres íntimos que tiveram, a admissão seria então um emblema, um selo para ele usar perante o mundo. Em vez disso, o testemunho dela — que não foi mais que uma acusação — foi recebido como um atestado de sua virtude sem mácula. Não sentiu nenhum regozijo com a ordem da corte para que se casasse com aquele caule de lírio estéril. Ela não era mais a madressilva desregrada que conhecera, a exuberante trepadeira de rosas bravas capaz de deixá-lo sem fôlego.

Quando ela veio até ele naquela noite no estábulo, chegando pelas suas costas quando estava curvado pintando uma das asas, e lhe soprou um beijo na orelha, deixando o peso dos seios cair sobre seu corpo, naquele momento ele poderia tê-la possuído. Os beijos deles, quando se virou, foram de total entrega, como se uma boca fosse consumir a outra, e ela o prendeu entre as pernas quando o puxou para o chão sobre si. Mas, quando as mãos dele a tocaram, ela teve medo do velho Paolo, medo de acordar a garota. Ela estava sem fôlego. Ainda assim, ele poderia tê-la possuído, não fosse por alguma coisa que falou. Uma brincadeira. Ele não lembrava o que tinha sido, mas num instante ela já estava ajeitando o vestido e depois foi embora. Ele tinha desejado aquela boca macia desde então. Mas, quando a teve debaixo de si novamente, não encontrou sua boca.

Foi maltratado pela vida, e o gosto desmoralizante da derrota volta como voltou sem descanso por todos esses longos meses de verão. A única hora em que consegue mascará-lo é quando está na taberna. Jogou fora um verão inteiro de encomendas lucrativas em Siena. Foi para lá logo depois do julgamento, levando consigo (como se fosse um homem completamente diferente) um sonho patético. Imaginou-se voltando para Florença rico e bem-sucedido, apresentando-se na primavera seguinte, quando Orazio tivesse voltado da Inglaterra, pronto para exigir a realização do casamento. Em vez disso, está retornando mais cedo. Não cuidou de seus negócios. Sua reputação como artista cresceu muito, mas ele está pior do que sem vintém. Está devendo. Tem uma capa de veludo, azul como a que perdeu para Alessandro, que ganhou na última noite de um amigo igualmente sem dinheiro. Tem uma faca presa no cinto e suas ferramentas, enroladas numa sacola de couro amarrada à sela. Se tivesse ficado mais tempo em Siena, certamente teria perdido tudo.

Na estrada para Florença, sente-se mais animado. Começa a pensar nos amigos que lhe devem favores. Começa a pensar com mais carinho em Sofonisba. Ela não pode continuar recusando-o para sempre.

Os campos que ele atravessa montado no cavalo emprestado têm o calor de promessas cumpridas. O verde-vivo há muito se transformou em nuances de dourado. A terra apresenta tonalidades areia, pardo e ocre contra um azul sem nuvens. Ele passa por bois puxando carroças carregadas de uvas translúcidas, de um verde impreciso, vermelhas e roxas, cobertas de pó. Bandos de estorninhos caem enovelados como uma rede lançada sobre as vinhas onde ainda não foi feita a colheita. Nos pomares, as maçãs pendem pesadas dos galhos, esperando pela geada.

Ele vai procurar Paolo, para quem trabalhou tão arduamente. Paolo se lembrará do bronze e pensará numa nova despesa — seus pratos! Vai pedir que Paolo lhe pague o custo de seus pratos de peltre. Será um começo. Paolo talvez tenha mais trabalho. Vai direto lá. Quando chegar perto da cidade, ele atravessará o rio na Ponte alle Grazie e se dirigirá para leste, evitando as tentações urbanas. Mas *Argentara* está entre Tassi e o rio. Cheio de boas intenções, ele não vê razão para não se apresentar diante de Sofonisba.

Quando chega aos portões de *Argentara*, Tassi já se convenceu de que seus problemas acabaram. Tão logo desmonta, dois, três criados já estão ao seu lado para perguntar que assunto o traz ali. Ele é levado a uma pequena sala de recepção e fica esperando enquanto um deles parte em velocidade pelos corredores labirínticos do *palazzo*. Quando volta, leva Tassi até a *sala delle statue*, informando que a pintora o receberá ali. Diz também que vai trazer um copo de vinho para ele beber enquanto espera.

Matteo Tassi, que ardeu de ressentimento e vergonha todos aqueles últimos meses, de repente se enche de esperanças absurdas diante da perspectiva de ver a mulher que, com toda certeza, o odeia com todo o seu ser. Está agitado por dentro como um jovem imberbe prestes a ficar a sós pela primeira vez com uma prostituta. Está contente de poder molhar os lábios.

Sofonisba, na janela do seu quarto, que se abre para os jardins, penteia os cabelos. Quando ela recebeu o recado de que *messer* Matteo Tassi estava esperando por ela na sala da recepção, esteve a ponto de dizer que não desceria. Acabou dizendo que o receberia na oficina.

— Você pode ficar à porta — disse ao criado. — Não quero ficar sozinha.
— Mas já então ela sabia que não era necessário, o que quer que ele dissesse deslizaria por ela como óleo. Estaria surda para ele, morta para ele, de pé junto a *Judite*, seu preparado particular para a dor pública dele. A pintura falaria por ela. Não havia nada que ela precisasse dizer.

Sofonisba prende os cabelos antes de descer. Por alguma razão, parece importante não aparecer desarrumada. É importante, também, andar sem pressa para a oficina, importante respirar com calma, ficar de pé e esperar com dignidade. Quando Tassi entrar, ela imagina que será atingida por raiva e ressentimento. Não o deixará perceber.

Mas Tassi entra com um passo e uma postura que ela não reconhece. Ele cambaleia, tropeça na porta, está a ponto de pedir desculpas e depois pára de uma maneira desajeitada. O silêncio entre eles não é silêncio. Ecoa na sala de pedra.

A *sala delle statue* é cheia de prateleiras, nichos e pedestais que sustentam mármores e bronzes. Sofonisba está plantada no centro dela, em frente ao cavalete onde está colocada a *Susana*. Há outro cavalete ao lado, cuja pintura está coberta com um tecido vermelho. Não há sinal de instrumentos de trabalho. Ali só estão as telas finalizadas.

— *Madonna!* — Tassi se curva e, quando se levanta, estende a mão num gesto de reconciliação.

Sofonisba o olha com cautela.

— *Ser* Matteo.

O olhar dele se dirige ao quadro.

— *Madonna*, estou honrado pelo fato de a senhorita receber com tanta bondade quem a ofendeu de maneira tão imperdoável. Por sua amabilidade e clemência, estarei para sempre em débito com a senhorita.

Sofonisba nada diz.

— Deixe que eu lhe mostre, eu lhe peço, *Madonna*, como eu poderia reparar a nossa amizade.

Atrás de Sofonisba, a pele rosada de Susana atrai o olhar de Tassi. Ela dá um passo para o lado.

Apesar de seu nervosismo, Tassi sorri. Olha para Sofonisba, mas ela não retribui o sorriso. Mas a pintura! Ele nunca tinha visto nada igual àquela representação. Os velhos! São velhos fornicadores, lascivos. De súbito, é novamente tomado de amor por aquela mulher. Somente Sofonisba poderia pintar aqueles homens. Ah, mas a *Susana!* Olhe para ela! Quão friamente os olhos dela retribuem o seu olhar. Poderia ser — é — o espectador quem fica nu nessa troca de olhares. Ele poderia rir alto de um atrevimento desses. Não tem a mínima vergonha de olhar entre as coxas da mulher. Muitas vezes desfrutou dessa visão no bordel — e retribuiu o favor, em toda a sua glória ardente, para quem quisesse espiar. Mas como pode, pelos Céus, um prelado pomposo e pio olhar para isso e não se sentir desmascarado? Ah, ele a ama. Como deseja agora restaurar a conspiração contra o mundo que os dois partilhavam. A vida inteira uma piada, uma *burla*, uma *burletta*, contra a própria vida, contra todos os outros.

— É uma grande realização, essa pintura, *Madonna*. É notável.

Ela recebe o cumprimento com um movimento de cabeça quase imperceptível.

— A senhorita me mostraria a outra?

Ela estende a mão, convidando-o.

Tassi, mais à vontade agora, sorri em agradecimento e vai em direção à pintura, pega as pontas do tecido escarlate entre o polegar e o indicador, e o levanta.

Sofonisba o observa. Se ele estivesse levantando a saia de uma mulher, ela não sentiria uma excitação tão intensa.

Para Tassi deve ter sido um terremoto, um raio. O chão se move sob seus pés. Ele vê o próprio rosto pintado no painel. Seu próprio rosto de cabeça para baixo, seu universo redescoberto de ponta-cabeça também. É o seu próprio rosto, inclinado para trás, em sua direção, sua própria cabeça ao pé da cama forrada de cetim. E a mulher que brande a espada. Sofonisba disfarçou o rosto, mas não pôde disfarçar a expressão. Essa Judite é atenta e determinada. Ela não hesitou um só momento em atacar. A pele do rosto está distendida pelo esforço do ato. Os olhos fixos no que está fazendo, e o maxilar rígido. A criada atrás, nas sombras, olha na direção dela, inquisitiva. Judite a ignora, e, quando Tassi olha mais de perto, vê na boca uma expressão de antecipação. Ele olha novamente para o rosto de Holofernes. Os olhos dele — seus — rolam para trás de maneira descontrolada, com plena consciência do momento, pedindo em silêncio auxílio a ele, Tassi. Mas a figura do painel está além de qualquer ajuda, quer ela venha ou não, porque Judite já havia descido a espada, cuja lâmina já havia penetrado em seu pescoço, e um jato de sangue está jorrando, descrevendo o mesmo arco raso da folha do lírio sobre o peito dela.

A respiração de Tassi se tornou tão pesada que ele não escuta mais nada. Deixa cair o pano, olha de lado para Sofonisba, mas só por um instante, desviando logo o olhar, como se tivesse encontrado uma luz forte e dolorosa. E parte sem olhar de novo a pintura.

Sofonisba o vê partir sem tristeza. Tassi tinha vindo com a intenção de reconquistá-la. E ela fez com que ele fosse embora. Está intacta. A qualidade da luz e do ar não se modificou. A perspectiva do dia é a mesma de antes. Por uma vez, suas posições se inverteram: ela ditou a conduta de Tassi — e ela não disse uma só palavra.

Tassi tem poucas palavras para o garoto que lhe entrega o cavalo. Ele cavalga pela avenida de ciprestes como se estivesse indo para uma batalha. As pedras saltam sob os cascos do cavalo; os passarinhos se assustam e voam da folhagem escura.

Quando atravessa a ponte, sua fúria já se consumiu. Passa pelas torres da Porta alla Giustizia, onde um herege está enforcado, esquecido por todos, menos pelos corvos e falcões que voam em círculos no alto, e pelos ratos que executam sua hábil descida à noite, cabeça à frente, corda abaixo. Fora dos muros, um bando de cachorros está às voltas com um ritual complicado de intimidação de um recém-chegado. Eles correm e se abaixam, levantam-se um a um, driblam e atacam a besta amarela.

Ele ouve uma balbúrdia quando passa pela prisão, onde alguém, um desajustado, um infeliz, está ministrando ao povo uma aula sobre leis. Tassi sente uma sede terrível. Passa a Porta alla Croce, passa a Porta San Piero Maggiore, e, num impulso, entra pela Porta San Gallo e dirige o cavalo para a casa de seu amigo Benvenuto, que certamente lhe derramará vinho pela garganta com um funil, desde que ele apenas ouça suas histórias escandalosas. Tassi não precisa nem ao menos lembrar suas palavras.

A TARDE ESTÁ MUITO CALMA. Os pássaros desapareceram na sombra fresca. Há uma única abelha na amoreira próxima do muro, concentrada numa última flor, perfeita, fora de estação. No chão, debaixo da pereira, vespas debruam os frutos esburacados. Perto dali, apenas uma mosca zumbe. Chiara esteve dormindo na cama grande de Paolo. Agora está na entrada da casa dele, piscando os olhos por causa do sol. Paolo disse que não estará de volta antes do final da tarde, e o sol ainda está alto. Ele subiu para a *villa* de manhã. Levou Ceccio consigo. Chiara sabe onde estão agora de tarde. Ela bebe do barril de chuva, levando as mãos em concha até lá embaixo para alcançar a água escura, salobra, com um gosto ruim de mato e musgo e fumaça. Vai lá atrás do monte de esterco para urinar. Vagueia até a castanheira, onde o chão está coberto de castanhas, mas logo pára por causa das cascas espinhentas. Não há mais nada a fazer até que Paolo retorne. Ele está lá no estábulo. Sabe disso. Ela volta e senta na entrada da casa, ao sol. A mosca insiste numa coisa qualquer com que se banqueteia sobre a laje do chão. Chiara sabe que vai se levantar e se encaminhar ao estábulo. Ceccio, naquela manhã, chamou-a de lado.

— Estiveram conversando a seu respeito — disse. — O velho Paolo queria que o *signore* levasse você lá para cima, para a *villa*, como um bichinho de estimação.

Ela esperou que ele contasse mais.

— Mas ele não quer. Disse que a *signora* Lucia nunca permitiria. Ela não acha que você seja uma maravilha da Natureza. Ela disse que você é uma calamidade. — Ele riu e chutou terra na direção dela, depois parou de repente e disse: — Você quer ver uma coisa maravilhosa? — ele perguntou, com os belos olhos de longos cílios e a boca rosada, mas a mesma pergunta podia ter vindo da boca fedorenta do velho de um dente só.

— Venha ao estábulo hoje à tarde — disse. — Se tiver coragem. — Ela ignorou a careta que ele fez, repuxando a pele por baixo dos olhos e pondo a língua de fora. — Mas não entre — completou, desmanchando a careta.

— E não deixe que ninguém ouça e não diga a ninguém que fui eu que contei, se pegarem você. — Ele cacarejou. — Uma maravilha, uma maravilha profana, como os colhões do Diabo.

A tarde se estendia sem nada para preenchê-la a não ser a mosca insistente.

No pasto, uma mula se assusta com o aparecimento súbito de Chiara no caminho, cambaleia e se levanta, e zurra uma vez. Alguma coisa zurra de volta no estábulo de Paolo. Chiara se aproxima por um ângulo de modo que não possa ser vista. A porta está semi-aberta, talvez para entrar luz. O que quer que tenha gritado grita mais alto agora.

Chiara pára com a mão na parede ao lado da porta. Uma onda sinistra de pavor e certeza toma conta dela. Sente-a crescendo, fria, dentro dela, enchendo todo o seu espaço interior, afogando o seu coração na escuridão. É uma consciência sem palavras. Ela não formula o que está acontecendo no estábulo; não é necessário. Tudo o que já viu e ouviu até então levava diretamente àquele momento: as facas penduradas na mesa; os lampiões, as serras, as correntes; o dente do velho serrando um caminho de seda; a beleza agreste de Ceccio; os olhos perscrutadores de *messer* Paolo, a crueldade de sua ponta de prata investigando cada linha, cada curva, cada volta visível ou invisível, cada verdade e cada falha, investigando tudo no mundo todo; os animais, arrependidos em suas jaulas de pecados que desconhecem, os animais pacientes nos campos, a mula ignorante, pondo-se de pé desajeitadamente na grama banhada de sol, a margarida esmagada sob o seu casco; os olhos dos homens no cais do porto, o rangido da pena no livro de registro e o rosto de um homem — ah, ela se lembra agora do rosto de um homem e do olhar dele ao espiar curioso, excitado. Ávido do inimaginável. Mas agora ela ouve a voz de Paolo.

— *... para diminuir o desconforto do animal, sejamos rápidos na realização de nossa demonstração.* — Ele está recitando ou lendo, e sua voz continua, acima dos gritos intermitentes. — *Por essa razão nós fazemos somente uma... incisão...* — O grito é, ao mesmo tempo, sobrenatural e bestial. Paolo levanta o tom da voz.

— *... através da pele e do músculo logo abaixo dela... tendo o cuidado de parar antes da traquéia, para não atingi-la...*

Chiara, silenciosamente, dá um passo em direção à porta enquanto a voz de Paolo prossegue: "*e, como vocês vêem, podemos, com bastante facilidade, levantar a traquéia usando apenas os dedos para separá-la...*"

Ela vê tudo antes de sair correndo. Paolo e Ceccio, Giuliano, o duque, as damas e um nobre de preto. Alguma coisa sobre a mesa. Um animal. Deitado de costas. Com as pernas esticadas, tremendo, através de pranchas de madeira, uma de cada lado. Amarradas com cordas presas às argolas no chão. Um porco. A cabeça mantida para trás por uma corrente passada por trás dos dentes do maxilar superior, agora maxilar inferior. Paolo ao lado dele. Ceccio sentado de costas para a mesa, as mãos sobre os olhos para se concentrar. Paolo falando continuamente. Paolo curvado sobre o porco, mexendo dentro da ferida aberta na garganta dele. O porco, o porco de cabeça para baixo, debatendo-se contra as pranchas.

Chiara é tomada por uma tremedeira tão violenta que seus joelhos se dobram. Mas logo ela fica de pé novamente e volta correndo pelo caminho abaixo.

Dentro do estábulo, a momentânea presença dela à porta já foi esquecida e todos os olhos voltam à fascinação da carne. A voz de Paolo, calma e medida, continua como se não tivesse havido nenhuma interrupção.

— ... *como podem perceber perfeitamente, ao cortarmos os nervos cerebrais deste lado... há perda da voz, provando, desta maneira, a sua origem... localizada aqui na garganta...*

OS DEDOS DE CHIARA agarram matos ásperos, mirrados. Ela está deitada numa depressão do solo, pressionando o rosto contra a terra para sufocar os gritos: um bebê tentando encontrar o seio, um filhote tentando se integrar de novo à carne da mãe, esconder-se em seu pêlo. Arranha o rosto na terra dura, por entre os matos, não por causa do que viu no estábulo, não por aquilo, mas por sua família, a imagem deles cintilando por trás dos seus olhos, enquanto ela corria da porta do estábulo. É uma visão de sofrimento e terror ao mesmo tempo e que surgiu do lugar escuro, conjurada pelos gritos do porco. Pertence a si somente e não há como se desvencilhar dela. Vira o rosto de um lado para o outro como se fosse triturar a visão na terra e, por um instante, consegue. A visão se retrai, afinando e diminuindo, esvaindo-se como um sonho, deixando apenas uma longa queda dentro de um vazio de desolação. Vira-se de costas. Pedaços de grama e semente e sujeira estão grudados no rosto lambuzado. Os olhos estão fechados com força.

A mais suave das brisas começa a secar as lágrimas salgadas. Chiara abre os olhos. Alguém suspendeu o céu até os Céus. Nunca o viu tão alto assim. Ela é uma partícula, uma semente, um grão diminuto e insignificante como areia. E, ah, a distância, a distância vertiginosa, como se ela estivesse deitada no fundo de um poço profundo. O céu azul lá em cima, tão longe.

Ela se levanta da grama, limpa o rosto com o braço e começa a subir o morro em direção ao viveiro. Sua tristeza é aliviada pela subida, como uma onda grande e perigosa se retraindo. Mas, quando chega às portas do grande celeiro, a onda retorna, trazendo consigo a devastação. É como uma mudança no corpo, física como um espirro, irrefreável, só que terrível. Ela sabe que vai acontecer novamente. Está — eles estão — voltando, e ela está prestes a ver aquilo tudo de novo, olhos abertos, olhos fechados, não faz diferença. Não há nada que possa fazer para evitar. Sente uma estranha agitação na garganta quando entra no celeiro, com sua escuridão e odores. Mantém a boca fechada barrando o som, e ele se eleva num gemido sufocado, como alguém muito longe chorando de dor. A presença dela desperta guinchos e gorjeios do lado de dentro. Ela tenta abrir uma gaiola, mas suas mãos estão desajeitadas como patas, inúteis como nadadeiras. Bate com os lados dos punhos contra a porta de vime. Junto dela, no chão, há um martelo, abandonado por um dos empregados de Giuliano. Um presente. Ela o segura com as duas mãos e vai brandindo, de gaiola em gaiola, os soluços desperdiçados na garganta.

Os pássaros chamam uns aos outros, o macaco guincha, recolhendo o medo dela, recolhendo as cascas imundas de memória carregadas na esteira da enchente que ela desencadeou, essa maré de tristeza que invadiu os muros dele. Ela despedaça as portas das gaiolas. Os estilhaços voam e atingem-lhe o rosto, e as mãos sangram de onde ela arranca farpas. Respira engolindo grandes soluços, agora está gritando a sua dor, cada grito mais prolongado que o de antes, até que começa a chorar, e sua voz atinge uma beleza própria e terrível, ululando das profundezas do seu ser, da própria alma, elevando-se até o sobrenatural como o vento numa tempestade, nessa ventania de piedade.

Porque ela viu seus dois irmãos e seu pai. Ela está num lugar escuro, mas consegue vê-los bem, talvez porque os tenha visto através de uma fresta entre as tábuas de uma caixa de madeira onde estava escondida, ou talvez porque os tenha imaginado a partir das vozes que ouviu naquele dia, que ela ainda pode ouvir bem distintamente. Ela viu sua irmã e sua mãe. Estão iluminadas como em dia claro. Seu pai, sua irmã e um de seus irmãos estão deitados, mortos. Sua mãe está viva, mas no chão. Seu irmão mais velho também está vivo. Ele está ajoelhado. Os soldados o estão agarrando. Eles o estão mandando ir para cima da mãe dela, da mãe dele, e ele está chorando como uma criança, enquanto a mãe faz um barulho esquisito por trás do trapo que lhe enfiaram na boca. Eles falam que, se ele não copular com ela, vão cortar fora suas orelhas e seu nariz. A mãe emite um ruído baixo, que pode ser o nome dele, vezes seguidas. Eles o empurram para ela, mas ele não se mexe, apesar dos empurrões e dos gritos deles. Então o arrastam de novo e rapidamente o colocam de costas sobre a mesa, um homem amarra-lhe as mãos por baixo da mesa, outro está de pé junto à sua cabeça com as mãos fechadas sobre os seus cabelos. Um dos homens diz: "Vamos ver se você pode ouvir sua mãe agora", e outro arranca o trapo de dentro da boca da mãe. A voz dela se eleva como pano rasgando, como ferro tinindo, como um porco morrendo. Chiara fecha os olhos diante daquele som e não os abre novamente até que o espaço do lado de fora da escuridão onde está escondida tenha ficado completa e inteiramente silencioso.

Ela saiu da caixa de madeira. Observou o quarto de relance, seus pais e irmãos exatamente onde haviam caído, e então fechou os olhos com força mais uma vez, apertando-os bem, como que para deixar de fora o que tinha visto. Com os olhos fechados e as mãos apertadas junto ao peito como se estivesse carregando ali tudo que restara da família, ela começou a andar devagar, com cuidado, em direção à porta. Arrastava os pés pelo chão sem levantá-los, com medo de pisar numa mão, numa perna. A lama compacta do chão parecia diferente, macia e escorregadiça. Certa altura, ela esbarrou em alguma coisa e teve de abrir os olhos para encontrar o caminho, fechando-os em seguida e continuando seu pavoroso deslizar em direção à porta e à luz do sol. O peso de sua solidão no mundo era o peso da abóbada celeste sobre ela, e teve vontade de cair de joelhos. Havia uma profunda imobilidade em volta, quebrada somente pelo barulho de corvos brigando. Ela não quis olhar para a casa do vizinho mais próximo. Seguiu andando, cambaleando e tropeçando em pedras soltas, descendo em direção ao rio.

Os pássaros voaram encontrando o imprevisto do ar sólido no caos de rede, debatendo-se então contra as gaiolas, contra os caibros, até que a constância da luz os levou a baixar e sair pela porta. Chiara golpeia agora as gaiolas vazias para destruir o silêncio, que é a ovação final da morte. Penas soltas pelo chão, como pinceladas brilhantes de tinta, marcam o avanço do pânico dos pássaros. O macaco foi rápido em pular fora, tinha observado do fundo de sua jaula, alerta e desconfiado, enquanto Chiara arrebentava o trinco da porta e a puxava para abrir. Ele pulou, esguichando fezes, além da cabeça dela, agarrando de passagem a porta aberta da jaula e atingindo o chão a pouca distância. Ali fez um gesto, como se jogasse sujeira em Chiara, e então, com um guincho, balançou-se para cima da jaula vizinha e novamente para cima da jaula que ficava no topo da primeira, e em seguida para os caibros, onde descreveu uma volta maluca e assustadora nas sombras, antes de se arremessar para cima da porta aberta do celeiro e para a liberdade. Chiara ficou tremendo. Agora ela abre a porta da gaiola do lagarto de prata; a seda vermelha fica sob seus pés, pisoteada, no meio das ervas. A porta está pendurada por um canto, mas o lagarto não quer se mexer e a gaiola está presa.

Alguém a agarra pelo pulso. Começa a gritaria. Alguém bate nela. Ela ouve a voz de *maestro* Paolo. Está mandando seu agressor parar. Está dizendo que vai segurá-la. Um homem, um dos empregados de Giuliano, está lutando para amarrar as mãos dela para trás com a corda que prendia uma das portas.

Paolo diz — Veja — e põe as mãos de Chiara na frente, juntas, como se ela estivesse rezando.

O guarda as amarra bem apertadas e Paolo diz: — Tola, sua garota tola. — Ele gostaria de dizer que vai assumir a responsabilidade por ela, mas o rosto de Giuliano está intumescido de raiva contida. Não vale a pena o risco.

Chiara é levada para um quartinho da guarda, ao lado dos estábulos, e a porta é trancada.

PAOLO ESTÁ DE PÉ UM POUCO ALÉM da entrada do viveiro, que está aberta, esperando que o lagarto se mova. Pouco a pouco, conforme observa, o céu a oeste começa a mudar. Uma nova qualidade de luz invade o azul, uma premonição de cor, de modo que o azul é avivado por ela, iluminado e levantado por ela, como o espírito se anima aos primeiros sinais da manhã. A nova qualidade vai se firmando pouco a pouco, até a cor se tornar indescritível, nem azul nem rosa, mas ambos, e agora se dá, suavemente, outra mudança, à medida que vão aparecendo nuvens vindas do sul. Ele não consegue perceber como elas surgem. Estão simplesmente lá, multiplicando-se nos limites mais ao sul, como se o céu as estivesse procriando. E essa espontaneidade, esse gerar contínuo, acrescenta uma nova dimensão ao céu, que se manifesta agora tanto em cor quanto em movimento. Espaço e tempo se tornam um só. Paolo vê um banco de nuvens a distância, como um xale sendo estendido sobre o mundo. Se olha mais acima, vê que pedaços da ponta dianteira do xale começam a se desfazer no alto, como flocos de lã, e são soprados um a um, como a penugem aérea de um magnífico vinhedo cor-de-rosa. Mais e mais pedaços se desprendem. Eles flutuam em sucessão, levados por uma corrente de vento acima dele, flutuando contra o azul e absorvendo a luz rosada desse teto fantástico, pedaços grandes de lã rosa, sem peso, em procissão aérea sobre ele. Ele é seduzido, transportado. Arrebatado ao ver lá em cima a beleza deles passando sem cessar, sem cessar, sem cessar...

Sua mente traz o encanto para dentro de si e começa a trabalhar a alquimia dele, criando algo que nunca viu antes, algo que jamais existiu. É como uma janela por trás de seus olhos se abrindo para uma terra estrangeira, dando para uma paisagem de sonho. Ele vê uma procissão não de nuvens, mas de animais, uma visão de harmonia, uma visão do Paraíso antes da Queda, e ele é dominado pelo desejo de ter visto os cativos fugindo, de tê-los visto executar a coisa mais simples do mundo: um pé depois do outro. Gostaria de ter testemunhado a libertação deles, alguns andando, outros voando, cada um de acordo com a sua espécie, alguns rápidos, outros vagarosos, porta afora do celeiro escuro em direção à luz maravilhosa. Em sua visão, ele os vê coloridos pelo reflexo do entardecer, vê as jóias das costas do lagarto pegarem fogo, faiscando enquanto ele se movimenta lentamente em direção a sombras mais suaves, vê suas patas de dedos, delicadas e cuidadosas, sobre as rochas, levando-o embora.

Mais cedo, depois de Giuliano ter apressado seus convidados de volta à ordem refinada da *villa*, Paolo avistou o macaco atravessando aos pulos o quintal junto à casa da guarda. Tinha visto suas algemas brilhando ao sol poente quando ele subiu numa parreira perto da cozinha, antes de saltar sobre o telhado, atravessá-lo e desaparecer do outro lado do morro. Os guardas ainda o estavam procurando. Paolo havia então voltado sua atenção para as gaiolas destroçadas, tinha se certificado de que todas estavam abertas. O lagarto não havia se mexido do canto da sua gaiola. Ele o carregou para fora e o colocou sobre uma pedra. E ficou observando o seu avanço. Agora os raios baixos do sol transformam sua prata em ouro. Exceto pelo piscar dos olhos, ele está há um longo tempo sem se mover.

Um das araras azuis, que voltou a rondar o celeiro, voa perto da cabeça de Paolo, fazendo o barulho de um leque se fechando. Ela aterrissa sobre o telhado de uma cabana do outro lado do pátio e grita num alvoroço solto e gutural. O corpo do lagarto se arrepia. Ele se mexe e começa a se deslocar lentamente, um membro de cada vez, pela superfície da rocha abaixo.

Paolo se comove com os esforços da criatura para se salvar. Ver um ser tão obediente à sua natureza enche-o da mesma ternura inexprimível que sente diante da beleza. Uma obediência tão perfeita. Continua inalterado e constante apesar de tudo que ele, Paolo, fez para torná-lo sua criatura. Cada passo trabalhoso o leva mais perto do coração secreto do conhecimento, onde o belo e o terrível, como duas metades de uma semente, estão em equilíbrio perfeito. Sua compaixão se estende a todo ser vivente. A reverência que sentiu na presença da criança que não nasceu retorna.

OS DOIS JOVENS CAVALEIROS que descem da casa de Giuliano não têm pressa.

— Parem na casa de Orazio, o pintor — Gaetano disse. — A filha terá de vir aqui imediatamente.

Mas "imediatamente" é um conceito remoto para os dois rapazes, que, ao chegarem perto da cidade, ouvem o canto e as risadas que vêm de *La Cicogna*, pouco antes dos portões. Quem pode seguir adiante? Não eles, certamente, que têm de entrar, não saindo antes de se passarem doze horas e, mesmo depois disso, achando de repente necessário ir à casa de Benvenuto, um velho amigo que toca uma excelente música para qualquer um que trouxer vinho ou um bom queijo.

Os rapazes têm dinheiro para gastar em comida e bebida. Não têm pressa no caminho.

— Bem-vindos! Bem-vindos! — Benvenuto, magro como o cabo de um ancinho, de cabelo ondulado como o de um carneiro, os conduz para dentro. — Vocês são exatamente os homens de que precisávamos.

Na sala de estar, por trás das risadas e do barulho, alguém está tocando alaúde e cantando um doce lamento, um tambor triste acompanha com uma única batida regular.

— Dê uma olhada. — Benvenuto aponta para Tassi. Ele está sentado à janela, do outro lado da sala, as costas contra a parede e um dos joelhos puxado para cima, os braços resolutamente cruzados contra qualquer diversão.

Tassi se vira para olhar seu anfitrião e os dois jovens, em toda a sua elegância, rindo. O garrafão na cesta ao pé deles está cheio.

Ele não pode evitar sorrir em resposta, a noite à frente de súbito parece tão cheia de promessas quanto os campos de manhã.

À medida que a tarde se esvai, o garrafão rende a safra esperada de promessas estouvadas, memórias lacrimejantes e maus negócios — mas nenhum conforto para Tassi. Não há nada a fazer, decidem os rapazes, senão levá-lo de volta com eles para *La Cicogna*, onde as mulheres estarão acabando de acordar.

Passa bastante de meia-noite e os portões da cidade estão bem fechados quando Tassi fica sabendo de Chiara. Ninguém entende a sua aflição.

E ninguém entende como e por que um homem que bebeu mais que a sua quota na noite anterior pode ter acordado e partido ao amanhecer.

TASSI PENSA EM IR DIRETO para *La Castagna*. Mas há poucas chances de o receberem na *villa*. Depois do que foi dito na corte a respeito do deslize com Chiara, estaria abaixo da dignidade de Giuliano entregá-la a Tassi. Como interceder por ela? Não tinha nada a oferecer. Pensou em vender o cavalo do amigo, mas, na ressaca da bebedeira, antevê com bastante clareza as conseqüências de tudo que faz, e, além disso, o cavalo lhe renderia apenas uma pequena quantia, e em dinheiro vulgar. Esses homens de estofo nunca descem tão baixo. Eles têm de ser seduzidos com mais sutileza. Faltando-lhe influência, um homem tem de abordá-los com um presente de real valor. Sofonisba pode fazer melhor. As mulheres são feitas para rogar. Isso lhes aumenta o encanto.

Ele vai dar um jeito de Sofonisba interceder. Vai reprimir o seu orgulho, dar meia-volta, retornar de imediato a *Argentara* e informá-la ele mesmo.

Será que ele pensa, também, que essa atitude pode, de alguma forma, redimi-lo aos olhos dela, restaurar a sua fé nele, compensar o ato baixo que praticou? Fazer dela uma companheira submissa em futura cama conjugal? A única certeza é a de que Tassi não enxerga tão longe no futuro; se enxergasse, tudo que veria seria uma longa e infrutífera viagem, uma cavalgada árdua até lá e de volta sem nada para o ajudar em suas aflições a não ser um cavalo cansado, um estômago vazio e uma vontade irresistível de dormir. — Não — diz o lacaio. — *La donna* Sofonisba voltou para Florença.

EM SEU QUARTO ATRÁS DO ATELIÊ, na Via del Cocomero, Sofonisba reza. Ela acordou cedo. Suas duas arcas já estão a caminho, saindo da Porta San Friano para se juntar ao restante de uma caravana que parte aquele dia para Pisa. Viajará na companhia de vários comerciantes que vão para Southampton. Tomasso conseguiu que um cliente de sua confiança lhe desse proteção durante a viagem. Agora, que só depende dela, a viagem a intimida. Sofonisba abriu o oratório do seu quarto pela primeira vez em meses e está ajoelhada diante do relevo dourado da Virgem Santíssima, a única personagem celestial em quem realmente confia, verdade seja dita. Enquanto *ser* Tomasso espera pacientemente lá embaixo, ela reza, sem ouvir as batidas de alguém à porta do ateliê.

Relutante, *ser* Tomasso abre a porta para Tassi. Como se esse farrista desregrado já não tivesse dado aborrecimentos demais.

Matteo Tassi tem um ar de determinação e abre caminho para dentro da casa, peito e queixo na frente. Por uma vez na vida, não está cheirando a vinho.

— Já soube?

— Soube? Soube o quê?

— Então, não sabe. A garota. Ninguém lhe contou? Ela enlouqueceu na casa de Paolo Pallavicino. Ela foi até o viveiro de Giuliano e arrebentou todas as jaulas. Deixou os bichos saírem e os matou. Giuliano a prendeu. Onde está a dona dela?

Ser Tomasso se vira. Ele se mantém de costas para Tassi. — Quatrocentos e oitenta florins foi a quantia que eu ouvi.

— Então já sabe.

— É um assunto sério. Uma coleção que vale tudo isso. Não estou surpreso que ele a tenha prendido. Quatrocentos e oitenta...

— Que se danem os florins dele.

— É a menina que vai se danar.

— E então por que é que você não mandou alguém buscá-la? Onde está Sofonisba?

— *Monna* Sofonisba está a caminho da Inglaterra.

— Isso não pode ser verdade.

Tomasso se virou e olhou Tassi com firmeza, sem o mais leve traço de sorriso.

— *Ser* Orazio a chamou. Se você está tão preocupado, meu estimado amigo, permita-me sugerir que você mesmo se encarregue desse pequeno assunto com *La Castagna*.

— Mas a garota pertence a Sofonisba. Você é quem trata dos negócios dela.

— Não seja ridículo.

— Ridículo? Como assim?

— Ela é sua escrava, Matteo. Você a comprou.

— Sofonisba soube sobre a garota?

Tomasso encolhe os ombros.

— Você não se importa com o que possa acontecer a ela?

— Eu sei o que vai acontecer.

Tassi chuta o pé da mesa. Gostaria de agarrar Tomasso pela gola da túnica, como faria com um companheiro seu.

— Você sabe sim. Você sabe o que vai acontecer com ela.

Ele dá uma volta e se acerca de Tomasso.

Tomasso o olha de cima.

— Você também sabe. Ela vai ser enforcada.

O silêncio entre eles foi quebrado pelo estalo da perna da mesa voltando ao lugar.

— Não é possível que Sofonisba tenha sabido.

— Ela soube.

Tassi espera.

— Ela não me deu nenhuma instrução.

— Você não é um homem honrado.

— E você, é?

Ser Tomasso esfrega as mãos vigorosamente quando Sofonisba desce.

— *Madonna*. Você está se sentindo preparada?

— Fiz o sinal-da-cruz quinze vezes — disse ela, sorrindo. — O senhor acha que é o bastante?

Ela lhe entrega a chave do seu quarto, que ele prende numa argola de ferro.

— O senhor cuida muito bem de nós, *messer* Tomasso.

Talvez seja o cumprimento o que o induz à atitude correta.

— Matteo Tassi esteve aqui há pouco.

Sofonisba olha rapidamente, de relance, para a porta.

— Ele já se foi. Veio trazer notícias. De sua escrava. — Sua voz tem o tom que paira por trás de todas as notícias que não são bem-vindas, aquele que diz *Prepare-se para o que vem pela frente*.

Ela franze a testa.

— Ela cometeu um crime lá em cima, em *La Castagna*. Foi presa por causa disso, sinto dizer, e colocada sob a guarda de Giuliano.

— Que tipo de crime? Uma garota que passa os dias sem incomodar ninguém. Uma garota que conhece o seu lugar.

— Acho que foi um crime contra a pessoa de Giuliano. De qualquer jeito, não há nada que você possa fazer, somente me pareceu certo avisá-la.

— Eu deveria ir até lá.

— Com todo respeito, *Madonna*, você não pode ir.

— Ao menos para descobrir qual foi o crime dela, pedir clemência. Coitada da Chiara...

— *Madonna*, ela é uma escrava. Sua principal obrigação é para com o seu pai. Se você se atrasar, não terá companhia para viajar até a próxima semana, talvez mais.

— Então...

— Eu a aconselho a não fazer isso. Com muita veemência. Seu dever, como já disse, é para com o seu pai. *Ser* Bernardino está esperando por você agora.

Ele está arrependido de ter contado. Ela parece ter esquecido totalmente da viagem. Deixado de lado a sensatez. Ele observa-lhe o rosto.

— Eu pedirei clemência, *Madonna*.

— O *signor* Giuliano nunca aceitará dinheiro. — É uma imputação crassa e transforma em raiva a irritação de Tomasso.

— Você não tem nenhum para dar.

Agora Sofonisba, em desespero, começa a olhar em volta, como que disposta a saquear os suprimentos do ateliê, e lá está a *Judite*, ainda sob o tecido oleado em que foi embrulhada para ser trazida de *Argentara*.

— Eu tenho uma pintura.

— Ah, uma pintura...

— Não, *messer* Tomasso, por favor, me escute. Eu tenho essa pintura — e, para desgosto de Tomasso, ela se abaixa para desembrulhá-la. — Não é de se desprezar. É o melhor trabalho que eu já fiz. — Ela arranca fora o oleado.

— Veja — ela levanta o pano escarlate. — Veja. Não é uma coisa qualquer.

Tomasso vê que ela tem razão. Ele vê Matteo Tassi deitado de costas, num escorço drástico, a cabeça em primeiro plano. Matteo Tassi como Holofernes no momento de seu assassinato apavorante. É mais brutal que todos os elegantes esfolamentos, apedrejamentos e perfurações por setas que decoram as igrejas da cidade, contém uma violência e um terror mais perturbadores que todas as crucificações sublimes.

Ele tosse, embaraçado.

— O senhor poderia enviar isso de minha parte, *messer* Tomasso. Mande para Giuliano com um bilhete.

Tomasso ergue as sobrancelhas, contrai os lábios e olha friamente ao redor do ateliê como se dissesse *Bilhete?*

— Vou escrevê-lo já.

Ela se senta à mesa do pai.

Tomasso suspira e solta a pequena chave da argola.

Quando finalmente ele a vê indo embora, cavalgando ao lado de Bernardino, sente-se aliviado.

Volta para o ateliê de Orazio, dizendo a si mesmo que é preciso verificar se tudo está em segurança. Mas, tão logo entra, vai olhar novamente a *Judite*. Judite tem os braços de um açougueiro, com as mangas enroladas até os cotovelos. Dar aquilo por uma escrava? Há pessoas que pagariam uma bela soma por uma pintura tão extraordinária.

PAOLO PALLAVICINO ESTÁ TRABALHANDO quando Ceccio vem ao estúdio anunciar que Giuliano vem descendo o morro. Está desenhando. O porco-espinho, parecendo estranhamente murcho depois de morto, está deitado sobre a mesa, em frente ao caderno de desenho. É a única criatura do viveiro que não desapareceu. Paolo gosta de pensar nas outras, dispersas pelos campos como os animais da Arca, mas a mesma inteligência que reproduz fielmente cada espinho em grafite sobre a página lhe diz que essa é a única que não foi devorada por pássaros e gatos ou, se alguma delas atingiu as montanhas, por lobos.

— Estou ocupado.

— Meu caro *maestro*! — Giuliano já está à porta, tentando não respirar o indescritível odor de putrefação. Ele tem os braços abertos para abraçar. — Vamos nos consolar um ao outro.

Paolo descansa seu lápis de ponta de prata e, obedientemente, se levanta e aceita ser apertado de encontro ao gibão caro, incrustado de jóias.

— Nossos animais, Paolo. Nossos animais maravilhosos.

— O melhor é trabalhar e esquecer. Foi um acidente, tal qual o fogo — e ele já está retornando à sua mesa. Faz um gesto em direção a um banco.

— Sente-se, sente-se, *monsignore*. Um acidente, não um julgamento. Eles já estavam desgastados. — Paolo fala sem olhar para cima. — Tinham servido a seu propósito. Observação e investigação. Das duas, a observação, se realizada com diligência e atenção, é a principal. Mas... e a garota? O que vai fazer com ela?

— Você pergunta sobre a garota antes mesmo de procurar saber de *sua Eccellenza* Lucia? *Sua Eccellenza* Lucia ficou transtornada como eu não a via há muito tempo. Mas, com a graça de Deus, ela vai se recuperar. Nós mandamos a garota embora.

— Sim, entendo.

— Cosimo achou melhor. — Ele parece querer dizer mais alguma coisa a Paolo. — Ela desceu esta manhã com um dos homens dele.

— Para?

— Para a *Stinche*.

A menção à prisão desperta a atenção total de Paolo, mas Giuliano tem pouco a acrescentar.

— Foi melhor assim. Ela já fez bastante estrago.

Quando ele se vai, Paolo pára de desenhar. A garota não vai resistir muito tempo na *Stinche* sem ninguém que interceda a seu favor. Na manhã anterior ele tinha ido vê-la lá em cima na *villa*. Ela estava deitada no chão de um quarto estreito, anexo ao estábulo. Estava dormindo, apertada junto à parede. Paolo a espiou. Ele podia ouvir a respiração lenta e ritmada vindo do outro lado da parede.

O guarda disse:

— Não posso deixá-lo entrar.

Paolo balançou a cabeça.

— Não tem importância. Só preciso olhar.

Algo parecido com vergonha o está rasgando por dentro, expondo seu coração. Deveria ter falado a favor dela quando a viu lá. Mas lá estava a bela pele malhada, e lá estava a ponta de uma asa e a cabeça virada, tudo que pôde ver da pomba branca sobre a testa negra. A sua imperfeição perfeita. O mistério de sua desgraça, que ele havia pensado em revelar. Ele pensa em como o corpo dela será usado, caso seja executada. Fica envergonhado do seu pensamento, sufoca-o como a uma criança indesejada. Parece que, por mais que o seu coração esteja amplamente aberto, há sempre algo mais terrível para se ver.

Quando ele segurou os punhos de Chiara no auge do frenesi, olhou os mais remotos confins de seus olhos e viu lá dentro algo mais forte que ele, algo que havia viajado para além dos seus limites, para além da lei, e tinha rompido a ordem estabelecida. Logo depois, por um momento, ele também se sentiu libertado, como se ela o tivesse livrado dos grilhões do seu trabalho. Mas o sentimento se evaporou tão rapidamente quanto surgiu. Quando foi lá no dia seguinte e a viu deitada — com a égua grande, amável, de cara redonda, pesada de gravidez — respirando junto à parede do outro lado do estábulo, sentiu apenas o retorno de uma curiosidade obscena e as amarras de sua avidez de conhecimento novamente apertando seu coração.

TASSI ESTÁ NA PRAÇA PARA VER com os próprios olhos, e é verdade. Naquela manhã, o garoto que havia trabalhado para ele na primavera veio bater à sua porta antes mesmo de Tassi acordar. Ele ainda estava sem fôlego quando lhe deu a notícia. Aquela escrava dele, aquela garota que era toda manchada, bem, ela estava na *Stinche* e no dia seguinte seria enforcada.

— Não — disse Tassi. — Você entendeu tudo errado. Eles a prenderam lá em cima, em *La Castagna*.

O garoto balançou a cabeça, envaidecido com seu conhecimento superior.

— Não. Na *Stinche*. Aprontaram a carroça e tudo mais. Pode ir lá ver.

Era como acordar para um sonho ruim. Ele enfiou suas roupas e partiu para a prisão a fim de constatar por si mesmo, e logo estava correndo.

A manhã está fria. Somente nos telhados altos da prisão e nas extremidades superiores das paredes sem janelas o sol brilha. Os portões altos e em relevo estão fechados. Há duas denúncias afixadas. Não há como se enganar com a primeira:

> *A escrava criminosa e ímpia, marcada com o piche do Diabo e portando uma blasfema pomba branca sobre a testa, conhecida por certos cidadãos da commune como "Chiara" e por todos por seu proposital ato de maldade na festa de San Giovanni, no presente momento presa em correntes e confinada dentro das paredes seguras desta prisão para proteção da commune, confessou de livre e espontânea vontade, guiada por Deus misericordioso que está nos Céus e por Seus Santos Sagrados, o crime execrável contra a pessoa do Signor Giuliano, primo de Sua Excelência, o duque Cosimo de' Médici, por meio do qual ela propositalmente destruiu e profanou algumas das propriedades dele no valor de quinhentos e onze florins, levando La Signora Lucia, esposa do estimado Signor Giuliano, a ter um ataque e sofrer dores além do suportável.*
>
> *Que seja conhecido por meio desta que, por julgamento do venerável podestà e de toda a sua corte, a supracitada escrava Chiara é declarada culpada desse e de outros crimes ainda não revelados que lançaram infortúnio sobre os cidadãos de nossa justa república, e que ela está sentenciada e condenada a ser despachada desta vida por meio de enforcamento ao meio-dia do vigésimo segundo dia de outubro na piazza San Firenze, diante das portas do Palazzo del Podestà.*
>
> *Que seja avisado o carrasco.*

Tassi leva apenas minutos para chegar ao Palazzo, onde pretende bater com o punho nas mesas polidas dos secretários. Mas claro que ele não pode. Já sabe disso ao se aproximar. Será posto para fora pelas orelhas, jogado na sarjeta. Irá então direto ao duque, passará totalmente por cima do inatingível *podestà*. Ele anda até a *Signoria*, consegue entrar depois de alguma conversa e é orientado a seguir por corredores atrás de corredores esplêndidos até chegar à porta da sala de recepção do próprio Cosimo, flanqueada por guardas armados. Para sorte sua, a porta da sala está aberta, e Cosimo, magistral diante de uma vasta mesa polida, diz: — Pegue o nome desse homem antes de colocá-lo para fora. — Tassi, que nunca deu importância a nomes, bons ou maus, dessa vez tem de agradecer à sua reputação de artista de primeira ordem o fato de lhe permitirem ficar diante de Cosimo.

Cosimo, vestido de preto, com exceção do colarinho macio e dos punhos brancos, emana o poder da riqueza segura. Por algum milagre de comportamento e pela primeira vez na vida, Tassi, a cabeleira selvagem, a barba por fazer, consegue dar a impressão de que está retorcendo um mísero boné — a despeito do fato de não trazer nenhum consigo — entre as mãos. Mas essa atitude não é por Cosimo nem por si mesmo. É por Chiara.

Cosimo ouve. Dá uns piparotes na cambraia branca dos punhos, diz que suas mãos estão atadas. Não é papel seu contestar uma acusação do queixoso nem derrubar um veredicto proferido pelo *podestà*. Ele não pode.

— Mas, *Eccellenza*, se Vossa Senhoria decidisse, em seu coração, obter perdão para essa garota, eu, Matteo Tassi, humilde servo de Vossa Senhoria, me encarregaria de retirá-la da cidade. Assim, a origem dos males seria removida sem o recurso ao grave expediente da execução, uma prática tão opressiva para um governante justo e compassivo. Um perdão tão magnânimo só poderia obter crédito para a alma de Vossa Senhoria no Paraíso.

Cosimo está pensando quantas vezes e a respeito de quantos casos ele ouviu esse mesmo argumento, quando Tassi continua:

— O bem-estar de Vossa Senhoria pesa muito para mim e eu seria omisso em meu dever se não me preocupasse em avisá-lo de um perigo do qual Vossa Senhoria, no zelo de Vossa Senhoria pela justiça, pode não se tornar, de outro modo, consciente.

A atenção de Cosimo se concentra.

— *Sfortuna*, meu senhor. *Sfortuna*. Eu peço que Vossa Senhoria pense nos eventos sobrenaturais que podem acompanhar a morte dessa estranha garota.

Toda a vida de Cosimo é cercada de ameaças, corroída e atormentada por elas como por um bando de cachorros. Ele tem de estar constantemente em guarda contra todo mundo, do rei da França aos ajudantes de cozinha. Há exilados que podem conspirar contra ele, comandantes militares a alimentar ressentimentos, cardeais a espalhar intrigas venenosas, amantes a esconder doces contaminados. Até mesmo sua própria família. Ele não gosta da "desgraça" inespecífica, não esqueceu a forma como ela se abateu tão de repente na igreja de *San Pier*, tendo sido de tal modo irreversível para Deus Pai. *Sfortuna* estava sempre pronta a derrubar o mais eminente.

— Nenhuma comutação de pena pode ser concedida sem a retirada da acusação por parte do queixoso, isto é, sem o seu próprio perdão.

Tassi não tem certeza do que responder.

— Logo, vá buscá-lo.

Um cadafalso já foi erigido em frente aos portões do Palazzo del Podestà, e está pronto para o dia seguinte. Isso incita Tassi. É como se ele acordasse de um sonho no qual o tivessem virado em todas as direções. Ele sabe exatamente o que fazer. Como uma mãe separada há longo tempo do filho, segue direto para casa. Chega novamente correndo à Via Rosaio, ciente da quantidade de trabalho que ainda tem pela frente.

Não é só por causa de Chiara que seu sangue está correndo a toda velocidade, seu coração batendo forte. Não esqueceu, nunca vai esquecer, do dia em que sua amante foi para a forca — e ele nada pôde fazer. Ele não é covarde, mas também não é tolo. Foi contra o próprio Cosimo que o marido dela conspirou. Quem sabe se ela era culpada? Ela seria capaz de conspirar. Ainda assim, ele teria tentado ajudá-la, não fosse pelo que ela lhe dissera na noite anterior à sua prisão. "Não pense nunca", disse, "não diga nunca que eu amei mais a você. Por meu marido, atravessarei o fogo do Inferno." Se ele tivesse feito um movimento, qualquer movimento, para falar em seu benefício, teria sido um passo para dentro da correnteza, para ser arrastado por ela. Não é preciso muito naquela cidade para se ver vestido numa camisola branca de velho, andando por entre os rostos zombeteiros de homens armados com açoites. Não há nada que ele pudesse ter feito, nenhuma palavra que a pudesse ter salvado. A impotência de sua posição tem pesado sobre ele desde então, como se devesse ter falado, se oferecido, por assim dizer, para acompanhá-la.

Quando chega em casa, vai direto até a prateleira da dispensa, encontra a chave metida por trás da tábua e destranca a arca ao lado da cama, onde guarda o bronze de Paolo. Carrega-o para a bancada, pega os cinzéis e as limas, as serras e o martelo. E lá está a criança misteriosa que ficou enrolada em seu sono azul todos aqueles meses.

Como ficou perfeita a fundição, tão nítida e limpa! Ele a pega e vira. Talvez pela primeira vez na vida, Tassi sente as mãos tremerem. Pois finalmente sabe por que a guardou. Essa consciência vem de muito longe até ele, como um aroma trazido pelo vento de um lugar que já esqueceu — ou não queria lembrar. Sabe como Paolo obteve o feto. Não precisava perguntar onde. Ele sabia; todo mundo sabia que Paolo Pallavicino pegava os corpos dos enforcados para usar em seu trabalho. A questão mais importante nunca lhe atravessou a mente: ele não pensou em perguntar quando. Pensa na amante do ano que passou, que não o levou muito a sério, que o abandonou com tanta facilidade. Pensa em sua sofrida escalada para o cadafalso, com o corpo pesado, mais pesado do que jamais havia sido quando cavalgava o corpo dele.

Quando suas mãos param de tremer, ele se põe a trabalhar. Pega o cinzel mais fino e faz a lâmina sussurrar nos detalhes dos olhos.

Não quer parar antes que fique perfeito.

De madrugada, dorme com a cabeça apoiada nos braços, uma pequena lima quase escondida na mão.

O CADAFALSO É UMA CONCESSÃO ao vívido interesse dos cidadãos por essa maravilha humana. Atirá-la de uma janela não lhes proporcionaria o que querem. Foi determinado que a forca seria trazida para a praça, tornando o ato mais público, mais formal, acabando assim com os contínuos murmúrios de má sorte. Pensou-se que era particularmente importante, uma vez que a sua influência maligna parecia estar se aproximando cada vez mais do próprio Cosimo. Foi o secretário de Cosimo quem disse, por fim: — Dêem-lhes o que querem — um espetáculo. — Arautos confirmaram os rumores não-oficiais e todos que possuíam alguma coisa para vender começaram a experimentar nas veias a agradável excitação da avareza.

NUNCA DEIXA DE SURPREENDER Giuliano o fato de os tesouros parecerem vir ao seu encontro. Ele nunca saiu do seu caminho para adquirir riqueza. Ela simplesmente fluiu para ele como a água flui para o mar. Um ímã para riquezas, seu pai costumava dizer. É um pequeno consolo diante de uma esposa que se ausenta e de um filho que não chega nunca. Ele tem ganhado todo tipo de presentes desde o seu casamento e nunca se cansou de apreciá-los. Isso contradiz satisfatoriamente os ensinamentos de certos clérigos antigos e grosseiros que ele poderia nomear, que afirmam que tais práticas não apenas levam a alma à perdição como embotam os sentidos. Velhos é o que são, que passam a vida toda olhando para trás, apegados aos dias do monge maluco, do frei fanático que pregava austeridade. Mas hoje. O dia de hoje trouxe o mais estranho de todos os presentes. O rufião Matteo Tassi, com seus cachos negros e selvagens (como um sátiro vivo, pelo amor de Deus — é bem capaz de lhe crescerem chifres), trazendo o seu maravilhoso presente, depositando-o, sem cerimônia, com um baque, sobre a mesa e então pedindo o mais fantástico dos favores de que Giuliano jamais ouviu falar: que ele perdoe a criatura miserável, desconcertante, que, parece, não deixará de ser um fardo para ele onde quer que esteja. É extraordinário demais, para não mencionar um tipo de presente em outro sentido completamente distinto. Pois, por mais interessado que ele seja em levar os criminosos à justiça e em punir as contravenções, ele se decepcionou quando Cosimo ficou do lado de Lucia e disse que realmente a escrava teria de ir embora. Era óbvio o que isso significaria. Ele a tinha ido ver deitada, enrolada, lá no quarto da guarda, com as estranhas manchas dando a ela a aparência de um animal irracional, uma novilha, uma potranca. Lembra da satisfação que sentiu quando a viu pela primeira vez, de como teve certeza de que a presença dela provocaria em sua esposa uma agradável mudança, do pensamento que teve de que ela poderia inclusive se tornar um esplêndido bufão. Como estava enganado! E ela ainda volta, embora sob a forma de Matteo Rossi, para assombrá-lo. Cosimo disse que certamente aplicaria de imediato uma punição rápida e justa, mas não teve coragem para isso, nenhuma mesmo. Ele pensou então, e ainda pensa, que só o mal poderia advir disso.

Pois como, para começar — e essa não é uma pergunta que ele tenha feito a si mesmo quando estava sob o encantamento do charme exótico dela —, como ela adquiriu aquela pele, as manchas que exibe, senão por meio de uma união profana por parte de sua mãe? O velho Paolo, quando tentou interessá-lo em ficar com ela, disse que ela havia sido comprada em Gênova e havia rumores de que teria vindo da Circássia — o que, por si só, é um sinal de bruxaria, uma vez que ela parece originária da África. Lucia, em sua aflição, tinha insistido para que a garota fosse levada embora e presa — na cidade. Tinha sido fácil escutá-la. Deixar que cuidassem da garota em algum outro lugar, foi esse o atrativo. E, no entanto, quando ela havia ido embora com a guarda, seu desassossego voltara. Tudo fora perturbador demais. Que ótima solução, então, que esse rapaz, Tassi, tenha chegado à sua porta tal qual uma aparição em meio à névoa do começo da manhã e ousado pedir o seu perdão. E ainda trazido, junto com o pedido, tal sublime perfeição!

Ele tem, primeiro, de retardar a resposta. Seria indecoroso agarrar a oportunidade. Suas mãos pairam sobre o presente que está pousado sobre a escrivaninha, diante dele. Aperta uma mão na outra como se fosse sobre o seu jantar e diz: "Preciso pensar. Com calma." Mas o homem não se mexe dali. Em vez disso, ele diz: "*Monsignore*", e curva a cabeça e não mostra, o patife, nenhuma disposição de sair. Fica lá, torcendo a alça da sua mochila.

— Em particular — o bom, confiável Gaetano acrescenta, e Tassi, finalmente recolhe sua mochila e se retira da sala como um idiota.

Giuliano se volta para Gaetano.

— Escreva uma carta para Cosimo. O próprio *ser* Matteo pode levá-la. Comunique a ele que o nosso desejo é de que a garota seja poupada. E diga a Matteo Tassi para não chegar a menos de doze milhas daqui em companhia da garota. Diga a ele que, quando voltar ao nosso *contado*, que venha sozinho.

Agora Giuliano quer olhar novamente para a perfeição encantadora e triste dessa coisa em seu ninho azul.

Ele o levanta do veludo azul e o gira nas mãos. A estranheza daquela vida o surpreende. Os pequenos punhos estão cerrados, com os polegares escondidos lá dentro. Os pés estão cruzados, as pequenas solas acolchoadas convidando ao toque, fazendo a mente acreditar "é macio" — mas nunca sujeito à decomposição imunda. Giuliano o dará a Lucia quando ela chegar, e ela ficará encantada, e ele permanecerá tão perfeito como nenhuma criança viva certamente permanece. Olhando para o rosto, é capaz de acreditar não apenas que "é macio", mas que "é vivo". As pálpebras fechadas podem a qualquer momento adejar e abrir, os lábios pequenos e perfeitos se afastar para deixar passar uma doce e pura respiração. Ele encanta e repugna porque é perfeição e, ainda assim, é algo que não nasceu; algo ainda para ser e que nunca será. Ele é tão bonito e tão terrível quanto o mundo.

QUINZE

Orazio tem andado ansioso à espera de Sofonisba. Tinham-lhe dado quartos muito bons numa casa com vista para o Tâmisa, em Richmond. A casa tem um jardim com muro de tijolo amarelo e fica no terreno do novo palácio de tijolo vermelho — todo ângulos e chaminés e portões e pátios e pátios internos —, do outro lado de um espaçoso parque em terreno plano. O palácio é agitado e barulhento como uma cidade, mas o parque, plantado em toda a sua extensão com castanheiras da Índia, olmos e carvalhos, é sereno. Orazio é grato, mas, ao mesmo tempo, sofre porque sabe que aquele é o lugar onde vai morrer, tendo por companhia somente seu empregado e os carneiros que pastam do outro lado do muro. Ali o rio atravessa uma paisagem ampla e aberta. Não há morros azuis que se desdobram, apenas elevações ocasionais do solo, abruptamente achatadas pelo peso do céu cinzento. Mas Orazio recusa a palavra "céu". Não há luz encantadora e cambiante nem sombras passageiras projetadas lá embaixo nem azul lá em cima, apenas um vazio cinzento que usurpou o campo azul onde as nuvens poderiam brincar. Não há nuvens nem amontoados de lã brilhante nem nimbos de cor púrpura, somente aquele véu pesado. Talvez não exista nem mesmo um véu, mas apenas uma ausência que combina perfeitamente com seu sentimento de perda. É inacreditável o quanto ele se sente só. Tem um empregado, mas o rapaz está sempre exausto, e, quando não está trabalhando, ele dorme, mesmo quando Orazio o escora numa cadeira para conversar com ele. Não há mais ninguém com quem falar. Os trabalhadores que puseram à sua disposição mal entendem as suas instruções. E é uma língua selvagem, indomável, a que o povo fala, mesmo na corte. Orazio não consegue compreendê-la nem controlá-la. Ela galopa e depois empina e recua no último momento, como se nunca tivesse sido falada antes. Nada rima. O vazio do céu invade todos os seus dias. Cada dia é um quarto vazio no qual acorda, e um buraco engoliu seu coração. Pois Orazio atingiu a fama que tanto desejava e descobriu que ela é irreal e insatisfatória como um sonho que prende aquele que sonha, que, piscando os olhos, o perde. Ele foi bem-sucedido em tudo que se propôs alcançar. Obteve um renome que se espalhou além das fronteiras de sua terra. Obteve o reconhecimento de um monarca estrangeiro. E isso não significa nada. A rainha sorria e olhava para o teto enquanto ele falava. Ela olhou para ele e sorriu uma, duas vezes, elogiando-o em sua espantosa língua, e desapareceu novamente ao som de risadas pelo longo corredor de lambris, deixando-o com seu trabalho nas salas frias e sem sol. Como tinha trabalhado duro na vida para chegar àquele momento, e não era nada mais que andar na direção do horizonte. Mas, embora ele não saiba, na confusão dos seus tormentos uma aflição lhe é poupada: nunca na longa caminhada em direção ao horizonte inexistente lhe ocorreu que poderia ter parado e se voltado para os seus amigos.

Orazio quer apenas ver a filha. Ele deseja, deseja muito, estar em casa, em sua cidade de pedra amarela, onde sol e sombra guerreiam. Ele tem estado doente, cada vez pior, desde que chegou. A viagem não lhe fez bem. Seu coração batia rápido de encontro às costelas como as ondulações no dorso das ondas que passavam pelo casco do navio, e, quando ele se deitava, o sangue latejava em seus ouvidos. A náusea persistente diminuiu logo depois que ele desembarcou em Southampton, mas o andar cambaleante que ele tinha adquirido a bordo recusava-se a ir embora. Quando chegou a Richmond, sentia-se abalado e deprimido e completamente desconfortável. Antes de se passarem duas semanas, ele mandou a carta para Sofonisba. Durante todos os dias nublados do verão, tentou trabalhar, consciente de que sua força e vigor o estavam abandonando. Os dois assistentes, embora ele tenha falado mal deles na carta, eram competentes e trabalhavam com vontade quando ele conseguia fazer-se entender. Seu empregado, Tanai, aprendeu algumas palavras. De um modo ou de outro, o trabalho progredia. E então, uma semana atrás, Orazio foi atacado por uma paralisia acompanhada de sudorese. Acreditando que era a praga, ele chorou e rezou a noite toda, convenceu-se de que era uma punição por seus pecados, e com isso aumentou seu medo e angústia, certo de que veria os portões do Inferno antes de a manhã chegar. Mas, depois de um dia, o ataque passou para o peito, onde começou a fazer outro tipo de estrago, sacudindo-o com espasmos tais que cada respiração causava-lhe dor. Agora, quando trabalha, ele deixa perto de si um trapo no qual cospe uma secreção sólida e escura, raiada de vermelho. Gostaria de parar de pintar. Gostaria que Sofonisba viesse e pousasse as mãos calmas sobre ele, levando embora essa dor intensa e esse vazio terrível que é frio e pesado como catarro. Gostaria que ela rezasse doces orações por sua alma, para que ele tivesse certeza de que veria os Céus.

Quando Sofonisba chega, a saúde de Orazio está seriamente debilitada, e seu ânimo, no nível mais baixo. Ela está esperando por ele numa pequena sala de estar numa ala distante do palácio. Da sala da Assembléia, onde está pintando uma enorme alegoria, *A União da Verdade e da Beleza*, ele caminha devagar até lá. Quando a vê, é como se toda a juventude e vitalidade dela brilhassem no rosto emoldurado pelo capuz da longa capa marrom de viagem, e ele chora. Para ele, ela é a única luz naquele quarto escuro e forrado de lambris.

Tudo que Sofonisba consegue fazer é não deixar suas lágrimas traírem a piedade que sente.

A pele do pai está cinzenta e descamada, quebradiça e avermelhada em volta da boca e do nariz. Ele está curvado e sem fôlego, um homem que envelheceu cinco anos no mesmo número de meses.

Orazio diz que não vai mais trabalhar e manda Tanai dizer aos assistentes que está dando aquele dia por encerrado. Dá o braço a Sofonisba e caminha lentamente com ela do palácio para sua casa, através do parque.

Às vezes, ele conta, sente-se totalmente sem forças para voltar para casa e dorme num colchão improvisado no canto do salão. É melhor. Se volta para casa, às vezes não consegue reunir forças para sair de novo.

Passam-se dois dias antes que Sofonisba veja a pintura. Orazio caminha de volta pelo parque com ela. No palácio, ele sobe as escadas com dificuldade até a sala de Assembléia. Falta-lhe fôlego para falar enquanto não descansa. Sofonisba examina o trabalho.

Ela fica contente de ver que grande parte já está concluída. É um trabalho esplêndido. Seu pai captou-a, aquela ilusão que todo pintor persegue, aquela manipulação do sentido da visão, a doce confusão de espaço que ergue o véu entre a visão do artista e a percepção do espectador. Sofonisba vê que pode se integrar imediatamente na pintura de seu pai e completá-la — não apenas completar, mas rechear, reforçar-lhe a visão e infundir vida às duras técnicas de representação. Ela pode ver onde, ela sabe como. Com atenção cuidadosa aos rostos, em especial aos olhos, pode levar o espectador a fazer parte da multidão retratada, que assiste ao casamento da pintura. E se apenas um dos convidados do casamento puder dirigir o olhar para longe do glorioso casal e em direção à sala, então o espectador se tornará um participante do evento, e uma segunda união, mais real, terá lugar.

A respiração de Orazio está rouca. É como uma roda de madeira passando por cima de pedregulhos. Ele se levanta com dificuldade.

— Esse. É por esse que você vai começar, acrescentando algum ornamento aqui e aqui... — Mas, mesmo enquanto ele fala, Sofonisba está olhando para um painel menor, reservado a mais um tributo pessoal à rainha católica. Ela sabe que é por ele que vai começar.

— Você terá Tanai... — Orazio está dizendo.

Ela o corrige.

— Nós teremos...

— Você terá — Seu olhar não vacila, não pisca nem uma vez. — Ele não terá nenhuma utilidade para você neste estágio da pintura, mas você terá os dois assistentes que me deram... — Ele fecha os olhos e se concentra novamente. Quando recupera o fôlego, aponta para a mesa de trabalho, os potes e os pratos, os pincéis a postos.

— É bom que você siga o esquema. — Ele bate de leve no caderno cheio de orelhas em suas mãos. — Está tudo aqui. Tudo aqui.

No final da tarde, num pequeno quarto da casa, na ala das mulheres, Sofonisba examina o caderno, lendo com cuidado as prescrições de cores e as instruções dele para sua utilização. Suas receitas para os tons de pele estão minuciosamente anotadas, ao lado de receitas para "paisagem distante sem sol", "paisagem distante com sol", "folhagem, fundo intermediário, sol" e muito mais. Ele desenvolveu uma escala para claro e escuro, com vinte gradações para cada pigmento. Para cada pedra preciosa, cada folha, cada fita de *A União da Verdade e da Beleza* está prescrita uma cor, e para cada parte delas, uma intensidade. As sombras mais escuras de um vestido azul são azul-celeste ou índigo de valor vinte, enquanto os relevos mais altos são azul-celeste com chumbo branco de valor um. O caderno está repleto de esquemas e de números. Um macaco poderia ser treinado para executar aquele trabalho.

Três dias depois, Sofonisba foi acordada quando ainda estava escuro com uma batida à porta do quarto. Uma criada de cabelo despenteado está no corredor. Sofonisba aperta os olhos por causa da luz da vela. A moça fala em inglês e, embora Sofonisba não consiga entender, pode perceber claramente a ansiedade em sua voz. Tanai, no final do longo corredor, faz sinais para ela ir até lá e agora grita *"Fretta, Madonna! Fretta!"*. Ela volta para o quarto para vestir um penhoar. Ela se apressa, mas já sabe de antemão que não vai adiantar. Ela sabe antes de ouvir do empregado, sem fôlego de medo, correndo agora pelo corredor escuro, receoso de dizer as palavras: *"Qualcosa di male avviene al maestro."* Alguma coisa de ruim. Ela sabe o que é, que será tarde demais e que encontrará o pai já morto. Ela se apressa somente por causa de Tanai.

A pele fria do pai confirma a sua premonição. Ela faz o sinal-da-cruz. Aquele rosto familiar é uma concha, uma casca. Não há nada por trás dele. Nada. Ela sente uma onda de pânico que se acalma tão depressa quanto água escorrendo na superfície de uma pedra. Não há nada a fazer. Não há ninguém a salvar. Ela faz de novo o sinal-da-cruz. Ele já os deixou. Tanai diz que ele estava fazendo um barulho estranho, *"Un ringhio arrabbiato"*. Ele diz que correu o mais depressa que pôde. Está aos prantos. Seu rosto voltou a ser o de uma criança: *Não fui eu, não fui eu.* Diz que acordou imediatamente. Tão logo ouviu o tal barulho. Diz que não podia ter corrido mais depressa. Sofonisba põe os braços em torno dele, e ele uiva de encontro aos seus seios como um bebê. Através da porta aberta, ela vê quatro, cinco empregados da casa olhando com olhos arregalados de apreensão, querendo saber o que se passa com aqueles florentinos barulhentos. Eles começam a falar entre si, e Sofonisba está prestes a mandá-los se calar quando se dá conta de que não é necessário.

Ela não quer que o garoto pare de uivar, quer que ele fique agarrado nela para sempre, para evitar olhar novamente os olhos de seu pai que não enxergam mais. Empurra Tanai delicadamente, oferece a manga do penhoar para ele enxugar o rosto, e então vai até a porta e traz uma das mulheres para dentro do quarto, para ver Orazio.

— *Prete* — ela diz. Faz o sinal-da-cruz no ar e junta as mãos para fazê-los entender. — *Prete.* — Ela aponta para o pai.

Durante todo o dia, Sofonisba e o garoto se revezam ajoelhando junto ao corpo de Orazio para rezar por sua salvação. Às vezes, quando seus olhos estão fechados, Sofonisba tem a sensação de que a plataforma sobre a qual se ergue a cama é uma jangada. Estão ajoelhados sobre ela, à deriva no vasto mundo. As pessoas entram e saem do quarto, e a maioria não consegue se fazer entender. Às vezes trazem comida, cinzenta e encaroçada, cerveja com gosto de urina. O empregado come assim mesmo. O tempo todo, o rosto de cera de Orazio parece se esticar na direção do teto, a cabeça muito inclinada para trás, a boca dando a impressão de que está prestes a falar.

E talvez ele também tenha necessidade de falar, da mesma forma que Sofonisba quer falar com ele muitas vezes durante aquele longo dia, para assegurar-lhe que o trabalho será terminado, que terá um funeral condizente, que irá para os Céus. Como é fácil amar os mortos.

 O capelão da rainha providencia para que uma missa pelo repouso da alma imortal de Orazio Fabroni seja rezada no dia seguinte. Ele envia um diácono para ungir o corpo. Uma velha vem lavá-lo e espera pacientemente enquanto Sofonisba, na esperança de achar moedas inglesas, procura as chaves da arca de viagem do pai. Um carpinteiro chega logo depois para confirmar se as madeiras de que dispõe têm comprimento suficiente. São de pereira e as marteladas necessárias para pregá-las parecem durar a tarde toda, lá fora, no jardim murado. Quando a luz diminui e a noite de inverno chega, Tanai se apóia ao lado da cama e reza, ou finge fazê-lo. Sofonisba senta perto das velas com o caderno de Orazio e estuda suas recomendações.

Orazio foi enterrado no dia seguinte. Uma névoa matinal de inverno imobilizava o mundo em frio e umidade. A escolta prometida pelo administrador da casa não apareceu. Sofonisba, Tanai e a mulher que lavou o corpo acompanharam o caixão. Ele foi carregado para fora do parque pelo carpinteiro e três rapazes dos barracões de trabalho. As formas escuras das castanheiras emergiam da neblina branca e se dissolviam novamente nela depois que eles passavam. Um veado que estava pastando levantou a cabeça por um instante e em seguida voltou a pastar.

 Orazio, por não ser da corte, foi levado para a igreja do Divino São João, na cidade de Hampton. Foi enterrado lá, no pátio da igreja, um estranho em seu caixão de pereira, o caderno enfiado sob suas mãos deformadas, por baixo da tampa lacrada.

 Sofonisba ficou sentada a tarde inteira na igreja de pedra cinzenta e branca sentindo cada vez mais frio, até que a mulher que a havia acompanhado se levantou e foi embora, e o empregado disse que eles tinham de ir senão os portões da rainha se fechariam e eles ficariam de fora, e, além disso, em breve estaria escuro e não conseguiriam achar o caminho de volta.

Sofonisba escreveu sem demora para *ser* Tomasso e o instruiu sobre como proceder com os negócios de Orazio. Mandou dizer que não pretendia voltar logo e que não faria novos planos antes que a encomenda para os salões da Assembléia inglesa estivesse pronta. Ela o instruiu a procurar compradores para o que quer que figurasse no inventário, guardando consigo o dinheiro arrecadado até que ela retornasse, quando então ele receberia os seus honorários. Havia roupa de cama e mesa, talheres e louça, disse ela, se não houvesse mais nada. Ele deveria vender tudo. Ela lhe pedia que providenciasse para que o ateliê permanecesse alugado a um artesão trabalhador e confiável e para que o aluguel fosse pago pontualmente. "E peço que me envie, *ser* Tomasso, quando me escrever, notícias da minha escrava. Mande dizer, rogo-lhe, se ela foi poupada. Penso nela quase todos os dias."

Passaram-se mais de três meses antes que ela recebesse qualquer notícia, mas esperar não a aborrecia. Não tinha vontade alguma de voltar e encontrar *ser* Tomasso, como um pai substituto, esperando para forçá-la a se casar. Ali ela podia viver no mundo e estar afastada dele ao mesmo tempo, isolada pela língua e pela névoa branca que transbordava do rio durante a noite e permanecia sobre a grama úmida o dia inteiro, imóvel e pesada. No período mais rigoroso do inverno, até a corte ficou silenciosa, uma colméia cuja rainha fora removida. A aparência de Sofonisba e seus modos estrangeiros atraíam o interesse dos moradores que haviam permanecido — um convite para um jantar com poucos convidados, para uma noite com música. Ela recusava todos. Olhares cobiçosos, perguntas íntimas, sorrisos insinuantes, tudo caía diante de sua barreira de autopreservação. Ela andava com freqüência no parque gelado, acompanhada da camareira designada para servi-la, e trabalhava com assiduidade para completar a pintura começada por Orazio. Pintava também outro trabalho menor, relacionado à pintura principal, *A Prole da Verdade*, representando algumas virtudes régias — Justiça, Harmonia, Soberania e Clemência. Duas figuras infelizes definhavam no canto direito. "Dor e Labuta", ela respondia quando alguém queria saber a identidade delas. Ninguém pensou em indagar a sua origem.

Ela pensava freqüentemente em Chiara e nunca esquecia de incluí-la nas preces da manhã e da noite e de todas as missas a que assistia. Em fevereiro, finalmente, recebeu notícias. "A garota", escreveu Tomasso, "foi poupada e outra pessoa enforcada em seu lugar, mas, antes de receber o salvo-conduto para sair da cidade, o *signor* Cosimo mandou que dessem três voltas com ela para satisfazer a curiosidade do povo." Em sua resposta, Sofonisba pediu a Tomasso que mandasse rezar uma missa numa igreja pequena, qualquer uma que não cobrasse muito caro. Ela ainda demoraria algum tempo para voltar, acrescentou. Não tentou explicar que gostava do isolamento daquele lugar, do papel atribuído a ela, uma estrangeira à parte dos costumes locais.

Em março, a segunda pintura foi concluída, e mesmo assim ela atrasou a sua volta, embora sentisse que o silêncio e a solidão dos dias se modificavam com o clima. Os pássaros, a cada manhã, estavam mais excitados e estridentes. Até os carneiros estavam mais barulhentos, a presença de carneirinhos entre eles fazendo com que se comportassem como soldados mal treinados, avançando e recuando, balindo com terror diante de inimigos imaginários. Quando a rainha voltou, a Corte novamente se tornou um lugar onde era difícil concluir um pensamento.

NICCOLÒ BANDINELLI, legado do novo Papa, elegante em preto com renda branca ao estilo espanhol, escuta o comissário da rainha, que contrasta com ele, vestindo-se como se estivesse ainda em pleno inverno, embrulhado num sobretudo com acabamento de pele. Ele estava contando toda a triste história de Orazio Fabroni. Ele caminha, dando-se ares de importância, na frente da *Verdade e Beleza*, apontando-lhe os méritos, tais como a maneira como o espectador é conduzido pelos olhos do cortesão que está um pouco destacado do grupo principal, com a mão estendida em direção às figuras centrais, mas com a cabeça virada na direção oposta, para a sala, de modo a encontrar os olhos do espectador.

Niccolò Bandinelli balança a cabeça em aprovação, mas se pergunta por que razão o homem parece estar reivindicando para aquela corte estrangeira um talento nascido e criado tão longe dali. Ele é muito educado para manifestar a opinião de que um talento como aquele é comum em seu próprio país. Gostaria de chegar ao motivo principal daquela entrevista particular, ao pequeno adendo aos assuntos diplomáticos que ocuparam a manhã que passou com homens mais importantes. É a filha do pintor que interessa ao Papa.

"Se puder vê-la quando estiver lá", ele disse, "traga-a de volta. Podemos encontrar trabalho para ela." O próprio Niccolò está intrigado com ela. Ela é morena como uma sulista, com uma beleza pesada nos ombros e no busto. Ela fica por perto e fala pouco. Ele lhe pergunta que partes da pintura são dela, pergunta se ela acrescentou ou subtraiu material. Suas respostas são evasivas, e desestimuladoras também. Ela trabalhou, disse, quase que inteiramente a partir do caderno que seu pai deixou para ela.

Niccolò pergunta se ela tem outras pinturas para mostrar. Ele diz que viu um trabalho dela, O *Assassinato de Holofernes*.

— Em Florença, *monsignore*?

— Não, em Roma.

Sofonisba não tem certeza se a notícia é boa ou má. Ela havia pintado a ruína de Holofernes — Tassi — pela satisfação de saber que seria vista na própria cidade dele.

— É um assunto que me interessa. Tenho uma versão dele aqui, feita para Sua Majestade, a Rainha. — Ela começa a explicar alguma coisa sobre a origem da pintura, mas o Comissário a interrompe.

— Não é apropriada — diz. Ele não sente necessidade de repetir o conselho pessoal, confidencial, que a rainha recebeu a respeito da pintura: que, apesar de sua natureza alegórica, aquela interpretação particular da Igreja triunfando sobre o Estado era simplesmente sedenta demais de sangue, por demais inflamada até mesmo para o católico mais fervoroso, e serviria somente para levantar a mais apaixonada oposição de certos membros de sua Corte.

A interrupção dele, bastante precipitada, só faz atiçar o interesse de Niccolò.

— É uma questão simples combinar uma mostra da pintura — diz Sofonisba. — Posso pedir que a busquem no meu apartamento.

Sofonisba está na frente de sua nova *Judite*. Ela pintou essa versão em óleo sobre tela. Com o objetivo de mostrá-la ao *signor* Niccolò, pediu que um cavalete fosse colocado em frente à janela da pequena antecâmara. Tomou cuidado com a posição dele, colocando-o ligeiramente inclinado para que não houvesse reflexo de luz na superfície da pintura. Ela percebe que o interesse dele não é casual. Se ele pedir que ela volte para Roma com ele, ela irá. Quando olha a pintura, ela fica novamente infeliz. Sente a mesma emoção crua — a mesma tensão nas entranhas, o mesmo desejo furioso, abissal, de vingança. De violentar o violentador. Ela não pode voltar a viver na mesma cidade que Matteo Tassi.

A composição dessa pintura é a mesma da original, mas a expressão do rosto de Holofernes está sutilmente alterada. Não há pedido de socorro nem esperança de salvação. É a pureza daquele momento que passou a interessar Sofonisba, pois, apesar de representar seu próprio desejo de vingança, a pintura não a emociona tão profundamente quanto certo esboço que ela fez durante o abate de uma bezerra. Investigando o momento da morte, ela havia tocado inadvertidamente num mistério mais profundo. O terror que viu nos olhos do novilho transcendia objetivo, transcendia finalidade e, assim, estava marcado por uma estranha beleza: um reflexo devolvido pelo lampejo de compaixão do coração do espectador. Ela havia olhado nos olhos do animal, enquanto, ao mesmo tempo, seu giz traçava as bordas da ferida do pescoço dele, abrindo-se perfeitamente, como lábios se separando e tendo alguma coisa lá dentro parecendo uma sapatilha de cetim azul-prateado pulsando. O que ela captou nos olhos foi uma perfeita união com a própria vida — que logo depois se foi, quando a garganta se abriu e a lâmina encontrou o osso. Depois disso, foram só ações objetivas. O açougueiro usou seu peso ao executá-las, balançando e golpeando, enquanto segurava um tufo de pêlo do animal. Quando a cabeça se soltou, ele a suspendeu. A língua bela e inteligente, que um dia havia encontrado a relva mais tenra, estava agora caída para trás, atravessada no pescoço. Os olhos belos e flamejantes já estavam esfumaçados. Mas, e se aquele poder de refletir, aquele reflexo de sua própria compaixão pela condição dele, pela condição de todos nós, pudesse ser retido, fixado?

Niccolò entra no quarto e pára.

— Ah, mas aí está. Exatamente. Você reproduz seu próprio trabalho com perfeição, *Monna* Sofonisba. Você possui uma completa compreensão do tema. Esse tema, em suas mãos, poderia ser pintado vezes sem conta; você o domina completamente.

Mas Sofonisba sabe que não é exatamente a mesma pintura. À primeira, tinha faltado a pureza que ela viu — e representou — nos olhos da novilha. É um mistério — e uma beleza — ausente do rosto do primeiro Holofernes, que, cumprindo o propósito de Sofonisba, permanecerá sempre dentro daqueles limites humanos — e prenderá o espectador a ele. O terror dele era pleno de finalidade, pintado para satisfazer o seu próprio desejo de vingança. Ela não quer pintar a própria vingança vezes sem conta. O que ela vislumbrou está além de um objetivo, é sublime e, portanto, parte integrante da beleza, parte integrante da verdade. É por isso que ela nunca vai parar de pintar.

— Poderia haver trabalho em Roma para a senhorita pelo resto da vida, *Monna* Sofonisba.

DEZESSEIS

O MÊS DE ABRIL DO ANO DE 1555 está sendo uma bênção. O comércio prospera, a terra está em paz, e o povo, contente. O mês só trouxe doces satisfações para a cidade de Florença. Nem raios caindo sobre a cúpula, nem *fuorusciti* conspirando contra o governo, nem árvores arrancadas em ventania, nem bandos de cachorros selvagens devorando criancinhas — apenas as encantadoras flores das pereiras e das ameixeiras, as nuvens brancas como carneirinhos e a safra do ano anterior mais doce do que nunca. O mês trouxe dois leões novos para substituírem os espécimes idosos das jaulas atrás do Palazzo Vecchio, uma indulgência plenária do Papa e um chapéu de cardeal para Andrea.

A despesa necessária para obter o chapéu magenta não foi excessiva. Andrea sabe que moedas de ouro às vezes só servem para colocar uma pessoa no meio da multidão, entre gente comum. Um presente criterioso, por outro lado, fixa de maneira indelével o nome de quem presenteia na memória dos grandes, o mantém em destaque na mente, para quando o tempo das honrarias chegar. Andrea imagina o que terá sido feito de Sofonisba Fabroni. Sua versão inflamada de Judite assassinando Holofernes era para estômagos fortes somente. Havia hesitado em comprá-la quando o notário Tomasso a ofereceu. Mas o quadro realmente provocava certa excitação visceral, e, quanto mais pensava nele em retrospectiva, mais se dava conta do que havia deixado escapar quando Sofonisba foi embora. Fez uma oferta modesta a Tomasso, e a pintura foi trazida de volta para *Argentara*. Permaneceu com ele por um mês antes que a embarcasse (juntamente com a promessa de transferir parte de uma propriedade para o sobrinho do Papa, um rapaz que não passava de um problema) como um presente para o Papa: uma alegoria da vitória da Igreja sobre Satanás.

Ele sente muito não ter feito nenhum progresso com a mulher enquanto ela estava com ele. Mas foi melhor assim. Ela teria sido uma provação. Lembra-se de uma história inquietante contada por um de seus administradores depois que ela foi embora. Parece que ela tinha ido falar com o cozinheiro e tinha pedido para assistir ao abate de um bezerro e, então, uma vez lá, tinha feito todo tipo de exigências, a mais estranha das quais foi o de que ele o matasse com a cara voltada para o céu. O administrador disse que chegou justamente nessa hora. "E o senhor sabe do que mais?", perguntou. "Ela ainda estava desenhando."

Bem, uma mulher assim. Ela não vale o esforço da conquista. Na verdade, tinha ficado completamente farto das mulheres. Obtinha mais prazer ultimamente na companhia dos rapazes esguios que selecionava para servi-lo — os quais recentemente andavam em falta, mas, ele acredita, haverá caras novas em quantidade durante as suas comemorações.

Os preparativos estavam em andamento desde que a sua nomeação foi anunciada pela primeira vez em Roma. Matteo Tassi propôs uma comemoração triunfal para homenagear a sua conquista. A concepção foi esplêndida o bastante para ofuscar todos os competidores e garantir-lhe a permissão de retornar à cidade. Será um tributo supremo e glorioso, o triunfo da Alma, por intermédio da Beleza, sobre a pobreza e a insignificância da Carne. Todos, ele assegurou a Cosimo em sua carta, entenderão que representa a gloriosa estirpe dos Médici. Terá lugar na piazza de Santa Croce, seguida por uma justa no estilo antigo — seguida, Andrea espera, por uma noite de indizível prazer. A representação que Matteo propõe apresentará um rapaz de verdade coberto de ouro, de ouro puro. Isso faz a boca de Andrea se encher d'água só de pensar.

Para alguém que afirma desprezar adulação, Tassi sabe bem como usá-la. Sem praticamente nenhum esforço, engendrou o seu retorno à cidade e está instalado num alojamento para trabalhadores atrás do convento, bem perto da piazza Santa Croce. Ele havia passado o inverno trabalhando nas portas da pequena igreja de Santa Lucia em Arezzo e tinha escrito para a *Signoria* tão logo soube da indicação de Andrea. Ele também tinha ouvido outra notícia que o interessou: o retorno de *Monna* Sofonisba à Itália era esperado na primavera. Em sua ânsia de acreditar, Tassi não fez perguntas para confirmar o rumor. As autoridades da cidade de Florença responderam com rapidez à sua proposta. Concordaram com todos os seus termos. Mas sua satisfação teve vida curta. Logo que retornou à cidade, ficou sabendo que a casa de Orazio ainda estava alugada, e que Tomasso havia passado o ateliê a um encadernador.

De repente, a perspectiva de trabalho que se estendia à sua frente se tornou desanimadora. Disse a si mesmo que não fora por causa de Sofonisba que quisera voltar. A ordem de reparação por meio do casamento continuava de pé apesar da morte de Orazio e a despeito da recusa de Sofonisba. Mas Tassi não era ingênuo; sabia exatamente o que aconteceria na ausência do pai dela: ambos satisfariam os termos estabelecidos pelo *podestà*, fariam os juramentos — e virariam as costas um para o outro. Até então, ele nunca havia dormido com uma mulher que o odiasse. Uma ordem do *podestà* não ia mudar nada. Ainda assim, foi por causa dela o seu retorno, a procissão triunfal, o menino de ouro. A festa não era de Andrea, era dele, Matteo Tassi. Era para representar — ao menos para Tassi — a consagração de sua habilidade. Surpreenderia e encantaria a cidade inteira com o seu garoto de ouro puro. Somente Sofonisba privaria do seu segredo quando, ao final de tudo, ele lhe ofertasse o "garoto". Mas agora, a principal testemunha desse atestado público de sua arte, a quem era destinado o seu presente, estaria ausente, e a criação do menino dourado não seria nada mais que uma encomenda a ser executada. Não tinha importância. Teria a cidade inteira como testemunha.

Chega-se aos alojamentos destinados a Tassi através de parte de um antigo claustro que não é mais usado e que agora está sem teto, e eles consistem num único cômodo grande sobre um pórtico. O quarto, ao qual se tem acesso por uma escada externa, serve de dormitório e oficina. As paredes caiadas estão nuas e toda a mobília consta de um colchão e uma mesa sólida com um banco. O espaço abaixo, com três de seus lados abertos, é destinado aos barracões de trabalho. Vai abrigar o carro triunfal enquanto este estiver sendo construído. O conjunto está protegido da vista do público — e dos monges curiosos — por um muro alto. Os *festaiuoli* providenciaram, para realizar o trabalho, uma equipe de dois carpinteiros experientes e um pintor. Todas as manhãs eles chegam fazendo barulho e põem-se a trabalhar com Tassi para transformar, com martelo e serrote, uma simples carroça numa carruagem celestial em forma de cisne.

À tarde, Paolo Pallavicino chega. Paolo está alojado num apartamento no Palazzo Vecchio. Não sente mais nenhuma afeição por Tassi, que roubou de modo tão rude a sua glória, e mais nenhum interesse por esse tipo de divertimento. Ele vem por um especial favor ao duque. De acordo com os planos de Tassi, o cisne carregará em suas costas uma concha vieira gigante colocada sobre uma plataforma elevada projetada para girar. Paolo Pallavicino desceu para a cidade para ajudar com os mecanismos ocultos sob a plataforma, bexigas e engrenagens e parafusos que farão com que uma fonte brote da concha quando as rodas do carro começarem a se movimentar. Quando ele está no pátio, Chiara permanece escondida. Às vezes, ela escuta o garoto Ceccio lá embaixo. Tassi a ameaçou com uma surra se ela puser a cara de fora.

Para preencher as horas vagas — porque Tassi não tem nenhuma função para ela até o dia da parada —, Chiara pega um pedaço de sanguina, segurando-o com o punho fechado como uma criança, e desenha na parede caiada, na parte de trás do quarto, onde a sombra da árvore fora da janela se projeta. Quando suas mãos estão ocupadas, ela se sente mais feliz; as visões ficam afastadas. O tecido açafrão que ela usa enrolado na cabeça fica cor-de-ferrugem por causa da poeira do giz. Certa vez, Tassi trouxe para ela um tordo pintado, abatido em pleno vôo pelo trabalhador mais novo, que possui a habilidade de lançar seu martelo em arco perfeito. Ele o coloca sobre o banco. Chiara vai girando e friccionando o giz para apontá-lo, do jeito que Sofonisba lhe ensinou, e começa a desenhar. Seus olhos seguem primeiro a longa linha das costas, continuam, viram, passam por trás, debaixo do rabo, e encontram a complicação das pernas, num ângulo esquisito em relação ao corpo, os longos dedos dos pés com suas garras retorcidas. É difícil concentrar-se ali e o giz tem de estar bem apontado. É uma bênção. O esforço de fixar a atenção na complexidade deixa os olhos da mente limpos. Há apenas um outro meio de alcançar essa condição, e somente Tassi pode conduzi-la até lá.

O carro-cisne é uma invenção sofisticada. Quando ele se desloca, a fonte se ergue na concha que gira na parte de trás. Ele abriga mecanismos que fazem os homens amaldiçoar e xingar e atirar as ferramentas na poeira do chão. Mas, então, chega o dia em que o carro é empurrado para a frente e um jato de água jorra por um breve instante e ensopa o homem mais próximo. Tassi agarra Paolo pelos ombros e bate nas costas de seus ajudantes e diz que vai pagar uma bebida para todos em comemoração. Paolo recusa e se retira para seu confortável apartamento.

Chiara é deixada para trás, com a promessa de que ele trará comida quando voltar. Quando a escuridão chega, ela não acende nenhuma vela. Finalmente dorme. O pássaro volta em seus sonhos. Ela sonha que agora ele tem lantejoulas entre as penas, como um pássaro que caiu no fogo e é chutado para fora, cheio de centelhas nas asas.

Já passa muito das matinas, está quase claro. Tassi se esgueira por baixo da maior das duas mulheres que o estiveram divertindo. Enfia as roupas, tateia em busca do boné e da capa. Não consegue achar sua faca em lugar nenhum. Sua bolsa está vazia. Um criado dorme em frente à porta do quarto. Tassi o acorda.

— Destranque a cozinha — diz — e eu lhe darei um ducado. — O criado sai às cegas em busca das chaves da patroa, leva Tassi até a cozinha e abre a porta.

— E uma faca — diz Tassi.

O banquete, que eles mal tocaram, está sobre a mesa. O gato, saciado, está dormindo sobre o banco, parecendo uma almofada. Tassi pega uma galinha assada. Está intocada. Ele a corta ao meio, dá uma metade para o criado, enrola a outra numa toalha, e a faca também, e lhe deseja boa-noite, apesar de o criado ter começado a reclamar.

Seus protestos acordam uma das mulheres, que se senta, vacilante, e chama "Matteo?" A outra nem se mexe.

Tassi agarra o rosto do rapaz e aperta-lhe a boca com suas mãos grandes.

— Não é do seu interesse. Não é para o seu bem — diz ele. — De jeito nenhum é para o seu bem. Agora abra a porta da frente.

Antes de sair, ele volta ao quarto, sorrindo, levando o frango aos lábios, lambendo a pele tostada, oleosa, e se abaixa para passar o sabor do frango para os lábios da mulher com a sua língua, empurrando-a até encontrar a dela, pegajosa de sono da mulher. Ele volta a se deitar.

— Nem uma palavra — ele sussurra.

Chiara acorda para a luz do dia e para o cheiro do frango assado. E ali está ele, no chão ao seu lado, um besouro a mastigá-lo. Tassi está dormindo de barriga para cima no colchão, quase sorrindo. Chiara estende a mão para o frango, mas então muda de idéia, deixando o besouro se banquetear. Ela sobe no colchão e se deita ao lado de Tassi.

— Tatilbi — diz ela. Tassi não entende a palavra embora ela a tenha repetido com freqüência desde a confusão na casa de Paolo. Ele acha que pode ser um nome. Por algum tempo, ela só dizia isso. Ultimamente havia começado a falar de novo. De qualquer maneira, não importa. Ela entende.

— Tatilbi.

Tassi, sem abrir os olhos, sorri e a puxa para junto de si.

— AGORA — DIZ TASSI. — Levante-se. Suspenda os braços.

Restam apenas três dias para concluir os preparativos para a parada triunfal. Chiara está paciente como sempre, embora esteja nua, e a temperatura, nada agradável no quarto de janelas sem vidro. Ela ergue os braços, cotovelos curvados como uma ave aquática se espichando. Ele não enxerga mais a pele malhada, apesar de a conhecer como um marinheiro conhece o seu litoral. Segura um corte de linho comprido, da largura de dois palmos, desses que se usam para enrolar bebês, *gli innocenti*. Aplica uma extremidade ao lado do busto de Chiara e começa a enrolar, mantendo a ponta no lugar da melhor forma possível com a ajuda dela. — Aqui. Ponha as mãos aqui — e roda a garota enquanto aperta bem o linho, achatando-lhe os seios.

— Você está enfaixada — diz ele. — Depois da nossa batalha. — Ele ri. — Aqui, segure aqui. — Ele chega à extremidade final do tecido e deixa Chiara segurando-a junto a si. Recua para apreciar o seu trabalho, olha para ela de lado.

— Isso mesmo — diz. — Você é um rapaz. Está pronto.

O achatamento de suas formas é atraente, as mãos dele precisam alisá-las, fazendo Chiara girar e girar novamente.

— Um garoto. — Ele a empurra com delicadeza, sustentando-a, sobre o colchão, e a vira de barriga para baixo. Beija os dois lados de suas nádegas, beija no meio delas, de um jeito que Chiara sente que vai morrer imediatamente de prazer e vergonha, e então, colocando-se sobre ela, leva-a subitamente ao limiar da dor. Depois, Chiara ainda não tem certeza do que aconteceu, sabe somente que por alguns instantes o quarto ficou escuro. É o que ela busca, esse esquecimento repetido, essa supressão de visão que até mesmo o sono — especialmente o sono — não pode proporcionar. É um artifício do qual passou a precisar: ser levada à beira do terror e deixar-se cair num abismo de felicidade de fazer parar o coração.

Ainda há trabalho por fazer. Tassi já enviou a Emilio um pedido de vinte onças de ouro bem moído, a ser colocado na conta da *Commune*. Ele tem algumas onças para experimentar e tenta a manhã toda encontrar o veículo mais adequado para transferir o ouro para a pele humana. À tarde, decidiu-se por uma cola feita de cabeça e ossos de peixe-lobo e colorida com ocre. O lugar inteiro fede.

Derrama um pouco de cola aquecida dentro de uma concha com ouro moído bem fino e mexe até se formar um creme grosso. A mistura tem a aparência de um pedaço de ouro momentos depois do ponto de liquefação.

Ele se senta com Chiara e pede que ela repouse o braço malhado sobre a mesa. Usando uma bola feita de fiapos e recoberta com um tecido de Gaza bem apertado, ele aplica a tinta, passando-a da metade do braço até as costas da mão. O tecido é absorvente demais e ele tenta de novo com um pincel grosso e redondo. A tinta agora assenta muito bem, mas a pigmentação mais escura da pele de Chiara não fica totalmente mascarada. Tassi levanta o braço dela e tenta pintar do outro lado, onde as manchas são menos pronunciadas. Ele decide esperar até que a pintura esteja completamente seca para se certificar do resultado. Enquanto isso, Chiara vagueia pelo quarto fechado com o busto enfaixado e o braço de ouro. Ela vai arrancando e comendo pedaços de frango. Tassi chega brincando e lambe seu rosto como um cachorro. Em pouco tempo, o pescoço, os ombros e uma das orelhas dele estão dourados, bem como a colcha, e as sombras da pele de Chiara reaparecem. O dourado descasca como pele queimada.

Tassi diz que precisa tentar alguma coisa diferente. Vai lá fora, onde os pintores estão trabalhando, e volta com um prato de realgar avivado com vermelhão. Mistura os pigmentos com clara de ovo e, usando seu dedo envolto num trapo, vai aplicando a cor suavemente ao longo do comprimento do outro braço da garota. Experimenta a mistura na faixa. Ela agarra no tecido e se fixa. Seca rápido, e Tassi passa o ouro sobre a mistura. Ele também se fixa. Tassi está satisfeito com o efeito, a base vermelha empresta ao ouro uma aparência sólida e lustrosa. Quando seca, não sai.

Tassi deixa Chiara se limpando enquanto prepara um novo pedido para Emilio, dessa vez de mais pigmento vermelho. Chiara derrama, de uma jarra, a terebintina de cheiro ativo dentro de um pires e começa a se esfregar para tirar o ouro. Fica triste ao ver sua pele descoberta. Ela é uma estátua de terracota pintada, já velha e descascada.

No dia seguinte, esperando que o seu pedido seja entregue, Tassi se ocupa com os trabalhadores no pátio. Paolo pediu mais de uma vez para ver o rapaz que vai representar o garoto de ouro. Tassi lhe diz que o garoto não será revelado. Está tudo sob controle. O garoto saberá exatamente o que fazer. — Mas você não vai fazer um ensaio antes, para ter uma idéia das dificuldades que podem surgir? — Contra a própria vontade, Paolo está começando a assumir uma parcela de responsabilidade pelo evento.

— Não — respondeu Tassi. — É fácil. Veja. Ceccio, suba aqui. — Ele faz com que o garoto de Paolo, dourado por natureza, suba no carro e entre na concha.

— Primeiro ele vai ficar agachado junto à base da concha. Ceccio, se encolha aí! E deverá estar escondido para que não o vejam quando entrarmos na praça. Então, ao meu sinal — ele bate do lado do carro —, ele ficará de pé. Assim! Com os braços estendidos. Desse jeito, Ceccio. — Ele levanta um braço na frente e estende o outro atrás do garoto. — A plataforma vai girar para mostrá-lo sob todos os ângulos.

Paolo ergue uma das sobrancelhas. Ele não arriscaria aquilo sem um ensaio antes.

Sozinha lá em cima no quarto, Chiara pega um pedaço de carvão e começa a desenhar na parede branca.

Primeiro ela desenha um pássaro de perfil. A linha das costas é longa, e o rabo é comprido. Preenche a figura, deixando um olho redondo para que ele veja a minhoca. Desenha um outro ao lado, praticamente idêntico, e outro ao lado desse segundo. Os pássaros não estão lado a lado como ela queria, estão um atrás do outro. Fica interessada em entender por que ao lado se torna atrás. Ela desenha mais quatro e já está na metade da parede. Determinada a fazer com que os pássaros fiquem pousados um ao lado do outro, ela desenha as linhas compridas de um galho por baixo deles e as une a um tronco de árvore no centro da parede. Tassi ainda não voltou. Do tronco da árvore crescem ramos para os dois lados, espalhando-se a uma distância que não é possível em árvore nenhuma. Dos galhos brotam folhas em forma de coração, embaixo e nas pontas. As folhas têm nervuras, cada uma delas um eco perfeito da anterior. E Tassi ainda não voltou. Sem ele, Chiara tem medo. Sua ausência abre um espaço no qual as visões podem entrar, onde a memória pode se infiltrar. Ela preenche o espaço com desenho. Um momento se funde no anterior e se dissolve no seguinte, e Chiara consegue esquecer onde está, quem é. Os pássaros seguem uns aos outros na parede. Em obediência à simetria que ela impõe, os pássaros no ramo da direita estão de costas para os da esquerda. Acima deles, num galho mais alto, um novo bando começa a pousar. Esses já aprenderam a curvar os pés para agarrar o galho embaixo deles. Eles estão virados na direção do tronco assim como as suas duplicatas, que aparecem uma hora depois no ramo do lado oposto. O tempo é poeira de carvão desaparecendo no ar. Quando o carvão acaba, uma árvore cheia de pássaros se abre em leque sobre a parede. Nos galhos mais altos, os pássaros estão com as asas abertas, prestes a voar.

Quando Alessandro chega com as jarras lacradas, contendo ouro e pigmento, penduradas num dos ombros e uma balança no outro, Tassi está ajudando os trabalhadores a colocar a concha em seu lugar definitivo sobre a plataforma do carro-cisne.

— Deixe-as ali — diz Tassi. Ele sinaliza com a cabeça na direção da oficina. Alessandro está se encaminhando para lá quando os homens atrás dele gritam alto no momento em que a concha se encaixa no lugar. Ele se vira para olhar e, no mesmo instante, uma figura aparece rapidamente lá em cima na janela. Ao se voltar, vê a figura só de relance antes de ela desaparecer de novo dentro do quarto. Pousa no chão a encomenda e espera Tassi para assinar o recibo. Sua cabeça trabalha a toda velocidade. Não há como se enganar com o tecido cor-de-açafrão, com a pomba branca.

Tassi pula do carro com um sorriso largo no rosto.

— Está pronto — diz, apontando para trás, na direção do cisne. Ele se pergunta por que aquele sujeito não é capaz de mostrar algum interesse, de deixar o passado ser passado.

Alessandro se pergunta por que certas pessoas nunca sofrem por seus pecados, sempre escapam sem punição. Não esqueceu da zombaria das pessoas da cidade, das preleções do padre, dos calos nas mãos por causa da punição que sofreu — ajudando a Misericórdia a enterrar todos os miseráveis e patifes da cidade que morreram como indigentes desde o dia do seu julgamento até o de Finados. Para sua profunda vergonha, agora é conhecido na cidade como *Alessandro del Camposanto*. Alessandro do Cemitério.

Ele balança a cabeça.

— Muito bem. Onde está o garoto?

— O garoto vai ganhar vida no próprio dia da comemoração. Ele vai emergir da concha, totalmente pronto. — Tassi dá um tapa nas costas de Alessandro. — Você vai ver. Vai ficar maravilhado.

— CONTE MAIS UMA VEZ — pede Chiara antes de dormir.

— O garoto vai saltar para a vida — diz Tassi. — *Il ragazzo d'oro*. — Ele observa o rosto dela.

— É?

— Ele vai surgir como as águas brotando de uma fonte.

— É?

Chiara olha no fundo dos olhos dele como se pudesse enxergar lá dentro o garoto dourado.

— Seu rosto vai brilhar com a luz do sol no céu e seus membros vão cintilar como o dorso de rios dourados. Feche os olhos. Agora você pode vê-lo. Sua própria beleza deixa-lhe a pele reluzente como o fogo. Um esplendor sobrenatural o emoldura. Ele irradiará encanto. Estará fulgurante como um anjo sem asas, e sua beleza será além de qualquer comparação.

— Sim.

— E o resto você tem que sonhar. E agora, Deus a proteja. Vá dormir.

COMEÇA A AMANHECER. Se você subisse a estrada que sai da cidade em sentido noroeste, parasse para descansar junto ao muro que abraça o morro e olhasse para trás na direção do rio, veria aquela fita de ouro opaco, que poderia ser trigo, transformada agora em bronze desmaiado. O vento golpeia a sua superfície. Essa luz traz à mente o cair da tarde e, no entanto, está vindo do leste, espalhando-se sob as nuvens. O truque da luz é um presente da tempestade que chega. Nuvens cor de ferro e aço, cor de fígado e cinzas, estão se aglomerando rapidamente, empilhando-se para tomar o lugar da noite, amontoando-se, juntando-se umas às outras, de tal forma que se torna óbvio que o céu não será capaz de contê-las. Já se inicia uma chuva oblíqua, ainda uma garoa, caindo de um rasgo na base de uma nuvem e iluminada pelos primeiros raios de sol. A tempestade que se aproxima ainda não obscureceu o nascer do sol, e o rio ainda brilha. Lá embaixo, na cidade, apenas a abóbada vermelha da catedral e o cimo do *campanile* estão iluminados pelo sol. À medida que o sol se ergue no espaço entre o horizonte e a camada de nuvens, as sombras dos topos dos telhados vizinhos deslizam pelas paredes abaixo. Choveu durante a noite. As telhas de todos os telhados apresentam um tom forte de vermelho. A chuva voltará antes que estejam completamente secas.

No quarto caiado, a beirada da tigela de cobre que contém a medida de ouro pega fogo por um breve instante quando o sol, entrando pelo espaço de uma ripa que falta na veneziana, incide sobre ela. Tassi dormiu com a tigela perto da cama para evitar que fosse roubada. Ele ainda está dormindo apesar dos sinos incansáveis do convento. Chiara, que dormiu a noite toda enrolada contra as costas dele, está acordada. Tassi deveria ter acordado pelo menos duas horas antes do amanhecer. Ela o cutuca por trás. Há um homem lá embaixo no pátio chamando por ele. Ele se senta, assustado, com os cabelos revoltos e um olhar selvagem. Está com a mesma aparência que costuma ter depois de uma noite de orgia. Enfia depressa suas roupas.

No pé da escada, o jovem enfeitado demais que veio da parte do duque está de pé com os braços cruzados para sinalizar, Tassi supõe, o aborrecimento de seu patrão.

Ele veio, diz, para informar a Tassi que o próprio Cosimo chegará em breve para ver o garoto dourado.

— Nesse caso — responde Tassi —, Sua Excelência não sentirá o prazer inesperado do momento da revelação do garoto. Você faria bem — completa — em tentar dissuadi-lo.

O rapaz pára de representar o duque e dá sua própria opinião: um riso curto e incrédulo que sai pelo nariz.

— E você faria bem — ele diz — em parar de esquentar o seu pôquer e começar a trabalhar.

Tassi sobe as escadas de dois em dois degraus. Quando chega de volta ao quarto, os pássaros da parede já não são mais que uma nuvem de fumaça suja, cinza, quase preta. Chiara está com o jarro de água perto dela, esfregando a parede com o linho embolado, aterrorizada com o pensamento de que o homem do duque pudesse ver o que ela ousara fazer.

Tassi só vê as ataduras enegrecidas que vão estragar a sua pintura. Ele arranca a lençol da cama, mas muda de idéia. Não há tempo. Joga alguns gravetos no fogo e remexe as brasas, derrama óleo de lamparina e acende uma chama para aquecer a cola.

Chiara está encolhida no canto do quarto, os joelhos junto ao peito, os olhos vermelhos de chorar, a boca desfigurada de ressentimento e mágoa.

— Levanta daí. Levanta daí.

Mas suas noites com Tassi lhe dão o direito de desafiá-lo, o que só o enraivece. Da próxima vez que Tassi pede, é com verdadeira fúria. Chiara não consegue se mexer de tanto medo, e tudo aquilo se torna um horror de puxar e resistir e socar e bater e bater novamente até que ela se põe de pé, tira o vestido enquanto Tassi arranca fora um pedaço de atadura cinzento e sujo. Ele gruda a bandagem ao peito de Chiara com a cola de peixe, enrolando-a, achatando o seu perfil, apertando-a tanto que ela não consegue inspirar as grandes quantidades de ar de que precisa. Ela coloca o tapa-sexo que Tassi confeccionou de pergaminho envernizado na forma de uma concha. Tassi derrama a cola morna sobre o ouro e mistura com o dedo. Espalha sobre as bochechas de Chiara e desce pelo pescoço, molha um pincel largo do tipo que costuma usar com gesso e começa a pintar, com a atadura ainda melada de cola. Aplica a mistura numa pressa tremenda. Nas bochechas, no pescoço, nos ombros, no busto. A mistura fica escorrendo, pingando, dando à garota a aparência de alguém que se levanta de uma poça de lama, ou de uma estátua emporcalhada por passarinhos. E é tarde demais para tudo aquilo. Ele trabalha num frenesi, cobrindo-lhe a barriga, os membros, querendo fazer com que as manchas insistentes de Chiara desapareçam sob o ouro. Já dá para escutar o barulho de pessoas se reunindo e se cumprimentando no pátio. As vozes lá embaixo estão ficando mais altas. Agora há passos na escada. Os homens de Cosimo alertam o seu senhor para prestar atenção onde pisa, pois as escadas são muito estreitas.

— *Sua Eccellenza, il Granduca Cosimo di Giovanni de' Medici!*

Cosimo e seus homens entram em alvoroço no quarto, e param. Nem saudações nem mesuras de quebrar as costas saúdam a chegada deles.

Há somente silêncio no quarto. O último som, a inspiração do duque quando estava prestes a falar, paira no ar como um dos pássaros que Chiara apagou.

Ninguém se mexe enquanto ele atravessa o quarto em direção a Chiara. Pára na frente dela, com a cara fechada, e vira a cabeça ao se dirigir a seu empregado atrás dele.

— Arranque essa coisa fora — diz, apontando para a concha.

Chiara fecha os olhos. O criado tosse, contorna a garota para ver como a coisa está presa e torce os quadris, procurando, não enxergando nenhuma presilha. Tassi suspira exasperado, dá um passo à frente, puxa a concha, desata o cordão por trás dela e se afasta.

— Aí está — ele diz, e seu tom beira a insolência, como se tivesse dito: — Satisfeito?

Cosimo está zangado demais para cenas dramáticas. Ele se vira para Alessandro. — Paolo Pallavicino vai assumir esse trabalho — diz. — Você pode ficar como assistente dele. Diga-lhe que venha imediatamente e que traga aquele seu empregado.

— Matteo Tassi, não volte à minha cidade. Nunca mais. Se você chegar com esta criatura repugnante a menos de quinze milhas dos portões, ela será enforcada na janela do Palazzo Vecchio. Guardaremos o cadafalso para você.

A CHUVA TROVEJA PELOS TELHADOS, levando os pássaros para baixo dos beirais, os ratos para baixo das telhas, levando todo mundo para dentro de casa para esperá-la passar olhando as pedras do calçamento onde uma chuvinha secundária, espelho da primeira, saltita.

No alojamento dos trabalhadores atrás do convento, Paolo Pallavicino não vê nada disso. Ele gosta do isolamento que a chuva barulhenta lhe proporciona, fechando-o no quarto, dentro de sua cortina de som, para realizar a maravilhosa alquimia em Ceccio, que está mais que disposto a colaborar. Como é fácil recair nas satisfações do fantástico. Ele se curva sobre a tigela de ouro reaquecido, mexendo-o com um graveto. Algo que o faça aderir, algo que o faça se fixar caso a chuva resolva dar meia volta e retornar. Os *festaiuoli* mandaram um homem espiar da torre, e ele avistou tempo aberto para lá das nuvens a oeste — ou foi isso o que disse para quem o acompanhava, antes de ser atingido por um raio que o transformou em algo parecido com um galho retorcido e esturricado. Um segundo homem foi enviado lá para cima. Ele fez a mesma previsão e não foi atingido por raio nenhum, e quando o adivinho da *Signoria* soltou um par de pombos, eles deram uma volta e voaram na direção oeste, o que provou, bem, provou tudo. O desfile não será adiado. A noite será de tempo bom, com as ruas lavadas pela chuva. Será perfeito. Paolo Pallavicino, entretanto, prefere tomar suas precauções. Ele adiciona óleo de linhaça fervido à cola e realça o brilho da mistura com amarelo realgar. Agora o brilho do ouro diminui e precisa ser reavivado com um pouco de mercúrio. Ficará perfeito.

Começa pelo cabelo de Ceccio e usa um pente para aplicar o ouro. Os cachos macios do garoto adquirem um brilho metálico e escuro. Eles ficam escorridos sob o peso da pintura. Até mesmo o formato da cabeça do rapaz parece mudado. Com um pincel largo de caiar, Paolo vai descendo, trabalha no pescoço, nos ombros, mas deixa o rosto de lado por ora. É uma tarefa tranqüila passar a tinta, lentamente emprestar à pele quente e viva a aparência de ouro rígido e frio, repousante ali na luz cinzenta do quarto, com o ar fresco da chuva.

— Vire-se.

Quando Ceccio se movimenta, é como se estivesse vestido numa pele estranha. Na pele lisa de um sapo de ouro, talvez. Há um leve enrugamento nas axilas, ombros, joelhos. Ele está usando a concha dourada; atrás dela, seus órgãos genitais, sem pintura, são mais estranhos, parados e vulneráveis como uma pálida criatura sob uma pedra subitamente levantada. Paolo trabalha com carinho nos pés. O garoto dá risadinhas. Paolo não economiza o ouro, pinta até entre os dedos. O corpo de Ceccio agora está liso e gracioso como o do menino encantador de Donatello, mas, enquanto o rosto não estiver pintado, ele ficará destoante, parecendo o de alguém com febre. É preciso calma.

— Você vai ter que se ajoelhar.

Com um pincel mais fino, Paolo começa a passar o ouro sobre o rosto de Ceccio.

— Você tem que ficar totalmente relaxado.

Ceccio é todo tiques e contrações. Ele soluça por causa das risadinhas reprimidas.

— Totalmente quieto, ou você vai ficar parecendo um velho todo trincado e cheio de rachaduras. Fique quieto.

Ceccio respira fundo, sentindo repuxar a pele do peito, onde a tinta está secando. Com esforço, ele relaxa o rosto e entrega seus adoráveis traços a Paolo.

— O mais difícil são os olhos. Temos que pintá-los fechados e, quando estiverem quase, mas não totalmente secos, vou pedir a você para abri-los. Você vai abrir muito, muito devagar, largura de fio de cabelo por largura de fio de cabelo. Você entende?

Um pequeno guincho de concordância escapa da garganta de Ceccio.

— Muito bem.

Dentro de sua escuridão dourada, Ceccio pode ouvir a chuva batendo sobre as folhas largas da árvore lá fora. Ele está de pé junto à janela. Está esperando que Paolo o mande abrir os olhos. Ao abri-los, poderá ver o rio lá embaixo, mas Tassi e Chiara, ensopados até a alma e parados descansando, já o terão atravessado há muito tempo.

TASSI SEGURA CHIARA junto a si debaixo da capa levantada. O rosto dela tem a expressão paciente de um animal esperando a chuva passar. A cabeça de Tassi, seus ombros, suas costas sentem a umidade penetrando. No auge da tempestade, a chuva escorria pelas bordas de sua capa como se fosse de um telhado. Ficou contente de achar aquele rochedo com uma ligeira saliência que serve de proteção. Chiara estava bem atrás, tentando se abrigar num lugar protegido junto a uma descida escarpada na beira da estrada. Quando a chamou, ela veio, curvada, apressada, com pedaços de palha molhada e grama grudados nela, esquivando-se das rajadas de chuva, para se esconder embaixo do braço de Tassi — o estuprador, o beberrão, o briguento — confortável como um gatinho enfiado debaixo da mãe. Tassi a acolheu com igual satisfação. Ela não representa para ele nenhuma exigência de afeto, nenhum vínculo, nenhuma corrente ou algema; ela, a escrava, é a garantia da sua liberdade; ela não é espora na sua consciência nem rédea para o seu desejo; ela não é nada — e, sendo assim, é a única coisa que ele pode amar sem condições. Ela ajeita a cabeça contra o ombro dele e deixa escapar um pequeno ruído de contentamento. Tassi sorri.

A sua sorte está sempre virando. Quem joga esse jogo com ele? Contra ele? Sua sorte é uma moeda lançada e relançada no ar. Ele consegue ver, como raramente acontece na cidade, toda a face ampla do céu; sua carranca tempestuosa se levantando aos poucos, a luz se infiltrando no horizonte, abrindo seu próprio espaço sob as nuvens, tornando-as menores e, ao mesmo tempo, glorificando-lhes as cores de aço, a beleza sepultada.

O momento de Tassi passou, mas que assim seja. Ele leva consigo metade do pagamento e um bolso cheio de ouro em pó. E a estrada parece boa.

Florença não é nada sem Sofonisba. Foi ela a razão de ter arriscado tudo que arriscou para voltar. Sempre acreditara que ela seria sua esposa ou, melhor, que ela se casaria com um homem rico. Não tinha dúvidas de que seria aceito, e bem-vindo, em sua cama, enquanto o marido se divertia em outro lugar qualquer. Tinha sido um sonho saboroso. Mas acabara quando a tomou à força, com raiva. Agora é capaz de perceber isso. Não se tornará realidade. A valeta cheia d'água, ali sob o rochedo, desperta-lhe a consciência.

Ele vai começar de novo. Em Urbino saberão apreciá-lo. Eles não têm um escultor tão bom. Seu talento é a única coisa que não perderá nunca. Ninguém pode tirá-lo dele. Encontrará trabalho, estabelecerá suas condições. Leva sua modelo consigo. Que começou a ressonar. Vai esperar um pouco. Não precisa se apressar.

À TARDE, a animação é tão grande que um viajante na estrada para Lucca seria capaz de ouvi-la. As pessoas parecem passarinhos depois da chuva, gritando com entusiasmo. Elas penduraram bandeiras vistosas nos trilhos embaixo de suas janelas, e as cores se cruzam transformando a cidade num prisma à luz do sol. Os músicos enfeitados de fitas entram na Piazza Santa Croce pelo lado leste e se reúnem na frente da basílica. A *piazza* é um retângulo comprido e largo, tendo a basílica na extremidade leste. Os edifícios de ambos os lados se erguem ombro a ombro como se estivessem sempre prontos para um espetáculo que vai começar. Um único corneteiro anuncia o início da marcha triunfal e o que ele está anunciando é o término de discussões, a suspensão de ressentimentos, o perdão de ofensas insignificantes e o esquecimento de censuras passadas. Vinte outras cornetas repetem e ampliam o chamado. Na extremidade oeste da praça, em frente ao velho Palazzo de Serristori, um baldaquino vermelho e dourado se ergue no centro de uma plataforma com cortinas, debaixo da proteção de um amplo toldo. Evitou-se que o toldo de lona desabasse sob o próprio peso com a permanência de dois homens debaixo dele durante a tempestade, impedindo que a água se empoçasse sobre o toldo. Algumas lições se aprendem com o tempo. As cortinas em volta do tablado não foram ainda abertas. Atrás delas, nos cantos, estão pendurados sacos compridos de linho, com as bocas amarradas com cordas prendendo o que quer que seja que ainda se mexe lá dentro. O duque tem suas pretensões ao teatro. É por isso que ele gosta tanto do Paolo de Giuliano e de seus amigos. Ele toma o seu lugar sobre o tablado, à direita do baldaquino, onde Andrea está entronizado, resplandecente em cetim vermelho. Cosimo balança a cabeça e seu mordomo envia um sinal aos homens que estão manobrando essa parte do espetáculo. Eles puxam para trás as cortinas e, ao mesmo tempo, desamarram as cordas que prendem as bocas dos sacos. Quatrocentas pombas brancas, que foram mantidas cativas durante a tempestade, saem voando por baixo do toldo. A música do lado de fora é abafada pelos aplausos. Alguns pássaros tombam, sangrando, indo bater nos pés dos convivas sentados; mas os olhares da multidão estão acompanhando os pássaros que voam livres, enfeitando o céu por breves instantes.

— Foi um trabalho difícil, claro, mas realizado com sucesso, acredito que vocês concordarão. — O carro triunfal, com seus cisnes gigantes e sua concha, sua reserva de água que jorrará em cascata por trás do menino dourado, foi puxado até o terreno do mosteiro, ao lado da basílica. Ele está escondido por portões que se abrem diretamente para a *piazza*. Os quatro cavalos brancos estão inquietos de apreensão. A voz de Alessandro é artificialmente alta. Ele emprestou a ela um registro mais grave e um brilho urbano.

— Eu teria aprimorado o carro, se tivesse tido mais tempo. — Embora ele saiba que o carro é magnífico e provavelmente será aclamado.

Paolo está olhando para o carro com aquele jeito dele, a boca trancada, o queixo com barba projetado para a frente. As pálpebras, meio baixas como sempre, não fazem nada para disfarçar o olhar de falcão. Alessandro tenta novamente.

— Eu fiz o que pude no último minuto; se tivesse tido tempo, poderia ter transformado essa carroça de cisne numa carruagem celestial. — O que faz com que os olhos semicerrados deslizem novamente em sua direção. A boca trancada se mostra resoluta.

Os homens abrem os portões e conduzem os cavalos através deles. Paolo observa como a fonte central está girando com bastante regularidade à medida que o carro é puxado para a frente. Ele fica contente. A fonte se comporta menos erraticamente do que no chão áspero do pátio; as rodas, então, giram mais devagar. Ele está satisfeito com a aparência do carro. Tassi sempre soube lidar com trabalhadores. Os cisnes possuem uma graça que não é fácil alcançar com um material tão intratável e em objetos maiores que a dimensão real. Sua superfície apresenta uma aparência macia e agradável. Foi uma idéia brilhante afixar penas, e que sorte a cidade estar preparada para o custo adicional. Pensar na possibilidade de se envolver em mais uma sessão de súplicas para os gastos apenas aumenta a irritação de Paolo com o idiota daquele homem ali a seu lado. Ele se vira para Alessandro.

— O carro é de Tassi. É uma realização dele, e você sabe disso.

Alessandro olha para os espectadores, na maioria garotos, que chegaram até o portão querendo ser os primeiros a pôr os olhos em cima do carro, alguns já indo embora, correndo com as novidades sobre o que se aproxima. Ninguém ouve a reprimenda. A visão do carro é excitante demais.

Ceccio, na base da fonte, está enrolado como um caracol dourado imperceptível à sombra de uma folha. Talvez o tomem por uma forma esculpida, porque ninguém, ao que parece, suspeita da sua presença. À medida que o carro se movimenta e o jato de água jorra mais alto, a animação ganha um tom satisfeito. Ninguém espera mais nenhuma surpresa. Uma fonte em movimento é prazer suficiente. Ceccio ouve as vozes e sente um ímpeto de se levantar, mas sabe que tem de ficar imóvel até chegar o momento de se revelar como o garoto de ouro: a prosperidade da Casa de Médici em todo o seu brilho glorioso e beleza juvenil. Mas tanto faz ficar deitado porque, de repente, parece que seus membros se tornaram de chumbo, a cabeça de argila pesada e que, no lugar do estômago, alguém deixou um balde de enguias.

O carro-cisne vai balançando atrás de uma cavalgada de soldados de capacete, brilhantes em suas fardas verdes e douradas e seus peitorais prateados. Eles atravessam a praça em frente à basílica. Bandeirolas tremulam na ponta de suas lanças enquanto dão a volta para cavalgar em frente aos espectadores do lado norte e dão outra volta para passar em frente ao tablado. Paolo e Alessandro acompanham no meio dos garotos que se esgueiraram por entre as cercas de varas para correr junto ao cortejo. O rosto de Ceccio começou a doer de uma maneira insuportável no nariz e na testa e em volta dos olhos. Ele está com frio. E como o carro joga e balança! Se um espectador pudesse ver agora a expressão do rosto de Ceccio, acreditaria que ele estava numa carroça a caminho da fogueira. Os olhos estão fechados para suportar a dor e, em seu desconforto, ele repuxou a boca para o lado. A língua está seca como poeira.

Alguma coisa no estômago de Ceccio está se dissolvendo numa poça densa e crescente. Sua tremedeira não pára, embora ondas de calor o percorram. O carro está virando novamente. Ele não sabe se estão subindo ou descendo a praça. Ouve uma muralha contínua de vozes de um dos lados enquanto o carro passa. Através da muralha de vozes, ele consegue escutar Alessandro cuspindo em sua excitação:

— Quase acabando. Mais uma volta e depois uma reta até o tablado. Fique preparado.

Nada disso importa. Ceccio quer somente sair fora desse terrível sentimento de mal-estar, e de boa vontade se levantaria e vomitaria o balde inteiro de enguias.

— Você está me ouvindo? — A voz de Paolo está bem perto do carro. Ceccio sente dificuldade em formular uma resposta com a língua grossa batendo contra as paredes ressecadas da boca.

Na última volta da praça, o céu se torna visivelmente mais escuro. Os espectadores reclamam das nuvens, um com o outro, puxam capuzes e se preparam para a chuva. As primeiras gotas caem quando os cavalos param em frente ao palco e um deles, como num comentário, defeca. O garoto contratado especificamente para aquela eventualidade corre para lá, não se importando com as chacotas, satisfeito de ter um lugar de destaque na vida ou, pelo menos, naquela comemoração. Ele retira o excremento com uma pá e joga num balde.

Ceccio fica paralisado com as gargalhadas. Paolo resmunga e resmunga e, por fim, não porque o escute, mas porque sente que as gargalhadas são, de algum modo, para ele, já que faz parte do que está se desenrolando, Ceccio principia o esforço de vontade que o fará ficar de pé. Mas algo inquietante está acontecendo. Embora suas pálpebras estejam bem esticadas em resposta aos músculos do rosto, elas não se abrem. É difícil para ele conseguir se equilibrar à medida que se estica. Ele se levanta certo de que, uma vez ereto, seus olhos se abrirão. Firmando-se, ele estende os braços, um à frente, a palma virada para cima na direção do tablado, o outro ao lado e um pouco para trás visando ao equilíbrio. Paolo está reclamando de novo. — Para a esquerda, para a esquerda. Para o meu lado. Vire, Vire. — Agora ele é ouvido por todos em volta, porque a multidão está em silêncio, absorvendo aquela aparição. Paolo consegue que Ceccio se posicione no centro da concha de maneira que suas partes traseiras não fiquem expostas ao público quando ele se curvar diante dos dignatários.

Ceccio se ergue depois da mesura com as pálpebras pegajosas bem abertas. Ele vê Cosimo, que está se virando para falar com Andrea, explicar qualquer coisa, com a mão estendida. Andrea nem sequer está olhando na direção dele. Ceccio vê a massa de rostos de todos os feitios e tamanhos, de todas as cores e formas, deslizar diante de seus olhos à medida que a plataforma embaixo dele gira, primeiro para a direita, depois para a esquerda e de volta novamente. O mar de rostos é só movimento. A chuva está caindo mais forte, e as pessoas estão colocando capas e mantos sobre a cabeça e começando a procurar abrigo. Ceccio tem dificuldade em manter o equilíbrio; o movimento da multidão e o da plataforma se combinam e o fazem sentir uma tonteira nauseante. Ele se sente como se tivesse começado a rodar e não conseguisse parar. Somente quando Cosimo termina de falar é que Andrea finalmente percebe o garoto de ouro, perfeitamente imóvel, perfeitamente equilibrado, seus membros dourados brilhando por toda parte, com milhares de gotas de chuva que viram contas antes de rolar e escorrer.

Ele acha que nunca esteve diante de uma visão tão bela e deseja ardentemente consumi-la.

COMO NUMA MANOBRA MILITAR, a chuva de fato deu a volta e por várias horas concentrou seu ataque sobre a cidade. Não há brecha em nenhuma direção. A justa e os fogos de artifício e o restante das festividades foram adiados. A procissão pessoal de triunfo de Andrea foi uma subida apressada até o novo palácio de Cosimo na encosta de San Giorgio. A hospitalidade de Cosimo é pródiga; a Andrea e seu séqüito foi destinada uma ala inteira. O banquete começou cedo. Andrea, enfurecido com a mostra de desconsideração dos céus, se enche rapidamente de bebida até atingir um estado de desprazer e mau humor, e se retira.

Por trás das cortinas da cama, ele está só e bem acordado. Sabe que sua amante vai mandar as criadas dela dormirem no corredor. Sabe que ela deixará uma única lamparina acesa para iluminar o seu caminho até a cama dela. Mas seus pensamentos estão noutro lugar. Mandou uma mensagem a Alessandro para comparecer à sua presença com o garoto de ouro. Fecha os olhos e sua imaginação passeia sobre os membros do garoto. Lambe seus pulsos, a parte interna dos cotovelos, mordendo o suave tendão que existe ali e, voando para trás do joelho dourado, procura o seu contraponto, o tendão forte sob a cortina de pele fina. Ele deixa que os olhos da mente viajem para baixo até os tornozelos e seus dentes podem sentir o tendão grosso ali atrás. Está incontrolavelmente excitado, mal pode ficar parado enquanto agarra a si mesmo e geme baixinho. Percorre em pensamento toda a extensão da perna, esfregando seu queixo no joelho como se fosse um gato, adiando o momento em que tomará o que realmente quer, encontrando a virilha quente e o local onde se enraíza, liso, raspado, encontrando enfim o que quer, um reflexo dele mesmo, só que dourado — oh, ele espera que tenham dourado tudo, o pau, as bolas, a porta para a eternidade — e forte e adorável. Encontrando a si mesmo como tanto deseja ser — belo. Ele se deitará sobre a beleza e ela se dissolverá dentro dele, ele dentro dela. Não haverá divisão nem diferença. Tudo será consumido.

UM PEQUENO RIO ESTÁ DESCENDO da Costa Scarpuccia direto para a porta do boticário, pois sua loja fica do lado oposto ao ponto onde a Via Scarpuccia desemboca na Via Bardi. A maior parte da correnteza segue em frente, o resto entra por baixo da porta, formando uma poça sobre as pedras do piso antes de continuar e sair pelos fundos da loja, onde Ceccio está sentado. O pai de Alessandro grita com ele para deixar que Paolo cuide do garoto; ou, ainda melhor, para tirá-lo dali antes que tenha de ser carregado num caixão. Não será nada bom para a sua reputação, nada bom.

— Olhe só para ele. É de dar náuseas. Largue-o para lá — grita — e venha me ajudar.

Ele gostaria que tivessem chegado lá antes, mas, quando saíram da praça, foram muito festejados. Transformaram-se numa procissão, com jovens e crianças correndo na chuva para olhar de perto o garoto de ouro carregado pelas ruas numa liteira, todo molhado e brilhando. E então eles passaram pela prostituta de Tassi, que estava com uma multidão de amigos na *loggia* perto da casa de Torrigiani. Ela arrancou os malmequeres dourados que crescem num vaso junto à porta principal. Ouro para o garoto de ouro. Despetalou-os e espalhou sobre o rosto dele. Quando chegaram, a casa estava inundada.

Emilio encaixa uma almofada comprida por baixo da porta, mas a água continua seu avanço silencioso.

O garoto está lá atrás arriado sobre um banco. Caído com o ombro encostado na parede e a cabeça pendente, os braços pendurados ao lado, as mãos frouxas, a boca mole. Ele arrancou fora o cobertor que Paolo lhe deu, que está jogado no chão. Sobre as coxas, uma toalha de linho, a seus pés uma bacia com terebintina que Paolo está usando para limpar a pintura do pescoço e do peito. O ruído da chuva lá fora não é tão forte quanto o do bater e ranger dos dentes do rapaz.

Isso deixa os nervos de Emilio em frangalhos. Alessandro varre à toa, tentando diminuir a poça d'água. O riacho continua a correr.

Alessandro e o pai pensam que estão ouvindo trovões até que se dão conta de que há alguém lá fora batendo à porta.

O mensageiro parece estar em pé debaixo de uma calha, tanta é a água que lhe escorre do chapéu. Um dos ombros está erguido contra a chuva enquanto enuncia o seu discurso. A água redemoinha em volta dos pés de Emilio.

— Entre e espere — diz este, depois de ouvir o que o mensageiro tem a falar.

É a oportunidade perfeita para tirar Paolo e o garoto de sua loja. Até mesmo Paolo não ignorará uma mensagem do cardeal. Emilio entra e vai direto para os fundos da loja.

Os dentes de Ceccio subitamente param de bater. Ele projeta o maxilar inferior para a frente, faz força para inspirar e range o maxilar de novo como se fosse comer o ar. Emilio e Alessandro ficam olhando enquanto ele repete o movimento. Seu pescoço está seguramente mais comprido do que qualquer pescoço pode ser, seu queixo se projeta para cima, em direção ao teto. O mensageiro tosse, e Ceccio vira a cabeça. Ele olha através de frestas vermelhas como cortes de faca, e sua boca se escancara e mostra uma língua preta.

Emilio e Alessandro suspiram e sussuram e olham para o mensageiro. Não leva muito tempo para chegarem a uma decisão, nem o mensageiro precisa ser persuadido a deixar o garoto lá. Alessandro joga uma capa sobre os ombros e segue o mensageiro para fora novamente, para a chuva que não deixa ver nem ouvir.

Até chegar aos corredores dos aposentos do cardeal Andrea, ele terá pensado numa desculpa adequadamente verbosa e servil, e aproveitará a oportunidade para transmiti-la ele mesmo. E então, o que mais poderá fazer senão se submeter ao abraço que lhe for oferecido, acreditando, como acredita, que certamente isso representa a própria porta da Fortuna se abrindo para ele?

CHIARA, ACONCHEGADA JUNTO A TASSI antes de se entregar ao sono, sabia que para ela nunca mais haveria outro momento como aquele: estar de pé, bela, para ser apreciada pelos olhos de outras pessoas, vestir uma pele de ouro tão linda que os insultos e as zombarias perderiam a importância. Ser vista como bela. Foi um sonho engendrado numa tarde num quarto branco. Se Tassi a deixasse agora, seria o fim. Ela seria apedrejada até a morte. Chegou-se mais para junto dele. Na longa estrada para Urbino, ela fará qualquer coisa por Tassi. Subirá numa mesa de taberna e mostrará seu corpo, se isso lhes render moedas para comprar comida, para ficarem juntos.

Parou de chover. O dia amanhece sem um sinal de fogo. A noite se dissipa. O mundo retorna, primeiro as grandes montanhas, depois as fantasmagóricas formas das árvores saindo da escuridão para encontrarem os olhos, assumindo primeiro uma escuridão delas mesmas e depois refletindo a luz, respondendo à bênção da luz com o presente da visão. O céu escuro clareia, acinzenta e, inegavelmente, começa a brilhar. O céu para o leste está vivo com o dia que chega. O mundo começa a brilhar de dentro para fora.

Chiara abre os olhos.

Tassi diz:

— Você deve estar com fome.

EPÍLOGO

Nos próximos anos, Emilio e Paolo se sentarão juntos por vezes na sombra e falarão da imprevisibilidade da vida, pois Emilio gosta de fazer visitas, talvez para ficar longe do filho doente. Muitas vezes ele se pergunta em voz alta se não teria feito bem em ter consultado seu astrólogo com mais freqüência, se talvez as aflições do filho não poderiam ter sido evitadas. Mas quem era ele para saber, ou ao menos supor, que o mal-francês poderia evoluir tão depressa, de maneira tão virulenta? Melhor trabalhar e esquecer, é a única resposta que Paolo oferecerá. Ele que tem sua própria tristeza para cuidar. Melhor trabalhar e esquecer. Paolo sabe disso. Se ele não trabalhasse, talvez cortasse as próprias veias de tristeza e remorso. Mas ele tem os seus desenhos. Trabalho para ele agora é só desenhar. Ele não quer nada além de dispor a Natureza honestamente diante dos olhos, tendo enterrado todo desejo de dissecá-la ou realçá-la quando enterrou Ceccio. Ele desenhou o rosto do belo Ceccio vezes sem conta quando o garoto estava vivo, sem ouro e sem adornos. Ele vê agora que aquilo era o bastante. Os rostos resplandecem de beleza. Paolo irá para o túmulo acreditando que a luz deles pertence a Ceccio. Ele não aceitaria, se lhe dissessem, que é o seu próprio amor que ele coloca sobre a página. Ele passa o dia em sua casa em *La Castagna*, absorto em desenhos de criaturas pequeninas — antes de lhes nascerem asas ou de correrem para um refúgio — e os mínimos detalhes de plantas. Por horas a fio de cada vez, ele se sentará na contemplação das bordas de uma folha, das espiras da concha de um caracol. Então ele perderá totalmente a noção da própria existência dentro dos limites do tempo e tomará conhecimento somente da própria coisa revelada como beleza, embora não seja nada mais — ou menos — que amor.

Ele tem apenas um projeto aguardando para ser concluído. Confeccionou em cera a figura de um garoto sorridente erguendo os braços. Ele terá nas mãos um passarinho prestes a voar. Não sabe a quem pedirá para fundir uma peça tão delicada. Tassi sempre foi o melhor. Talvez algum dia mande seu trabalho para Urbino.

Giuliano está resignado em ver aquele a quem tão generosamente sustenta render tão poucos frutos. Ele compara Paolo a uma velha macieira que produz menos a cada ano e ele continua de bom grado a mantê-lo, não esperando retorno algum. De todo modo, ultimamente é pouco o que deseja, tendo seus interesses se voltado para a horticultura e o cultivo das mais delicadas e gratificantes plantas. Ele se desfará de grande parte da prata e das moedas e dos bronzes de sua coleção, doando-os à esquadra que Cosimo está equipando contra os turcos, a maioria para ser derretida e transformada em canhões. Conservará o feto de bronze. Passará de mão em mão como um objeto de rara beleza, até que, por fim, também seja sacrificado à ambição destrutiva do próximo potentado iludido que declare que os tempos são de desespero. Então ele será derretido, seu conteúdo de peltre de boa qualidade esquecido e refundido em canhões. A arma transporá fronteiras, segundo as eventualidades da guerra, e atravessará três gerações, com fissuras finas como fios de cabelo se desenvolvendo em sua boca sem serem percebidas até o século seguinte, quando, em algum lugar da Circássia, um tiro sairá pela culatra, matando instantaneamente os soldados bêbados que o apontavam para uma casa de fazenda no vale.

E Sofonisba? Sofonisba está em Roma. Ao retornar da Inglaterra, ela permaneceu em Florença apenas o suficiente para acertar seus negócios. *Ser* Tomasso ajudou-a a vender o ateliê da Via del Cocomero, satisfeito de fechar o livro dos Fabroni, que lhe haviam causado chateações relativamente maiores que o seu valor. Em Roma, onde Niccolò Bandinelli a instalou, a reputação de Sofonisba é crescente. Niccolò, que nunca permitiu que seus laços com o papado se atravessassem no caminho de seus prazeres, voltou sua atenção para outro lugar, mas acompanha com muito interesse o progresso de Sofonisba. Este parece depender do relacionamento dela com pintores libertinos e impostores. Niccolò faz o possível para abafar os rumores mais escabrosos. Ele poderia tê-la feito sua amante se ela estivesse disposta a levar uma vida menos comentada. Ela ainda ocupa um lugar entre os seus afetos.

Sofonisba está feliz em Roma. Ela gosta do calor da cidade — até mesmo a pedra é mais quente — e gosta dos pintores e escultores que moram no quarteirão junto ao portão de Castello. Com o passar do tempo, entretanto, sua necessidade de viver sozinha é questionada, dividindo aqueles que a conhecem em dois grupos. Alguns a consideram uma prostituta, perigosa para a ordem da cidade, que, em geral, sabe onde estão suas prostitutas a qualquer momento. Outros a elogiam como uma requintada praticante da arte da pintura. Não se passará muito tempo antes que ela confunda seus detratores ao gerar uma criança, uma filha, tanto confirmando quanto subvertendo a opinião deles. Ela não enviará a criança para uma ama-de-leite, não a perderá numa queda ou vitimada por alguma epidemia selvagem e galopante que a visitasse durante a noite, mas a conservará junto de si, desfrutando de sua companhia. Haverá ocasiões em que ela se deparará com a filha absorta em suas brincadeiras. Seu coração sufocará de tanto amor, e ela a levantará e beijará com força o seu rostinho moreno. A primeira coisa que a ensinará a desenhar será uma pomba de asas abertas.

A sorte, tendo mostrado uma vez a Sofonisba que ela não é mais inviolável que uma folha ao sabor do vento, será boa com ela agora, deixando-a seguir tranqüilamente. Viverá uma vida longa e feliz, administrará com sucesso os seus negócios e amará sua filha mais que a si mesma. Viajará — com a filha — a Bolonha e Nápoles para executar encomendas. Nunca terá um marido. Ao receber um convite de Urbino, ela o recusará.

AGRADECIMENTOS

Gostaria de agradecer ao Canada Council for the Arts (Conselho de Artes do Canadá) e ao British Columbia Arts Council (Conselho de Artes da Colúmbia Britânica) pela assistência na conclusão deste trabalho.

Gostaria também de agradecer a assistência muito amável da dra. Nicoletta Barbarito Alegi e da prof.ª Caterina Ricciardi, em Roma; meus agradecimentos igualmente a Steven Kronenberg e a Joe Rosenblatt.

Sou especialmente grata a Ada Donati, por sua ajuda generosa e paciente, e a Mandy Naismith e Michael Mintern, por seus conselhos de especialistas. Muitíssimo obrigada também, claro, a Hilary e a Marc. E, como sempre, agradecimentos carinhosos a John.

NOTA DA AUTORA

Certo número de mulheres altamente conceituadas trabalhavam na época em que está ambientado *Um raro e estranho presente*. Informações detalhadas a respeito delas se encontram facilmente acessíveis em vários trabalhos excelentes e também na Internet. Artemisia Gentileschi, que pintou várias versões de "Judite e Holofernes", e cuja vida eu saqueei com alegria para compor a minha trama, esteve em atividade numa época posterior.

A escrava Chiara foi totalmente uma invenção minha — ou assim eu acreditava. Depois fiquei sabendo da existência de uma garota exatamente como ela, que viveu uns duzentos anos mais tarde no litoral de Colúmbia — uma tal Mary Sabina, a "criança negra malhada", registrada na *Histoire Naturelle*, de Comte de Buffon.

Impresso no Brasil pelo
Sistema Cameron da Divisão Gráfica da
DISTRIBUIDORA RECORD DE SERVIÇOS DE IMPRENSA S.A.
Rua Argentina 171 – Rio de Janeiro, RJ – 20921-380 – Tel.: 2585-2000